UNE FLAMME DANS LA NUIT

L'auteur

Sabaa Tahir a grandi dans le désert Mojave en Californie, dans un petit motel de dix-huit chambres tenu par sa famille. Là, elle dévorait des romans de fantasy et jouait – assez mal – de la guitare. Elle commence son premier roman, *Une braise sous la cendre*, lors de longues nuits passées au *Washington Post*. Elle se consacre ensuite entièrement à l'écriture. Elle vit désormais près de San Francisco avec son mari et ses enfants.

Du même auteur

1. *Une braise sous la cendre*

Une flamme dans la nuit

Sabaa Tahir

Traduit de l'anglais (États-Unis)
par Hélène Zylberait

POCKET JEUNESSE
PKJ·

Directeur de collection :
Xavier d'Almeida

Titre original :
A Torch against the Night
Publié pour la première fois en 2016 par Razorbill,
un éditeur de Penguin Random House, New York

Loi n° 49-956 du 16 juillet 1949 sur les publications
destinées à la jeunesse : novembre 2016.

ISBN : 978-2-266-27114-1

Première partie
LA FUITE

1
LAIA

Comment nous ont-ils retrouvés si vite ?

Derrière moi, des cris furieux et des crissements métalliques résonnent dans les catacombes. Je coule un regard furtif aux crânes souriants empilés le long des murs. J'ai l'impression d'entendre les voix des morts.

Vite, dépêche-toi, semblent-ils me souffler. *À moins que tu ne veuilles rejoindre nos rangs.*

« Laia, accélère », me lance mon guide. Son armure scintille alors qu'il progresse à vive allure devant moi. « En nous hâtant, nous arriverons à les semer. Je connais un tunnel de secours qui mène hors de la ville. Une fois là-bas, nous serons en sécurité. »

Un bruit d'éraflure. Mon guide regarde de ses yeux pâles par-dessus mon épaule. Sa main bouge si vite qu'elle ne devient qu'un éclair flou doré et brun alors qu'elle saisit un sabre attaché dans son dos.

Un simple geste plein de menace. Un rappel qu'il n'est pas simplement mon guide mais Elias Veturius, l'héritier de l'une des plus grandes familles de l'Empire. C'est aussi un ancien Mask – un soldat d'élite de l'empire des Martiaux. Il est mon allié – la seule personne capable de m'aider à faire sortir mon frère Darin d'une prison martiale tristement célèbre.

En un pas, Elias est à côté de moi. Un de plus et il est devant moi. Malgré sa haute taille, il se meut avec une grâce étonnante. Ensemble, nous jetons un œil dans le tunnel que nous venons de parcourir. Mes tempes tambourinent. Toute la joie que j'ai pu ressentir en détruisant l'académie de Blackcliff ou en sauvant Elias juste avant son exécution a disparu. L'Empire nous pourchasse. S'il nous attrape, nous sommes morts.

Ma chemise est trempée de sueur et malgré la chaleur écrasante des tunnels, un frisson parcourt mon dos : j'ai la chair de poule. Je crois entendre un grognement semblable à celui d'une créature rusée et affamée.

Dépêche-toi, me hurle mon instinct. *Sors d'ici.*

« Elias. » Je chuchote mais il met un doigt sur mes lèvres et saisit l'un des poignards fixés à son torse sanglé.

Je m'empare de la dague coincée dans ma ceinture et j'essaie d'écouter par-dessus le cliquetis des tarentules du tunnel et le son de ma propre respiration. La sensation irritante d'être observée s'efface au profit de quelque chose de bien pire : l'odeur de l'asphalte et des flammes, et des voix qui se rapprochent.

Des soldats de l'Empire.

Elias me donne une étape sur l'épaule avant de désigner ses pieds, puis les miens. *Marche dans mes pas.* Je le suis avec la plus extrême prudence alors qu'il s'engage dans un tunnel et s'éloigne prestement des voix.

Nous atteignons un embranchement et tournons à droite. D'un signe de tête, Elias indique un trou profond d'environ un mètre et demi de haut dans le mur, vide à l'exception d'un couvercle de pierre posé sur le côté.

« Va tout au fond », chuchote-t-il.

Je me glisse dans la crypte lorsque j'entends le « crrrk » d'une tarentule. La poignée du sabre forgé par Darin que je porte attaché dans mon dos claque bruyamment contre la pierre. *Laia, arrête de bouger – peu importe ce qui rampe autour de toi.*

Elias se faufile dans la crypte après moi et est obligé de se baisser. Dans cet espace étroit, nos bras se frôlent. Il est essoufflé et a les yeux rivés sur le tunnel.

Malgré la faible luminosité, le gris de ses iris et sa mâchoire anguleuse sont époustouflants. Je suis sous le choc – je ne suis pas habituée à son visage. Il y a à peine une heure, alors que nous échappions à la destruction de Blackcliff que j'avais provoquée, ses traits étaient encore cachés sous un masque argenté.

Il penche la tête. Les soldats se rapprochent. Ils marchent à vive allure et leurs voix résonnent entre les murs des catacombes.

« … probablement parti vers le sud. S'il avait ne serait-ce qu'un gramme de cervelle, en tout cas.

— S'il avait un gramme de cervelle, dit un second soldat, il aurait remporté la Quatrième Épreuve et on ne se retrouverait pas avec un Plébéien en guise d'Empereur. »

Les soldats entrent dans notre tunnel. L'un d'eux éclaire la crypte en face de la nôtre avec sa lanterne. « Enfers sanglants », dit-il en faisant un bond en arrière à la vue de ce qui est tapi à l'intérieur.

Notre crypte est la prochaine. Mon estomac se noue, ma main tremble sur ma dague.

À côté de moi, Elias sort un autre poignard de son fourreau. Ses épaules sont détendues, ses mains souples autour des couteaux. Mais lorsque j'aperçois ses sourcils froncés, sa mâchoire crispée, mon cœur se serre. Son regard croise le mien et, l'espace d'un instant, j'y lis son angoisse. Il ne veut pas tuer ces hommes.

Pourtant, s'ils nous voient, ils alerteront les autres gardes et le nombre de soldats de l'Empire deviendra écrasant. J'agrippe le bras d'Elias. Il met sa capuche et dissimule son visage sous un foulard noir.

Le soldat approche d'un pas lourd. Je sens son odeur – sueur, fer et poussière. Elias tient ses poignards fermement. Il est recroquevillé, tel un chat sauvage prêt à attaquer. J'étreins mon bracelet – un cadeau de ma mère. Les motifs ouvragés me font l'effet d'un baume.

La lanterne illumine le bord de la crypte, le soldat lève la lampe…

Soudain, un bruit sourd retentit plus bas dans le tunnel. Les soldats font volte-face, sabre au clair. En quelques secondes, la lumière de la lanterne disparaît et le bruit de leurs pas s'éloigne.

Elias pousse un soupir. « Viens, si cette patrouille fouillait la zone, ça veut dire qu'il y en a d'autres. Il faut rejoindre le tunnel de secours. »

Nous sortons de la crypte à l'instant même où les tunnels sont ébranlés par une secousse qui projette les os et les crânes par terre. Je trébuche, Elias me saisit par l'épaule, me ramène dans la crypte et se plaque contre le mur à côté de moi. La crypte reste intacte, mais le plafond du tunnel craque de manière inquiétante.

« Qu'est-ce que c'était ?

— On aurait dit un tremblement de terre. » Elias s'écarte du mur et fixe le plafond. « Sauf qu'il n'y a pas de tremblements de terre à Serra. »

Nous traversons les catacombes avec une urgence nouvelle. À chaque pas, je m'attends à entendre une nouvelle patrouille, à apercevoir des torches.

Elias s'arrête si soudainement que je me cogne contre son large dos. Nous sommes entrés dans une chambre funéraire ronde au plafond bas surmonté d'un dôme. Deux tunnels s'étirent devant nous. Au loin, des torches vacillent. Les murs sont ponctués de cryptes, chacune gardée par une statue d'homme armé. Sous chaque casque, un crâne nous dévisage. Je frissonne et me rapproche d'Elias.

Mais lui ne regarde ni les cryptes, ni les tunnels, ni les torches.

Il fixe une petite fille debout au centre de la chambre.

Elle est vêtue de haillons. Elle a une main sur une plaie sanglante au flanc. Ses traits fins sont ceux d'une Érudite. Lorsque j'essaie de voir ses yeux, elle baisse la tête et ses cheveux noirs tombent devant son visage. *Pauvre petite.* Ses joues maculées de poussière sont striées de larmes.

« Dix enfers, il y a de plus en plus de monde ici », marmonne Elias. Il fait un pas vers la fillette et tend la main comme s'il se trouvait face à un animal effrayé. « Tu ne devrais pas être ici, petite. » Sa voix est douce. « Tu es toute seule ? »

Elle laisse échapper un léger sanglot. « Aidez-moi, chuchote-t-elle.

— Fais-moi voir cette blessure. Je vais te faire un pansement. » Elias plie un genou pour se mettre à sa hauteur comme le faisait mon grand-père avec ses plus jeunes patients. Elle s'écarte de lui et me regarde.

Je m'avance, même si mon instinct me dit de prendre garde. « Quel est ton nom, petite ?

— Aidez-moi », répète-t-elle. Elle évite trop mon regard, je me méfie. Cela dit, elle a été maltraitée – très probablement par l'Empire – et se trouve face à un Martial armé jusqu'aux dents. Elle doit être terrifiée. Elle recule et je jette un œil au tunnel éclairé par les torches. Leur présence signifie que nous sommes sur le territoire de l'Empire. Ce n'est qu'une question de minutes avant que nous tombions sur des soldats.

« Elias. » Je désigne les torches d'un mouvement de tête. « Nous n'avons pas le temps. Les soldats…

— Nous ne pouvons pas l'abandonner. » À l'évidence, ils se sent coupable. Il est toujours sous le coup de la mort de ses amis lors de la Troisième Épreuve, il y a quelques jours ; il ne veut pas être à l'origine d'un autre décès, ce qui arrivera si nous ne soignons pas la fillette.

« As-tu de la famille en ville ? lui demande Elias. As-tu besoin…

— De l'argent. » Elle penche la tête. « J'ai besoin d'argent. »

Elias fronce les sourcils. Je le comprends, je ne m'attendais pas à ça non plus.

« De l'argent ? dis-je. Nous n'avons pas…

— De l'argent. » Elle marche de côté, comme un crabe, en traînant les pieds. Je crois apercevoir l'un de ses yeux à travers ses cheveux. *Étrange.* « Des pièces. Une arme. Des bijoux. »

Elle regarde furtivement mon cou, mes oreilles, mes poignets. Ce regard la trahit.

Je fixe les globes noirs où devraient se trouver ses yeux tout en cherchant ma dague à tâtons. Elias est déjà devant moi, sabres en main.

« Recule ! », ordonne-t-il à la fillette en reprenant ses réflexes de Mask.

« Aidez-moi. » La fillette cache à nouveau son visage derrière ses cheveux et met ses mains derrière son dos – elle est une caricature de petite fille enjôleuse. « Je vous en prie. »

Devant mon dégoût évident, ses lèvres forment un rictus qui, dans son visage si doux, semble obscène. Elle grogne – je reconnais le son guttural que j'avais entendu plus tôt. *C'est* ce qui nous épiait. *C'est* la présence que je sentais dans les tunnels.

« Je sais que vous avez de l'argent, dit la fillette avec avidité. Donnez-le-moi. J'en ai *besoin*.

— Va-t'en, dit Elias. Avant que je te coupe la tête. »

La fillette (ou quoi qu'elle soit) ignore Elias et se concentre sur moi. « Tu n'en as pas besoin, petite humaine. Je te donnerai quelque chose en échange. Quelque chose de merveilleux.

— Qu'es-tu ? », je chuchote.

Elle tend soudain les bras et ses mains se mettent à luire d'une étrange couleur verte. Elias se précipite sur elle. Elle l'évite et m'attrape par le poignet. Je m'écroule et je crie. Pendant moins d'une seconde mon bras irradie : projetée en arrière, elle hurle et se tient la main comme si elle était en feu. Elias m'aide à me relever tout en menaçant la fillette d'un poignard.

« Espèce de fourbe ! » Elle s'échappe mais Elias se jette à nouveau sur elle. La fillette ne me quitte pas des yeux. « Sournoise ! Tu me demandes ce que je suis, mais qu'es-tu, *toi* ? »

Elias lance l'un de ses sabres vers son cou. Il n'est pas assez rapide.

« Assassin ! » Elle se tourne vers lui. « Meurtrier ! Tu es la mort en personne ! La Faucheuse en marche ! Si tes péchés étaient du sang, tu te noierais dans la rivière de tes méfaits. »

Elias est abasourdi, le choc se lit dans ses yeux. La lumière vacille dans le tunnel. Trois torches se dirigent rapidement vers nous.

« Des soldats arrivent, dit la créature qui se tourne vers moi. Je les tuerai pour toi, fille aux yeux mordorés. Je leur trancherai la gorge. J'ai déjà éloigné ceux qui te suivaient dans le tunnel. Je le referai. *Si* tu me donnes ton argent. Il le veut. Il nous récompensera si je lui en apporte. »

Mais enfin, qui est-il ? Je ne pose pas la question et brandis ma dague en guise de réponse.

« Espère d'idiote d'humaine ! » La fille serre les poings. « Il te le prendra. Il trouvera un moyen. » Elle se tourne vers le tunnel. « Elias Veturius ! » Je sursaute. Son cri est si fort qu'on l'a probablement entendu jusqu'à Antium. « Elias Vetu… »

Elle se tait à l'instant où le sabre d'Elias lui transperce le cœur. « *Éfrit, éfrit de la grotte* », dit-il. Le corps de la fillette glisse de l'arme et tombe lourdement. « *Aime l'obscurité mais craint la lame.* »

« Un vieux dicton. » Il rengaine ses sabres. « Je n'avais jamais saisi combien il était utile. »

Elias me prend par la main et nous filons dans le tunnel sombre. Avec un peu de chance, les soldats n'ont peut-être pas entendu la fille. Peut-être ne nous ont-ils pas vus. *Peut-être, peut-être…*

Nous n'avons pas cette chance. Derrière nous, j'entends un cri et le fracas des bottes.

2
ELIAS

Trois auxiliaires et quatre légionnaires à quinze mètres derrière nous. Tout en courant, je tourne la tête pour évaluer leur progression. Je dirais six auxiliaires, cinq légionnaires à douze mètres.

De plus en plus de soldats de l'Empire vont déferler dans les catacombes à chaque seconde. À l'heure qu'il est, un messager a passé le mot aux patrouilles et les tambours vont bientôt lancer l'alerte dans tout Serra : *Elias Veturius repéré dans les tunnels. Appel à toutes les unités.* Les soldats n'ont pas besoin d'être certains de mon identité ; ils nous pourchasseront de toute façon.

Je m'engage à gauche dans un tunnel adjacent, Laia est avec moi. Les pensées se pressent dans mon esprit. *Débarrasse-t'en rapidement, tant que tu le peux encore. Sinon…*

Non, souffle le Mask en moi. *Arrête-toi et tue-les. Ils ne sont que onze. Facile. Tu pourrais le faire les yeux fermés.*

Dans la chambre funéraire, j'aurais dû tuer l'éfrit sur-le-champ. Helene se moquerait de moi si elle apprenait que je n'ai pas reconnu la créature et que j'ai même voulu l'aider.

Helene. Je suis prêt à parier mes sabres qu'elle est en salle d'interrogatoire en ce moment même. Marcus – ou l'empereur Marcus comme on l'appelle à présent – lui a ordonné de m'exécuter. Elle a échoué. Pire encore, elle a été ma plus proche amie pendant quatorze ans. Aucune de ces fautes ne restera impunie, pas alors que Marcus détient maintenant le pouvoir absolu.

Il va lui infliger de terribles souffrances. À cause de moi. J'entends encore l'éfrit. *La Faucheuse en marche !*

Les souvenirs de la Troisième Épreuve se bousculent dans ma tête. Tristas tué par Dex. Demetrius mort. Leander mort.

Un cri me fait reprendre mes esprits. *Le champ de bataille est mon temple.* Le mantra de mon grand-père me revient quand j'en ai le plus besoin. *La pointe de la lame est mon prêtre. La danse de la mort est ma prière. Le coup fatal est ma délivrance.*

À côté de moi, Laia, à bout de souffle, traîne des pieds. Elle me ralentit. *Tu pourrais l'abandonner*, chuchote une voix insidieuse. *Seul, tu avancerais plus vite.* Je fais taire la voix. Hormis le fait que je lui ai promis de l'aider en échange de ma liberté, je sais qu'elle est prête à tout pour accéder à la prison de Kauf – à son frère –, même d'y aller seule.

Dans ce cas, elle mourrait.

« Plus vite, Laia, dis-je. Ils sont trop près. »

Elle accélère. Les murs de crânes, les os, les cryptes et les toiles d'araignée défilent de chaque côté. Nous sommes très au sud de l'endroit où nous devrions être. Nous avons depuis longtemps dépassé le tunnel de secours dans lequel j'ai caché des vivres.

Les catacombes grondent et tremblent et nous tombons tous les deux. L'odeur nauséabonde du feu et de la mort passe à travers la grille des égouts juste au-dessus de nos têtes. Quelques instants plus tard, une explosion déchire l'air. Je ne prends pas le temps de réfléchir à ce que cela peut être. Tout ce qui importe, c'est que les soldats derrière nous ont été ralentis car l'instabilité des tunnels les inquiète autant que nous. J'en profite pour mettre quelques dizaines de mètres entre nous. Je tourne dans un petit tunnel, puis me glisse dans l'ombre d'une alcôve à moitié effondrée.

« Crois-tu qu'ils vont nous trouver ? chuchote Laia.

— Espérons que non... »

Une lumière et le martèlement des bottes se rapprochent. Deux soldats pénètrent dans le tunnel et, soudain, leurs torches nous éclairent. Ils s'arrêtent une seconde, déconcertés, peut-être par la présence de Laia, peut-être par l'absence de mon masque. Puis ils voient mon armure et mes sabres et l'un d'entre eux souffle dans un sifflet strident qui va attirer tous les soldats qui l'entendront.

Mon corps reprend le contrôle. Avant qu'ils n'aient le temps de dégainer leurs sabres, j'enfonce mes couteaux dans leurs gorges. Ils s'écroulent en silence et leurs torches vacillent sur le sol humide des catacombes.

Laia sort de l'alcôve, la main sur sa bouche. « E... Elias... »

Je retourne dans l'alcôve en l'entraînant avec moi et je sors mes sabres de leurs fourreaux.

« Je vais en éliminer autant que je peux, dis-je. Ne t'en mêle pas. Quoi qu'il arrive, n'interfère pas, n'essaie pas d'aider. »

Je prononce le dernier mot au moment même où les soldats qui nous suivaient font irruption dans le tunnel, à notre gauche. Ils sont à cinq mètres de nous. Quatre. Dans ma tête, les couteaux ont déjà été lancés, ont déjà atteint leur cible. Je jaillis de l'alcôve et je m'exécute. Les quatre premiers légionnaires s'effondrent silencieusement, l'un après l'autre, aussi facilement que si je fauchais du blé. Le cinquième tombe d'un coup de sabre. Du sang chaud gicle et je sens ma colère monter. *Ne pense pas. Ne t'appesantis pas. Contente-toi de dégager la route.*

Six auxiliaires apparaissent derrière les cinq premiers. L'un me saute sur le dos et je l'envoie valdinguer d'un coup de coude dans le visage au moment où un autre se jette sur mes jambes. Lorsque je lui donne un coup de pied dans les dents, il hurle et pose la main sur son nez et sa bouche ensanglantés. *Demi-tour, un coup de pied, un pas de côté, frappe.*

Derrière moi, Laia crie. Un auxiliaire la fait sortir de force de l'alcôve en la tenant par le cou et brandit un couteau sous sa gorge. Son regard concupiscent se transforme en hurlement. Laia vient de lui enfoncer une dague dans le flanc. Elle la ressort. Il chancelle.

Je me retourne vers les trois derniers soldats. Ils fuient.

Tout le corps de Laia tremble alors qu'elle contemple le carnage : six morts. Deux blessés qui gémissent en tentant de se lever.

Elle se tourne vers moi ; elle écarquille les yeux en voyant mes sabres et mon armure maculés de sang. La honte m'envahit, j'ai envie de disparaître. Elle me voit tel que je suis, elle perçoit la misérable vérité de ce que je suis au plus profond de moi. *Assassin ! La Mort en personne !*

« Laia… » Un grondement puissant m'interrompt et le sol recommence à trembler. Des cris et une explosion assourdissante nous parviennent à travers la grille des égouts. « Dix enfers sanglants, qu'est-ce que…

— Les résistants érudits, crie Laia par-dessus le bruit. Ils se soulèvent ! »

Je n'ai pas le temps de lui demander comment elle est au courant de cette fascinante information car des armures argentées émergent du tunnel à notre gauche.

« Cieux, Elias ! » La voix de Laia est étranglée. L'un des Masks qui approchent est immense et a dix ans de plus que moi. L'autre est une petite femme. Le calme de son visage masqué contraste avec la rage effrayante qui émane d'elle.

Ma mère. La Commandante.

Les coups de sifflet attirent de plus en plus de soldats. J'entends des bruits de bottes à notre droite. *Pris au piège.*

Le tunnel gronde à nouveau.

« Mets-toi derrière moi », dis-je sèchement à Laia. Elle n'entend pas. « Laia, bon sang, mets-toooiii… »

Elle se jette sur moi en me prenant à la ceinture. Je suis si surpris que je tombe à la renverse dans une crypte. Je passe à travers une épaisse toile d'araignée et j'atterris le dos sur un cercueil en pierre. Laia est à moitié sur moi, à moitié coincée entre le cercueil et le mur.

La combinaison toile d'araignée-crypte-Laia me désarçonne. « Tu es dingue ou qu… »

BOUM. Le plafond du tunnel où nous nous trouvions une seconde plus tôt s'écroule dans un grondement doublé d'explosions en provenance de la ville. Je fais passer Laia sous moi, mes bras de chaque côté de sa tête pour la protéger. Mais c'est la crypte qui nous sauve. La poussière provoquée par les explosions nous fait tousser et je m'aperçois que sans la réactivité de Laia, nous serions tous les deux morts.

Le grondement s'arrête et le soleil perce à travers l'épaisse poussière. Des cris nous parviennent de la ville. Je m'écarte prudemment de Laia et je me tourne vers l'entrée de la crypte en partie bloquée par des rochers. Je jette un coup d'œil à ce qui reste du tunnel. C'est-à-dire pas grand-chose. Tout s'est effondré. Aucun Mask à l'horizon.

Je me rue hors de la crypte en rampant à moitié et en soutenant Laia qui tousse toujours. Son visage est maculé de poussière et de sang. Après vérification, je constate avec soulagement que ce n'est pas son sang. Elle veut déboucher sa gourde. Je la porte à ses lèvres. Après quelques gorgées, elle se redresse.

« Je peux… Je peux marcher. »

Des rochers obstruent le tunnel à notre gauche, mais une main gantée de mailles les écarte. Les yeux gris et les cheveux blonds de la Commandante se détachent dans la poussière.

« Viens. » Nous sortons des catacombes en ruine en escaladant les gravats et arrivons dans les rues bruyantes de Serra. *Dix enfers sanglants.*

Personne n'a l'air d'avoir remarqué que la rue s'est éboulée dans les catacombes – tout le monde est trop occupé à regarder la colonne de feu qui s'élève dans le ciel bleu et chaud : la demeure du gouverneur brûle tel un bûcher funéraire barbare. Autour des portes en train de noircir et sur l'immense place devant la maison, des dizaines de soldats martiaux sont aux prises avec des centaines de rebelles vêtus de noir – les combattants de la Résistance érudite.

« Par ici ! » Je zigzague vers la demeure du gouverneur en frappant deux combattants rebelles au passage et je me dirige vers une ruelle dans laquelle le feu fait rage et se propage rapidement. Le sol est jonché de cadavres. Je prends Laia par la main et je cours vers une autre ruelle ; elle est dans le même état que la première.

En plus du fracas des armes, des cris et du grondement des flammes, les tambours des tours de Serra battent fiévreusement, exigeant des troupes supplémentaires dans le District des Illustriens, le District des Étrangers et celui des Armes. Une autre tour précise ma localisation près de la demeure du gouverneur et ordonne à toutes les troupes disponibles de participer à ma traque.

Derrière la demeure, une tête blond pâle émerge des débris du tunnel écroulé. *Bon sang.* Nous sommes au milieu de la place, à côté d'une fontaine en forme de cheval cabré couverte de cendres. J'y appuie Laia et je me penche pour chercher une issue avant que la Commandante ou l'un de ses Martiaux ne nous repèrent. Mais il semblerait que chaque bâtiment et chaque rue autour de la place soit en feu.

Cherche mieux ! D'une seconde à l'autre, la Commandante se jettera dans la mêlée sur la place et fera usage de son terrifiant talent pour se frayer un chemin au milieu de la bataille dans le seul but de nous retrouver.

Je me retourne vers elle alors qu'elle époussette son armure, indifférente au chaos. Sa sérénité me donne la chair de poule. Son école est détruite, son fils et ennemi s'est échappé, la ville est en état de siège. Et pourtant, elle reste de marbre. « Là ! » Laia attrape mon bras et désigne une ruelle cachée derrière le chariot retourné d'un vendeur. Alors que nous courons pliés en deux, je remercie le ciel du tumulte qui détourne l'attention des Érudits et des Martiaux.

Nous rejoignons la ruelle en quelques minutes et, au moment où nous nous y engouffrons, je regarde une dernière fois derrière moi pour m'assurer qu'elle ne nous a pas vus.

Je la cherche partout du regard – au milieu des combattants de la Résistance fondant sur deux légionnaires, derrière un Mask aux prises avec dix rebelles, jusqu'aux décombres du tunnel où se tient ma mère. Un vieil esclave érudit essayant de fuir commet l'erreur de croiser son chemin. Elle lui enfonce son sabre dans le cœur avec une brutalité désinvolte. Elle ne le regarde pas. Non, elle me fixe. Son regard traverse la place comme si nous étions connectés, comme si elle connaissait chacune de mes pensées.

Elle sourit.

3
LAIA

Le sourire de la Commandante est répugnant. Même si je ne la vois qu'une seconde avant qu'Elias m'entraîne hors de la place où a lieu une véritable hécatombe, je n'arrive pas à parler.

Mes bottes glissent sur du sang, résultat du carnage qui s'est déroulé dans les tunnels. En repensant à la haine dans les yeux d'Elias après ce combat, je frémis. J'aurais voulu lui dire qu'il avait fait ce qu'il devait pour nous sauver. Mais je ne pouvais alors pas parler. Si j'avais ouvert la bouche, j'aurais vomi.

L'air retentit d'une cacophonie de cris de souffrance – de Martiaux et d'Érudits, d'adultes et d'enfants. Je les entends à peine, je suis trop concentrée sur le verre cassé et les bâtiments en feu qui s'écroulent dans les rues. Je regarde une dizaine de fois en arrière, m'attendant à voir la Commandante sur nos talons. Soudain, j'ai l'impression d'être à nouveau celle que j'étais il y a un mois. La fille qui a abandonné son frère aujourd'hui enfermé dans une prison de l'Empire, celle qui gémissait et pleurait après avoir été fouettée. La fille qui n'avait aucun courage.

Lorsque la peur prend le dessus, combats-la avec ce qu'il y a de plus puissant qu'elle : ton esprit. Ton cœur. Je repense aux paroles prononcées hier par le forgeron Spiro Teluman, l'ami et le mentor de mon frère.

Je m'efforce de transformer ma peur en moteur. La Commandante n'est pas infaillible. Elle ne m'a peut-être même pas vue – son attention était tellement focalisée sur son fils. Je lui échapperai de nouveau.

L'adrénaline monte en moi mais, alors que nous passons d'une rue à l'autre, je trébuche sur un petit monticule de pierres et je tombe sur les pavés noircis par la suie.

Elias me relève aussi facilement que si j'étais une plume. Il regarde au loin, derrière, vers les fenêtres et les toits, comme s'il s'attendait que sa mère surgisse d'une seconde à l'autre.

« Nous devons continuer. » Je tire sa main. « Nous devons quitter la ville.

— Je sais. » Elias nous entraîne dans un verger aux arbres morts accolés à un mur. « Mais nous n'y arriverons pas si nous sommes épuisés. Ça ne nous fera pas de mal de nous reposer une minute. »

Il s'assoit et je m'agenouille à côté de lui à contrecœur. L'air de Serra est vicié. Ça sent le bois carbonisé mélangé à quelque chose de plus sinistre – le sang, les corps en train de brûler et les sabres.

« Elias, comment allons nous rejoindre la prison de Kauf ? » C'est la question qui me taraude depuis le moment où nous nous sommes glissés dans les tunnels de Blackcliff. Mon frère s'est laissé prendre par les soldats martiaux pour que j'aie une chance de m'échapper. Je ne le laisserai pas mourir pour son sacrifice – il est toute la famille qui me reste dans ce fichu Empire. Si je ne le sauve pas, personne ne le fera. « Allons-nous nous cacher quelque part ? Quel est le plan ? »

Elias plonge ses yeux gris opaques dans les miens.

« Le tunnel de secours nous aurait permis d'arriver à l'ouest de la ville, dit-il. Nous serions allés vers le nord en passant par les cols des montagnes, puis aurions volé une roulotte tribale pour nous faire passer pour des marchands. Les Martiaux ne seraient pas partis à notre recherche à tous les deux – et ils n'auraient pas cherché au nord. Mais maintenant… » Il hausse les épaules.

« Qu'est-ce que ça veut dire ? As-tu au moins un plan ?

— Oui. Nous quittons la ville. Nous échappons à la Commandante. C'est le seul plan qui compte.

— Et après ?

— Chaque chose en son temps, Laia. Nous avons affaire à ma mère.

— Je n'ai pas peur d'elle, dis-je de crainte qu'il ne pense que je suis restée la fille effrayée qu'il a rencontrée à Blackcliff il y a quelques semaines. Je n'ai plus peur d'elle.

— Tu devrais », dit Elias d'un ton sec.

Les tambours retentissent violemment. Leur écho résonne dans mon crâne.

Elias penche la tête. « Ils diffusent notre description. Elias Veturius : yeux gris, 1,90 mètre, 95 kilos, cheveux noirs. Vu pour la dernière fois dans les tunnels au sud de Blackcliff. Armé et dangereux. Voyage avec une Érudite : yeux mordorés, 1,65 mètre, 57 kilos, cheveux noirs… » Il s'interrompt. « Tu as compris, Laia, ils nous pourchassent. Elle nous pourchasse. Il n'y a aucun moyen de quitter la ville. Pour le moment, la peur est notre meilleure guide – elle nous maintiendra en vie.

— Les murs de la ville…

— Sous haute surveillance à cause de la révolte des Érudits. Encore plus maintenant, sans aucun doute. Elle a dû envoyer des messages partout disant que nous n'avons pas encore franchi le mur. La garde sera doublée aux portes.

— Pourrions-nous… Pourrais-tu passer en te battant ? Peut-être en passant par l'une des petites portes ?

— Oui, dit Elias. Mais il y aurait beaucoup de morts. »

Je comprends pourquoi il détourne le regard, même si la part froide et dure de moi-même née à Blackcliff se demande quelle différence fera la mort de quelques Martiaux. Surtout vu le nombre qu'il a déjà tués et quand je pense à ce qu'ils vont faire aux Érudits une fois la révolution fatalement réprimée.

Mais la meilleure part de moi-même refuse une telle inhumanité. « Les tunnels, alors ? Les soldats ne s'y attendront pas.

— Nous ne savons pas lesquels se sont écroulés et il n'y a aucun intérêt à y descendre si c'est pour se retrouver dans un cul-de-sac. Peut-être les docks. Nous pourrions traverser le fleuve…

— Je ne sais pas nager.

— Rappelle-moi d'y remédier quand nous aurons quelques jours devant nous. » Il secoue la tête – nous commençons à manquer d'options. « Nous pourrions faire profil bas jusqu'à la fin de la révolution, puis nous glisser dans les tunnels une fois que les explosions auront cessé. Je connais un abri.

— Non, je réponds du tac au tac. L'Empire a envoyé Darin à Kauf il y a trois semaines. Et les frégates de prisonniers sont rapides, n'est-ce pas ? »

Elias acquiesce. « Elles atteignent Antium en moins de quinze jours. De là, c'est un trajet de dix jours par voie terrestre jusqu'à Kauf si le temps n'est pas mauvais. Il y est peut-être déjà.

— Combien de temps mettrons-nous pour y arriver ?

— Nous devons passer par la route et éviter de nous faire repérer. Trois mois, si nous faisons vite. Et seulement si nous atteignons les montagnes de Nevennes avant les neiges, sinon, il faudra attendre le printemps pour traverser.

— Alors nous ne pouvons pas attendre. Pas même une journée. »

Je regarde à nouveau derrière nous dans l'espoir de réprimer un sentiment de terreur grandissant. « Elle ne nous a pas suivis.

— Elle ne s'est pas laissé voir. Elle est bien trop intelligente pour ça. ».

Elias considère les arbres morts autour de nous en tournant et retournant un poignard dans sa main.

« Il y a un entrepôt abandonné près du fleuve, finit-il par dire. Il appartient à mon grand-père – il me l'a montré il y a des années. Une porte dans la cour à l'arrière donne directement de l'autre côté des murs de la ville. Mais il n'existe peut-être plus.

— La Commandante connaît-elle cet endroit ?

— Grand-père ne le lui en aurait jamais parlé. »

Je pense à Izzi qui était esclave avec moi à Blackcliff et qui m'avait avertie au sujet de la Commandante le jour de mon arrivée à l'école. *Elle sait des choses. Des choses qu'elle ne devrait pas savoir.*

Mais nous devons sortir de la ville et je n'ai pas de meilleur plan à proposer.

Nous traversons rapidement des quartiers que la révolution a épargnés avant de nous faufiler dans les zones où les combats font rage. Les heures passent et l'après-midi cède la place à la soirée. Elias est calme ; la vue d'une telle destruction semble le laisser indifférent.

Que c'est étrange ! Il y a un mois, mes grands-parents étaient vivants, mon frère était libre et je n'avais jamais entendu le nom Veturius.

Tout ce qui s'est produit depuis ressemble à un cauchemar. Nan et Pop assassinés. Darin enlevé par des soldats, me hurlant de fuir.

Et la Résistance me proposant de m'aider à sauver mon frère pour finalement me trahir.

Un autre visage me revient à l'esprit, beau, les yeux foncés et sombres – toujours tellement sombres. Ses sourires en sont d'autant plus précieux. Keenan, le rebelle aux cheveux de feu qui a défié la Résistance pour me permettre de quitter secrètement Serra. Une porte de sortie qu'à mon tour j'ai donnée à Izzi.

J'espère qu'il n'est pas fâché. J'espère qu'il comprendra pourquoi je ne pouvais pas accepter son aide.

« Laia, dit Elias alors que nous atteignons la limite est de la ville. Nous y sommes presque. »

Nous sortons du dédale des rues de Serra et débouchons près d'un entrepôt mercator. La tour d'un four à céramique en brique jette une ombre sur les entrepôts et les cours de triage. Pendant la journée, cet endroit doit grouiller de wagons, de marchands et de débardeurs. Mais à cette heure de la nuit, il est vide. Un air frais venu du nord marque le changement de saison. Rien ne bouge.

Elias pointe du doigt un bâtiment construit contre le mur d'enceinte de Serra. Il est similaire à ceux qui l'entourent à l'exception d'une cour envahie par les mauvaises herbes qu'on aperçoit derrière. « C'est là. » Il observe l'entrepôt pendant de longues minutes. « La Commandante ne pourrait pas cacher une dizaine de Masks à l'intérieur. Et je doute qu'elle viendrait sans eux. Elle ne prendrait pas le risque que je puisse m'échapper.

— Es-tu sûr qu'elle ne viendrait pas seule ? » Le vent souffle plus fort, je croise les bras en frissonnant. La Commandante seule est déjà terrifiante. Je ne suis pas certaine qu'elle ait besoin de renforts.

« Non, admet-il. Attends ici. Je vais vérifier que tout va bien.

— Je crois que je devrais venir, dis-je, immédiatement inquiète. S'il se passe quelque chose…

— Alors tu survivras, contrairement à moi.

— Quoi ? Non !

— Si tu peux me rejoindre en toute sécurité, je sifflerai une fois. S'il y a des soldats, deux fois. Si la Commandante m'attend, trois fois d'affilée répétées deux fois.

— Et si c'est elle ? Qu'est-ce que je fais ?

— Tu ne bouges pas. Si je survis, je viendrai te chercher. Sinon, il faudra que tu te débrouilles seule.

— Elias, espèce d'idiot, j'ai besoin de toi pour retrouver Darin… »

Il pose un doigt sur mes lèvres et attire mon regard vers le sien.

Devant nous, l'entrepôt est silencieux. Derrière, la cité est en flammes. Je me souviens de la dernière fois que je l'ai regardé comme ça – juste avant que nous nous embrassions. À en croire sa respiration saccadée, il s'en souvient aussi.

« Tant qu'il y a de la vie, il y a de l'espoir, dit-il. Une fille courageuse m'a dit ça un jour. S'il m'arrive quelque chose, n'aie pas peur. Tu trouveras un moyen de t'en sortir. »

Avant que le doute m'envahisse à nouveau, il baisse la main et se dirige vers l'entrepôt.

Je suis ses mouvements, douloureusement consciente de la faiblesse de son plan. Pour l'instant, tout ce qui est arrivé a été le produit de la volonté ou de la chance pure et simple. Si ce n'est en suivant Elias, je ne sais absolument pas comment faire route vers le nord en toute sécurité. J'ignore comment entrer dans Kauf par effraction. Je ne sais faire qu'une seule chose, espérer qu'Elias le sache. Tout ce que j'ai, c'est une voix en moi me disant que je dois sauver mon frère et la promesse d'Elias qu'il m'aidera. Le reste n'est que souhaits et espoir, tous deux très fragiles.

Ce n'est pas assez. Le vent fait voler mes cheveux dans tous les sens. Il est froid pour la saison. Elias disparaît dans la cour de l'entrepôt. J'ai les nerfs à vif et j'ai beau inspirer profondément, j'ai toujours le sentiment de manquer d'air. *Allez. Allez.* L'attente du signal est insupportable.

Puis je l'entends. Si rapide que pendant une seconde je me dis que j'ai mal compris. J'espère que c'est le cas. Mais il revient.

Trois sifflements rapides. Aigus, courts, un avertissement.

La Commandante nous a retrouvés.

4
ELIAS

Ma mère sait prodigieusement bien cacher sa colère. Elle l'enveloppe de calme et l'ensevelit profondément. Elle piétine la terre, met une pierre tombale dessus et fait comme si elle était morte.

Mais je la vois. Elle brûle lentement aux bords de ses yeux, comme les coins d'une feuille de papier noircissent avant de prendre feu.

Je ne supporte pas l'idée d'être du même sang qu'elle. Elle est appuyée contre le haut mur sombre de la ville, elle n'est qu'une ombre dans la nuit à l'exception du reflet argenté de son masque. À côté d'elle se trouve notre issue, une porte en bois entièrement dissimulée par de la vigne vierge. Même si elle n'a aucune arme à la main, le message est clair. *Si tu veux partir, tu devras me passer sur le corps.*

Dix enfers. J'espère que Laia a entendu mon sifflement. J'espère qu'elle ne s'en mêlera pas.

« Tu en as mis du temps, dit la Commandante. Ça fait des heures que j'attends. »

Elle bondit sur moi, son long couteau apparaît si rapidement dans sa paume que c'est comme s'il sortait de sa peau. Je l'évite de justesse puis riposte avec mes sabres. Elle esquive mon attaque sans même se donner la peine de croiser le fer, puis lance un shuriken qui me manque d'un cheveu. Avant qu'elle ne se saisisse d'un autre, je me jette sur elle et lui assène un coup de pied dans la poitrine qui l'envoie valdinguer.

Alors qu'elle se relève, je parcours la zone du regard à la recherche de soldats. Les murs de la ville sont vides, les toits autour de nous également. Aucun bruit ne provient de l'entrepôt de Grand-père. Malgré tout, j'ai du mal à croire qu'il n'y ait pas de tueurs embusqués.

J'entends du mouvement à ma droite et je brandis mes sabres en m'attendant à voir une flèche ou une lance. Mais ce n'est que le cheval de la Commandante attaché à un arbre. Je reconnais la selle de la Gens Veturia – c'est l'un des étalons de Grand-père.

« On est nerveux. » La Commandante hausse un sourcil argenté en se relevant. « Ne le sois pas. Je suis venue seule.

— Et pourquoi feriez-vous ça ? »

La Commandante me jette d'autres shurikens. Pendant que je me penche pour les éviter, elle se précipite derrière un arbre et esquive les poignards que je viens de lui lancer.

« Si tu crois que j'ai besoin d'une armée pour te détruire, tu fais fausse route, petit », dit-elle.

D'un geste, elle ouvre le col de son uniforme et je grimace en voyant le métal vivant qu'elle porte en dessous et qu'aucune arme ne peut transpercer.

La chemise d'Hel.

« Je la lui ai prise. » La Commandante saisit ses sabres et répond à mon assaut avec agilité. « Avant de la livrer à la Garde noire pour qu'elle l'interroge.

— Elle ne sait rien. » J'esquive ses coups tandis qu'elle danse autour de moi. *Oblige-la à se mettre sur la défensive. Puis un coup rapide à la tête pour l'assommer. Vole le cheval. Fuis.*

La Commandante fait un son bizarre alors que nous croisons le fer. L'étrange musique des sabres remplit le silence de l'entrepôt. Au bout d'un moment, je m'aperçois que le son bizarre est un rire.

Je n'ai jamais entendu ma mère rire. Jamais.

« Je savais que tu viendrais ici. » Elle se jette sur moi avec ses sabres et je tombe en sentant le souffle de ses lames à quelques centimètres de mon visage. « Tu as dû considérer l'éventualité de fuir par une porte de la ville. Puis par les tunnels, le fleuve, les docks. Toutes ces options posaient trop de problèmes, surtout avec ton amie qui te colle aux basques. Tu t'es souvenu de cet endroit en partant du principe que j'ignorais son existence. C'était stupide. Elle est ici, je le sais. » La Commandante souffle d'exaspération quand je contre son attaque et la blesse au bras. « L'esclave érudite. Elle est cachée dans le bâtiment. Elle nous observe. » La Commandante grogne et lève la voix. « Comme toi, elle s'accroche obstinément à la vie tel un cafard. J'imagine que les Augures t'ont sauvé ? J'aurais dû t'éliminer. »

Laia, cache-toi ! Je hurle dans ma tête, de peur qu'elle ne finisse avec l'un des shurikens de ma mère dans la poitrine.

La Commandante tourne le dos à l'entrepôt. Elle est légèrement essoufflée et sa soif de meurtre scintille dans ses yeux. Elle veut en finir.

Elle m'attaque avec son poignard, mais quand je pare son geste elle me fait tomber d'un coup dans les jambes et sa lame fond sur moi. Je roule et évite de peu la mort par empalement, mais deux shurikens sifflent vers moi et si j'en détourne un, l'autre m'entaille le biceps.

Une peau dorée passe dans l'obscurité derrière ma mère. *Non, Laia. Ne t'approche pas.*

Ma mère laisse tomber ses sabres et dégaine deux dagues, déterminée à m'achever. Elle bondit et tente de me lacérer de coups de couteau.

Je la repousse trop lentement. Je suis blessé à l'épaule et je recule, pas assez vite toutefois pour éviter un coup au visage qui me fait tomber à genoux. Soudain, il y a deux Commandantes et quatre lames. *Elias, tu es mort.* Des halètements résonnent dans ma tête – ma propre respiration, rapide et douloureuse. J'entends son petit rire froid qui me rappelle le bruit de cailloux brisant du verre. Elle se prépare à tuer. C'est grâce à la formation que j'ai reçue à Blackcliff, à *sa* formation, que je brandis instinctivement mon sabre et que je la bloque. Mais je n'ai plus de force. Elle me fait lâcher mes sabres, l'un après l'autre.

Du coin de l'œil, je vois Laia approcher, dague en main. *Bon sang, arrête. Elle va te tuer.*

Je cligne des yeux. Laia a disparu. Je me dis que j'ai dû rêver, que le coup m'a brouillé l'esprit, mais Laia réapparaît et jette du sable dans les yeux de ma mère. La Commandante tourne brusquement la tête et je récupère péniblement mes sabres dans la poussière. J'en attrape un au moment où je croise le regard de ma mère.

Je m'attends que son poignet ganté se lève et fasse barrage au sabre. Je m'attends à mourir au milieu de son triomphe teinté de jubilation malveillante.

Au lieu de cela, j'entraperçois dans ses yeux une émotion que je n'arrive pas à identifier.

Le sabre la frappe à la tempe et le coup qu'elle reçoit la fera dormir pendant au moins une heure. Elle s'écroule comme un sac de pommes de terre.

Laia et moi ressentons un mélange de colère et de confusion. Je la fixe, par terre. Y a-t-il un crime que ma mère n'ait *pas* commis ? Elle a fouetté, tué, torturé, réduit en esclavage. À présent, elle est allongée devant nous, sans défense. Il serait facile de la tuer. Le Mask en moi m'incite à le faire. *Ne flanche pas maintenant, espèce d'idiot. Tu vas le regretter.*

L'idée même me répugne. Pas ma propre mère, pas comme ça, même si elle est un monstre.

Quelque chose bouge. Une silhouette rôde dans l'obscurité de l'entrepôt. Un soldat ? Peut-être, mais un soldat trop lâche pour venir se battre. Peut-être nous a-t-il vus, peut-être pas. Je ne vais pas attendre de le découvrir.

« Laia. » J'attrape ma mère par les jambes et je la traîne à l'intérieur. Elle est si légère. « Va chercher le cheval.

— Elle… Est-ce qu'elle… » Elle baisse les yeux sur le corps de la Commandante et je fais non de la tête.

« Le cheval, lui dis-je. Détache-le et emmène-le à la porte. » Alors qu'elle s'exécute, je coupe un morceau de la corde que j'ai dans mon sac et je ligote les chevilles et les poignets de ma mère. Cela ne la retiendra pas longtemps une fois qu'elle sera réveillée, mais en plus du coup qu'elle a reçu à la tête, cela devrait nous donner le temps de nous éloigner de Serra avant qu'elle envoie des soldats à notre poursuite.

« Elias, nous devons la tuer. » Laia tremble de tout son corps. « Elle se lancera à notre poursuite dès qu'elle reprendra connaissance. Nous n'arriverons jamais à Kauf.

— Je ne la tuerai pas. Si tu veux le faire, dépêche-toi. Nous n'avons pas beaucoup de temps. »

Je me tourne et scrute l'obscurité derrière nous. Celui qui nous observait est parti. Nous devons envisager le pire : c'était un soldat et il va sonner l'alarme.

Aucune troupe ne patrouille en haut des remparts de Serra. *Enfin un peu de chance.* Après quelques efforts, la porte cachée finit par s'ouvrir en grinçant. Quelques secondes plus tard, nous sommes de l'autre côté de l'épais mur. Pendant un moment, je vois double. Fichu coup à la tête.

Nous traversons discrètement un verger d'abricotiers. Laia guide le cheval et j'ouvre la marche, sabres en main.

La Commandante a choisi de m'affronter seule. Peut-être était-ce par fierté – par désir de se prouver, ainsi qu'à moi, qu'elle peut me supprimer d'une main. Quelle que soit la raison, elle a dû poster quelques escouades par ici pour nous attraper si nous parvenions à nous échapper. S'il y a une chose dont je suis certain au sujet de ma mère, c'est qu'elle a toujours un plan B.

Heureusement, la nuit est d'encre. Si la lune brillait, un bon archer nous viserait sans mal depuis les remparts. Nous nous fondons parmi les arbres. Malgré tout, je ne fais pas confiance à l'obscurité. J'attends que les grillons et les créatures de la nuit se taisent, que ma peau refroidisse, que claque le bruit d'une botte.

Mais aucun signe de l'Empire.

Nous approchons de la lisière du verger. Je ralentis l'allure. Un affluent du Rei coule à proximité. Les deux seuls points lumineux dans le désert sont deux garnisons, chacune à des kilomètres de nous et l'une de l'autre. Les messages des tambours résonnent et parlent de mouvements de troupes dans Serra. Au loin, des sabots de chevaux martèlent le sol et je me crispe – mais ils s'éloignent.

« Il y a quelque chose qui cloche, dis-je à Laia. Ma mère aurait dû placer des patrouilles par ici.

— Peut-être pensait-elle qu'elle n'en aurait pas besoin. » Le murmure de Laia est incertain. « Qu'elle nous tuerait.

— Non. La Commandante a toujours un plan B. » Soudain, je regrette qu'Helene ne soit pas là. Je peux presque la voir froncer ses sourcils argentés pendant qu'elle démêle patiemment et précautionneusement les faits dans son esprit.

Laia penche la tête vers moi. « Elias, il arrive à la Commandante de se tromper. Elle nous a sous-estimés. »

C'est vrai. Et pourtant un sentiment tenace ne me lâche pas. Enfers, j'ai mal à la tête. J'ai envie de vomir. De dormir. *Elias, réfléchis.* Qu'as-tu vu dans ses yeux avant de l'assommer ? Une émotion. Quelque chose que normalement elle n'exprimerait pas.

Je finis par saisir. De la *satisfaction*. La Commandante était contente.

Mais pourquoi serait-elle contente que je l'assomme après qu'elle a essayé de me tuer ?

« Laia, elle n'a pas fait d'erreur. » Nous quittons le verger et marchons dans l'immensité. J'observe l'orage qui se prépare au-dessus des montagnes de Serra. « Elle nous a *laissés* partir. »

Sauf que je ne comprends pas pourquoi.

5
HELENE

Loyal jusqu'à la mort.

La devise de la Gens Aquilla, chuchotée à mon oreille par mon père quelques instants à peine après ma naissance. J'ai prononcé ces mots mille fois. Je ne les ai jamais remis en question. Je n'en ai jamais douté.

Je pense à ces mots alors que je suis écroulée entre deux légionnaires dans le donjon, au sous-sol de Blackcliff. *Loyal jusqu'à la mort.*

Loyale envers qui ? Ma famille ? L'Empire ? Mon propre cœur ?

Maudit soit mon cœur ! C'est à cause de lui que j'ai atterri ici.

« Comment Elias Veturius s'est-il échappé ? »

Mon interrogateur interrompt mes pensées. Sa voix est tout aussi insensible qu'il y a des heures, quand la Commandante m'a jetée dans ce trou avec lui. Elle m'a attrapée, avec le soutien d'une escouade de Masks, à l'extérieur des baraquements de Blackcliff. Alors que je me suis rendue sans résistance, elle m'a tout de même assommée. Et j'ignore comment, mais entre ce moment et maintenant, elle m'a retiré la chemise argentée que les Augures, les hommes sacrés de l'Empire, m'ont donnée. Une chemise qui, fondue à ma peau, me rendait presque invincible.

Je devrais sans doute être surprise qu'elle ait réussi à me l'enlever. Or je ne le suis pas. Contrairement au reste de ce fichu Empire, je n'ai jamais fait l'erreur de la sous-estimer.

« Comment s'est-il échappé ? »

Je réprime un soupir. J'ai déjà répondu à cette question cent fois. « Je ne sais pas. Une seconde, j'allais lui couper la tête et la suivante mes oreilles sifflaient. Quand j'ai regardé l'estrade, il avait disparu. »

L'interrogateur fait un signe de tête aux deux légionnaires qui me tiennent. Je m'arme de courage.

Ne leur dis rien. Quoi qu'il arrive. Quand Elias s'est échappé, j'ai promis de le couvrir une dernière fois. Si l'Empire apprenait qu'il s'est enfui par les tunnels, qu'il voyage avec une Érudite ou qu'il m'a donné son masque, les soldats retrouveraient sa piste plus facilement. Il ne quitterait jamais la ville vivant.

Les légionnaires me plongent la tête dans un seau d'eau croupie. Je serre les lèvres, ferme les yeux et je me laisse faire même si chaque partie de moi veut combattre mes ravisseurs. Je m'accroche à une image, comme la Commandante nous l'a appris pendant notre formation en interrogatoire.

Elias s'échappant. Souriant dans un pays lointain inondé de soleil. Ayant enfin trouvé la liberté qu'il a si longtemps cherchée.

Mes poumons luttent et ça me brûle. *Elias en train de s'échapper. Elias libre.* Je me noie, je meurs. *Elias en train de s'échapper. Elias libre.*

Les légionnaires sortent ma tête du seau et j'inspire profondément.

L'interrogateur soutient mon menton d'une main ferme et me force à regarder dans ses yeux verts à la lueur pâle et insensible au milieu de son masque argenté. Je m'attends à y voir une once de colère, au moins de frustration après des heures à poser les mêmes questions et à entendre les mêmes réponses. Mais il est calme. Presque placide.

Dans ma tête, je l'appelle l'Homme du Nord ; à cause sa peau mate, de ses joues creuses et de ses yeux enfoncés. Il est sorti de Blackcliff il y a quelques années, un peu jeune pour faire partie de la Garde noire, encore plus pour être un interrogateur.

« Comment s'est-il échappé ?

— Je vous l'ai dit…

— Pourquoi étais-tu dans la baraque des Skulls après l'explosion ?

— J'ai cru le voir, mais je l'ai perdu. » C'est une version de la vérité. Au final, je l'ai bel et bien perdu.

« Comment a-t-il placé les charges d'explosifs ? » L'Homme du Nord me lâche et marche lentement autour de moi en se fondant dans l'obscurité. À l'exception de la pièce de tissu rouge sur son uniforme – un oiseau en train de crier, le symbole de la Garde noire, les hommes de main de l'Empire. « Quand l'as-tu aidé ?

— Je ne l'ai pas aidé.

— Il était ton allié. Ton ami. » L'Homme du Nord sort quelque chose de sa poche. Je ne vois pas ce que c'est. « Au moment où il devait être exécuté, une série d'explosions a quasiment rasé l'école. Penses-tu vraiment que quelqu'un croira que c'est une coïncidence ? »

Devant mon silence, l'Homme du Nord fait signe aux légionnaires de me mettre à nouveau la tête dans le seau.

J'inspire à fond et je me concentre uniquement sur l'image d'Elias libre.

Mais, une fois sous l'eau, je pense à *elle*.

L'Érudite. Ses cheveux noirs, ses formes avantageuses et ses fichus yeux mordorés. La façon dont il a pris sa main quand ils ont traversé la cour en courant. La manière dont elle a prononcé son nom qui, dans sa bouche, ressemblait à une chanson.

J'avale une gorgée d'eau. Elle a un goût de mort et de pisse. Je donne un coup de pied et je me débats. Les légionnaires me tiennent. *Calme-toi.* C'est comme ça que les interrogateurs détruisent leurs prisonniers. Il s'engouffrera dans la première brèche qu'il verra et la forcera jusqu'à ce que je craque.

Elias en train de s'échapper. Elias libre. J'essaie de visualiser cette image mais elle est remplacée par Elias et la fille, enlacés.

Peut-être que me noyer ne serait pas si horrible.

Les légionnaires me redressent au moment où mon monde devient noir. Je crache de l'eau. *Blinde-toi, Aquilla. Il va te briser.*

« Qui est la fille ? »

La question est tellement inattendue que pendant un moment accablant je suis incapable de masquer le choc – ou la reconnaissance – qui apparaît sur mon visage.

Une partie de moi maudit Elias d'avoir été suffisamment bête pour être vu avec la fille. L'autre partie essaie de réprimer la terreur qui me tord le ventre. L'interrogateur regarde les émotions se succéder dans mes yeux.

« Très bien, Aquilla. » Ses mots sont mortellement calmes. Je pense immédiatement à la Commandante. Une fois, Elias m'a dit que plus elle parlait doucement, plus elle était dangereuse. Je vois enfin ce que l'Homme du Nord a sorti de son uniforme : deux paires de bagues métalliques jointes qu'il glisse à ses doigts. Des coups de poing en cuivre. Une arme qui transforme n'importe quel simple coup de poing en mort lente et sanglante.

« Commençons donc par là.

— Commencer ? » Je suis dans ce trou à rats depuis des heures. « Que voulez-vous dire ?

— Ceci – il désigne le seau et mon visage tuméfié – était ma façon de faire connaissance avec toi. »

Dix enfers sanglants. Il se retenait. Il a fait monter la douleur petit à petit, il m'a affaiblie, il attendu que je me trahisse. *Elias en train de s'échapper. Elias libre. Elias en train de s'échapper. Elias libre.*

« Mais à présent, Pie de sang, dit l'Homme du Nord à voix basse, nous allons voir de quoi tu es faite. »

* * *

Le temps se brouille. Les heures passent. Ou sont-ce des jours ? Des semaines ? Je ne sais pas. Dans ce sous-sol, je ne vois pas le soleil. Je n'entends pas les tambours ou la tour de l'horloge.

Un petit peu plus longtemps, me dis-je après un tabassage particulièrement violent. *Une heure de plus. Résiste une heure de plus. Une demi-heure de plus. Cinq minutes. Une minute. Juste une.*

Pourtant, chaque seconde est douloureuse. Je suis en train de perdre la bataille. Je le sens dans le temps qui s'évapore, dans la façon dont mes mots s'embrouillent.

La porte du donjon s'ouvre, se ferme. Des messagers arrivent, discutent. Les questions de l'Homme du Nord changent mais ne s'arrêtent jamais.

« Nous savons qu'il s'est échappé par les tunnels avec une fille. » L'un de mes yeux est tellement enflé qu'il est fermé. Je lui lance un regard noir de l'autre. « Il y a tué la moitié d'une escouade. »

Oh, Elias. Ces morts vont le tourmenter, il les verra plus comme un choix qu'une nécessité – le mauvais choix. Il gardera ce sang sur ses mains longtemps alors qu'il se serait déjà effacé des miennes.

Cependant une partie de moi est soulagée que l'Homme du Nord sache qu'Elias s'est échappé. Au moins, je n'ai plus à mentir. Quand il m'interroge sur la nature du lien qui unit Laia et Elias, je peux honnêtement dire que je n'en sais rien.

Je dois juste survivre assez longtemps pour que l'Homme du Nord me croie.

« Parle-moi d'eux. Ce n'est pas si difficile, n'est-ce pas ? Nous savons que la fille était liée à la Résistance. A-t-elle retourné Elias pour qu'il adhère à leur cause ? Étaient-ils amants ? »

J'ai envie de rire. *Je n'en sais pas plus que vous.*

J'essaie de lui répondre, mais j'ai trop mal pour faire autre chose que gémir. Les légionnaires me laissent tomber par terre. Je me roule en boule dans une tentative désespérée de protéger mes côtes cassées. Ma respiration est devenue un râle. Je me demande si la mort est proche.

Je pense aux Augures. Savent-ils où je suis ? Cela leur importe-t-il ?

Ils doivent être au courant. Et ils n'ont rien fait pour m'aider.

Mais je ne suis pas encore morte. Et je n'ai pas donné ce qu'il veut à l'Homme du Nord. S'il continue à poser des questions, alors Elias est libre et la fille avec lui.

« Aquilla. » L'Homme du Nord a une voix… différente. Fatiguée. « Il ne te reste plus beaucoup de temps. Parle-moi de la fille.

— Je ne…

— Sinon, j'ai pour ordre de te battre à mort.

— Ordre de l'Empereur ? », dis-je dans un souffle douloureux. Je suis surprise. Je pensais que Marcus me ferait subir toutes sortes d'horreurs lui-même avant de me tuer.

« Peu importe d'où viennent les ordres », dit l'Homme du Nord. Il s'accroupit. Ses yeux verts plongent dans les miens. Pour une fois, ils sont moins calmes. « Aquilla, il n'en vaut pas la peine. Dis-moi ce que je veux savoir.

— Je… Je ne sais rien. »

L'Homme du Nord attend un instant. Me fixe. Devant mon silence, il se lève et enfile les coups de poing en cuivre.

Je pense à Elias qui, il y a peu, était dans ce même donjon. À quoi a-t-il pensé alors qu'il regardait la mort en face ? Il avait l'air si serein quand il est arrivé sur l'estrade où devait avoir lieu son exécution. Comme s'il était en paix avec lui-même alors qu'il affrontait son destin.

J'aimerais pouvoir profiter d'un peu de sa paix intérieure. *Au revoir, Elias. J'espère que tu trouveras la liberté. J'espère que tu trouveras la joie. Les Cieux savent qu'ici aucun d'entre nous ne les trouvera.*

Soudain, derrière lui, la porte du donjon s'ouvre. J'entends une démarche familière et détestée.

L'empereur Marcus Farrar. Venu me tuer de ses mains.

« Empereur. » L'Homme du Nord le salue. Les légionnaires me mettent à genoux et penchent ma tête en avant pour que je fasse preuve d'un semblant de respect.

Dans la faible lumière du donjon – et une capacité à voir limitée – je ne distingue pas l'expression de Marcus. Mais j'identifie la grande silhouette aux cheveux clairs derrière lui.

« Père ? » Enfers sanglants, que fait-il ici ? Marcus pense-t-il l'utiliser à son avantage ? A-t-il l'intention de le torturer jusqu'à ce que je lui donne des informations ?

« Votre Majesté. » La voix de mon père est lisse comme du verre, monocorde au point de paraître insensible. Mais il me jette un regard furtif et ses yeux se remplissent d'horreur. Puisant dans le peu de force qui me reste, je le regarde avec insistance. *Père, ne laisse rien paraître. Il ne faut pas qu'il sache ce que tu ressens.*

« Un moment, pater Aquilla. » Marcus se débarrasse de mon père d'un revers de la main et regarde l'Homme du Nord. « Lieutenant Harper. Avez-vous obtenu quelque chose ?

— Elle ne sait rien au sujet de la fille, Votre Majesté. Elle n'a pas non plus participé à la destruction de Blackcliff. »

Il m'a donc crue.

Le Serpent fait signe aux légionnaires qui me tiennent de disparaître. Je m'ordonne de ne pas m'écrouler. Marcus m'attrape par les cheveux et me force à me lever. L'Homme du Nord regarde, le visage impassible. Je serre les dents et bombe le torse. J'embrasse la douleur en m'attendant à ne voir que de la haine dans les yeux de Marcus.

Mais il me fixe avec cette tranquillité inquiétante qu'il exprime parfois. Comme s'il connaissait parfaitement mes peurs.

« Vraiment, Aquilla ? », dit Marcus. Je détourne le regard. « Elias Veturius, ton seul et grand amour… » Prononcés par lui, ces mots deviennent dégoûtants. « … s'échappe sous ton nez avec une Érudite et tu ne sais rien d'elle ? Tu ne sais pas comment elle a survécu à la Quatrième Épreuve, par exemple ? Ou quel est son rôle dans la Résistance ? Les menaces du lieutenant Harper sont-elles inefficaces ? J'ai peut-être une meilleure idée. »

Derrière Marcus, Père pâlit. « Votre Majesté, je vous en prie… »

Marcus l'ignore, me pousse contre le mur froid et humide du donjon et plaque son corps contre le mien. Il approche ses lèvres de mon oreille et je ferme les yeux en regrettant amèrement que Père assiste à ça.

« Dois-je trouver quelqu'un que nous pourrions tourmenter ensemble ? murmure Marcus. Quelqu'un dans le sang duquel nous baigner ? Ou vais-je t'obliger à accomplir d'autres choses ? J'espère que tu as fait attention aux méthodes d'Harper. En tant que Pie de sang, tu vas souvent les utiliser. »

Mes cauchemars – ceux que, je ne sais comment, il connaît – m'apparaissent avec une clarté terrifiante : des enfants battus, des mères éventrées, des maisons réduites en cendres. Moi, à ses côtés, son fidèle lieutenant, son soutien, sa maîtresse. M'en délectant. *Le désirant. Le désirant lui.*

Ce ne sont que cauchemars.

« Je ne sais rien, dis-je d'une voix rauque. Je suis fidèle à l'Empire. Je l'ai toujours été. » *Ne torture pas mon père*, ai-je envie d'ajouter, mais je me force à ne pas supplier.

« Votre Majesté. » Cette fois, mon père a un ton plus ferme. « Et notre arrangement ? »

Un arrangement ?

« Un instant, pater, ronronne Marcus. Je suis en train de m'amuser. » Il se serre un peu plus contre moi avant qu'une curieuse expression se dessine sur son visage – de la surprise ou peut-être de l'énervement. Il tourne brusquement la tête comme un cheval écartant une mouche, avant de s'éloigner de moi.

« Détachez-la, dit-il aux légionnaires.

— Que se passe-t-il ? » J'essaie de tenir debout. Mes jambes se dérobent sous moi. Père m'attrape avant que je tombe et passe mon bras sur ses épaules.

« Tu es libre de partir. » Marcus ne me lâche pas du regard. « Pater Aquilla, venez me voir demain à la dixième cloche. Vous savez où me trouver. Pie de sang, tu l'accompagneras. » Il s'arrête et passe lentement le doigt sur mon visage maculé de sang. Je lis une sorte de soif dans ses yeux. Il porte le doigt à sa bouche et lèche le sang. « J'ai une mission pour toi. »

Puis il part, suivi de l'Homme du Nord et des légionnaires. Ce n'est qu'une fois évanouis leurs bruits de pas dans l'escalier qui mène à la sortie du donjon que je laisse tomber ma tête. La fatigue, la douleur et mon scepticisme m'ont pris toutes mes forces.

Je n'ai pas trahi Elias. J'ai survécu à l'interrogatoire.

« Viens, ma fille. » Mon père me prend dans ses bras aussi doucement que si j'étais un nouveau-né. « Rentrons à la maison.

— Quels sont les termes de cet arrangement ? Contre quoi m'as-tu échangée ?

— Rien d'important. » Père essaie de me porter. Je ne le laisse pas faire. Je me mords la lèvre jusqu'au sang. Alors que nous sortons lentement de la cellule, je m'accroche à cette douleur plutôt qu'à la faiblesse de mes jambes et à la brûlure dans mes os. Je suis la Pie de sang de l'Empire des Martiaux. Je quitterai ce donjon sur mes deux jambes.

« Père, que lui as-tu donné ? De l'argent ? Des terres ? Sommes-nous ruinés ?

— Pas de l'argent. De l'influence. C'est un Plébéien. Il n'a pas de Gens, pas de famille pour le soutenir.

— Les Gens lui tournent le dos ? »

Mon père acquiesce. « Elles réclament sa démission – ou son assassinat. Il a trop d'ennemis, il ne peut pas tous les mettre en prison ou les tuer. Ils sont trop puissants. Il a besoin d'influence. Je lui en ai donné. En échange de ta vie.

— Mais comment ? Vas-tu le conseiller ? Lui prêter des hommes ? Je ne comprends pas…

— Ça n'a aucune importance pour l'instant. » Je ne peux pas regarder les yeux bleus et perçants de Père sans qu'une boule se forme dans ma gorge. « Tu es ma fille. Je lui aurais donné la peau de mon dos s'il me l'avait demandé. Appuie-toi sur moi. Économise tes forces. »

Marcus n'a pas pu seulement obtenir de l'influence. Je veux que mon père m'explique tout mais je suis prise de vertiges alors que nous montons l'escalier. Je le laisse m'aider à sortir du donjon, incapable de me défaire du sentiment tenace que quel que soit le prix qu'il a payé pour moi, il était trop élevé.

6
LAIA

Nous aurions dû tuer la Commandante.

Au-delà des vergers de Serra, le désert est silencieux. Le seul indice d'une révolution érudite est la lueur orange des incendies au milieu du ciel nocturne limpide. Une brise fraîche porte l'odeur de la pluie venue de l'est où un orage éclate au-dessus des montagnes.

Repars. Tue-la. Je suis déchirée. Si Keris Veturia nous a laissés partir, c'est qu'elle a une raison diabolique. En plus, elle a assassiné mes parents et ma sœur. Elle a arraché un œil à Izzi. Torturé Cuisinière. M'a torturée moi. Elle a mené une génération de monstres sanguinaires et ignobles qui a réduit mon peuple en esclavage à coups de crosse. Elle mérite de mourir.

Maintenant que nous sommes de l'autre côté des murs de Serra, il est trop tard pour rebrousser chemin. Darin importe plus que ma vengeance contre cette folle.

Dès que nous quittons les vergers, Elias monte à cheval. Son regard ne se repose jamais et chacun de ses mouvements est teinté de méfiance. Je sens qu'il se pose la même question que moi. *Pourquoi la Commandante nous a-t-elle laissés partir ?*

Je prends sa main et il me hisse derrière lui. Notre extrême proximité me fait rougir. La selle est énorme, mais Elias n'est pas exactement petit. Je ne sais pas trop où poser mes mains – sur ses épaules ? Sa taille ? Je choisis de les garder sur mes hanches. Il donne un coup de talon dans les flancs du cheval qui bondit. Je m'accroche à une sangle de l'armure d'Elias pour ne pas tomber à la renverse. Il me rattrape et me tire contre lui. Je passe mes bras autour de sa taille et me blottis contre son dos. J'ai le tournis alors que le désert défile sous mes yeux.

« Baisse-toi, dit-il en tournant la tête. Garnisons droit devant. » Il agite les épaules, il est traversé par un frisson. Des années à observer mon grand-père avec ses patients m'incitent à poser ma main sur son cou. Il est chaud, mais cela pourrait être dû au combat avec la Commandante.

Son frisson s'estompe et il fait accélérer le cheval. Je me retourne vers Serra, m'attendant à voir sortir des soldats des portes ou qu'Elias dise que les tambours viennent d'annoncer notre localisation. Mais nous passons devant les garnisons sans problème – l'immensité du désert s'étend devant nous. Peu à peu, la panique qui s'était emparée de moi à la vue de la Commandante se calme.

Elias se dirige grâce aux étoiles. Au bout d'un quart d'heure, il met le cheval au petit galop.

« Les dunes se trouvent au nord. À cheval, c'est un enfer. » Je me redresse pour l'entendre malgré le bruit des sabots. « Nous allons aller vers l'est. » Il désigne les montagnes d'un signe de tête. « Nous devrions nous retrouver sous l'orage dans quelque heures. Il effacera nos traces. Nous irons alors vers les contreforts… »

Aucun d'entre nous ne voit l'ombre qui sort soudain de l'obscurité avant qu'elle ne nous fonce dessus. Un instant, Elias est devant moi, son visage à quelques centimètres du mien alors que je suis penchée pour l'écouter. L'instant suivant, j'entends son corps tomber sur le sol. Le cheval se cabre et je m'accroche à la selle pour ne pas être désarçonnée. Mais une main m'attrape par le bras et me fait tomber à mon tour. Sa froideur me donne envie de hurler. C'est comme si j'étais touchée par l'hiver lui-même.

« *Donnnne.* » La créature parle d'une voix éraillée. Tout ce que j'en vois, ce sont des bandelettes de ténèbres flottant autour d'une forme vaguement humaine. La puanteur de la mort me donne des haut-le-cœur. À quelques mètres de là, Elias jure en luttant contre d'autres ombres.

« *L'argggeeennntt,* dit celle qui me tient. *Donne.*

— Lâche-moi ! » Mon coup de poing rencontre une peau moite qui me gèle de la main au coude. L'ombre disparaît et soudain, je me bats avec de l'air. Une seconde plus tard, une bande de glace enserre mon cou.

« *Donnnne !* »

Je ne peux pas respirer. Je donne des coups de pied désespérés. Ma botte finit par atteindre son but, l'ombre me lâche et me laisse haletante, j'essaie de retrouver mon souffle. Un cri déchire la nuit au moment où je vois une tête surnaturelle voler – l'œuvre du sabre d'Elias. Tandis qu'il court vers moi, deux autres créatures sortent du désert et lui bloquent la route.

« C'est un spectre ! me hurle-t-il. La tête ! Il faut lui couper la tête !

— Je ne suis pas une escrimeuse ! » Le spectre réapparaît. Je dégaine le sabre de Darin que j'ai fixé sur mon dos. Dès que le spectre comprend que je ne sais pas ce que je fais, il plonge ses doigts dans mon cou qui commence à saigner. Le froid et la douleur me font hurler et, alors que mon corps s'engourdit, je laisse tomber le sabre de Darin.

Un éclair d'acier, un cri terrifiant et l'ombre s'écroule, la tête coupée. Le désert devient soudain silencieux. Seules nos respirations difficiles brisent le silence. Elias essuie le sabre de Darin et me rejoint. Il voit les marques sur mon cou et soulève mon menton de ses doigts chauds.

« Tu es blessée.

— Ce n'est rien. » Il a lui-même des entailles au visage et ne se plaint pas. Je m'écarte et prends le sabre de Darin. Elias semble le remarquer pour la première fois. Sa mâchoire se décroche. Il le lève pour le voir à la lumière des étoiles.

« Dix enfers, est-ce un sabre Teluman ? Comment… » Un trottinement derrière lui nous pousse à empoigner nos armes. Bien que rien n'émerge de l'obscurité, Elias marche vers le cheval à grandes enjambées. « Fichons le camp d'ici. Tu me raconteras en chemin. »

Nous fonçons vers l'est. Alors que nous chevauchons, je prends conscience que, mis à part ce que je lui ai raconté la nuit où les Augures nous ont enfermés dans sa chambre, Elias ne sait presque rien de moi.

Ce pourrait être une bonne chose, dit la part méfiante en moi. *Moins il en sait, mieux c'est.*

Tandis que je réfléchis à ce que je peux lui dire au sujet de l'arme de Darin et Spiro Teluman, Elias tourne la tête vers moi. Ses lèvres esquissent un sourire ironique, comme s'il devinait mon hésitation.

« Laia, nous sommes dans le même bateau. Tu devrais tout me raconter. Et, ajoute-t-il en désignant mes blessures à la tête, nous nous sommes battus côte à côte. Ça porte malheur de mentir à son compagnon d'armes. »

Nous sommes dans le même bateau. Depuis que je lui ai fait jurer de m'aider, tous ses actes en sont la preuve. Il a le droit de savoir pour quoi je me bats. Il a le droit de connaître ma vérité, si étrange et surprenante soit-elle.

« Mon frère n'est pas un Érudit ordinaire. Et… Enfin… Je n'étais pas exactement une esclave ordinaire… »

* * *

Vingt-cinq kilomètres et deux heures plus tard, Elias chevauche silencieusement devant moi alors que le cheval avance péniblement. Il tient les rênes d'une main et un poignard de l'autre. De la bruine tombe de nuages bas.

Je lui raconte tout – le raid, l'héritage de mes parents, l'amitié de Spiro, la trahison de Mazen, l'aide des Augures. Les mots me libèrent. Peut-être suis-je si habituée au poids des secrets que je ne remarque pas combien ils sont lourds jusqu'à ce que je m'en affranchisse.

« Es-tu fâché ? je demande finalement.

— Ma mère ». Il parle tout bas. « Elle a tué tes parents. Je suis désolé. Je…

— Tu n'es pas responsable des crimes de ta mère, dis-je après un instant de surprise. Tu n'as pas à t'excuser. » Je regarde le désert – vide, silencieux. Trompeur. « Comprends-tu pourquoi il est très important pour moi de sauver Darin ? Il est tout ce que j'ai. Après ce qu'il a fait pour moi – et ce que je lui ai fait – *l'abandonner…*

— Tu dois le sauver. Je comprends. Mais, Laia, il est bien plus que ton frère. Tu dois le savoir. » Elias me regarde de ses yeux gris perçants. « Personne n'a jamais défié les Martiaux à cause de l'acier produit par l'Empire. Toutes les armes, de Marinn aux Terres du Sud, se brisent contre nos lames. Avec ce qu'il sait, ton frère pourrait faire tomber l'Empire. Pas étonnant que la Résistance veuille mettre la main sur lui. Ni que l'Empire l'ait envoyé à Kauf au lieu de le tuer. Ils veulent tous savoir s'il a parlé de ses compétences à quiconque.

— Ils ne savent pas qu'il était l'apprenti de Spiro. Ils pensent qu'il était un espion.

— Si nous arrivons à le libérer et à l'emmener à Marinn… » Elias arrête le cheval devant une crique d'eau de pluie et me fait signe de descendre. « … il pourrait fabriquer des armes pour les Mariners, les Érudits, les Tribus. Il pourrait tout changer. »

Elias secoue la tête et glisse à terre. Ses bottes touchent le sol et ses jambes se dérobent sous lui. Il se rattrape au pommeau de la selle. Il pâlit et porte sa main à la tempe.

« Elias ? » Son bras tremble. Il frissonne, comme il avait frissonné quand nous avons quitté Serra. « Es-tu…

— La Commandante m'a asséné un mauvais coup. Rien de sérieux. » Il retrouve des couleurs alors qu'il plonge la main dans la sacoche de la selle et me tend une poignée d'abricots si mûrs qu'ils sont sur le point d'éclater. Il a dû les prendre dans le verger.

J'ai un pincement au cœur en mordant dans le fruit. Je ne peux pas manger d'abricots sans penser à ma joyeuse Nan et à ses confitures.

Elias ouvre la bouche comme s'il allait dire quelque chose, puis il se ravise et se tourne pour remplir les gourdes d'eau de la crique. Je sens qu'il a envie de me poser une question. Serai-je capable d'y répondre ? *Quelle est la créature que tu as vue dans le bureau de ma mère ? D'après toi, pourquoi les Augures t'ont-ils sauvée ?*

« Dans la cabane, avec Keenan, finit-il par dire. C'est toi qui l'as embrassé ? Ou c'est lui qui t'a embrassée ? »

Je crache mon abricot en toussant et Elias vient me tapoter le dos. Je m'étais demandé si je devais lui parler du baiser. J'avais conclu que ma vie dépendait de lui et que je ne devais rien lui cacher.

« Je te raconte ma vie et c'est ça, ta première question ? Pourquoi…

— À ton avis ? » Il penche la tête, hausse les sourcils et mon estomac se retourne. « Dans tous les cas, tu… tu… »

Il pâlit à nouveau et une étrange expression traverse son visage. De la sueur perle sur son front. « L-Laia, je ne me sens pas… »

Ses mots se perdent et il chancelle. J'agrippe son épaule pour essayer de le maintenir debout. Lorsque je retire ma main, elle est mouillée.

« Cieux, Elias, tu transpires. Beaucoup. » Je prends sa main. Elle est froide, moite. « Elias, regarde-moi. »

Ses pupilles se dilatent et son corps est pris de tremblements violents. Il titube vers le cheval. Quand il essaie de s'accrocher à la selle, il la manque et bascule. Je le rattrape de justesse avant qu'il s'ouvre la tête sur les rochers et je le fais s'asseoir aussi doucement que possible. Ses mains se contractent nerveusement.

Ça ne peut pas être lié au coup à la tête.

« Elias. Es-tu blessé ? La Commandante s'est-elle servie d'un sabre ? »

Il empoigne son biceps. « Juste une égratignure. Rien de gra… »

Je vois dans ses yeux qu'il comprend soudain, il se tourne vers moi, s'efforce de parler et tombe comme une masse, inconscient. Peu importe, je sais déjà ce qu'il allait dire.

La Commandante l'a empoisonné.

Son corps est inerte. Je prends son poignet, paniquée par son pouls irrégulier. Malgré ses suées, son corps est froid. Cieux, est-ce pour cela que la Commandante nous a laissés partir ? *Évidemment, Laia, espèce d'idiote. Elle n'avait pas besoin de vous pourchasser ou d'organiser une embuscade. Il lui suffisait de lui faire une entaille et le poison s'est occupé du reste.*

Néanmoins, ce n'est pas tout à fait ainsi que ça s'est passé. Mon grand-père s'occupait d'Érudits mutilés par des épées empoisonnées. La plupart mouraient dans l'heure. Or Elias n'a réagi au poison que plusieurs heures plus tard.

Elle n'en a pas utilisé assez. Ou la blessure n'était pas assez profonde. Peu importe. L'essentiel, c'est qu'il soit toujours vivant.

« Pardon », gémit-il. Il lève les mains, comme s'il repoussait quelque chose. « Ne voulais pas. Mon ordre… aurais dû… »

Je déchire un morceau de ma cape que je fourre dans sa bouche pour éviter qu'il ne se morde la langue. Sa blessure au bras est superficielle et chaude. À l'instant où je la touche, il s'agite dans tous les sens, ce qui effraie le cheval.

Je fouille dans les fioles de médicaments et d'herbes que j'ai dans mon sac. Après que j'ai nettoyé la plaie, son corps et son visage contractés par la douleur se détendent.

Sa respiration est toujours difficile, mais au moins il ne convulse pas. Ses cils noirs contrastent avec la peau dorée de son visage. Endormi, il paraît plus jeune. Il ressemble plus au garçon avec qui j'ai dansé la nuit de la fête de la Lune.

Je passe la main sur sa mâchoire rugueuse à cause de sa barbe de trois jours et chaude. Il est plein de vitalité

– quand il se bat, quand il chevauche. Même maintenant, alors qu'il lutte contre le poison.

« Allons, Elias, lui soufflé-je à l'oreille, bats-toi. Réveille-toi. *Réveille-toi.* »

Ses yeux s'ouvrent d'un coup, il crache le morceau de tissu et écarte ma main. Je ressens un profond soulagement. Éveillé et blessé, c'est toujours mieux qu'inconscient et blessé. Il essaie immédiatement de se lever. Puis se plie en deux et est pris de haut-le-cœur.

« Allonge-toi. » Je le fais s'agenouiller en lui caressant le dos comme le faisait Pop avec ses patients. *Le toucher peut mieux soigner que les herbes et les cataplasmes.* « Il faut déterminer de quel poison il s'agit pour trouver un antidote.

— Trop tard. » Elias se détend un peu, boit tout le contenu de sa gourde et tente de nouveau de se lever. « Dans la plupart des cas, l'antidote doit être administré dans l'heure. Si le poison devait me tuer, ce serait déjà fait. Reprenons notre route.

— Vers où, exactement ? Les contreforts de la montagne ? *Tu as été empoisonné,* Elias. Si un antidote est inutile, il te faut en revanche un médicament contre les crises, sinon tu ne vas pas arrêter de perdre connaissance entre ici et Kauf. Sauf que tu seras mort avant d'y arriver parce que personne ne peut survivre bien longtemps à des convulsions pareilles. Alors assois-toi et laisse-moi réfléchir. »

Il me fixe, surpris, et obéit.

Je me remémore l'année que j'ai passée avec Pop en tant qu'apprentie guérisseuse. Me revient le souvenir d'une petite fille sujette à des convulsions et à des évanouissements.

« De l'extrait de tellis », dis-je. Pop lui en avait donné quelques grammes. En une journée, les symptômes s'étaient calmés. En deux jours, ils avaient disparu. « Il donnerait une chance à ton corps de combattre le poison. »

Elias grimace. « On pourrait en trouver à Serra ou Navium. »

Sauf que nous ne pouvons pas retourner à Serra et que Navium se trouve à l'opposé de Kauf. « Et le Perchoir des Pillards ? » L'idée même me remplit d'effroi. L'immense rocher est un cloaque, une véritable zone de non-droit où se retrouve la lie de la société – bandits de grand chemin, chasseurs de primes et profiteurs du marché noir qui ne connaissent que la corruption. Pop y est allé plusieurs fois en quête d'herbes rares. Nan n'en dormait plus quand il s'y rendait.

Elias acquiesce. « Dangereux comme dix enfers, mais rempli de gens qui veulent passer aussi inaperçus que nous. »

Il se lève et, bien que sa force m'impressionne, je suis horrifiée par la brutalité avec laquelle il traite son corps. Il tâtonne à la recherche des rênes du cheval.

« Laia, une autre crise. » Il donne une tape derrière la jambe postérieure gauche du cheval. L'animal s'assoit. « Attache-moi avec une corde. Fonce droit vers le sud-est. » Il monte en selle. « Je sens qu'ils arrivent », chuchote-t-il.

Je me retourne. L'horizon est vide. Quand je regarde à nouveau Elias, ses yeux fixent un point derrière moi. « Des voix. Elles me rappellent. »

Des hallucinations. Un autre effet du poison. J'attache Elias à l'étalon avec la corde dans son sac, je remplis les gourdes et je me mets en selle. Elias, à nouveau évanoui, s'affale contre mon dos. Son parfum – mélange de l'odeur de la pluie et de celui des épices – me submerge.

Mes doigts moites glissent le long des rênes. Le cheval, sentant mes médiocres talents de cavalière, agite la tête et tire un peu. J'essuie mes mains sur ma chemise et raccourcis les rênes.

« N'essaie même pas, espèce de canasson, dis-je en réponse à son ébrouement rebelle. Pendant les prochains jours, nous serons seuls toi et moi, alors tu ferais mieux d'écouter ce que je dis. » Je lui donne un léger coup de talon et, à mon grand soulagement, il part au trot vers le sud-ouest. J'enfonce mes talons un peu plus fort. Nous filons dans la nuit.

7
ELIAS

Je suis entouré de voix, de murmures qui m'évoquent un campement tribal à l'aube : les chuchotements des hommes soignant les chevaux et des enfants prenant leur petit déjeuner.

J'ouvre les yeux en m'attendant à voir le soleil du désert tribal, toujours éblouissant, même aux aurores. Au lieu de cela, j'aperçois une canopée. Les murmures se taisent ; l'air est lourd de l'odeur des aiguilles de pin et de l'écorce ramollie par la mousse. Dans la pénombre, je distingue des troncs d'arbres immenses, certains aussi larges que des maisons. Au-delà des branches qui me surplombent, des coins de ciel bleu deviennent rapidement gris, comme si un orage approchait.

Quelque chose court au milieu des arbres et disparaît quand je me retourne. Les feuilles bruissent ; elles chuchotent comme un champ de bataille peuplé de fantômes. Les murmures que j'ai entendus augmentent et diminuent, augmentent et diminuent.

Je me lève, bandant mes muscles en prévision de la douleur. Or je ne sens rien. Cette absence de douleur est étrange – anormale.

Quel que soit cet endroit, je ne devrais pas y être. Je devrais être avec Laia, en route vers le Perchoir des Pillards. Je devrais être éveillé, me battre contre le poison de la Commandante. Instinctivement, je tends la main vers mes sabres. Ils ne sont pas là.

« Il n'y a pas de têtes à couper dans le monde des esprits, espèce de salopard d'assassin. »

Je connais cette voix, mais je l'ai rarement entendue si véhémente.

« Tristas ? »

Mon ami apparaît comme il était dans la vie, les cheveux noirs, le nom de sa bien-aimée tatoué sur sa peau claire. *Aelia*. Il n'a pas l'air d'un fantôme. Pourtant, il doit en être un. Je l'ai *vu* mourir pendant la Troisième Épreuve sous les coups du sabre de Dex.

Il n'a vraiment rien d'un fantôme. J'en prends conscience avec une violence soudaine quand, après m'avoir considéré pendant un moment, il me flanque son poing dans la mâchoire.

La douleur qui éclate dans mon crâne est moitié moindre que ce que je devrais ressentir. Malgré tout, je recule. La haine véhiculée par le coup de poing était plus puissante que le coup lui-même.

« C'est pour avoir donné l'ordre de me tuer lors de l'Épreuve.

— Je suis désolé, dis-je. Je ne voulais pas.

— Peu importe puisque je suis toujours mort.

— Où sommes-nous ? Qu'est-ce que c'est que cet endroit ?

— C'est le Lieu d'Attente. Apparemment, c'est pour les morts qui ne sont pas prêts à passer à autre chose. Leander et Demetrius sont partis. Moi, non. Je suis coincé là à entendre ce bêlement. »

Un bêlement ? J'imagine qu'il fait allusion aux murmures des fantômes qui volettent dans les arbres et que je ne trouve pas plus agaçants que le clapotis des vagues.

« Je ne suis pas mort, dis-je.

— N'est-*elle* pas venue te faire son petit discours ? me demande Tristas. *Bienvenue dans le Lieu d'Attente, le royaume des fantômes. Je suis l'Attrapeuse d'Âmes et je suis ici pour vous aider à traverser de l'autre côté.* »

Lorsque, déconcerté, je fais non de la tête, Tristas m'adresse un sourire malveillant. « Eh bien, elle ne va pas tarder à venir te harceler pour que tu passes à l'étape suivante. Tout ce qui est ici lui appartient. » Il désigne la forêt et les esprits qui chuchotent dans les arbres. Puis son visage se déforme.

« La voilà ! » Il disparaît dans les arbres à une vitesse surnaturelle. Je me retourne et je vois une ombre émerger d'un tronc.

Je garde les bras le long du corps, prêt à attraper, étrangler, frapper. La silhouette s'approche. Elle ne bouge pas comme une personne. Son mouvement est trop fluide, trop rapide.

À quelques mètres de moi, elle ralentit et se transforme en une femme svelte aux cheveux sombres. Son visage n'a aucune ride, je n'arrive pas à deviner son âge. Ses iris noirs et son regard ancien insinuent quelque chose que je ne comprends pas.

« Bonjour, Elias Veturius. » Sa voix grave a un accent étrange, comme si elle n'avait pas l'habitude de parler le serran. « Je suis l'Attrapeuse d'Âmes. Je suis heureuse de te rencontrer enfin. Cela fait un bon moment que je t'observe. »

D'accord. « Il faut que je sorte d'ici.

— La douleur que tu causes, le mal que tu fais. Y prends-tu plaisir ? » Sa voix est douce. Ses yeux se promènent sur ma tête, mes épaules. « Tu portes la souffrance en toi. Pourquoi ? Te rend-elle heureux ?

— Non. » Je proteste, horrifié. « Je ne... Je ne veux pas faire de mal aux gens.

— Et pourtant tu détruis tous ceux qui s'approchent de toi. Tes amis. Ton grand-père. Helene Aquilla. Tu leur fais du mal. » Elle marque une pause alors que l'horrible vérité de ses paroles s'imprègne en moi. « Je n'observe pas ceux qui sont de l'autre côté, dit-elle. Mais tu es différent.

— Je n'ai rien à faire là. Je ne suis pas mort. »

Elle me fixe pendant un long moment avant d'incliner la tête comme un oiseau curieux. « Mais si, tu es mort, dit-elle. Tu ne le sais pas encore, c'est tout. »

* * *

Mes yeux s'ouvrent brusquement sur un ciel nuageux. La matinée est bien entamée, ma tête cahote entre le cou et l'épaule de Laia. Autour de nous, des collines ponctuées de jacquiers et de ballots d'herbes séchées. Laia mène le cheval au trot vers le sud-est en direction du Perchoir des Pillards. Elle me sent bouger et se retourne.

« Elias ! » Elle fait ralentir le cheval. « Ça fait des heures que tu es inconscient. Je... Je commençais à me dire que tu ne te réveillerais peut-être pas.

— N'arrête pas le cheval. » Je n'ai pas la force qui m'animait dans mon hallucination, mais je me redresse. Je suis pris de vertiges et ma bouche est pâteuse. *Reste, Elias*, me dis-je. *Ne laisse pas l'Attrapeuse d'Âmes t'enlever.* « Nous devons avancer... les soldats...

— Nous avons chevauché toute la nuit. J'ai vu des soldats au loin qui se dirigeaient vers le sud. » Elle a les yeux cernés et ses mains tremblent. Elle est épuisée. Je lui prends les rênes et elle s'écroule contre moi en fermant les yeux.

« Elias, où es-tu parti ? T'en souviens-tu ? Parce que j'ai déjà vu ce genre de crise. Elles peuvent t'assommer pendant quelques minutes, voire une heure, mais tu es resté inconscient bien plus longtemps que ça.

— Un endroit étrange. Une for… forêt…

— Ne t'avise pas de me lâcher et de t'évanouir à nouveau, Elias Veturius. » Laia me secoue par les épaules. Je bats des paupières. « Je ne peux pas y arriver sans toi. Regarde l'horizon. Que vois-tu ? »

Je me force à lever les yeux. « Des nu… nuages. L'orage approche. Un gros. Nous devons trouver un abri. »

Laia acquiesce. « Ça sent l'orage. » Elle me jette un coup d'œil. « Cette odeur me fait penser à toi. »

Est-ce ou non un compliment ? Bah, peu importe. Dix enfers ! je suis si fatigué.

« Elias. » Elle pose la main sur mon visage et me force à la regarder dans ses yeux mordorés aussi hypnotisants que ceux d'une lionne. « Reste avec moi. Tu avais un frère adoptif. Parle-moi de lui. »

Des voix m'appellent – le Lieu d'Attente m'attire avec ses griffes avides.

« Shan, dis-je entre deux souffles. Il… Il s'appelle Shan. Autoritaire, comme Mamie Rila. Il a 19 ans… Un an de moins. » Je tente de repousser la froide étreinte du Lieu d'Attente. Laia me fait boire de l'eau.

« Reste. » Elle n'arrête pas de répéter ce mot et je m'y accroche comme à un morceau de bois ballotté en pleine mer. « Ne repars pas. J'ai besoin de toi. »

Des heures plus tard, l'orage éclate et, même si le trajet sous l'averse battante est pénible, elle m'oblige à rester éveillé. Je guide le cheval vers un ravin peu profond encombré de rochers. L'orage est si fort que nous ne pouvons voir qu'à quelques mètres – ce qui signifie que les hommes de l'Empire sont eux aussi aveuglés.

Je descends de cheval et je passe de longues minutes à m'occuper de l'étalon. Mes mains refusent de fonctionner normalement. Une émotion inconnue m'envahit : la peur. Je la repousse. *Elias, tu vas combattre le poison. S'il devait te tuer, tu serais déjà mort.*

« Elias ? » Laia se tient à côté de moi, la mine inquiète. Elle a tendu une bâche entre deux rochers et, quand j'en ai fini avec le cheval, elle me fait asseoir dessous.

« Elle m'a dit que je fais du mal aux autres. Qu'à cause de moi, les gens souffrent.

— Qui t'a dit ça ?

— Je vais te faire du mal. Je fais du mal à tout le monde.

— Elias, arrête. » Laia prend mes mains. « Je t'ai libéré parce que tu ne m'as *pas* fait de mal. » Autour de nous, la pluie forme un rideau froid. « Elias, accroche-toi. La dernière fois, tu es resté évanoui trop longtemps, j'ai besoin que tu restes. »

Nous sommes si proches que je vois le petit creux au milieu de sa lèvre inférieure. Une mèche de cheveux échappée de son chignon pend dans son long cou doré. Je donnerais tout pour être si près d'elle sans être empoisonné, pourchassé, blessé ou hanté.

« Raconte-moi une autre histoire, murmure-t-elle. J'ai entendu dire que les Cinquième année vont jusqu'aux îles du Sud. Sont-elles belles ? » J'acquiesce et elle m'encourage à poursuivre. « À quoi ressemblent-elles ? L'eau est-elle claire ?

— Elle est bleue. » Je m'efforce à bien articuler car elle a raison : je dois rester. Je dois nous mener jusqu'au Perchoir. Je dois prendre de l'extrait de tellis.

« Pas… pas bleu foncé. Il y a des milliers de bleus. Et de verts. Comme si… Comme si quelqu'un avait pris les yeux d'Hel et les avait transformés en océan. »

Mon corps se met à trembler. *Non – pas encore une fois.* Laia prend mes joues dans ses mains – son geste déclenche une vague de désir en moi.

« Reste avec moi », dit-elle. Ses doigts sont froids sur ma peau fiévreuse. Des éclairs déchirent le ciel et illuminent son visage. Ils assombrissent ses yeux mordorés et lui donnent un aspect surnaturel. « Raconte-moi une autre histoire. Quelque chose de positif.

— Toi, dis-je. La… La première fois que je t'ai vue. Tu es belle, mais il y a beaucoup de belles filles et… » *Trouve les mots. Fais en sorte de rester.* « Ce n'est pas pour ça que je t'ai remarquée. Tu es comme moi…

— Elias, reste avec moi. Reste ici. »

Ma bouche ne fonctionne plus. L'obscurité qui rôde au bord de mon champ de vision se rapproche.

« Je ne peux pas rester…

— Fais un effort, Elias ! »

Sa voix s'évanouit. Le monde devient noir.

* * *

Cette fois, je me retrouve assis sur le sol de la forêt, la chaleur d'un feu réchauffe mes os. L'Attrapeuse d'Âmes est assise en face de moi et empile patiemment des bûches dans le feu.

« Les gémissements des morts ne te dérangent pas ? dit-elle.

— Je répondrai à vos questions si vous répondez aux miennes. » Elle hoche la tête et j'enchaîne. « Pour moi, ce ne sont pas tant des gémissements que des murmures. » Elle ne dit rien. « À mon tour. Ces crises… Elles ne devraient pas me laisser inconscient pendant des heures. Est-ce votre œuvre ? Faites-vous exprès de me garder ici ?

— Je te l'ai dit : cela fait longtemps que je t'observe. Je voulais avoir l'occasion de discuter avec toi.

— Laissez-moi repartir.

— Bientôt. As-tu d'autres questions ? »

Mon énervement grandit et j'ai envie de lui hurler dessus, mais j'ai besoin de réponses. « Qu'entendiez-vous quand vous avez dit que j'étais mort ? Je sais que je ne le suis pas. Je suis vivant.

— Plus pour très longtemps.

— Pouvez-vous voir l'avenir, comme les Augures ? »

Elle lève la tête et le grognement féroce qu'elle pousse est indéniablement inhumain.

« N'invoque pas ces créatures ici. C'est un monde sacré, un endroit où les morts viennent trouver la paix. La mort a les Augures en abomination. » Elle se calme. « Elias, je suis l'Attrapeuse d'Âmes. Je m'occupe des morts. Et la mort est venue à toi. Ici. » Elle tapote mon bras exactement à l'endroit où le shuriken de la Commandante m'a blessé.

« Le poison ne me tuera pas. Et si Laia et moi nous procurons de l'extrait de tellis, les crises ne me tueront pas non plus.

— Laia. L'Érudite. Une autre braise attendant de réduire le monde en cendres. Vas-tu lui faire du mal, à elle aussi ?

— Jamais. »

L'Attrapeuse d'Âmes secoue la tête. « Tu t'éprends d'elle. Ne vois-tu pas ce que tu es en train de faire ? La

Commandante t'a empoisonné. À ton tour, tu deviens un poison. Tu vas empoisonner la joie de Laia, son espoir, sa vie, comme tu as empoisonné tous les autres. Si tu tiens à elle, ne la laisse pas s'attacher à toi. Tout comme le poison qui te dévore, il n'existe aucun antidote contre toi.

— Je ne vais pas mourir.

— La volonté seule ne peut pas changer le destin d'un homme. Réfléchis-y, Elias, et tu verras. » Elle arbore un sourire triste alors qu'elle remue les braises. « Peut-être que je te ferai revenir ici. J'ai beaucoup de questions… »

* * *

Je reviens dans le vrai monde avec un soubresaut violent. La nuit est enveloppée de brouillard. J'ai dû rester inconscient pendant des heures. Notre cheval trotte à un pas régulier, mais je sens ses jambes trembler. Nous allons bientôt devoir faire une halte.

Laia ne s'est pas rendu compte que j'avais repris conscience. Mon esprit n'est pas aussi clair que dans le Lieu d'Attente, mais je me souviens des paroles de l'Attrapeuse d'Âmes. *Réfléchis-y et tu verras.*

Je passe en revue les poisons que je connais tout en me maudissant de ne pas avoir été plus attentif lors des cours des centurions de Blackcliff sur les toxines.

L'herbe de nuit. À peine abordée en classe car elle est illégale dans l'Empire, même pour les Masks. Elle a été interdite il y a un siècle après qu'on l'a utilisée pour assassiner un Empereur. *Toujours mortelle. Utilisée à haute dose, elle tue rapidement. À petite dose, les seuls symptômes sont des crises sévères.*

Trois à six mois de crises. Je me souviens. Puis la mort. Il n'y a aucun remède. Aucun antidote.

Je comprends enfin pourquoi la Commandante nous a laissés quitter Serra, pourquoi elle n'a pas pris la peine de me trancher la gorge.

8
HELENE

« Six côtes cassées, vingt-huit lacérations, treize fractures, quatre tendons déchirés et les reins contusionnés. »

Le soleil matinal passe à travers les fenêtres de ma chambre d'enfant et fait étinceler les cheveux argentés de ma mère qui lit le rapport d'auscultation du médecin. Je la regarde dans le miroir au cadre en argent ouvragé – un cadeau qu'elle m'a offert quand j'étais petite. Sa surface parfaitement claire est la spécialité d'une île de souffleurs de verre dans le Sud où mon père était allé.

Je ne devrais pas être ici. Je devrais être dans les baraques de la Garde noire et me préparer pour mon audience avec l'empereur Marcus Farrar qui doit avoir lieu dans moins d'une heure. Au lieu de cela, je suis assise au milieu des tapis de soie et des rideaux couleur lavande de la Villa Aquilla, soignée par ma mère et mes sœurs et non par un médecin militaire. *Tu as été interrogée pendant cinq jours et elles étaient malades d'inquiétude,* avait insisté Père. *Elles veulent te voir.* Je n'avais pas eu la force de lui dire non.

« Treize fractures, ce n'est rien. » Ma voix est éraillée. Pendant l'interrogatoire, je me suis évertuée à ne pas crier.

J'ai mal à la gorge à cause des moments où j'ai échoué. Mère me fait des points de suture et réprime une grimace alors qu'elle fait le nœud.

« Elle a raison, Mère. » Livia, qui, à 18 ans, est la plus jeune Aquilla, m'adresse un sourire sombre. « Ça aurait pu être pire. Ils auraient pu lui couper les cheveux. »

Je pouffe – rire me fait trop mal –, et même Mère sourit en passant de la pommade sur une autre blessure. Seule Hannah demeure impassible.

Je jette un coup d'œil vers elle et elle détourne le regard, la mâchoire serrée. Ma sœur du milieu m'a toujours haïe. Il m'a suffi toutefois de brandir mon sabre devant elle pour qu'elle apprenne à au moins le cacher.

« Tout est ta faute. » La voix d'Hannah est basse, pleine de fiel et sa remarque peu surprenante. La seule chose qui m'étonne, c'est qu'elle ait mis autant de temps à le dire. « C'est ignoble. Ils n'auraient pas dû avoir à te torturer pour que tu leur donnes des informations sur ce… ce monstre. » *Elias.* Je lui suis reconnaissante de ne pas prononcer son nom. « Tu aurais dû leur dire ce qu'ils voulaient sa…

— Hannah ! » s'exclame Mère. Livia, le dos raide, lance un regard noir à notre sœur.

« Mon amie Aelia devait se marier dans une semaine, s'écrie Hannah d'une voix rageuse. À cause de ton *ami,* son fiancé est mort. Et tu refuses d'aider à le retrouver !

— Je ne sais pas où il…

— Menteuse ! » La voix d'Hannah tremble. Elle contient plus de dix ans de colère.

Pendant quatorze ans, ma scolarité est passée avant tout ce qu'elle ou Livvy faisaient. Quatorze années pendant lesquelles mon père s'est plus préoccupé de moi que de ses autres filles. Sa haine m'est aussi familière que ma propre peau. Cela ne la rend pas moins douloureuse. Quand elle me regarde, elle voit une rivale. Quand je la regarde, je vois la sœur aux grands yeux et aux cheveux blonds qui a été ma meilleure amie.

En tout cas jusqu'à ce que j'entre à Blackcliff.

Ignore-la, me dis-je. Je ne peux pas me laisser distraire par ses accusations alors que j'ai rendez-vous avec le Serpent.

« Tu aurais dû rester en prison, reprend Hannah. Tu ne vaux pas la peine que Père aille voir l'Empereur et le supplie – le supplie *à genoux*. »

Cieux sanglants, Père. Non. Il n'aurait pas dû s'humilier ainsi, pas pour moi. Je baisse la tête, furieuse quand je sens mes yeux se remplir de larmes. Enfers sanglants, je suis sur le point de me retrouver face à Marcus. Je n'ai pas le temps pour la culpabilité ou les larmes.

« Hannah. » La voix de ma mère est inflexible, très différente de la femme douce qu'elle est habituellement. « Sors. »

Ma sœur lève le menton dans un signe de défi avant de tourner les talons d'une démarche tranquille, comme si quitter la pièce était son idée. *Tu aurais fait un excellent Mask, chère sœur.*

« Livvy, dit Mère peu après. Assure-toi qu'elle ne déchaîne pas sa colère sur les esclaves.

— C'est sûrement trop tard », grommelle Livvy en s'exécutant.

J'essaie de me redresser. Mère me fait rasseoir d'une poussée sur l'épaule. Elle tamponne une coupure profonde dans mon cuir chevelu avec un onguent qui me pique. Ses doigts froids tournent mon visage d'un côté puis de l'autre, ses yeux tristes reflétant les miens.

« Oh, ma petite fille », chuchote-t-elle. Je me sens fragile, j'ai soudain envie de me blottir dans ses bras à jamais. Pourtant, j'écarte ses mains.

« Ça suffit. » Mieux vaut qu'elle me croie impatiente plutôt que trop sensible. Je ne peux montrer cette partie de moi à personne. Pas dès lors que ma force est l'unique chose qui me sera désormais utile. Et pas quand seules quelques minutes me séparent de ma rencontre avec le Serpent.

J'ai une mission pour toi, a-t-il dit. Quelle tâche va-t-il m'assigner ? Réprimer la révolution ? Punir les Érudits pour leur insurrection ? *Trop facile.* Des idées bien pires me viennent en tête. Je m'efforce de ne pas y penser.

À côté de moi, Mère soupire. Ses yeux se remplissent de larmes et je me raidis. Les larmes me mettent aussi mal à l'aise que les déclarations d'amour. Mais ses larmes ne coulent pas. Elle se reprend – une chose que, en tant que mère de Mask, elle a dû apprendre – et m'aide en silence à enfiler mon armure.

« Pie de sang, m'annonce Père qui apparaît dans l'embrasure de la porte quelques minutes plus tard, c'est l'heure. »

* * *

L'empereur Marcus s'est installé dans la Villa Veturia. Dans la maison d'Elias.

« Sur l'insistance de la Commandante, sans aucun doute, dit mon père tandis que des gardes arborant les couleurs de la Gens Veturia nous ouvrent le portail de la villa. Elle veut certainement le garder auprès d'elle. »

J'aurais préféré qu'il choisisse un autre endroit. Des souvenirs m'assaillent quand nous traversons la cour. Elias est partout, sa présence si forte que je suis certaine que si je tourne la tête, il ne sera qu'à quelques centimètres de moi, le port altier, sa grâce nonchalante, un bon mot à la bouche.

Bien évidemment, il n'est pas là, ni son grand-père, Quin. À leur place, des dizaines de soldats de la Gens Veturia gardent les murs et les toits. La fierté et le dédain, caractéristiques de la Veturia sous Quin, ont disparu, cédant le pas à une peur sous-jacente palpable dans toute la cour. Un poteau réservé aux condamnés au fouet a été dressé à la va-vite dans un coin. Autour, les pavés sont éclaboussés de sang.

Je me demande où se trouve Quin. J'espère qu'il est en sécurité. Avant que je l'aide à s'échapper dans le désert au nord de Serra, il m'a mise en garde. *Surveille tes arrières. Tu es forte et c'est pour cela qu'elle te tuera. Pas elle-même. Ta famille est trop importante pour ça. Mais elle trouvera un moyen.* Je n'ai pas eu besoin de lui demander de qui il parlait.

Mon père et moi entrons dans la villa. Nous voici dans le vestibule où Elias m'avait accueillie après la cérémonie de notre fin de formation. L'escalier de marbre que nous dévalions enfants, le salon où Quin recevait et, derrière, l'office d'où Elias et moi l'espionnions.

Père et moi sommes escortés dans la bibliothèque de Quin et je m'applique à dompter mes pensées. C'est déjà assez terrible que Marcus, en tant qu'Empereur, puisse me sommer d'être à ses ordres, je ne peux pas en plus le laisser me voir pleurer Elias. Il utiliserait cette faiblesse à son avantage.

Aquilla, tu es un Mask. Comporte-toi en tant que tel.

« Pie de sang. » Marcus lève les yeux lorsque je fais mon entrée. Dans sa bouche, mon titre se transforme en insulte. « Pater Aquillus. Bienvenue. »

Je ne savais pas à quoi m'attendre. Marcus se prélassait peut-être au milieu d'un harem de femmes battues couvertes de bleus.

Non, il porte son armure, sa cape et ses armes ensanglantées comme s'il était en pleine bataille. Il a toujours aimé le sang et l'adrénaline des combats.

Deux soldats de la Gens Veturia se tiennent devant la fenêtre. La Commandante, à côté de Marcus, est penchée sur une carte étalée sur le bureau devant eux. J'aperçois une lueur argentée sous son uniforme.

Cette garce porte la chemise qu'elle m'a volée.

« Comme je le disais, Votre Seigneurie, dit la Commandante après nous avoir salués d'un signe de tête, il faut s'occuper de Sisellius, le directeur de la prison de Kauf. Il était le cousin de l'ancienne Pie de sang avec qui il partageait les informations obtenues lors des interrogatoires. C'est comme cela que la Pie exerçait un contrôle strict sur la dissidence interne.

— Mon commandant, je ne peux pas à la fois chercher votre traître de fils, combattre la révolution des rats, plier les Gens illustriennes à ma volonté, m'occuper des escarmouches à la frontière et m'attaquer à l'un des hommes les plus puissants de l'Empire. » Marcus s'est naturellement approprié l'autorité inhérente à son titre. « Savez-vous combien de secrets connaît le directeur ? En quelques mots, il soulèverait une armée. Tant que les problèmes de l'Empire ne sont pas réglés, nous laissons le directeur tranquille. Vous pouvez sortir. Pater Aquillus, ajoute Marcus à l'adresse de Père, suivez la Commandante. Elle vous fera part des détails de notre… arrangement. »

Arrangement. Les termes de ma libération. Père ne m'en a toujours pas soufflé mot.

Père suit la Commandante et deux soldats de la Gens Veturia. La porte du bureau claque derrière eux. Marcus et moi sommes seuls.

Je ne veux pas croiser son regard. Chaque fois que je regarde dans ses yeux jaunes, je vois mes cauchemars. Je m'attends qu'il se délecte de ma faiblesse. Qu'il me parle à l'oreille des horreurs que nous voyons tous les deux, comme il le fait depuis des semaines. J'attends son approche, son attaque. Je sais ce qu'il est. Je sais de quoi il me menace depuis des mois.

Il serre la mâchoire et lève la main comme s'il s'apprêtait à éloigner un moustique. Il se contrôle ; sur sa tempe, une veine palpite.

« Aquilla, il semblerait que toi et moi soyons liés l'un à l'autre en tant qu'Empereur et Pie de sang. En tout cas, jusqu'à ce que l'un de nous deux meure. »

L'amertume et la violence que je perçois dans sa voix me désarçonnent. Il regarde au loin. Sans Zak à ses côtés, il ne semble pas tout à fait présent – une demi-personne, il n'est pas complet. Quand Zak était là, il était… plus jeune. Toujours cruel, toujours horrible, mais détendu. À présent, il paraît plus vieux, plus dur et, ce qui est peut-être encore plus terrifiant, plus sage.

« Alors pourquoi ne m'as-tu pas tuée en prison ?

— Parce que j'ai aimé voir ton père me supplier. » Il a un large sourire, comme avant. Son sourire s'efface. « Et parce que les Augures ont l'air de t'apprécier. Cain est venu me rendre visite. Il m'a dit que si je te tuais, je courais à ma perte. » Le Serpent hausse les épaules. « Pour être honnête, j'ai envie de te trancher la gorge juste pour voir ce qui arrivera. Peut-être que je le ferai quand même. Dans l'immédiat, j'ai une mission pour toi. »

Contrôle-toi, Aquilla. « Je suis à vos ordres, Votre Seigneurie.

— La Garde noire – tes hommes, à présent – n'ont pas encore réussi à localiser le rebelle Elias Veturius. »

Non.

« Tu le connais. Tu connais sa façon de penser. Tu vas le traquer et le ramener avec les fers aux pieds. Puis tu le tortureras et tu l'exécuteras. En place publique. »

Traquer. Torturer. Exécuter.

« Votre Seigneurie. » *Je ne peux pas faire ça. Je ne peux pas.* « Je suis la Pie de sang. Je devrais réprimer la révolution…

— La révolution a été réprimée. Ton aide n'est pas nécessaire. »

Je savais qu'il m'enverrait à la recherche d'Elias. Je le savais parce que j'en ai rêvé. Mais je ne m'attendais pas que ça arrive si vite.

« Je viens juste d'être nommée chef de la Garde noire. J'ai besoin de connaître mes hommes, ma fonction.

— Tu dois avant tout être un exemple pour eux. Et quel meilleur exemple que capturer le plus grand traître de l'Empire ? Ne t'inquiète pas pour le reste de la Garde noire. Les soldats seront sous mes ordres pendant que tu seras partie.

— Pourquoi ne pas envoyer la Commandante ? » J'essaie de masquer tout désespoir dans ma voix. Plus je le laisserai transparaître, plus il en jouira.

« Parce que j'ai besoin d'une personne impitoyable pour écraser la révolution.

— Tu veux dire que tu as besoin d'un allié à tes côtés.

— Ne sois pas idiote, Aquilla. » Il secoue la tête et se met à arpenter la pièce de long en large. « Je n'ai pas d'allié. Je suis entouré de gens qui me doivent des choses, de gens qui veulent des choses, de gens qui m'utilisent et de gens que j'utilise. Dans le cas de la Commandante, nous nous utilisons réciproquement. Elle a suggéré que tu traques Elias pour éprouver ta loyauté. J'ai accepté sa suggestion. » Le Serpent arrête de déambuler. « Tu as juré d'être ma Pie, la lame qui exécute ma volonté. Voici l'occasion de me montrer ta loyauté. Aquilla, les vautours sont aux aguets. Ne commets pas l'erreur de me croire trop idiot pour le voir. La fuite de Veturius est mon premier échec en tant qu'Empereur et les Illustriens s'emploient déjà à s'en servir contre moi. Il faut qu'il meure. » Il plonge ses yeux dans les miens et se penche en serrant le bureau de toutes ses forces. « Et je veux que ce soit toi qui le tues. Je veux que tu regardes la lumière s'éteindre dans ses yeux. Je veux qu'il sache que c'est la personne qu'il aime le plus au monde qui lui a transpercé le cœur. Je veux que ce geste te hante toute ta vie. »

Il y a plus que de la haine dans les yeux de Marcus. Pendant un instant fugace, il y a de la culpabilité.

Il veut que je sois comme lui. Il veut qu'Elias soit l'équivalent de Zak.

Le nom du frère jumeau de Marcus plane entre nous. Nous savons tous les deux ce qui s'est passé sur le champ de bataille lors de la Troisième Épreuve. Tout le monde le sait. Zacharias Farrar a été poignardé dans le cœur par l'homme qui se tient devant moi.

« Très bien, Votre Majesté. » Ma voix est forte, impassible. Ma formation est efficace. Je savoure la surprise que je lis sur le visage de Marcus.

« Tu commences sur-le-champ. Je recevrai des rapports quotidiens – la Commandante a choisi un Garde noir pour nous tenir au courant de ta progression. »

Naturellement. Je tourne les talons, mon estomac se nouant un peu plus alors que je tends la main vers la poignée de la porte.

« Et, Pie de sang, déclare encore Marcus, m'obligeant à me retourner, les dents serrées, ne songe même pas à me dire que tu n'arrives pas à attraper Veturius. S'il est assez rusé pour échapper aux chasseurs de primes, toi et moi savons qu'il ne réussirait jamais à t'échapper. » Marcus penche la tête, calme, serein et plein de haine. « Bonne chasse, Pie de sang. »

* * *

Mes jambes me portent loin de Marcus et de son ordre terrible, hors du bureau de Quin Veturius. Sous mon armure de cérémonie, l'une de mes blessures se rouvre et le sang traverse le bandage. Je l'effleure d'un doigt, puis je presse ma main dessus. La douleur irradie dans toute ma poitrine et réduit mon champ de vision.

Je dois traquer Elias. Le ramener. Le torturer. Le tuer.

Je serre les poings. *Pourquoi* Elias a-t-il brisé le serment qu'il a prêté aux Augures, à l'Empire ? Il a vu la vie au-delà de ces frontières : dans les Terres du Sud, il y a plus de monarchies que de peuples, chaque petit roi intrigue pour conquérir le royaume de l'autre. Au nord-ouest, les Sauvages de la toundra échangent les bébés et les femmes contre de la poudre à canon et de l'alcool. Et au sud des Terres abandonnées, les Barbares de Karkaus consacrent leur vie au pillage.

L'Empire n'est pas parfait. N'empêche, cela fait cinq siècles que nous tenons bon contre les traditions rétrogrades des territoires situés au-delà de nos frontières. Elias le *savait.* Et pourtant, il a tourné le dos à son peuple.

Il m'a tourné le dos à moi.

Cela ne fait aucune différence. Il constitue une menace pour l'Empire. Une menace que je dois éradiquer.

Mais je l'aime. Comment puis-je tuer l'homme que j'aime ?

La jeune fille que j'étais, celle qui avait de l'espoir, le petit oiseau faible… cette fille-là bat des ailes et secoue la tête face à la confusion générée par ces questions. *Que dire des Augures et de leurs promesses ? Tu tuerais ton ami, ton compagnon d'armes, celui qui est tout pour toi, le seul que tu aies jamais…*

Je fais taire cette fille. *Concentre-toi.*

Cela fait maintenant six jours que Veturius est parti. S'il était seul et anonyme, ce serait comme vouloir attraper de la fumée. Mais l'annonce de sa fuite et de la récompense le forcent à rester prudent. Les chasseurs de primes l'attraperont-ils ? En mon for intérieur, je ris. J'ai vu Elias cambrioler à leur insu la moitié d'un campement de ces mercenaires. Même blessé, même traqué, il leur échappera.

Sauf qu'il a une fille avec lui. Plus lente. Moins expérimentée. Une distraction.

Des distractions. Lui, distrait. Par elle. Distrait parce qu'elle et lui… Parce qu'il…

Arrête, Helene.

Mon attention est détournée par des éclats de voix. J'entends la Commandante parler dans le salon et je me raidis. Ose-t-elle élever la voix contre le pater de la Gens Aquilla ?

J'avance à grands pas, prête à pousser la porte du salon à demi ouverte. L'un des avantages du statut de Pie de sang est que je suis la supérieure hiérarchique de tout le monde sauf l'Empereur. Je peux passer un savon à la Commandante et, si Marcus n'est pas présent, elle n'a rien à y redire.

Soudain, je m'arrête. Parce que la voix qui répond n'est *pas* celle de mon père.

« Je vous avais dit que votre désir de la dominer poserait problème. »

La voix me fait frémir. Elle me rappelle également les éfrits de la Deuxième Épreuve et leurs voix qui avaient la même sonorité que le vent. Mais les éfrits étaient un orage d'été. Cette voix est une tempête d'hiver.

« Si Cuisinière vous manque de respect, vous pouvez la tuer vous-même.

— J'ai des limites, Keris. Occupez-vous-en. Elle nous a déjà beaucoup coûté. Le chef de la Résistance était essentiel. Et maintenant il est mort.

— Il peut être remplacé. » La Commandante se tait un instant et je sens qu'elle choisit ses mots très prudemment. « Et, veuillez m'excuser, monseigneur, mais comment pouvez-vous me parler d'obsession ? Vous ne m'aviez pas dit qui était l'esclave. Pourquoi vous intéressez-vous tant à elle ? Qu'est-elle pour vous ? »

Un long silence tendu. Je fais un pas en arrière ; je me méfie de ce qui se trouve dans cette pièce avec la Commandante.

« Ah, Keris. Je vois qu'on s'occupe pendant son temps libre. Vous avez mené votre enquête ? Qui elle est… Qui étaient ses parents…

— Une fois que je savais ce que je devais chercher, ce n'était pas compliqué à trouver.

— La fille ne vous concerne pas. J'en ai assez de vos questions. Les petites victoires vous ont rendu audacieuse, mon commandant. Ne les laissez pas vous rendre stupide. Vous avez reçu vos ordres. Exécutez-les. »

Je me cache dans l'angle du mur au moment où la

Commandante quitte la pièce. Elle descend le couloir d'un pas raide et j'attends que le bruit de ses pas s'éloigne avant de sortir de ma cachette et de me retrouver nez à nez avec son interlocuteur.

« Vous nous écoutiez. »

Ma peau devient moite et je serre la poignée de mon sabre. L'homme est vêtu sobrement, il a les mains gantées et une capuche dissimule ses traits. Je détourne les yeux immédiatement. Mon instinct me hurle de passer mon chemin. Mais je découvre, à mon grand désespoir, que je ne peux pas bouger.

« Je suis la Pie de sang. » Bien que je ne tire aucune force de mon rang, je bombe tout de même le torse. « Je peux écouter ce que je veux. »

La silhouette incline la tête et renifle, comme si elle humait l'air autour de moi.

« Vous avec un don. » L'homme semble assez peu surpris. La noirceur de sa voix me fait frissonner. « Un pouvoir de guérison. Les éfrits l'ont réveillé. Je le sens. Le bleu et le blanc de l'hiver, le vert du premier printemps. »

Cieux sanglants. Je veux oublier l'étrange pouvoir exténuant que j'ai utilisé sur Elias et Laia.

Le Mask en moi prend le dessus.

« Je ne sais pas de quoi vous parlez.

— Si vous ne faites pas attention, il vous détruira.

— Et comment le savez-vous ? »

Qui *est* cet homme… si tant est qu'il en soit un ?

La silhouette lève sa main gantée jusqu'à mon épaule et chante une note aiguë, proche d'un chant d'oiseau. Compte tenu de la profondeur de sa voix, ce son est surprenant. Mon corps est transpercé par un feu et je serre les dents pour m'empêcher de hurler.

Puis la douleur disparaît et l'homme désigne le miroir sur le mur opposé. Si les contusions que j'avais à la figure n'ont pas disparu, elles se sont néanmoins considérablement estompées.

« Je le sais, c'est tout. » La créature ignore mon état de choc qui me laisse bouche bée. « Vous devriez trouver un professeur.

— Vous portez-vous volontaire ? »

La créature émet un son bizarre qui pourrait être un rire. « Non. » Elle renifle à nouveau, comme si elle réfléchissait. « Peut-être… un jour.

— Que… Qui êtes-vous ?

— Je suis le Faucheur. Et je vais récupérer ce qui m'appartient. »

C'est alors que j'ose regarder son visage. C'est une erreur. À la place de ses yeux, des étoiles brûlent du feu des enfers. Lorsqu'il croise mon regard, je suis submergée par une vague de solitude. Non, la notion de solitude n'est pas assez forte. Je me sens démunie. Détruite. Comme si tous ceux que j'aime avaient été arrachés de mes bras et envoyés dans l'éther.

Le regard de la créature est un abysse mouvant et, alors que je chancelle jusqu'au mur, je m'aperçois que ce n'est pas ses yeux que je contemple, mais mon avenir.

Douleur. Souffrance. Horreur. Tout ce que j'aime, tout ce qui m'est cher, baignant dans le sang.

9
LAIA

Le Perchoir des Pillards surgit tel un poing colossal. Il occulte l'horizon et son ombre accentue la morosité du désert nappé de brume. D'ici, il a l'air abandonné. Mais le soleil s'est couché depuis longtemps et je ne peux pas faire confiance à mes yeux. Tout au fond des crevasses labyrinthiques de ce grand rocher grouille la lie de l'Empire.

Je jette un œil à Elias et je constate que sa capuche est retombée en arrière. Il ne bouge pas quand je la baisse sur ses yeux et mon inquiétude se traduit par un nœud à l'estomac. Depuis trois jours, il n'a pas cessé de perdre connaissance, et sa dernière crise a été particulièrement violente. Il est resté inconscient pendant plus d'une journée – la plus longue crise jusqu'à présent. Même si je ne suis pas aussi experte que Pop, je sais que ce n'est pas bon signe.

Avant, pendant ses absences Elias marmonnait. Là, il n'a pas prononcé un mot depuis des heures. J'aimerais qu'il dise quelque chose, n'importe quoi. Même si c'est encore pour parler d'Helene Aquilla et de ses yeux bleu océan – un détail que j'ai trouvé particulièrement énervant.

Il est en train de s'éteindre. Et je ne peux pas laisser faire.

« Laia. »

En entendant sa voix, je manque de tomber de cheval. « Cieux ! Merci ! » Je me retourne et je constate que sa peau est chaude, son teint cendreux, ses traits tirés et ses yeux pâles brûlants de fièvre.

Il observe le Perchoir puis moi. « Je savais que tu nous mènerais à bon port. » Pendant un instant, il est celui qu'il a toujours été : chaleureux, plein de vie. Il regarde par-dessus mon épaule et voit mes doigts irrités après quatre jours à serrer les rênes. Il me les prend des mains.

Pendant quelques secondes embarrassantes, il écarte ses bras de moi comme si une trop grande proximité pouvait me gêner. Je me cale alors contre son torse et, pour la première fois depuis plusieurs jours, je me sens en sécurité, comme si j'avais une armure. Il se détend et pose ses bras sur mes hanches. À leur contact, un frisson court le long de ma colonne vertébrale.

« Tu dois être épuisée, murmure-t-il.

— Ça va. Malgré ton poids, te hisser sur le cheval et t'en faire descendre est dix fois plus facile que s'occuper de la Commandante. »

Son rire, quoique faible, me rassure. Il mène le cheval en direction du nord et le fait partir au petit galop jusqu'à ce que le sentier commence à grimper.

« Nous y sommes presque, dit-il. Allons vers les rochers au nord du Perchoir, il y aura plein d'endroits où te cacher pendant que j'irai chercher le tellis. »

Je me retourne vers lui en fronçant les sourcils. « Elias, tu pourrais t'évanouir à tout moment.

— Je sais résister aux crises. C'est une affaire de quelques minutes. Le marché est situé au milieu du Perchoir. On y trouve de tout. Il y aura bien un apothicaire. » Il grimace, ses bras se crispent. « Allez-vous-en », marmonne-t-il.

Je lui adresse un regard désapprobateur qu'il choisit d'ignorer et il se met à me poser des questions sur ces derniers jours.

Alors que le cheval gravit le terrain rocailleux, le corps d'Elias est soudain pris de tremblements, comme une marionnette dont on tirerait les fils, et il est projeté sur la gauche.

J'attrape les rênes en remerciant les Cieux de l'avoir attaché avec une corde pour qu'il ne tombe pas. Je me contorsionne sur la selle et passe mon bras autour de lui pour le soutenir afin qu'il n'effraie pas le cheval.

« Tout va bien. » J'ai du mal à le tenir mais j'adopte le même calme imperturbable que celui de Pop tandis que les convulsions deviennent de plus en plus sévères. « Nous allons nous procurer du tellis. » Son pouls s'accélère et je pose la main sur son cœur comme pour l'empêcher d'exploser.

« Laia. » Il peut à peine parler, il a l'air affolé. « Il faut que je… N'y va pas seule. Trop dangereux. Je m'en chargerai. Je… fais toujours… du mal… »

Il s'évanouit, sa respiration est superficielle. Qui sait combien de temps il restera inconscient ? Je contrôle à grand-peine la panique qui monte en moi.

Même si le Perchoir est dangereux, je dois y aller. Si je ne trouve pas de tellis, Elias ne survivra pas. Pas avec un pouls aussi irrégulier, pas après quatre jours de crises.

« Tu ne peux pas mourir. » Je le secoue. « Tu m'entends ? Tu ne dois pas mourir sinon Darin mourra aussi. »

Le cheval glisse sur les rochers et se cabre, manquant de me faire lâcher les rênes et d'envoyer Elias dans le décor. Je mets pied à terre et je tâche de tempérer mon impatience en fredonnant et en cajolant le cheval alors que la brume cède la place à une bruine glacée.

Je peux à peine voir ma main devant mon visage, ce qui me donne malgré tout du courage : si je ne peux pas voir où je vais, les voleurs du Perchoir des Pillards ne peuvent pas voir qui approche. Toutefois, je progresse prudemment en sentant le danger qui rôde autour de moi. Depuis le sentier poussiéreux que j'ai suivi, j'ai une vue suffisante pour noter qu'il n'y a pas un rocher mais deux, au milieu desquels court une artère étroite éclairée par des torches vacillantes. Ce doit être le marché.

À l'est du Perchoir s'ouvre un no man's land où de fins doigts de pierre sortent de gouffres. Ils s'élèvent de plus en plus haut jusqu'à ce que les rochers s'agglomèrent et forment les premières crêtes de la chaîne des montagnes de Serra.

Je scrute les ravins jusqu'à ce que je repère une grotte assez spacieuse pour y cacher Elias et le cheval.

J'attache celui-ci et je fais descendre Elias. Il est trempé. N'ayant pas le temps de lui mettre des vêtements secs, je l'enveloppe dans une cape et, telle une voleuse, je fouille dans son sac à la recherche de pièces.

Une fois l'argent récupéré, je noue l'un de ses foulards autour de mon visage comme il le faisait à Serra. Il a son odeur, celle des épices et de la pluie.

Je baisse ma capuche sur mes yeux et me faufile hors de la grotte en espérant qu'il sera toujours en vie quand je reviendrai.

Si je reviens.

* * *

Au cœur du Perchoir, le marché grouille d'hommes des tribus, de Martiaux, de Mariners, et même de Barbares au regard halluciné. Dans la foule, les marchands du Sud se distinguent par leurs vêtements colorés qui jurent avec les armes glissées dans des sangles sur leur dos, leur torse et leurs jambes.

Je ne vois aucun Érudit. Pas même des esclaves. Je croise plein de gens à l'air aussi louche que moi et je me fonds dans la masse en m'assurant que la poignée de ma dague est bien visible.

Au bout de quelques secondes, quelqu'un m'attrape par le bras. Sans regarder, je donne un coup de couteau, j'entends un grognement et je m'éloigne. Je tire ma capuche sur mon visage et je me voûte comme je le faisais à Blackcliff. *C'est tout ce qu'est cet endroit. Un autre Blackcliff. Il sent plus mauvais et, outre les meurtriers, il pullule de voleurs et de bandits de grand chemin.*

L'endroit pue l'alcool, le fumier et l'odeur âcre du ghas, un hallucinogène interdit dans l'Empire. L'artère principale est bordée de logements de fortune pour la plupart installés dans les crevasses naturelles des rochers, avec des bâches en tissu en guise de toit et de murs. Il y a presque autant de chèvres et de poulets que d'hommes.

Les habitations ont beau être humbles, les produits qu'elles abritent ne le sont pas. À une dizaine de mètres de moi, des hommes marchandent un plateau d'énormes pierres précieuses. Certains étals sont jonchés de blocs de ghas collant et friable, d'autres vendent des tonneaux de poudre dangereusement mal fermés.

Une flèche siffle près de mon oreille et j'ai déjà reculé de dix pas quand je m'aperçois qu'elle ne m'était pas destinée. Un groupe de Barbares vêtus de fourrures se tiennent devant l'étal d'un vendeur d'armes et testent les arcs en décochant des flèches dans toutes les directions. Une bagarre éclate. Je veux la contourner, mais un groupe de spectateurs se forme et me bloque la route. À cette vitesse, je ne trouverai jamais d'apothicaire.

« … une récompense de soixante mille marks, à ce qu'on raconte. Jamais entendu parler d'une somme aussi énorme…

— L'Empereur ne veut pas avoir l'air d'un imbécile. Veturius était le premier qu'il devait faire exécuter et il a échoué. Qui est la fille avec lui ? Pourquoi voyagerait-il avec une Érudite ?

— Peut-être qu'il a rejoint la révolution. Il paraît que les Érudits connaissent le secret de l'acier sérique. Spiro Teluman lui-même l'a appris à un Érudit. Peut-être que Veturius en a assez de l'Empire autant que Teluman. »

Cieux sanglants. Je m'oblige à poursuivre mon chemin alors que j'ai une envie furieuse de continuer à écouter. Comment l'information sur Teluman et Darin a-t-elle circulé ? Et quelles en sont les conséquences pour mon frère ?

Il a peut-être moins de temps que tu ne le crois. Avance.

Les tambours ont selon toute évidence diffusé mon signalement et celui d'Elias jusqu'aux confins de l'Empire. J'avance rapidement en parcourant du regard les myriades d'étals à la recherche d'un apothicaire. Plus je m'attarde, plus je suis en danger. La prime offerte pour notre capture est assez importante pour que tout le monde en ait entendu parler.

Enfin, dans une ruelle en retrait de l'artère principale, je repère une cabane avec un mortier et un pilon gravés dans la porte. Alors que je me dirige vers elle, je passe devant des hommes des tribus qui boivent du thé chaud sous une bâche avec deux Mariners.

« … comme des monstres sortis des enfers. » L'un des hommes des tribus aux lèvres fines et au visage balafré parle à voix basse. « Malgré nos coups, ils revenaient encore et encore. Des spectres. Des satanés spectres. »

Je manque de piler net. D'autres ont donc vu ces créatures surnaturelles ! Ma curiosité l'emporte sur la prudence. Je m'accroupis et je tripote mes lacets en tendant l'oreille.

« Il y a une semaine, une autre frégate ayanaise a coulé au large de l'île sud », dit l'un des Mariners. Il boit une gorgée de thé et frissonne. « On pensait que c'était des corsaires, mais le seul survivant n'arrêtait pas de parler d'éfrits des mers.

— Et des goules, ici, dans le Roost, dit l'homme à la balafre. Je ne suis pas le seul à les avoir vues… »

Je n'arrive pas à m'empêcher de regarder vers lui. L'homme pose les yeux sur moi avant de regarder ailleurs. Puis il me jette à nouveau un coup d'œil furtif.

Je recule et glisse dans une flaque. Ma capuche tombe en arrière. *Bon sang.* Je me relève et la replace sur ma tête tout en lorgnant par-dessus mon épaule. L'homme me fixe en plissant les paupières.

Laia, va-t'en ! Je file aussi vite que possible en courant d'une ruelle à l'autre avant d'oser regarder derrière moi. Pas d'homme des tribus. Je pousse un soupir de soulagement.

La pluie s'intensifie et je fais demi-tour pour aller chez l'apothicaire. Je vérifie si l'homme et ses amis sont toujours en train de boire le thé. Il semblerait qu'ils soient partis. Avant qu'ils reviennent – et avant que quelqu'un d'autre me voie –, je me faufile dans la boutique.

Je suis immédiatement saisie par l'odeur des herbes. Le plafond est si bas qu'il s'en faut de peu que je me cogne la tête. Ici et là, la lueur des lampes tribales aux motifs floraux contraste avec l'obscurité des lieux.

« *Epkah kesiah meda karun ?* »

Une enfant des tribus d'une dizaine d'années s'adresse à moi depuis le comptoir. Des bouquets d'herbes pendent au-dessus de sa tête. Je regarde les fioles alignées sur les murs derrière elle. La fille s'éclaircit la voix.

« *Epkah Keeya Necheya ?* »

Je ne comprends rien. Elle pourrait tout aussi bien me dire que j'empeste le cheval. Je lui réponds à voix basse en espérant qu'elle me comprend.

« Tellis. »

La fille hoche le menton et fouille dans des tiroirs avant de passer de l'autre côté du comptoir et de scruter les étagères. Elle se gratte le front, lève l'index vers moi comme si elle me disait d'attendre et disparaît derrière une porte. Avant que le battant se ferme, j'aperçois une réserve qu'éclaire une fenêtre.

Une minute s'écoule. Une autre. *Allez.* Cela fait au moins une heure que j'ai quitté Elias et il me faudra une demi-heure pour le rejoindre. Si toutefois la fille a du tellis. Et s'il avait une autre crise ? Et s'il criait et que quelqu'un l'entende ?

La porte s'ouvre et la fille revient avec un gros bocal de liquide ambré : l'extrait de tellis. Derrière le comptoir, elle sort une petite fiole et me lance un regard interrogateur.

Je lève les mains une fois, deux fois. « Cent grammes. » Ça devrait suffire. L'enfant mesure le liquide avec une lenteur insupportable et en levant les yeux vers moi toutes les cinq secondes.

Une fois qu'elle a enfin scellé la fiole avec de la cire, je tends la main pour la prendre. Elle l'écarte brusquement en agitant quatre doigts devant moi. Je dépose des silvers dans sa paume. Elle fait non de la tête.

« *Zaver !* » Elle sort un mark en or d'une pochette.

« Quatre marks ? Et pourquoi pas la lune tant qu'on y est ! »

La fille donne un coup de menton en avant. Je n'ai pas le temps de marchander. Je claque l'argent sur le comptoir et je tends de nouveau la main vers le tellis.

Elle hésite et lance des regards vers la porte d'entrée.

Je saisis ma dague d'une main, j'attrape la fiole de l'autre et je me précipite hors de l'échoppe, les dents serrées. Dans la ruelle sombre, le seul être visible est une chèvre en train de mastiquer le contenu d'une poubelle. Elle m'observe une seconde avant de retourner à son festin.

Je suis tout de même méfiante. La fille tribale avait un comportement étrange. Je déguerpis en évitant l'artère principale et en empruntant des ruelles boueuses et sombres. Je me dirige sans ralentir vers la limite ouest du Perchoir, si obsédée par ce qui pourrait me suivre que je ne vois la grande silhouette devant moi que quand je lui rentre littéralement dedans.

« Pardon », dit un homme à voix basse. La puanteur du ghas et des feuilles de thé me prend à la gorge. « Je ne t'avais pas vue. »

La voix me glace le sang. C'est l'homme des tribus. Celui avec la balafre. Ses yeux croisent les miens et se plissent. « Et que fait une Érudite aux yeux mordorés au Perchoir des Pillards ? *On fuit*, peut-être ? »

Cieux. Il m'a reconnue. Je me précipite sur sa droite, il me bloque.

« Dégagez de ma route. » Je le menace de ma dague. Il éclate de rire et pose une main sur mon épaule pendant qu'il me désarme de l'autre.

« Tu risquerais de te blesser, petite tigresse. » Il fait tourner ma dague d'une main. « Je m'appelle Shikaat, je suis de la tribu Gula. Et tu es… ?

— Ça ne vous regarde pas. » J'essaie de m'arracher à son étreinte, mais sa main me cloue sur place.

« Je veux juste discuter. Fais quelques pas avec moi. » Il serre mon épaule encore plus fort.

« Ne me touchez pas. » Je lui donne un coup de pied dans la cheville, il grimace et me lâche. Lorsque je fonce vers l'entrée d'une ruelle, il m'attrape par le bras et retrousse mes manches.

« Des bracelets d'esclave, dit-il en effleurant mes poignets encore irrités. Récemment retirés. Intéressant. Aimerais-tu entendre ma théorie ? » Il se penche sur moi, ses yeux noirs brillent comme s'il allait me raconter une blague. « Je crois qu'il y a peu d'Érudites aux yeux mordorés errant dans la nature, petite tigresse. Tes blessures me disent que tu t'es battue. Tu sens la suie – peut-être celle des incendies de Serra ? Quant au remède… eh bien, voilà l'information la plus palpitante. »

Notre échange attire des regards curieux. Un Mariner et un Martial, tous deux vêtus de l'armure de cuir caractéristique des chasseurs de primes, nous observent avec attention. L'un d'eux s'approche ; l'homme des tribus m'entraîne dans la ruelle et crie un mot dans l'obscurité. Aussitôt, deux hommes apparaissent – sans doute ses acolytes – et partent s'occuper des chasseurs de primes.

« Tu es l'Érudite recherchée par les Martiaux. » Shikaat jette un œil entre les étals, dans les coins sombres où le danger pourrait être tapi. « Celle qui voyage avec Elias Veturius. Et il ne va pas bien, sinon tu ne serais pas seule et tu n'accepterais pas de payer de l'extrait de tellis vingt fois son prix.

— Cieux sanglants, comment le savez-vous ?

— Il n'y a pas beaucoup d'Érudits dans le coin. Quand il y en a, on les remarque », dit-il.

Bon sang. La fille chez l'apothicaire a mouchardé.

« Bon. » Il a un sourire carnassier. « Maintenant, tu vas m'emmener auprès de ton infortuné ami ou je t'enfonce un couteau dans le ventre et je te laisse te vider de ton sang. »

Derrière nous, les chasseurs de primes se disputent vivement avec les hommes de Shikaat.

Je crie : « Il sait où se trouve Elias Veturius ! » aux chasseurs de primes qui empoignent leurs armes. Dans le marché, des têtes se lèvent.

L'homme des tribus soupire en m'adressant un regard empreint de tristesse. Dès qu'il détache ses yeux de moi et se tourne vers les chasseurs de primes, je lui donne un coup de pied dans la cheville et me libère de son emprise.

Je détale sous les bâches – dans mon élan, je renverse au passage un panier de nourriture et manque de faire tomber une vieille femme mariner. Pendant un instant, je suis hors du champ de vision de Shikaat. Devant moi, un mur de pierre, à droite une rangée de tentes. À gauche, une pyramide de cageots penche dangereusement contre un chariot de fourrures.

Je prends une fourrure en haut du tas et je me cache sous le chariot juste avant que Shikaat fasse irruption dans la ruelle. Silence pendant qu'il observe. Puis les pas se rapprochent… se rapprochent encore…

Disparais, Laia. Je me recroqueville dans l'obscurité en serrant mon bracelet pour m'insuffler de la force. *Vous ne pouvez pas me voir. Vous ne voyez que des ombres, que l'obscurité.*

Shikaat donne un coup de pied dans les cageots et un filet de lumière passe sous le chariot. Je l'entends qui se baisse ainsi que sa respiration lorsqu'il jette un œil dessous.

Je ne suis rien, rien qu'une pile de fourrures, rien d'important. Vous ne me voyez pas. Vous ne voyez rien.

« Jitan ! hurle-t-il à ses hommes. Imir ! »

Les pas rapides des deux hommes et soudain, la lumière d'une lampe chasse l'obscurité sous le chariot. Shikaat tire la fourrure et je me retrouve face à son visage triomphant.

Sauf que son triomphe se transforme presque immédiatement en confusion. Il fixe la fourrure, puis moi. Il lève la lampe et m'éclaire totalement.

Il ne *me* regarde pas. Comme s'il ne me voyait pas. Comme si j'étais invisible.

Ce qui est impossible.

À l'instant où je me dis ça, il cligne des yeux et me prend par le bras.

« Tu as disparu, chuchote-t-il. Et maintenant tu es là. As-tu fait usage de magie ? » Il me secoue dans tous les sens. « Comment as-tu fait ça ?

— Dégagez ! »

Je le griffe, mais il ne me lâche pas.

« Tu avais disparu et soudain tu as réapparu sous mes yeux.

— Vous êtes fou ! » Je lui mords la main. Il serre mon visage entre ses paumes et me fixe droit dans les yeux. « Vous avez fumé trop de ghas !

— Redis ça pour voir.

— Vous êtes *fou*. J'étais là tout le temps. »

Il secoue la tête, comme s'il savait que je ne mens pas, tout en ne me croyant pas pour autant. Lorsqu'il lâche mon visage, j'essaie en vain de me dégager de son emprise.

« Ça suffit, dit-il alors que ses acolytes me ligotent les poignets par-devant. Emmène-moi jusqu'au Mask ou tu meurs.

— Je veux ma part. » Une idée germe dans ma tête. « Dix mille marks. Et nous y allons seuls – je ne veux pas que vos hommes nous suivent.

— Pas de part et mes hommes m'accompagnent.

— Alors, trouvez-le tout seul ! Plantez-moi un couteau dans le ventre comme vous l'avez promis et bon vent. »

Je soutiens son regard comme le faisait Nan avec les commerçants tribaux quand ils offraient un prix trop bas pour ses confitures et qu'elle menaçait de partir. Mon cœur bat à la vitesse d'un cheval au galop.

« Cinq cents marks », dit-il. Il lève la main quand j'ouvre la bouche pour protester. « Et ta sécurité garantie jusqu'aux Terres tribales. C'est une bonne affaire, petite. Accepte.

— Vos hommes ?

— Ils restent. » Il me fixe. « À distance. »

Le problème des gens cupides, m'avait dit une fois Pop, *c'est qu'ils pensent que tout le monde est aussi cupide qu'eux.* Shikaat n'est pas différent.

« Donnez-moi votre parole d'homme des tribus que vous ne me doublerez pas. » Même si je sais que ce genre de promesse n'a que peu de valeur. « Sinon, je ne vous fais pas confiance.

— Tu as ma parole. »

Il me pousse vers l'avant, je trébuche et me rattrape in extremis. Je me retiens d'ajouter : *Salopard !*

Laisse-le penser qu'il te fait peur. Laisse-le penser qu'il a gagné. Il se rendra bientôt compte de son erreur. Lui a juré de jouer franc-jeu, toi pas.

10
ELIAS

À la seconde où je reprends conscience, je devine qu'il vaut mieux que je n'ouvre pas les yeux.

Mes mains et mes pieds sont ligotés et je suis allongé sur le côté. J'ai un goût bizarre dans la bouche, un mélange de fer et d'herbes. Tout mon corps me fait mal, mais mon esprit est enfin alerte. La pluie crépite sur des rochers à quelques mètres de moi. Je suis dans une grotte.

J'entends une respiration, rapide et nerveuse, et je sens l'odeur de la laine, du métal et du cuir bon marché des mercenaires.

« Vous ne pouvez pas le tuer ! » Laia est devant moi, son genou contre mon front, sa voix si proche que je sens son souffle sur mon visage. « Les Martiaux le veulent vivant. Pour… Pour qu'il soit traîné devant l'Empereur. »

Quelqu'un s'agenouille près de ma tête et jure en sadhese. De l'acier froid me comprime la gorge.

« Jitan ! Le message. La récompense n'est-elle versée que s'il est livré vivant ?

— Je ne m'en souviens pas ! » Cette voix provient de quelque part près de mes pieds.

« Si vous voulez le tuer, attendez au moins quelques jours. » La voix de Laia, froidement pragmatique, est aussi tendue qu'une corde d'oud. « Avec ce temps, son corps se décomposerait vite. Il y a au moins cinq jours de route jusqu'à Serra. Si les Martiaux ne peuvent pas l'identifier, aucun d'entre nous ne touchera d'argent.

— Shikaat, tue-le, dit un troisième homme qui se tient près de mes genoux. S'il se réveille, nous sommes morts.

— Il ne va pas se réveiller, dit l'homme qu'ils appellent Shikaat. Regardez-le. Il a déjà un bras et une jambe dans la tombe. »

Laia se penche lentement sur moi. Je sens un objet en verre entre mes lèvres – un liquide qui a un goût de fer et d'herbes. *L'extrait de tellis.* Une seconde plus tard, le flacon a disparu. Laia a dû le cacher.

« Shikaat, écoutez... », commence-t-elle.

Mais le voleur la pousse.

« C'est la deuxième fois que tu te penches comme ça, petite. Qu'est-ce que tu fabriques ? »

Veturius, l'heure est venue.

« Rien ! dit Laia. Je veux la récompense autant que vous ! »

Un : j'imagine d'abord l'attaque – où je vais frapper, mes mouvements.

« Pourquoi t'es-tu penchée comme ça ? hurle Shikaat à Laia. Et ne me mens pas. »

Deux : je contracte les muscles de mon bras gauche pour le préparer – le droit est coincé sous moi. J'inspire silencieusement pour réveiller chaque partie de mon corps.

« Où est l'extrait de tellis ? s'énerve Shikaat qui y repense soudain. Donne-le-moi ! »

Trois : avant que Laia puisse répondre à l'homme des tribus, j'appuie mon pied droit dans le sol pour faire levier et je pivote en arrière sur ma hanche, dans la direction opposée à l'arme de Shikaat, tout en faisant basculer l'homme des tribus à mes pieds d'un coup de mes jambes ligotées et je roule sur le sol pour l'éviter lorsqu'il s'écroule. Je me jette ensuite sur l'homme à hauteur de mes genoux et lui assène un coup de boule avant qu'il puisse brandir son sabre. Il le fait tomber, je le ramasse et je me libère de mes liens. Le premier homme se relève et court vers la sortie de la grotte, sans aucun doute pour aller chercher du renfort.

« Halte ! »

Je fais volte-face et me retrouve face à Shikaat qui serre Laia contre son torse. Il tient ses poignets d'une main, un sabre sous sa gorge et il a une envie de meurtre dans les yeux.

« Lâche le sabre. Les mains en l'air. Ou je la tue.

— Vas-y », dis-je dans un sadhese parfait. Ses mâchoires se contractent mais il ne bouge pas. Il n'est pas du genre à se laisser surprendre. Je pèse mes mots. « Tu la tues et dans la seconde qui suit, je te tue. Tu seras mort et je serai libre.

— Essaie un peu, pour voir. » Il enfonce la lame dans le cou de Laia qui saigne un peu. Les yeux de cette dernière vont dans tous les sens alors qu'elle tente de repérer quelque chose, qu'elle pourrait utiliser contre lui. « J'ai une centaine d'hommes dehors…

— Si tu avais une centaine d'hommes dehors, tu les aurais déjà app… »

Je me jette sur lui au milieu d'un mot : c'est la ruse préférée de Grand-père. *Pendant un combat, les idiots font attention aux mots*, avait-il dit une fois. *Les guerriers s'en servent à leur avantage.* Je pousse l'homme et je fais passer Laia derrière moi.

C'est à ce moment précis que mon corps me trahit.

La montée d'adrénaline provoquée par l'assaut redescend soudain et je commence à chanceler ; je vois double. Laia ramasse quelque chose par terre et se tourne vers l'homme des tribus qui lui adresse un sourire mauvais.

« Le poison coule encore dans les veines de ton héros, petite. Il ne peut pas t'aider. »

Poignard en main, il se précipite sur elle. Laia lui jette de la poussière dans les yeux. Il hurle en tournant la tête. Emporté par son élan, il s'empale sur la dague que brandit Laia.

Laia lâche un cri et recule. Shikaat la saisit par les cheveux et elle ouvre la bouche, incapable d'émettre un son, les yeux fixés sur la dague dans le ventre du voleur. Elle me cherche du regard et je lis la terreur dans ses yeux quand, réunissant ses dernières forces, Shikaat tente de la tuer.

Je reprends enfin mes esprits et écarte la main de l'homme. Il la regarde comme si elle ne lui appartenait pas avant de s'écrouler, mort.

« Laia ? » Je l'appelle mais elle fixe le cadavre, apparemment en état de transe. *Son premier mort.* Je me souviens du mien – un garçon barbare – et mon estomac se noue. Je revois son visage coloré d'une teinture bleue et le trou béant dans son ventre. Je ne sais que trop bien ce que Laia ressent. Dégoût. Horreur. Peur.

Mon énergie revient. Tout me fait mal – le torse, les bras, les jambes. J'appelle à nouveau Laia et, cette fois, elle lève les yeux.

« Je ne voulais pas..., dit-elle. Il... Il s'est jeté sur moi. Et le couteau...

— Je sais », dis-je doucement. Son esprit est focalisé sur sa survie – il ne la laissera pas en parler. « Dis-moi ce qui s'est passé dans le Perchoir. » Il faut que je change de sujet. « Dis-moi comment tu as obtenu le tellis. »

Elle me raconte rapidement en m'aidant à ligoter l'autre homme inconscient. Son récit me laisse en partie sceptique, en partie fier de son sang-froid.

À l'extérieur de la grotte, j'entends le hululement d'une chouette, un oiseau qui n'a rien à faire dehors par ce temps. Je passe la tête par l'ouverture.

Rien ne bouge. Soudain, un coup de vent porte jusqu'à moi une odeur tenace de transpiration et de chevaux. Apparemment, Shikaat ne mentait pas quand il évoquait une centaine d'hommes.

Au sud, derrière nous, des rochers. Au loin à l'ouest, Serra. La grotte est face au nord et donne sur un sentier étroit qui serpente dans le désert vers les cols qui nous permettraient de traverser les montagnes de Serra. À l'est, le sentier descend à pic dans les Jutts, un kilomètre de rochers en forme de doigts déjà mortels par un temps bien plus favorable qu'aujourd'hui. La façade est des montagnes de Serra s'élève au-delà des Jutts. Pas de sentier, pas de col, juste des montagnes sauvages qui débouchent dans le désert tribal.

Dix enfers.

« Elias. » À côté de moi, Laia est nerveuse. « Nous devrions partir avant qu'il se réveille.

— Nous avons un problème. » Je désigne l'obscurité d'un signe de tête. « Nous sommes cernés. »

* * *

Cinq minutes plus tard, Laia et moi sommes encordés et j'ai déplacé l'acolyte de Shikaat, toujours ligoté, à l'entrée de la grotte. J'attache le cadavre de Shikaat au cheval – je lui ai retiré sa cape pour que ses hommes le reconnaissent. Laia évite soigneusement de le regarder.

« Au revoir, canasson. » Laia caresse le cheval entre les oreilles. « Merci de m'avoir transportée. Je suis triste de te perdre.

— Je t'en volerai un autre, dis-je d'un ton sec. Prête ? »

Elle acquiesce et j'allume un feu avec le petit bois que je trouve. Une épaisse fumée blanche remplit rapidement la grotte.

« Laia. Maintenant ! »

Laia frappe la croupe du cheval de toutes ses forces et les envoie, Shikaat et lui, à toute allure vers les hommes stationnés au nord. Ceux cachés derrière les rochers à l'ouest sortent en hurlant à la vue de la fumée et de la dépouille de leur chef.

Ce qui signifie qu'ils ne nous voient pas, Laia et moi. Nous nous faufilons hors de la grotte, capuche sur la tête, camouflés par la fumée, la pluie et l'obscurité. Je hisse Laia sur mon dos, je vérifie la corde que j'ai attachée à un rocher, puis je descends tout doucement dans les Jutts jusqu'à ce que, trois mètres plus bas, j'atteigne un rocher rendu glissant par la pluie. Laia descend de mon dos en s'éraflant au passage. J'espère que les hommes des tribus ne l'entendront pas. Je tire sur la corde pour la décrocher.

Dans la grotte, les hommes toussent. Je les entends jurer alors qu'ils en sortent leur compagnon.

« *Suis-moi* », j'articule en silence à Laia. Nous progressons lentement, le bruit de nos pas, couvert par les sabots des chevaux et les cris des hommes des tribus. Les rochers des Jutts sont coupants et glissants, leurs rebords dentelés s'enfoncent dans nos bottes et accrochent nos vêtements.

Il y a six ans, Helene et moi avions campé dans le Perchoir pendant une saison.

Tous les Cinquième année passent deux mois au Perchoir pour espionner les voleurs. Ces derniers détestaient ça ; s'ils vous capturaient, vous étiez condamné à mourir à petit feu – ce qui était l'une des raisons pour lesquelles la Commandante y envoyait les élèves.

Helene et moi étions stationnés ensemble – le bâtard et la fille, les deux parias. La Commandante avait dû jubiler en imaginant que l'un d'entre nous se ferait tuer. Mais l'amitié nous avait rendus plus forts, pas le contraire.

Pour nous amuser, nous sautions dans les Jutts. Nous nous incitions à faire des sauts de plus en plus fous. Elle sautait avec une telle aisance qu'on n'aurait jamais pu deviner qu'elle avait le vertige. Dix enfers, comme nous étions idiots ! Tellement persuadés que nous n'allions pas tomber. Si certains que la mort ne nous trouverait pas.

Maintenant, je suis plus avisé.

Tu es mort. Tu ne le sais pas encore, c'est tout.

La pluie se calme à mesure que nous traversons l'étendue de rochers. Laia demeure silencieuse, les lèvres serrées. Elle est contrariée. Je le sens. Elle pense à Shikaat, c'est sûr. Malgré tout, elle me suit et n'hésite qu'une fois, quand je franchis un trou de près de deux mètres de largeur et soixante mètres de profondeur.

Lorsque je me retourne, elle est pâle. « Je te rattraperai », dis-je. Elle me fixe de ses yeux mordorés où la peur le dispute à la détermination. Sans prévenir, elle saute et son corps robuste me heurte de plein fouet. Mes mains sur ses hanches, je sens le parfum sucré de ses cheveux. Ses lèvres s'entrouvrent comme si elle allait dire quelque chose.

Avec son corps plaqué contre le mien, je serais incapable de répondre intelligemment.

Je la repousse. Elle trébuche et son visage est traversé par un éclair de douleur. Je ne sais même pas pourquoi je fais ça, si ce n'est qu'être si près d'elle ne me semble pas une bonne chose. Comme si c'était injuste.

« On y est presque, dis-je pour détourner son attention. Ne t'éloigne pas. »

Alors que nous nous approchons des montagnes et nous éloignons du Perchoir, la pluie est remplacée par le brouillard.

L'étendue de rochers se nivelle et s'aplanit pour former des terrasses irrégulières entrecoupées d'arbres et de broussailles. Je fais signe à Laia de s'arrêter et je tends l'oreille pour détecter d'éventuels poursuivants. Rien. Le brouillard enveloppe les Jutts et confère aux arbres une étrangeté qui pousse Laia à se rapprocher de moi.

« Elias, chuchote-t-elle. Allons-nous repartir vers le nord ou retourner aux contreforts des montagnes ?

— Nous ne sommes pas équipés pour escalader les montagnes au nord, dis-je. Et les contreforts doivent grouiller d'hommes de Shikaat à notre recherche. »

Laia pâlit. « Alors comment allons-nous rejoindre Kauf ? Si nous prenons un bateau depuis le sud, le délai…

— Nous allons à l'est. Dans les Terres tribales. » Avant qu'elle proteste, je m'accroupis et dessine dans la poussière une carte sommaire des montagnes et de leurs alentours. « Les Terres tribales se trouvent à une quinzaine de jours de marche. Un peu plus si nous sommes retardés. Dans trois semaines débute le rassemblement d'Automne à Nur. Toutes les tribus seront là pour faire du commerce, arranger des mariages et célébrer des naissances. À la fin, plus de deux cents caravanes quitteront la ville. Chacune compte plus d'une centaine de personnes. »

Je vois dans ses yeux qu'elle vient de comprendre. « Nous allons nous mêler à eux. »

Je hoche la tête. « Des milliers de chevaux, de carrioles, de roulottes et d'hommes des tribus partent en même temps. Même si quelqu'un remontait notre trace jusqu'à Nur, il l'y perdrait. Certaines caravanes iront vers le nord. Nous nous cacherons parmi elles et atteindrons Kauf avant les neiges. Un marchand tribal et sa sœur.

— Sa sœur ? » Elle croise les bras. « Nous ne nous ressemblons pas du tout.

— Ou sa femme, si tu préfères. »

Je hausse un sourcil. Je rougis jusque dans le cou. *Arrête, Elias.*

« Comment persuaderons-nous une tribu de ne pas nous dénoncer ? »

Je pointe du doigt le jeton en bois que j'ai dans la poche, la faveur que me doit Afya Ara-Nur. « Laisse-moi faire. »

Laia réfléchit et finit par acquiescer. Il fait trop sombre pour continuer – nous devons trouver un campement pour la nuit. Nous nous frayons un chemin en haut des terrasses et dans la forêt jusqu'à ce que je repère un espace surplombé par un rocher, bordé de vieux pins aux troncs couverts de mousse. Alors que je dégage les cailloux et les brindilles, je sens la main de Laia sur mon épaule.

« Il faut que je te dise quelque chose, commence-t-elle, et quand je me tourne vers elle, j'ai le souffle coupé l'espace d'un instant. Quand je suis allée dans le Perchoir, j'avais peur que le poison… » Elle secoue la tête et dit rapidement : « Je suis heureuse que tu ailles bien. Et je sais que tu prends de gros risques pour moi. Merci.

— Laia… » *Tu m'as sauvé la vie. Tu as sauvé la tienne. Tu es aussi courageuse que ta mère. Ne laisse personne te dire le contraire.*

Peut-être devrais-je passer mon doigt sur sa clavicule et remonter vers son cou, empoigner ses cheveux et l'attirer doucement vers moi…

Une douleur m'élance dans le bras. Un rappel. *Tu détruis tous ceux qui s'attachent à toi.*

Je pourrais taire la vérité à Laia. Terminer la mission avant de mourir et disparaître. Mais la Résistance lui a caché la vérité. Son frère lui a caché qu'il travaillait avec Spiro. On lui a caché l'identité de l'assassin de ses parents.

Sa vie est jalonnée de secrets. Elle mérite qu'on lui dise la vérité.

« Tu devrais t'asseoir. » J'écarte sa main. « Moi aussi, j'ai quelque chose à te dire. »

Elle reste silencieuse pendant que je lui révèle ce qu'a fait la Commandante, que je lui parle du Lieu d'Attente et de l'Attrapeuse d'Âmes.

Quand j'ai terminé, ses mains tremblent et j'entends à peine sa voix.

« Tu… tu vas mourir ? Non. *Non.* » Elle essuie ses larmes et inspire profondément. « Il doit y avoir un remède, un moyen de…

— Il n'y en a pas. » J'adopte un ton dénué d'émotion. « J'en suis certain. Cela étant, j'ai quelques mois devant moi. Six, j'espère.

— Je n'ai jamais haï quiconque autant que la Commandante. Jamais. » Elle se mord la lèvre. « Tu as dit qu'elle nous a laissés partir. C'est pour ça ? Elle voulait que tu aies une mort lente ?

— Je crois qu'elle voulait être sûre que je meure. Dans

l'immédiat, je lui suis plus utile vivant que mort. J'ignore pourquoi.

— Elias. » Elle se blottit dans sa cape. « Je ne peux pas te demander de passer les derniers mois de ta vie à braver les dangers jusqu'à la prison de Kauf. Tu devrais retrouver ta famille tribale… »

Tu fais du mal aux gens, a dit l'Attrapeuse d'Âmes. À tant de gens : les hommes morts pendant la Troisième Épreuve, soit parce que je les ai tués, soit à cause des ordres que j'ai donnés ; Helene, abandonnée aux mains de Marcus ; Grand-père, forcé de fuir sa maison et à s'exiler à cause de moi ; et même Laia qui a frôlé la mort pendant la Quatrième Épreuve.

« Je ne peux pas aider les gens auxquels j'ai fait du mal, dis-je. Je ne peux pas changer ce que je leur ai fait. » Je me penche sur elle. J'ai besoin qu'elle comprenne que je pense chaque mot que je prononce. « Ton frère est le seul Érudit à savoir fabriquer de l'acier sérique. Je ne sais pas si Spiro Teluman retrouvera Darin dans les Terres libres. Je ne sais même pas si Teluman est vivant. En revanche, je sais que si je peux faire sortir Darin de prison, si le sauver donne l'occasion aux ennemis de l'Empire de se battre pour leur liberté, alors peut-être que je me rachèterai un peu pour le mal que j'ai fait dans ce monde. Sa vie – et toutes les vies qu'il sauverait – en échange de toutes celles que j'ai prises.

— Et s'il était mort ?

— Tu as dit avoir entendu les hommes dans le Perchoir parler de lui ? De son lien avec Teluman ? » Elle me répète ce qu'ils ont dit et je réfléchis. « Les Martiaux vont devoir s'assurer que Darin n'a pas partagé son savoir avec quiconque et, le cas échéant, qu'il ne se propage pas. Ils vont le garder en vie pour l'interroger. » Sauf que je doute qu'il survive à l'interrogatoire. Surtout quand je pense au directeur de Kauf et à la façon dont il obtient des réponses.

Laia me regarde droit dans les yeux. « En es-tu certain ?

— Si je ne l'étais pas, mais que tu saches qu'il y a la moindre chance qu'il soit toujours en vie, tenterais-tu de le sauver ? » Je lis la réponse dans ses yeux. « Laia, peu importe que j'en sois certain ou non. Tant que tu veux le sauver, je t'aiderai. J'ai fait une promesse. Je ne la briserai pas. »

Je lui prends les mains. Froides. Fortes. J'aimerais embrasser chaque callosité de ses paumes, l'intérieur de son poignet, l'attirer contre moi pour voir si elle souhaite aussi s'abandonner au feu qui brûle entre nous.

À quoi bon, cependant ? Pour qu'elle me pleure quand je serai mort ? Non. Ce serait égoïste.

Je m'écarte lentement d'elle sans la quitter des yeux pour qu'elle sache que c'est la dernière chose que je veux. Ses yeux expriment de la tristesse. De la confusion.

De l'acceptation.

Je suis heureux qu'elle comprenne. Je ne peux pas me rapprocher d'elle – d'aucune façon. Je ne peux pas la laisser se rapprocher de moi non plus. Ça ne lui apporterait que de la peine et de la douleur.

Et elle a déjà beaucoup souffert.

11
HELENE

« Semeur de Nuit ! Laissez-la ! » Une main forte me prend sous le bras et m'aide à me redresser. *Cain ?* De pâles mèches de cheveux dépassent de la capuche de l'Augure. Son corps décharné est caché sous sa longue robe noire et ses yeux rouges posent un regard grave sur la créature. Il l'a appelée *Semeur de Nuit*, comme dans les histoires que racontait Mamie Rila.

Le Semeur de Nuit siffle doucement et Cain plisse les yeux.

« J'ai dit, laissez-la. » L'Augure se place devant moi. « Elle ne marche pas dans les ténèbres.

— Vraiment ? » Le Semeur de Nuit glousse et disparaît en faisant tourbillonner sa cape et en laissant derrière lui une odeur de feu. Cain se tourne vers moi.

« Enchanté de faire ta connaissance, Pie de sang.

— Enchanté ? *Enchanté* ?

— Viens. Il ne faudrait pas que la Commandante ou ses laquais nous surprennent. »

Après ce que j'ai vu dans les yeux du Semeur de Nuit, mon corps tremble encore. Je me reprends alors que Cain et moi quittons la Villa Veturia. À la seconde où nous avons passé le portail, je me tourne vers l'Augure. Seule une vie entière de révérence m'empêche de l'empoigner par son vêtement.

« Vous aviez promis. » L'Augure connaît chacune de mes pensées, je n'ai donc pas besoin de maquiller les inflexions de ma voix ou de retenir mes larmes. En un sens, c'est un soulagement. « Vous aviez juré qu'il s'en sortirait si je tenais ma promesse.

— Non, Pie de sang. » Cain m'entraîne loin de la villa, dans une avenue bordée de maisons d'Illustriens. Il s'arrête devant l'une d'entre elles qui, sans doute belle jadis, n'est plus aujourd'hui qu'une carcasse carbonisée, détruite pendant la révolution des Érudits. Cain erre dans les ruines. « Nous t'avons promis que, si tu tenais ta promesse, Elias survivrait aux Épreuves. Et c'est le cas.

— À quoi bon survivre aux Épreuves s'il meurt dans quelques semaines et qu'en plus c'est moi qui le tue ? Cain, je ne peux pas désobéir à Marcus. J'ai prêté allégeance. Vous m'avez incitée à le faire.

— Sais-tu qui vivait dans cette maison, Helene Aquilla ? »

Évidemment, il change de sujet. Pas étonnant que les Augures énervent autant Elias. Je regarde autour de moi. La maison ne me dit rien.

« Le Mask Laurent Marianus. Et sa femme Inah. » Cain pousse du pied une poutre calcinée et ramasse un petit cheval grossièrement taillé dans du bois. « Leurs enfants : Lucia, Amara et Darien. Six esclaves érudits. L'un d'eux était Siyyad. Il aimait Darien comme son propre fils. » Cain repose précautionneusement le cheval. « Siyyad l'a sculpté il y a deux mois pour Darien, pour ses quatre ans. »

Mon cœur se serre. *Que lui est-il arrivé ?*

« Quand les Érudits ont mis le feu à la maison, cinq esclaves ont essayé de fuir. Siyyad a couru à la rescousse de Darien. Il l'a trouvé caché sous son lit, terrorisé et serrant le cheval contre lui. Mais le feu était trop rapide. Ils sont morts. Tous. Même les esclaves qui ont tenté de fuir.

— Pourquoi me racontez-vous ça ?

— Parce que l'Empire est plein de maisons comme celle-ci. De vies comme celles-ci. Penses-tu que les vies de Darien et Siyyad comptent moins que celle d'Elias ? Non.

— Je le sais, Cain. » Je suis mortifiée qu'il ressente le besoin de me rappeler la valeur de la vie de mon propre peuple. « Mais à quoi rime tout ce que j'ai fait durant la Première Épreuve si quoi qu'il arrive Elias meurt ? »

Cain se tourne vers moi avec toute la force de sa présence. Je recule.

« Tu vas traquer Elias. Tu vas le trouver. Car ce que tu apprendras pendant ce voyage – sur toi, sur ta terre, sur tes ennemis – est essentiel à la survie de l'Empire. Et à ton destin. »

J'ai envie de vomir sur ses pieds. *Je vous faisais confiance. Je vous ai cru. J'ai fait ce que vous vouliez.* Et malgré tout, mes peurs vont devenir réalité. Traquer Elias – le tuer – et encore, ce n'est pas le plus horrible dans mes cauchemars. Le pire, c'est ce que je ressens quand je le fais. C'est ce qui rend mes rêves si puissants – les émotions qui me traversent : de la satisfaction alors que je fais souffrir mon ami, du plaisir en entendant le rire de Marcus qui se tient à côté de moi et m'adresse un regard approbateur.

« Ne laisse pas le désespoir t'envahir. » La voix de Cain s'adoucit. « Reste fidèle à ton cœur et tu serviras bien l'Empire.

— L'Empire. *Toujours l'Empire.* Et Elias ? Et moi ?

— Le destin d'Elias est entre ses propres mains. Allons, Pie de sang. » Cain lève la main, comme s'il me bénissait. « Voilà ce qu'est avoir la foi, croire en quelque chose de plus important que soi. »

Je soupire et essuie mes larmes. *Voilà ce qu'est avoir la foi.* Si seulement ce n'était pas si difficile.

Je le regarde s'éloigner, s'enfoncer dans les décombres de la maison et disparaître derrière un pilier noirci. Je ne prends pas la peine de le suivre. Je sais qu'il est parti.

* * *

Les baraquements de la Garde noire se situent dans le district des Mercators. C'est un long bâtiment en pierre sans aucune marque distinctive à l'exception d'une pie de sang aux ailes déployées en argent sur la porte.

À la seconde où j'entre, une demi-douzaine de Masks cessent leurs activités et saluent.

« Vous, dis-je au Garde noir le plus proche. Allez chercher les lieutenants Faris Candelan et Dex Atrius. À leur arrivée, attribuez-leur leurs quartiers et leurs armes. » Avant même qu'il puisse hocher la tête, je passe au suivant. « Vous. Apportez-moi tous les rapports sur la nuit de l'évasion de Veturius. Chaque attaque, chaque explosion, chaque soldat mort, chaque magasin pillé, chaque témoignage – tout. Où sont les quartiers de la Pie ?

— Par ici, chef. » Le soldat désigne une porte noire au bout de la pièce. « Le lieutenant Avitas Harper est à l'intérieur. Il vient d'arriver. »

Avitas Harper. Lieutenant Harper. Je frémis. Mon tortionnaire. Évidemment. Lui aussi fait partie de la Garde noire.

« Cieux sanglants. Que veut-il ? »

Le Garde noir semble surpris. « Recevoir ses ordres, j'imagine. L'Empereur l'a assigné à votre unité opérationnelle. »

Autant dire que c'est la Commandante qui l'a assigné là. Harper est son espion.

Il attend devant mon bureau. Il salue avec un visage étonnament imperturbable, comme s'il n'avait pas passé cinq jours à me torturer dans un donjon.

« Harper. » Je m'assois en face de lui, le bureau entre nous. « J'écoute votre rapport. »

Harper ne dit rien pendant un moment. Je souffle, clairement agacée.

« Vous avez été assigné à ce détachement, n'est-ce pas ? Dites-moi ce que nous savons des déplacements du traître Veturius, *lieutenant.* » Je prononce ce mot avec un grand mépris. « Ou êtes-vous aussi inefficace en tant que chasseur qu'en tant qu'interrogateur ? »

Harper ne réagit pas à mes sarcasmes. « Nous avons une piste : un Mask mort à la sortie de la ville. » Il marque une pause. « Pie de sang, avez-vous choisi vos hommes pour cette mission ?

— Vous et deux autres, dis-je. Les lieutenants Dex Atrius et Faris Candelan. Ils vont être incorporés à la Garde noire aujourd'hui. Si nécessaire, nous ferons appel à des renforts.

— Je ne reconnais pas ces noms. En général, les conscrits sont choisis par…

— Harper. » Je me penche en avant. Il n'aura pas d'emprise sur moi. Plus jamais. « Je sais que vous êtes l'espion de la Commandante. L'Empereur me l'a dit. Je ne peux pas me débarrasser de vous. Mais ça ne veut pas dire que je dois vous écouter. En tant que commandant, je vous ordonne de la fermer au sujet de Faris et Dex. Maintenant, faites-moi votre rapport sur l'évasion de Veturius. »

Je m'attends qu'il réplique. Au lieu de quoi, il hausse les épaules, ce qui est encore plus énervant. Harper relate l'évasion d'Elias en détail – les soldats qu'il a tués, les endroits où on l'a vu dans la ville.

Au milieu de son récit, on frappe à la porte et, à mon grand soulagement, Dex et Faris entrent. Les cheveux blonds de Faris sont emmêlés et les traits du beau visage de Dex sont tirés. Leurs capes roussies et leurs armures ensanglantées sont autant de preuves de leurs faits et gestes des derniers jours. En me voyant, ils écarquillent les yeux : blessée, couverte de bleus, dans un état déplorable. Dex s'avance.

« Pie de sang. » Il salue et, malgré moi, je souris. Même face à une vieille amie dans un état déplorable, on peut toujours compter sur Dex pour respecter le protocole.

« Dix enfers, Aquilla. » Faris est horrifié. « Que t'ont-ils fait ?

— Soyez les bienvenus, lieutenants, dis-je. J'imagine que le messager vous a parlé de la mission ?

— Tu dois tuer Elias, dit Faris. Hel…

— Êtes-vous prêts à prendre votre service ?

— Bien sûr, poursuit Faris. Tu as besoin d'hommes à qui tu peux faire confiance. Cependant, Hel…

— Voici… » Je le coupe de peur qu'il ne dise quelque chose qu'Harper pourrait rapporter à la Commandante. « … le lieutenant Avitas Harper. Mon tortionnaire et l'espion de la Commandante. » Faris ne desserre plus les lèvres. « Harper est également assigné à cette mission, alors faites attention à ce que vous dites en sa présence car tout sera rapporté à la Commandante et à l'Empereur. »

Harper gigote, gêné. Je jubile.

« Dex, dis-je. Tu étais le lieutenant de l'homme qui va m'apporter les rapports de la nuit de l'évasion d'Elias. Cherche le moindre détail pertinent. Faris, tu viens avec moi. Harper et moi avons une piste à la sortie de la ville. »

Je suis reconnaissante à mes amis d'accepter mes ordres stoïquement et contente qu'ils aient appris à conserver un visage inexpressif. Dex se retire et Faris va chercher les chevaux. Debout, Harper me regarde en inclinant la tête. Je n'arrive pas à déchiffrer son expression – peut-être de la curiosité. Il plonge la main dans sa poche et je me raidis en pensant aux coups de poing qu'il a utilisés pour me battre en prison.

Il n'en sort qu'une bague d'homme. Lourde, en argent, un oiseau, ailes déployées, bec ouvert en train de crier, est gravé dessus. La chevalière de la Pie de sang.

« À présent, elle vous appartient. » Il sort une chaîne de sa poche. « Au cas où elle serait trop grande. »

Elle est trop grande, mais un joailler pourra l'ajuster. Peut-être s'attend-il que je le remercie. Au lieu de cela, je prends la chevalière, j'ignore la chaîne et je passe devant lui.

* * *

Le Mask mort dans les marécages asséchés derrière Serra est un point de départ prometteur. Pas de traces, pas de cachette possible. Mais à l'instant où je vois le cadavre pendu à un arbre et portant des signes de torture, je sais qu'Elias ne l'a pas tué.

« Pie de sang, Veturius est un Mask. Formé par la Commandante, dit Harper alors que nous retournons en ville. N'est-il pas un boucher, comme nous tous ?

— Veturius ne laisserait pas le corps à la vue de tous, dit Faris. Celui qui a fait ça voulait qu'on le retrouve. Pourquoi faire ça s'il ne veut pas qu'on retrouve sa trace ?

— Pour nous semer, dit Harper. Pour nous envoyer vers l'ouest et non le sud. »

Je réfléchis pendant qu'ils débattent. Je connaissais le Mask mort. Il était l'un des quatre chargés de garder Elias pendant son exécution. Lieutenant Cassius Pritorius, un prédateur violent avec un goût prononcé pour les jeunes filles. En tant que centurion, il avait enseigné le combat rapproché pendant une période à Blackcliff. À l'époque, j'avais 14 ans et je gardais toujours une dague sur moi quand il était dans les parages.

En punition, Marcus a envoyé les trois autres Masks chargés de la surveillance d'Elias à Kauf pour six mois. Pourquoi pas Cassius ? Comment a-t-il fini ici ?

Je pense à la Commandante, mais ça n'a aucun sens. Si Cassius l'avait mise en colère, elle l'aurait torturé et tué en public – ça aurait servi sa réputation.

Je sens un picotement dans le cou, comme si on me regardait.

« Petite ccchhhhaannnntteeuuse… »

La voix est lointaine, portée par le vent. Je me retourne sur ma selle. Le désert est vide excepté quelques touffes d'herbe séchée qui roulent ici et là. Faris et Harper font ralentir leurs chevaux et me fixent d'un air narquois. *Avance, Aquilla. Ce n'était rien.*

La journée suivante de traque ne donne rien, tout comme celle d'après. Dex ne trouve rien dans les rapports. Les messagers et les informations transmises par les tambours ne mènent qu'à de fausses pistes : deux hommes tués à Navium et un témoin qui jure qu'Elias est le tueur.

Certaines sources parlent d'un Martial et d'une Érudite s'étant présentés dans une auberge – comme si Elias était assez idiot pour descendre dans une fichue auberge.

À la fin du troisième jour, je suis épuisée et énervée. Marcus a déjà envoyé deux messages pour s'enquérir de mes progrès.

Je devrais dormir dans les baraquements de la Garde noire, comme les deux dernières nuits. Mais j'en ai assez des baraques et particulièrement de cette impression tenace qu'Harper rapporte chacun de mes mouvements à Marcus et à la Commandante.

Il est presque minuit lorsque j'arrive à la Villa Aquilla. Les lumières sont allumées et des dizaines de calèches sont garées le long de la route. Je passe par l'entrée des esclaves pour éviter ma famille et je tombe immédiatement sur Livvy qui supervise un dîner tardif.

Elle soupire en voyant ma tête. « Passe par la fenêtre de ta chambre. Les oncles ont pris possession du rez-de-chaussée. Ils voudront te parler. »

Les oncles – les frères et les cousins de mon père – sont les chefs des principales familles de la Gens Aquilla. Des hommes bons mais bavards.

« Où est Mère ?

— Avec les tantes. Elle essaie de calmer leur hystérie. » Livvy hausse un sourcil. « Elles ne sont pas très heureuses de l'alliance entre les Aquilla et les Farrar. Père m'a demandé de servir le dîner. »

Elle est donc bien placée pour écouter les conversations et récolter des informations. Livia, contrairement à Hannah, souhaite diriger la Gens. Père n'est pas idiot ; il sait qu'elle pourrait être un atout.

Livvy m'appelle alors que je sors par la porte de derrière.

« Fais attention à Hannah. Elle a un comportement étrange. Contente d'elle. Comme si elle savait quelque chose que nous ignorons. »

Je lève les yeux au ciel. Comme si Hannah était au courant de quoi que ce soit qui pourrait m'intéresser.

Je grimpe à l'arbre devant ma fenêtre. Entrer et sortir en toute discrétion, même blessée, n'est pas un problème. Pendant mes permissions, je le faisais tout le temps pour rejoindre Elias.

Mais jamais pour la raison que je voulais.

J'enjambe la fenêtre de ma chambre tout en corrigeant mes pensées. *Ce n'est pas Elias. C'est le traître Veturius et tu dois le traquer.* Peut-être qu'à force de les répéter ces paroles ne me feront plus autant de mal.

« Petite chanteuse. »

Tout mon corps se fige en entendant la voix – la même que celle que j'ai entendue dans le désert. Cet instant de choc cause ma perte. Une main se plaque sur ma bouche.

« J'ai une histoire à te raconter. Écoute attentivement. Tu pourrais apprendre quelque chose d'intéressant. »

Femme. Mains fortes. Très calleuses. Pas d'accent. Je tente de me débattre, mais la lame sous ma gorge m'arrête net. Je pense au cadavre du Mask au milieu du désert. Qui que ce soit, elle est dangereuse et n'a pas peur de me tuer.

« Il était une fois, dit la voix étrange, une fille et un garçon qui essayèrent de s'échapper d'une ville livrée aux flammes et à la terreur. Dans cette ville, ils trouvèrent le salut à moitié dans l'ombre. Là, les attendait une démone à la peau argentée avec un cœur aussi noir que son logis. Ils combattirent la démone sous la tour de la souffrance qui ne dort jamais. Ils terrassèrent la démone et s'enfuirent victorieux. Une jolie histoire, n'est-ce pas ? » La femme se rapproche et me glisse à l'oreille : « L'histoire est dans la ville, petite chanteuse. Trouve l'histoire et tu trouveras Elias Veturius. »

La main plaquée sur ma bouche et le couteau disparaissent. Je me tourne et vois une silhouette traverser ma chambre en courant.

« Attendez ! », dis-je en levant la main. La silhouette s'arrête. « Le Mask mort dans le désert. Est-ce votre œuvre ?

— Un message à ton intention, petite chanteuse, dit la femme d'une voix éraillée. Pour que tu n'aies pas la bêtise de chercher à me combattre. Ne sois pas trop triste. C'était un assassin et un violeur. Il méritait de mourir. Ce qui me rappelle une chose. » Elle penche la tête sur le côté. « La fille, Laia. Ne la touche pas. Si on lui fait le moindre mal, aucune force sur cette terre ne m'empêchera de t'étriper. Lentement. »

Puis elle repart. Je bondis en dégainant mon sabre. Trop tard. La femme enjambe la fenêtre et court sur les toits.

Mais j'ai eu le temps de voir son visage – endurci par la haine, horriblement balafré et instantanément reconnaissable.

L'esclave de la Commandante. Celle qui est censée être morte. Celle que tout le monde appelle Cuisinière.

12
LAIA

Le lendemain de notre fuite du Perchoir, quand Elias me réveille, j'ai les mains moites. Même dans la lueur d'avant l'aube, je vois le sang de l'homme des tribus couler le long de mes bras.

« Elias. » J'essuie frénétiquement mes mains sur ma cape. « Le sang, il ne part pas. » Il en a aussi sur lui. « Tu es couvert…

— Laia. » Il vient à côté de moi. « Ce n'est que le brouillard.

— Non. Il… Il y en a partout. » *Partout, la mort.*

Elias me prend les mains et les expose à la faible lumière des étoiles. « Regarde. Le brouillard laisse des gouttelettes sur ta peau. »

Je reviens à la réalité alors qu'il me redresse lentement. *Ce n'est qu'un cauchemar.*

« Il faut nous remettre en route. » D'un signe de tête, il désigne l'étendue de rochers à peine visible à travers les arbres. « Il y a quelqu'un. »

Je ne vois rien et n'entends rien dans les Jutts à l'exception du craquement des branches dans le vent et du gazouillis des oiseaux. Mais mon corps se raidit.

« Des soldats ? », je chuchote à Elias.

Il secoue la tête. « Pas sûr. J'ai vu un éclair métallique – une armure ou peut-être une arme. Mais je suis certain qu'on nous suit. » Sentant mon inquiétude, il m'adresse un petit sourire. « N'aie pas l'air si effrayée. Toutes les missions réussies sont le résultat d'une série de désastres évités de justesse. »

Si je trouvais rapide le rythme d'Elias dans le Perchoir, ce n'est rien à côté celui qu'il adopte aujourd'hui. Le tellis lui a permis de récupérer presque toutes ses forces. En quelques minutes, nous laissons l'étendue de rochers derrière nous et nous nous frayons un chemin dans les montagnes comme si le Semeur de Nuit était à nos trousses. Le terrain est dangereux, émaillé de ravins et de ruisseaux en crue. Au bout d'un moment, je m'aperçois que toute ma concentration n'est fixée que sur une chose : suivre Elias. Ce qui n'est pas plus mal. Après ce qui s'est passé avec Shikaat, après avoir appris ce que la Commandante a fait à Elias, je suis ravie de ranger mes souvenirs dans un coin sombre de mon esprit.

Elias se retourne sans cesse.

« Soit nous les avons perdus, soit ils sont très forts pour se cacher. Je crois que c'est la deuxième hypothèse. »

Il n'en dit pas beaucoup plus. J'imagine que c'est sa manière de garder ses distances. De me protéger. Une partie de moi comprend son raisonnement – le respecte, même. Mais sa compagnie me manque terriblement. Nous avons fui Serra ensemble. Combattu les spectres ensemble. Je me suis occupée de lui quand il a été empoisonné.

Pop disait que soutenir une personne dans des moments difficiles créait un lien. Un sens du devoir qui est plus un cadeau qu'un poids. À présent, je me sens liée à Elias. Je ne *veux* pas qu'il m'exclue de sa vie.

Au milieu du second jour, le ciel s'ouvre et un déluge s'abat sur nous. L'air fraîchit et nous ralentissons considérablement notre progression. J'ai envie de hurler. Chaque seconde me semble une éternité que je dois passer avec des pensées que je veux à tout prix refouler. La Commandante empoisonnant Elias. La mort de Shikaat. Darin à Kauf, aux mains du terrible directeur de la prison.

Partout, la mort.

Avancer dans une neige fondue si glaciale qu'elle pénètre les os simplifie la vie. Au bout de trois semaines, mon monde se résume à inspirer régulièrement, mettre un pied devant l'autre et trouver la volonté de recommencer. À la tombée de la nuit, Elias et moi nous effondrons de fatigue, trempés et grelottants. Le matin, nous retirons le givre de notre cape et forçons l'allure pour rattraper le temps perdu.

Nous quittons la haute montagne et commençons à descendre. La pluie se calme enfin. Une brume froide aussi collante qu'une toile d'araignée tombe sur les arbres. Mon pantalon est déchiré aux genoux, ma tunique en lambeaux.

« Étrange, marmonne Elias. Je n'ai jamais vu ce type de temps si près des Terres tribales. »

Nous nous traînons à la vitesse de l'escargot et, une heure avant le coucher du soleil, il ralentit encore.

« Ça ne sert à rien de continuer dans cette boue, dit-il. Nous devrions atteindre Nur demain. Trouvons plutôt un endroit où établir notre campement. »

Non ! Si nous nous arrêtons, j'aurai le temps de penser – de me souvenir.

« Il ne fait pas encore sombre, dis-je. Et celui qui nous suit ? Nous pouvons certainement... »

Elias me lance un regard catégorique. « Nous nous arrêtons. Cela fait des jours que je n'ai pas vu le moindre signe de celui qui nous suit. La pluie s'est enfin arrêtée. Nous avons besoin de repos et d'un repas chaud. »

Quelques minutes plus tard, il repère une pente avec, au sommet, un amas de monolithes. À sa demande, je fais un feu pendant qu'il disparaît derrière l'un des rochers. Il s'absente pendant un long moment et, à son retour, il est rasé de près. Il s'est lavé et a passé des vêtements propres.

« Es-tu certain que ce soit une bonne idée ? » J'alimente le feu tout en regardant nerveusement vers les bois. Si celui qui nous suit est toujours sur nos talons, s'il voit la fumée...

« Le brouillard masque la fumée, dit-il en désignant un rocher. Il y a un ruisseau derrière. Tu peux y faire ta toilette. Je m'occupe du dîner. »

Je rougis – je sais bien à quoi je dois ressembler. Mes vêtements en loques, de la boue jusqu'aux genoux, mon visage éraflé et les cheveux emmêlés. Tout ce que j'ai sent les feuilles mouillées et la terre.

Au bord du ruisseau, je retire ma tunique dégoûtante et j'en utilise le bout le moins sale pour me laver. Je tombe sur une tache de sang séché. Celui de Shikaat. Je jette la tunique.

N'y pense pas, Laia.

Je regarde furtivement derrière moi, mais Elias est parti. La part de moi-même qui ne peut pas oublier la puissance de ses bras et la chaleur de ses yeux pendant notre danse lors de la fête de la Lune aurait souhaité qu'il reste. J'aurais aimé sentir la chaleur de ses mains sur ma peau, dans mes cheveux.

Une heure plus tard, je suis lavée et vêtue d'habits propres mais humides. Je salive en sentant l'odeur d'un lapin en train de rôtir. Je m'attends à voir Elias bondir à la seconde où j'apparaîtrai. Si nous ne sommes pas en train de marcher ou de manger, il part faire sa ronde. Mais il me salue de la tête et je m'assois à côté de lui – aussi près du feu que possible – et je me brosse les cheveux.

Il désigne mon bracelet. « Il est magnifique.

— Ma mère me l'a donné juste avant de mourir.

— J'ai l'impression d'avoir déjà vu ce motif. » Elias penche la tête. « Puis-je ? »

Alors que je m'apprête à le retirer, je suspends mon geste, soudain réticente. *Laia, ne sois pas ridicule. Il te le rendra tout de suite.*

« Juste... Juste une minute, d'accord ? » Je le lui tends et ne peux m'empêcher de me crisper tandis qu'il le tourne et le retourne dans sa main en examinant le motif terni à peine visible.

« C'est de l'argent, dit-il. Crois-tu que les êtres surnaturels le sentent ? L'éfrit et les spectres n'ont cessé de réclamer de l'argent.

— Aucune idée. » Quand il me le rend, tout mon corps se détend. « Mais plutôt mourir que m'en séparer. As-tu quoi que ce soit de ton père ?

— Rien. » Elias n'a pas l'air amer. « Pas même un nom. C'est tout aussi bien comme ça. Je ne crois pas que c'était quelqu'un de bien.

— Pourquoi ? Toi tu es quelqu'un de bien. Et tu ne tiens pas ça de la Commandante. »

Elias a un sourire triste. « Ce n'est qu'un pressentiment. » Il remue le feu avec un bâton. « Laia, dit-il doucement. Nous devrions parler. »

Oh, Cieux. « De quoi ?

— De ce qui te préoccupe. Je peux essayer de deviner, mais ce serait mieux que tu me le dises.

— Ah, maintenant tu veux parler ? Après des semaines sans même me regarder ?

— Je te regarde. » Il répond vite, à voix basse. « Même quand je ne devrais pas.

— Alors pourquoi tu ne dis rien ? Tu penses que je suis… que je suis un monstre ? À cause de ce qui s'est passé avec Shikaat ? Je ne voulais pas… » Ma voix se casse. Elias lâche le bâton et se rapproche un peu. Il attire mon menton à lui.

« Laia, je ne te jugerai jamais pour t'être défendue. Regarde ce que je suis. Regarde ma vie. Je t'ai laissée tranquille parce que je pensais que tu trouverais un peu de réconfort dans la solitude. Quant à ne pas… te regarder, c'est parce que je ne veux pas te faire de mal. Dans quelques mois, je serai mort. Mieux vaut que je garde mes distances. Toi et moi le savons très bien.

— La mort est partout, dis-je. Tellement omniprésente. À quoi bon vivre ? Vivrai-je un jour sans la sentir autour de moi ? Dans quelques mois, tu… » Je ne peux pas le dire. « Et Shikaat. Il allait me tuer et puis… et puis soudain il était mort. Son sang était si chaud et il avait *l'air* vivant, mais… » Je réprime un frisson et me redresse. « Peu importe. Je me laisse submerger par tout ça. Je…

— Tes émotions montrent que tu es humaine, rétorque Elias. Même les émotions désagréables ont un rôle. Ne les réprime pas. Si tu les ignores, elles gagnent en puissance et en colère. »

Une boule se forme dans ma gorge, comme si un cri était pris au piège en moi.

Elias me serre dans ses bras et, alors que je pose ma tête sur son épaule, un son tapi en moi, quelque chose entre le cri et les pleurs, jaillit. Un cri animal et étrange. La colère et la peur de ce qui s'annonce. Le sentiment d'être toujours trahie. La terreur à l'idée de ne plus jamais revoir mon frère.

Après un long moment, je m'écarte de lui. Je lève les yeux. Elias est sombre. Il essuie mes larmes. Son odeur m'envahit.

Son visage perd toute expression. Il établit un mur entre nous. Il s'éloigne.

« Pourquoi fais-tu ça ? » Je tâche en vain de contenir mon exaspération. « Tu te renfermes. Tu m'écartes parce que tu ne veux pas que je m'attache. Que fais-tu de ce que je veux, *moi* ? Elias, tu ne me feras pas de mal.

— Oh que si, fais-moi confiance.

— Je ne te fais pas confiance. Pas à ce sujet. »

Je me rapproche de lui avec un air de défi. Il serre la mâchoire mais ne bouge pas. Sans le quitter des yeux, je lève une main hésitante vers ses lèvres.

« C'est une mauvaise idée, murmure-t-il.

— Alors pourquoi ne m'arrêtes-tu pas ?

— Parce que je suis idiot. »

Nos lèvres sont si proches que je sens son souffle, son corps se détend, ses mains glissent dans mon dos, je ferme les yeux.

Puis il se raidit. Subitement, j'ouvre les yeux. Elias fixe les arbres. En une seconde, il est debout, ses sabres en main. Je me lève d'un bond.

« Laia. » Il passe à côté de moi. « Il nous a rattrapés. Cache-toi dans les rochers. Et… » Sa voix devient autoritaire alors que nos regards se croisent. « Et si besoin, bats-toi de toutes tes forces. »

Je saisis ma dague et cours derrière lui en essayant de voir ce qu'il voit, d'entendre ce qu'il entend. Autour de nous, la forêt est silencieuse.

Vzzz.

Une flèche traverse les arbres et vole vers le cœur d'Elias. Il la dévie d'un coup d'épée.

Une autre, vzzz, puis une autre et encore une autre. Elias les dévie toutes jusqu'à ce qu'une pile de flèches cassées gise à ses pieds.

« Je pourrais faire ça toute la nuit », dit-il. Sa voix dépourvue de toute émotion me fait sursauter. C'est celle d'un Mask.

« Laisse partir la fille, lance une voix rageuse dans les arbres, et reprends ta route. »

Elias se tourne vers moi, un sourcil levé.

« Un ami à toi ? »

Je fais non de la tête. « Je n'ai aucune… »

Une silhouette sort des arbres – l'homme est habillé en noir, une capuche baissée sur son visage, une flèche encochée dans son arc. Je n'arrive pas distinguer ses traits. Mais il m'est familier.

« Si tu es là pour la récompense…, commence Elias.

— Ce n'est pas le cas. Je suis là pour elle.

— Eh bien, tu ne peux pas l'avoir, dit Elias. Tu peux continuer à gaspiller des flèches ou nous pouvons nous battre. » D'un geste rapide, Elias retourne l'un de ses sabres et le tend à l'homme avec une arrogance si insultante que je grimace. Si notre assaillant était fâché, maintenant il doit être furieux.

L'homme baisse son arc et nous fixe pendant une seconde avant de secouer la tête.

« Elle avait raison, dit-il d'un ton flegmatique. Il ne t'a pas enlevée. Tu l'as suivi de ton plein gré. »

Oh, Cieux. Je sais qui il est. Évidemment que je le connais. Il repousse sa capuche et libère ses cheveux flamboyants.

Keenan.

13
ELIAS

Alors que j'essaie de comprendre comment – et pourquoi – le rouquin de la fête de la Lune nous a suivis dans les montagnes, une autre silhouette sort des bois, ses cheveux blonds coiffés en une tresse approximative, son visage et son cache-œil sales. Elle n'était déjà pas épaisse quand elle vivait avec la Commandante, mais là elle a l'air de mourir de faim.

« Izzi ?

— Elias. » Elle m'adresse un sourire triste. « Tu as l'air… euh… tu es maigre. » Elle hausse un sourcil en contemplant mes traits altérés par le poison.

Laia passe devant moi en poussant un cri de surprise. Elle jette un bras autour du rouquin et l'autre autour de l'ancienne esclave de la Commandante, et ils tombent par terre en riant et pleurant.

« Cieux, Keenan, Izzi ! Vous allez bien… Vous êtes vivants !

— Vivants, oui. » Izzi jette un petit regard au rouquin. « Bien, je ne sais pas. Ton ami marche à un rythme fou. »

Le rouquin ne lui répond pas, les yeux fixés sur moi.

« Elias. » Laia remarque le regard du rouquin et se lève en s'éclaircissant la gorge. « Tu connais Izzi. Et voici Keenan, un… un ami. » Elle prononce le mot *ami* comme si elle n'était pas sûre que ce soit le bon terme. « Keenan, voici…

— Je sais qui il est. » Le rouquin lui coupe la parole et je retiens mon envie de lui flanquer un coup de poing. *Elias, assommer son ami au bout de cinq minutes n'est pas le meilleur moyen d'assurer la paix.*

« Ce que je ne comprends pas, poursuit le rouquin, c'est comment tu as fini avec lui. Comment as-tu pu…

— Nous devrions peut-être nous asseoir. » Izzi lève la voix et s'assoit près du feu. Je la rejoins tout en gardant un œil sur Keenan qui a pris Laia à part et lui parle avec animation. Je lis sur ses lèvres ; il lui dit qu'il vient avec elle à Kauf.

C'est une très mauvaise idée. Parce que si assurer ma sécurité et celle de Laia jusqu'à Kauf est presque impossible, assurer celle de quatre personnes relève de la pure folie.

« Elias, dis-moi que tu as quelque chose à manger, dit Izzi à voix basse. Peut-être que Keenan se nourrit de son obsession, mais moi je n'ai pas fait de vrai repas depuis des semaines. »

Je lui propose les restes de mon lapin. « Désolé, ce n'est pas grand-chose, dis-je. Je peux t'en attraper un autre, si tu veux. » Je garde mon attention fixée sur Keenan, prêt à dégainer mon sabre alors qu'il s'énerve de plus en plus.

« Il ne lui fera aucun mal, dit Izzi. Détends-toi.

— Comment le sais-tu ?

— Tu aurais dû le voir quand il a découvert qu'elle était partie avec toi. » Izzi mord dans la viande. « J'ai cru qu'il allait tuer quelqu'un – enfin moi, pour être précise. Laia m'a donné sa place sur un bateau. Elle m'avait dit que Keenan me retrouverait deux semaines plus tard. Or il est arrivé le lendemain de mon départ de Serra. Peut-être a-t-il eu une intuition. Je ne sais pas. Il a fini par se calmer, mais je doute qu'il ait dormi depuis. Une fois, dans un village, il m'a mise en lieu sûr et a passé la journée à chercher des informations, des pistes pour qu'on puisse vous retrouver. Il ne pensait qu'à une seule chose, la rejoindre. »

Donc il est obsédé. Super. J'ai envie de poser d'autres questions à Izzi. Par exemple, si elle pense que Laia partage ses sentiments. Mais je ne dis pas un mot. Quelle que soit la relation de Laia et de Keenan, je ne peux pas y accorder la moindre importance.

Pendant que je fouille dans mon sac dans l'idée de trouver de la nourriture pour Izzi, Laia s'assoit près du feu. Keenan la suit. Il a l'air très en colère, ce que je prends pour un bon signe. Avec un peu de chance, Laia lui a dit que tout allait bien et qu'il pouvait reprendre sa vie de rebelle.

« Keenan vient avec nous », dit Laia. *Bon sang.* « Et Izzi…

— Aussi, dit l'Érudite. C'est ce que font les amis, Laia. Et puis, on ne peut pas vraiment dire que j'aie ailleurs où aller.

— Je ne sais pas si c'est une très bonne idée », dis-je en tempérant mes propos. Ce n'est pas parce que Keenan devient impétueux que je dois me comporter comme un idiot. « Emmener quatre personnes à Kauf… »

Keenan grommelle. Je ne suis pas surpris de voir sa main serrer son arc : l'envie de me décocher une flèche en pleine gorge se lit sur son visage.

« Laia et moi n'avons pas besoin de toi. Tu voulais te libérer de l'Empire, non ? Alors vas-y. Pars. Quitte l'Empire.

— Je ne peux pas », dis-je. Je commence à aiguiser mes poignards. « J'ai fait une promesse à Laia.

— Un Mask qui tient ses promesses. J'aimerais bien voir ça.

— Alors, regarde-moi bien. » *Elias, du calme.* « Écoute. Je comprends que tu souhaites apporter ton aide. Toutefois, plus nous sommes nombreux, plus ça complique...

— Martial ! Je ne suis pas un enfant que tu dois couver, s'agace Keenan. J'ai remonté votre piste jusqu'ici, non ? »

C'est juste. « Comment as-*tu* retrouvé notre trace ? » Je reste calme. Lui, en revanche, se comporte comme si je venais de le menacer de décimer toute sa famille.

« Ceci n'est pas un interrogatoire, Martial. Tu ne peux pas m'obliger à dire quoi que ce soit. »

Laia souffle. « Keenan...

— Détends-toi... » Je lui adresse un large sourire. *Ne fais pas le con, Elias.* « Simple curiosité professionnelle. Si tu es remonté jusqu'à nous, quelqu'un d'autre a pu te suivre.

— Personne ne nous a suivis, dit Keenan, les dents serrées. Et il n'a pas été très difficile de vous trouver. Les limiers rebelles sont aussi qualifiés qu'un Mask. Meilleurs, même. »

Il m'agace. Conneries. Un Mask peut pister un lynx dans les Jutts et ce genre de compétence ne s'acquiert qu'au bout d'une dizaine d'années d'entraînement. Je n'ai jamais entendu parler d'un rebelle capable de faire la même chose.

« Ça suffit, intervient Izzi. Qu'allons-nous faire ?

— D'abord on te trouve un endroit sûr, dit Keenan. Puis Laia et moi allons à Kauf et nous faisons sortir Darin. »

Je fixe le feu. « Et comment comptes-tu faire ça ?

— Pas besoin d'être un Mask sanguinaire pour savoir comment pénétrer dans une prison.

— Étant donné qui tu n'as pas réussi à faire sortir Darin de la prison centrale, j'ai tendance à ne pas être d'accord. Kauf est cent fois plus difficile d'accès. Et tu ne connais pas le directeur aussi bien que moi. » Je suis sur le point de parler des horribles expériences du vieil homme, mais je m'abstiens. Darin est aux mains de ce monstre et je ne veux pas effrayer Laia.

Keenan se tourne vers Laia. « Que sait-il ? Sur moi ? Sur la rébellion ? »

Laia se tortille, gênée. « Il sait tout, finit-elle par dire. Et nous n'allons pas l'abandonner. » Son visage s'assombrit ; elle croise le regard de Keenan. « Elias connaît la prison. Il peut nous aider. Il a été gardien là-bas.

— Bon sang, Laia. C'est un *Martial* ! s'exclame Keenan. Cieux ! Ne sais-tu pas ce qu'ils nous font en ce moment même ? Ils rassemblent les Érudits par milliers. Par milliers ! Si certains sont réduits en esclavage, la plupart sont exécutés. À cause de la rébellion, les Martiaux assassinent tous les Érudits. »

J'ai envie de vomir. *Évidemment qu'ils tuent tout ce qui bouge.* Marcus est aux commandes et la Commandante hait les Érudits. La révolution est le prétexte idéal pour les exterminer comme elle l'a toujours voulu.

Laia pâlit. Elle regarde Izzi.

« C'est vrai, chuchote Izzi. Les rebelles ont dit aux Érudits qui ne veulent pas se battre de quitter Serra. Mais nombre d'entre eux sont restés. Les Martiaux ont tué tout le monde. Nous avons failli nous faire prendre. »

Keenan se tourne vers Laia. « Ils n'ont aucune pitié pour les Érudits. Et tu veux en embarquer un avec nous ? Si je ne savais pas comment aller à Kauf, je ne dirais pas non.

Mais je te jure que je peux t'y emmener. Nous n'avons pas besoin d'un Mask.

— Il n'est pas un Mask ! » Izzi prend la parole. Je cache ma surprise. Étant donné la façon dont ma mère l'a traitée, elle est la dernière personne que j'imaginais prendre ma défense. Izzi hausse les épaules devant son regard incrédule. « Enfin, il n'en est plus un. »

Keenan lui jette un regard noir et elle se fait toute petite. Ma colère grandit.

« Ce n'est pas parce qu'il ne porte pas son masque qu'il n'en est plus un, dit Keenan.

— Exact. » Je le fixe avec un détachement froid – c'est l'une des ruses de ma mère les plus énervantes. « C'est le Mask qui est en moi qui a tué les soldats dans les tunnels pour que nous sortions de la ville. » Je me penche en avant. « Et c'est le Mask qui est en moi qui emmènera Laia jusqu'à Kauf pour délivrer Darin. Elle le sait. C'est pour ça qu'elle m'a sauvé au lieu de s'enfuir avec toi. »

Si les yeux du roux pouvaient tuer, je serais déjà mort. Une partie de moi est satisfaite. Puis j'aperçois l'expression de Laia et j'ai immédiatement honte. Son regard angoissé va de Keenan à moi.

« Ça ne sert à rien de se battre, dis-je. Et surtout, le choix ne nous en incombe pas. Ce n'est pas notre mission. » Je me tourne vers Laia. « Dis-moi ce que tu veux faire. »

Son regard reconnaissant compense presque le fait que je vais certainement devoir me coltiner le rouquin jusqu'à ce que le poison me tue.

« Pouvons-nous toujours aller vers le nord avec l'aide des tribus si nous sommes quatre ? »

Je plonge mon regard dans ses yeux mordorés. C'est alors que je me souviens pourquoi j'évite son regard depuis des jours : son ardente détermination résonne profondément en moi. Un désir viscéral m'envahit et j'oublie Izzi et Keenan.

Une douleur violente traverse mon bras. Elle me rappelle la tâche qui m'attend. Ce sera déjà difficile de convaincre Afya de nous cacher, Laia et moi. Alors que dire d'un rebelle, de deux esclaves en fuite et du criminel le plus recherché de tout l'Empire ?

Je dirais que c'est impossible si la Commandante ne m'avait pas formé à ne jamais prononcer ce mot.

« Es-tu certaine que c'est ce que tu veux ? » Je scrute ses yeux, et je n'y vois aucun doute, aucune peur, que du feu. *Dix enfers.*

« Oui.

— Alors je trouverai un moyen. »

* * *

Cette nuit-là, je rends visite à l'Attrapeuse d'Âmes. Je marche à ses côtés sur un petit chemin au milieu des bois du Lieu d'Attente. Elle porte une robe fourreau et des sandales et semble ne pas sentir l'air frais de l'automne. Les arbres autour de nous sont noueux et anciens. Des silhouettes translucides volettent entre les troncs. Certaines ne sont rien d'autre que des volutes diaphanes, d'autres sont plus définies. Un instant, je suis persuadé de voir Tristas, le visage déformé par la colère ; l'instant suivant, il a disparu. Les murmures des êtres sont agréables et se fondent pour ne faire qu'un.

« Ça y est ? », je demande à l'Attrapeuse d'Âmes. Je pensais avoir plus de temps. « Je suis mort ?

— Non. » Ses yeux âgés se concentrent sur mon bras. Dans ce monde, il n'est pas balafré. « Le poison progresse, mais lentement.

— Pourquoi suis-je de retour ici ? » Je ne veux pas que les crises recommencent – je ne veux pas qu'elle me contrôle. « Je ne peux pas rester.

— Elias, tu poses toujours tant de questions. » Elle sourit. « Lorsqu'ils dorment, les humains ne font que longer le Lieu d'Attente sans y entrer. Toi, tu as un pied dans le monde des morts et un autre dans celui des vivants. Je me suis servie de cette particularité pour te convoquer ici. Ne t'inquiète pas, je ne te retiendrai pas longtemps. »

L'une des formes dans les arbres s'approche – une femme aux traits quasiment effacés. Elle jette un œil à travers les branches, regarde sous les buissons. Sa bouche remue comme si elle parlait toute seule.

« Peux-tu l'entendre ? », me demande l'Attrapeuse d'Âmes.

Je tends l'oreille et secoue la tête. Il y a trop de murmures en même temps. Le visage de l'Attrapeuse a une expression que je n'arrive pas à décrypter. « Essaie encore. »

Je ferme les yeux et je me concentre sur la femme – seulement la femme.

Je ne trouve pas… Où… Ne te cache pas, mon cœur…

« Elle… » J'ouvre les yeux et sa voix se noie dans les mumures des autres. « Elle cherche quelque chose.

— Quelqu'un, me corrige l'Attrapeuse. Elle refuse d'avancer. Cela dure depuis des dizaines d'années. Elle aussi a fait du mal à quelqu'un, il y a longtemps. Même si ce n'était pas délibéré, je crois. »

C'est une manière peu subtile de me rappeler sa requête. « Je fais ce que vous m'avez demandé, dis-je. Je garde mes distances avec Laia.

— Très bien, Veturius. Je détesterais avoir à te faire du mal. »

J'ai un frisson dans le dos. « Vous le pourriez ?

— Je peux beaucoup de choses. Je devrais peut-être t'en faire la démonstration. » Elle pose sa main sur mon bras qui se met à brûler.

Quand je me réveille, il fait toujours nuit et mon bras m'élance. Je remonte ma manche, m'attendant à voir une cicatrice.

La blessure, qui était guérie voilà plusieurs jours, est à vif et saigne.

14
HELENE

Deux semaines plus tôt

« Tu es dingue », dit Faris alors que Dex, lui et moi fixons les empreintes dans la terre derrière l'entrepôt. Je ne le crois qu'à moitié. Pourtant, les traces ne mentent pas et celles-ci sont très parlantes.

Un combat. Entre deux adversaires, un grand et un petit. Le petit a failli prendre le dessus sur le plus grand jusqu'à ce que le petit se fasse assommer – du moins, c'est ce que je présume puisqu'il n'y a pas de cadavre. Le plus grand et son compagnon ont traîné le petit dans l'entrepôt et se sont échappés à cheval par une porte dans le mur de derrière. Le cheval avait la devise de la Gens Veturia gravée dans un sabot : *Toujours victorieux.* Je repense à l'étrange histoire de Cuisinière : *Ils terrassèrent la démone et s'enfuirent victorieux.*

Même si elles ont quelques jours, les traces sont claires. Personne n'est venu depuis.

« C'est un piège. » Faris lève sa torche pour éclairer les coins sombres de l'entrepôt vide. « Cette folle de Cuisinière voulait te faire venir ici pour nous tendre un piège.

— C'est une devinette, dis-je. Et j'ai toujours été bonne aux devinettes. » Il m'a fallu plus de temps pour la déchiffrer que les autres – plusieurs jours ont passé depuis la visite de Cuisinière. « En plus, une vieille chouette contre trois Masks, ce n'est pas exactement une embuscade.

— Elle a une longueur d'avance sur toi, n'est-ce pas ? Pourquoi t'aiderait-elle ? Tu es un Mask et elle une esclave en fuite.

— Elle n'a aucune affection pour la Commandante. Et, ajouté-je en désignant le sol, il est clair que la Commandante cache quelque chose.

— Et il n'y a aucun traquenard. » Dex se tourne vers une porte située derrière nous. « En revanche, il y a *le salut à moitié dans l'ombre*. La porte est à l'est. Elle est dans l'ombre pendant la moitié de la journée. »

J'indique le four de la tête. « Et ça, c'est *la tour de la souffrance qui ne dort jamais*. La plupart des Érudits qui travaillent ici naissent et meurent dans son ombre.

— Mais ces traces…, commence Faris.

— Il n'y a que deux *démones à la peau argentée* dans l'Empire, dis-je. Et cette nuit-là, l'une des deux se faisait torturer par Avitas Harper. » Inutile de préciser qu'Harper n'était pas invité à participer à cette petite expédition.

J'examine les traces à nouveau. Pourquoi la Commandante n'a-t-elle pas amené de renforts avec elle ? Pourquoi n'a-t-elle dit à personne qu'elle a vu Elias ce soir-là ?

« Je dois parler à Keris, dis-je. Découvre si…

— C'est une très mauvaise idée, intervient une voix provenant de l'obscurité derrière moi.

— Lieutenant Harper. » Je salue l'espion en lançant un regard noir à Dex. Il était censé s'assurer qu'Harper ne nous suivait pas. « Toujours en train de rôder dans l'ombre, je vois. J'imagine que vous allez tout lui raconter.

— C'est inutile. Vous vous trahirez lorsque vous lui en

parlerez. Si la Commandante a essayé de cacher ceci, c'est qu'il y a une raison. Nous devrions la découvrir avant de lui révéler que nous nous posons des questions à son sujet. »

Faris glousse et Dex lève les yeux au ciel.

Évidemment que c'est ce que je vais faire, espèce d'idiot. Sauf qu'Harper n'a pas besoin de le savoir. En fait, plus il me croit idiote, mieux c'est. Il peut ainsi dire à la Commandante que je ne représente pas une menace.

« Harper, il n'y a pas de nous. » Je me détourne de lui. « Dex, vérifie les rapports sur cette nuit – si quelqu'un a vu quelque chose. Faris, Harper et toi, cherchez le cheval. Il doit être noir ou bai et doit mesurer au moins 1,70 mètre. Quin n'aimait pas la variété dans ses écuries.

— Nous allons chercher le cheval, dit Harper. Mais, Pie, n'en parlez pas à la Commandante. »

Je l'ignore, me retourne sur ma selle et repars à la Villa Veturia.

* * *

Il n'est pas tout à fait minuit lorsque j'arrive à la villa. Il y a moins de soldats que lors de ma dernière visite quelques jours auparavant. Soit l'Empereur a trouvé une autre résidence, soit il est absent. *Probablement au bordel. Ou en train de s'amuser à massacrer des enfants.*

Je m'interroge brièvement au sujet des parents de Marcus. Ni Zak ni lui ne parlaient d'eux. Son père est maréchal-ferrant dans un village au nord de Silas et sa mère boulangère. Que ressentent-ils avec un fils assassiné par l'autre et le vivant couronné Empereur ?

La Commandante me rejoint dans le bureau de Quin et m'offre un siège. Je reste debout.

J'essaie de ne pas la fixer alors qu'elle est assise au bureau de Quin. Elle porte une robe de chambre noire et les volutes bleues de son tatouage – sources de maintes spéculations à Blackcliff – ne sont visibles que dans son cou. Je ne l'avais jamais vue sans uniforme. Elle paraît plus petite.

Comme si elle devinait mes pensées, elle plisse les yeux. « Pie, je dois vous remercier, dit-elle. Vous avez sauvé la vie de mon père. Je ne voulais pas le tuer, mais il n'aurait pas facilement cédé la tête de la Gens Veturia. En lui faisant quitter la ville, vous lui avez permis de garder sa dignité – et que la passation de pouvoir se fasse en douceur. »

Elle n'est pas du tout en train de me remercier. Elle était folle de rage quand elle a appris que son père avait fui Serra. Elle m'informe simplement qu'elle *sait* que c'est moi. Comment l'a-t-elle découvert ? Convaincre Quin de ne pas faire irruption dans le donjon de Blackcliff pour sauver Elias était pratiquement impossible, et le faire sortir de sa maison au nez et à la barbe de ses gardes l'une des choses les plus ardues que j'ai jamais accomplies. Nous avions fait plus qu'attention.

« Avez-vous vu Elias Veturius depuis le matin de son évasion de Blackcliff ? je demande sans laisser filtrer la moindre émotion.

— Non.

— Avez-vous vu l'Érudite Laia, anciennement votre esclave, depuis son évasion de Blackcliff le même jour ?

— Non.

— Keris, vous êtes la Commandante de Blackcliff et la conseillère de l'Empereur. Néanmoins, en ma qualité de Pie de sang, je suis votre supérieure. Vous savez que je pourrais vous faire interroger, me débarasser de vous.

— Ne jouez pas du galon avec moi, petite, dit doucement la Commandante. La seule raison pour laquelle vous n'êtes pas déjà morte est que vous m'êtes toujours utile – pas à Marcus, à moi. Mais, ajoute-t-elle en haussant les épaules, si vous insistez pour que je me retire, il est évident que j'obtempérerai. »

Vous m'êtes toujours utile.

« Le soir de son évasion, avez-vous vu Veturius dans un entrepôt au pied du mur ouest de la ville ? Vous êtes-vous battue avec lui, avez-vous été assommée et laissée inconsciente alors que l'esclave et lui s'échappaient à cheval ?

— Je viens de répondre à cette question. Y avait-il autre chose, Pie de sang ? La révolution des Érudits s'est propagée jusqu'à Silas. Je pars à l'aube avec des hommes pour la réprimer. »

Sa voix n'a jamais été aussi calme. Mais, soudain, quelque chose passe dans ses yeux. Une lueur de rage. Qui disparaît aussi vite qu'elle a apparu. Je n'obtiendrai rien d'elle.

« Bonne chance à Silas, mon commandant. » Je tourne les talons.

« Pie de sang, reprend-elle, avant que vous ne partiez, les félicitations sont de rigueur. » Elle ricane. « Marcus est en train de terminer de remplir la paperasse. Les fiançailles de votre sœur avec l'Empereur sont pour lui un grand honneur. Leur héritier sera un Illustrien légitime… »

Je franchis la porte et traverse la cour, la tête bourdonnante et avec l'envie de vomir. J'entends mon père quand je lui avais demandé ce qu'il avait négocié en échange de ma liberté. *Rien d'important, ma fille.* Et Livia, il y a quelques nuits, me disant qu'Hannah se comportait bizarrement. *Comme si elle savait quelque chose que nous ignorions.*

Je file à toute allure devant les gardes et je saute sur mon cheval. Je n'ai qu'une seule idée en tête : *Pas Livvy. Pas Livvy. Pas Livvy.*

Hannah est forte. Elle est amère. Elle est en colère. Mais Livvy… Livvy est douce, drôle et curieuse. Marcus le verra et il la brisera. Il y prendra un malin plaisir.

J'arrive à la maison et, avant même que le cheval se soit arrêté, je glisse à terre et je me précipite dans la cour remplie de Masks.

« Pie de sang. » L'un d'eux s'approche. « Vous devez attendre ici.

— Laissez-moi passer. »

Marcus sort de ma maison d'un pas nonchalant, flanqué de mes parents.

Cieux sanglants, non. Cette vision est tellement insupportable que j'ai envie de me frotter les yeux avec de la soude. Hannah suit, la tête haute, les yeux brillants. Cette vision me laisse perplexe. Est-ce bien elle qui lui est promise ? Dans ce cas, pourquoi a-t-elle l'air heureuse ? Je ne lui ai jamais caché mon mépris pour Marcus.

Dans la cour, Marcus s'incline et baise la main d'Hannah, l'incarnation même du prétendant bien élevé et bien né.

J'ai envie de hurler, *Éloigne-toi d'elle, espèce de porc.* Je me retiens. *Il est l'Empereur. Et tu es sa Pie.*

Il se redresse et penche la tête vers ma mère. « Mater Aquilla, fixez une date. N'attendez pas trop.

— Votre famille assistera-t-elle à la cérémonie, Votre Majesté impériale ? demande ma mère.

— Pourquoi ? » Marcus fait la moue. « Ils sont trop plébéiens pour venir à un mariage ?

— Bien sûr que non, Votre Majesté. J'ai simplement entendu dire que votre mère est très pieuse. J'imagine qu'elle va observer le deuil de quatre mois recommandé par les Augures. »

Le visage de Marcus s'assombrit. « Bien sûr, dit-il. Et cela demandera autant de temps à la Gens Aquilla pour prouver qu'elle est digne de cette union. »

Il s'approche de moi et sourit largement en voyant l'horreur dans mes yeux. « Attention, Pie de sang. On va bientôt me confier ta sœur. Tu ne voudrais pas qu'il lui arrive quoi que ce soit, n'est-pas ?

— Elle… Toi… » Pendant que je bredouille, Marcus sort, ses gardes sur ses talons. Les esclaves ferment le portail de la cour et j'entends le petit rire d'Hannah.

« Eh bien, Pie de sang, tu ne me félicites pas ? Je vais devenir impératrice. »

C'est une idiote, mais elle est toujours ma petite sœur et je l'aime. Je ne peux pas laisser faire ça.

« Père, dis-je, les dents serrées. Je souhaiterais te parler.

— Pie, tu ne devrais pas être là, répond-il. Tu as une mission à accomplir.

— Ne vois-tu donc pas, père ? » Hannah me tourne le dos. « Il lui importe plus de détruire mon mariage que de retrouver le traître. »

Mon père a l'air d'avoir vieilli de dix ans en une journée. « Les documents de fiançailles ont été signés par la Gens, dit-il. Helene, je devais te sauver. C'était le seul moyen.

— Père, c'est un assassin, un violeur…

— N'est-ce pas la description de chaque Mask, Pie ? » Les paroles d'Hannah me font l'effet d'une gifle. « Je vous ai entendus, toi et ton bâtard d'ami, dire du mal de Marcus. Je sais dans quoi je m'embarque. »

Elle fond sur moi et je me rends compte alors qu'elle est aussi grande que moi – je ne sais pas quand elle a autant grandi. « Je m'en fiche. Je serai impératrice. Notre fils sera l'héritier du trône. Et le destin de la Gens Aquilla sera assuré. Grâce à *moi*, déclare-t-elle d'un air triomphant, les yeux brillants. Penses-y pendant que tu traques le traître que tu appelles ton ami. »

Helene, ne la frappe pas. Surtout pas. Mon père me prend par le bras. « Viens, Pie de sang.

— Où est Livvy ?

— Enfermée dans sa chambre avec de la *fièvre*, dit Père alors que nous nous installons confortablement dans son bureau aux murs couverts de bibliothèques. Ta mère et moi ne voulions pas courir le risque qu'il la choisisse.

— Il a fait ça pour m'atteindre. » Incapable de m'asseoir, je fais les cent pas. « La Commandante l'y a probablement poussé.

— Helene, ne sous-estime pas notre Empereur. Keris voulait ta mort. Elle a tenté de persuader Marcus de t'exécuter. Tu la connais. Elle refuse toute négociation. L'Empereur est venu me voir à son insu. Les Illustriens se sont ligués contre lui. Ils utilisent l'évasion de Veturius et de l'esclave pour remettre en question sa légitimité en tant qu'empereur. Il sait qu'il a besoin d'alliés. Il a donc proposé d'échanger ta vie contre la main d'Hannah – et le soutien de la Gens Aquilla.

— Pourquoi ne pas peser de tout notre poids en faveur d'une autre Gens ? Certaines doivent convoiter le trône.

— Elles le convoitent toutes. Les luttes intestines ont déjà commencé. Laquelle choisirais-tu ? La Gens Sissellia est brutale et manipulatrice. La Gens Rufia viderait les caisses de l'Empire en une nuit. Tout le monde s'opposerait à toute autre Gens. Toutes vont s'entredéchirer pour le trône. Mieux vaut un mauvais Empereur qu'une guerre civile.

— Mais, Père, c'est un…

— Ma fille. » Père élève la voix, fait suffisamment rare pour que je me taise. « Tu dois être loyale à l'Empire. Marcus a été choisi par les Augures. Il *est* l'Empire. Il a absolument besoin d'une victoire. » Mon père se penche sur son bureau. « Il doit capturer Elias. Il lui faut une exécution publique, afin de montrer aux Gens qu'il est fort et compétent. Ma fille, à présent, tu es la Pie de sang. L'Empire *doit* passer avant tout – avant tes désirs, tes amitiés, tes besoins. Même avant ta sœur et ta Gens. Nous sommes la Gens Aquilla. *Loyal jusqu'à la mort.* Dis-le.

— Loyal », je chuchote. *Même si cela signifie le malheur de ma sœur. Même si cela signifie que l'Empire est dirigé par un fou. Même si cela signifie que je dois torturer et tuer mon meilleur ami.* « Jusqu'à la mort. »

* * *

Le lendemain matin, lorsque j'arrive dans les baraquements, ni Dex ni Harper ne mentionnent les fiançailles d'Hannah. Ils sont assez intelligents pour interpréter ma mauvaise humeur.

« Faris est à la tour des tambours, dit Dex. Il a eu des nouvelles du cheval. En ce qui concerne les rapports que tu m'as demandé d'étudier… » Dex gigote en fixant Harper.

Ce dernier sourit presque. « Il y avait quelque chose qui n'allait pas, dit-il. Cette nuit-là, les tambours ont donné des ordres contradictoires. Les troupes martiales étaient désorganisées car les rebelles ont déchiffré nos codes et brouillé tous les communiqués. »

Dex reste bouche bée. « Comment le sais-tu ?

— Je l'ai remarqué il y a une semaine, répond Harper. Mais, jusqu'à aujourd'hui, ce n'était pas pertinent. Pie, cette nuit-là, deux ordres donnés sont passés inaperçus au milieu du chaos général. Leur conséquence a été le départ des hommes postés à l'est de la ville, laissant ainsi un secteur entier sans surveillance. »

Je jure à voix basse. « Keris a donné ces ordres, dis-je. Elle l'a laissé partir. Elle *veut* que je sois monopolisée par la traque de Veturius. En mon absence, elle peut influencer Marcus sans interférence. Et, ajouté-je en lançant un regard à Harper, vous allez lui dire que j'ai tout compris. N'est-ce pas ?

— Elle l'a su à l'instant où vous êtes entrée dans la Villa Veturia et que vous avez commencé à poser des questions. » Harper me fixe de son regard froid. « Elle ne vous sous-estime pas, Pie de sang. D'ailleurs, elle aurait tort de le faire. »

Soudain, la porte s'ouvre et Faris entre d'un pas lourd, tête baissée pour éviter l'encadrement. Il me tend un bout de papier. « D'un poste de garde au sud du Perchoir des Pillards. »

Étalon noir, 1,80 mètre, marques de la Gens Veturia, trouvé pendant un raid de routine dans un campement il y a quatre jours. Du sang sur la selle. Animal en mauvaise santé, épuisé. Son propriétaire, un homme des tribus, a été interrogé. Il prétend que le cheval s'est égaré dans son campement.

« Mais que faisait Veturius au Perchoir des Pillards ? dis-je. Pourquoi aller vers l'est ? Le chemin le plus rapide pour fuir l'Empire est par le sud.

— C'est peut-être un stratagème, dit Dex. Il pourrait avoir échangé le cheval et se diriger vers le sud. »

Faris secoue la tête. « Alors comment expliques-tu l'état du cheval et le lieu où il a été trouvé ? »

Je les laisse discuter. Un vent froid souffle à travers les portes ouvertes de la baraque, fait voler les rapports sur la table en transportant l'odeur des feuilles séchées, de la cannelle et des sables lointains. Un marchand tribal passe lentement avec sa carriole. C'est le premier que je vois à Serra depuis des jours. Les autres ont quitté la ville, en partie à cause de la révolte des Érudits, en partie à cause du rassemblement d'Automne à Nur. Aucune tribu ne manquerait l'événement.

Tout à coup, je comprends. *Le rassemblement d'Automne.* Toutes les tribus y participent, y compris la tribu Saif. Au milieu de tous ces gens, ces animaux, ces carrioles, ces roulottes et ces familles, ce serait un jeu d'enfant pour Elias d'échapper aux espions martiaux et de se cacher au sein de sa famille d'adoption.

« Dex. » J'interromps leur discussion. « Envoie un message à la garnison de la brèche d'Atella. J'ai besoin d'une légion complète prête à partir dans trois jours. Et fais seller nos chevaux. »

Dex hausse ses sourcils argentés. « Où allons-nous ?

— À Nur, dis-je en me dirigeant vers les écuries. Il va à Nur. »

15
LAIA

Elias veut que nous nous reposions, mais cette nuit je ne trouverai pas le sommeil. Keenan est tout aussi agité ; une heure après notre coucher, il se lève et disparaît dans les bois. Je soupire, je sais que je lui dois une explication. Plus je la remettrai, plus la route jusqu'à Kauf sera difficile. Je me lève en serrant ma cape autour de moi pour me protéger du froid. Elias, de garde, me parle à voix basse quand je passe devant lui.

« Le poison. Ne lui en parle pas, ni même à Izzi. S'il te plaît.

— Je ne dirai rien. » Je ralentis en pensant au moment où nous avons failli nous embrasser et je me demande si je devrais y faire allusion. Mais quand je me retourne, il est en train de scruter la forêt.

Je suis Keenan dans les bois et le rejoins en courant. Je l'attrape par le bras.

« Tu es encore fâché, dis-je. Je suis désolée… »

Il repousse mon bras et me fusille du regard. « Tu es désolée ? Cieux, Laia, as-tu la moindre idée de ce que j'ai pensé quand j'ai constaté que tu n'étais pas sur le bateau ? Tu sais ce que j'ai perdu et pourtant tu l'as fait…

— Il le fallait, Keenan. » Je n'avais pas imaginé qu'il serait blessé. J'avais pensé qu'il comprendrait. « Je ne pouvais pas laisser Izzi affronter le courroux de la Commandante. Je ne pouvais pas laisser mourir Elias.

— Donc il ne t'a pas obligée à faire tout ça ? Izzi disait que c'était ton idée, mais je ne pouvais pas y croire. J'ai pensé que – je ne sais pas – qu'il t'y avait contrainte. Qu'il avait fait usage de la ruse. Je pensais que toi et moi… »

Il croise les bras, ses cheveux devant ses yeux, et détourne le regard. *Cieux.* Il a dû nous voir, Elias et moi, lorsque nous étions près du feu. Comment lui expliquer ? *Je ne pensais pas te revoir un jour. Je ne sais plus où j'en suis. Mon cœur est perdu.*

« Elias est mon ami », dis-je. Vraiment ? Lorsque nous avons quitté Serra, Elias *était* mon ami. À présent, je ne sais pas ce qu'il est pour moi.

« Laia, tu fais confiance à un Martial. Tu te rends compte ? Dix enfers sanglants, il est le fils de la Commandante. Le fils de la femme qui a assassiné ta famille…

— Il n'est pas comme ça.

— Bien sûr que si. Ils sont tous comme ça. Toi et moi, Laia… Nous pouvons très bien nous en sortir sans lui. Écoute, je ne voulais pas dire ça devant lui parce que je ne lui fais pas confiance, mais la Résistance connaît bien Kauf. Elle a des hommes à l'intérieur. Je peux faire sortir Darin, vivant.

— Keenan, Kauf n'est pas la prison centrale. Ce n'est même pas Blackcliff. C'est Kauf. Personne ne s'en est jamais évadé. Alors, s'il te plaît, arrête. Je choisis de lui faire confiance. Si tu veux, tu peux venir avec moi. Ce serait une chance de t'avoir à mes côtés. Mais je ne quitterai pas Elias. Il est ma meilleure chance de libérer Darin. »

Keenan ouvre la bouche, puis il hoche la tête.

« Comme tu veux.

— Je dois aussi te dire autre chose. » Je n'ai jamais confié à Keenan *pourquoi* mon frère a été arrêté. Si les rumeurs sur Darin et Teluman sont déjà parvenues jusqu'au Perchoir, il finira bien par entendre parler du savoir-faire de mon frère. Autant qu'il l'entende de ma bouche.

« Izzi et moi avons entendu des rumeurs pendant notre voyage, dit-il après que je lui ai expliqué. Mais je suis content que tu me l'aies dit. Je suis content que tu me fasses confiance. »

Nos yeux se croisent et une étincelle jaillit entre nous, exaltante et puissante. *Je pourrais me perdre dans ses yeux. Et me moquer de retrouver mon chemin un jour.*

« Tu dois être épuisée. » Il pose sa main contre ma joue, hésitant. Sa paume est si chaude que, lorsqu'il la retire, je me sens vide. Je repense à son baiser à Serra. « Je te rejoins dans quelques minutes. »

Dans la clairière, Izzi dort. Elias m'ignore, la main sur son sabre. S'il a surpris ma conversation avec Keenan, il n'en laisse rien paraître.

Mon sac de couchage est froid et je me blottis dedans en grelottant. Je reste éveillée un bon moment en attendant le retour de Keenan. Mais les minutes passent et il reste de son côté.

* * *

Nous atteignons l'extrémité des montagnes de Serra en milieu de matinée. Elias mène la marche alors que nous quittons les sommets en zigzaguant et descendons un chemin sinueux jusqu'aux contreforts. Au-delà s'étendent les dunes du désert tribal, une mer d'or fondu avec une île de verdure à une vingtaine de kilomètres : Nur.

De longues caravanes serpentent vers la ville pour le rassemblement d'Automne. L'oasis est entourée de kilomètres de désert ponctué de plateaux qui s'élèvent vers le ciel telles d'énormes sentinelles de granite. Le vent balaie le sol et les contreforts, portant l'odeur de l'huile, des chevaux et de la viande grillée.

L'air froid est piquant – l'automne a commencé tôt dans les montagnes. Elias transpire comme à Serra en plein été. Ce matin, il m'a discrètement dit qu'il ne lui restait plus d'extrait de tellis. Sa peau normalement si hâlée est d'une pâleur inquiétante.

Keenan, qui observe Elias d'un regard noir depuis notre départ, marche à présent à grandes enjambées avec lui.

« Tu veux bien nous dire comment nous allons trouver une caravane qui nous emmènera jusqu'à Kauf ? »

Elias lance un regard désapprobateur au rebelle sans répondre.

« Les hommes des tribus ne sont pas exactement connus pour accepter des étrangers, insiste Keenan. Mais ta famille d'adoption est tribale, n'est-ce pas ? J'espère que tu n'as pas prévu de lui demander son aide. Les Martiaux doivent déjà la surveiller. »

L'expression du visage d'Elias passe de *que veux-tu* à *dégage*.

« Non, je n'ai pas l'intention de voir ma famille à Nur. Pour ce qui est de partir vers le nord, j'ai… Quelqu'un me doit une faveur.

— Quelqu'un, dit Keenan. Qui…

— Ne le prends pas mal, rouquin, mais je ne te connais pas. Donc tu ne m'en voudras pas si je ne te fais pas confiance.

— Je sais ce que c'est. » Keenan serre la mâchoire. « Je voulais juste proposer d'utiliser les planques de la résistance plutôt que passer par Nur. Nous pourrions contourner la ville et les soldats martiaux qui y patrouilleront sans aucun doute.

— Avec la révolte des Érudits, les rebelles ont probablement été rassemblés et interrogés. À moins que tu sois le seul à connaître la localisation des planques, à l'heure qu'il est elles doivent être compromises. »

Elias accélère le pas et Keenan se retire suffisamment loin derrière moi pour que je comprenne qu'il veut qu'on lui fiche la paix. Je rejoins Izzi. Elle se rapproche de moi.

« Au moins ils ne se sont pas arraché les yeux. C'est déjà un début, non ? »

J'étouffe un rire. « D'après toi, au bout de combien de temps vont-ils s'entretuer ? Et qui frappera le premier ?

— Keenan, et je leur donne deux jours. Le rouquin a un sacré caractère. Je parie qu'Elias gagnera étant donné qu'il est un Mask et tout. Même s'il n'a pas l'air en forme. »

Izzi en voit bien plus que ne le croient les gens. Je suis certaine qu'elle me prendra en défaut si je tourne autour du pot. Je lui fournis donc une réponse simple.

« Nous devrions arriver à Nur ce soir, il ira mieux dès qu'il se sera reposé. »

Mais en fin d'après-midi, un fort vent venu de l'est ralentit notre progression alors que nous entrons dans les contreforts. La lune est déjà haute et les étoiles brillent dans le ciel lorsque nous atteignons les dunes qui mènent à Nur. Après avoir marché contre le vent, nous sommes tous exténués. Izzi ne cesse de trébucher, Keenan et moi sommes essoufflés et épuisés. Même Elias a du mal ; il s'est déjà arrêté brusquement plusieurs fois et cela m'inquiète.

« Ce vent ne me dit rien qui vaille, dit-il. En général, les tempêtes de sable ne débutent pas avant la fin de l'automne. Le temps a été étrange depuis notre départ de Serra – de la pluie à la place du soleil, du brouillard malgré un ciel dégagé. » Nous échangeons un regard. Je me demande s'il pense la même chose que moi : c'est comme si quelque chose ne *voulait* pas que nous rejoignions Nur, Kauf ou Darin.

Les lampes à huile de Nur brillent comme un phare à quelques kilomètres à l'est et nous nous dirigeons droit vers elles. Au bout d'un kilomètre dans les dunes, un bourdonnement profond vrombit dans le sable et vibre jusque dans nos os.

« Qu'est-ce que c'est ? je demande.

— Le sable, répond Elias. Une grosse quantité de sable. Une tempête arrive. Vite ! »

Le sable tourbillonne et forme des nuages avant de disparaître dans une bourrasque. Cinq cents mètres plus loin, le vent se déchaîne tellement que nous distinguons à peine les lumières de Nur.

« C'est de la folie ! crie Keenan. Nous devrions trouver refuge pour la nuit dans les contreforts.

— Elias. » Je hausse la voix par-dessus le vent. « La tempête nous ralentirait de combien de temps ?

— Si nous attendons, nous raterons le rassemblement. Nous devons nous mêler à la foule si nous voulons passer inaperçus. »

Et il a besoin de tellis. Nous ne pouvons pas prévoir les interventions de l'Attrapeuse d'Âmes. Si Elias recommence à convulser et perd conscience, qui sait combien de temps elle le gardera dans le Lieu d'Attente ? Des heures s'il a de la chance, des jours s'il n'en a pas.

Elias est pris de tremblements violents. Je me précipite à ses côtés.

Je chuchote à son oreille. « Elias, reste avec moi. L'Attrapeuse d'Âmes essaie de te rappeler à elle. Ne la laisse pas faire. »

Elias serre les dents et les convulsions cessent. Je sens le regard incrédule d'Izzi et la suspicion de Keenan.

Ce dernier s'approche. « Laia, qu'est-ce qui…

— Avançons. » Je parle fort pour qu'Izzi et lui m'entendent. « Tout retard impliquerait un délai de plusieurs semaines si la neige arrive tôt ou si les cols du Nord sont inaccessibles.

— Tiens. » Elias sort des foulards de son sac et me les tend. Pendant que je les distribue, il coupe une bonne longueur de corde. Ses épaules sont secouées de spasmes – il résiste. *N'abandonne pas*, je lui adresse un regard lourd de sens alors qu'Izzi approche. *Maintenant.* Il encorde Izzi à lui-même et s'apprête à m'encorder à Izzi quand elle secoue la tête.

« Attache aussi Laia à toi. » Elle lance un regard si furtif à Keenan que je viens à douter de ce que j'ai vu. A-t-elle entendu Keenan me supplier de partir avec lui la nuit dernière ?

Je déploie un tel effort pour rester en place que tout mon corps frémit. Autour de nous, le vent siffle et émet un son strident qui me rappelle les spectres du désert de Serra – je me demande si des créatures surnaturelles hantent aussi ce désert-ci.

« Gardez la corde tendue. » La main d'Elias effleure la mienne et je sens sa peau enfiévrée. « Sinon je ne me rendrai compte de rien en cas de séparation. » La crainte m'envahit, mais il approche son viage du mien. « N'aie pas peur. J'ai grandi dans le désert. Je nous mènerai à Nur. »

Nous marchons vers l'est, la tête baissée contre la violente tempête. La poussière occulte les étoiles et les dunes bougent si vite sous nos pieds que nous avançons en chancelant. Nous nous battons pour faire le moindre pas. J'ai du sable dans les dents, les yeux, le nez et je respire avec difficulté.

La corde entre Elias et moi se tend alors qu'il me tire vers l'avant. Également attachée à lui, mais de l'autre côté, Izzi incline son corps maigre contre le vent en plaquant son foulard contre son visage. J'entends un cri et je vacille. Izzi ? *Ce n'est que le vent.*

Puis Keenan, que je croyais derrière moi, tire sur le bout restant de la corde, à ma gauche et me fait tomber dans le sable. Je tente de me relever, cependant le vent est comme un poing qui me repousse.

Je tire de toutes mes forces la corde qui me relie à Elias. Il a dû s'apercevoir que je suis tombée. Dans une seconde, ses mains m'aideront à me relever. Je hurle son nom. Au milieu de la tempête, ma voix est inaudible.

La corde bouge. Elle devient horriblement lâche et quand je tire, il n'y a rien au bout.

16
ELIAS

Alors que j'utilise toute ma force pour progresser contre le vent en entraînant Laia et Izzi, la corde qui me relie à Laia devient lâche. Je tire dessus et, à ma grande stupéfaction, je constate que Laia n'est plus là.

Je me précipite vers l'endroit où j'espère la trouver. Rien. *Dix enfers.* J'ai fait les nœuds trop vite, l'un d'eux a dû se défaire. *Peu importe*, hurle mon esprit. *Retrouve-la !*

Le vent mugit et je me souviens des éfrits des sables que j'ai affrontés pendant les Épreuves. Une forme humaine se dresse devant moi, les yeux pleins de malveillance. Je recule sous l'effet de la surprise – *mais comment est-il arrivé là ?* –, puis je fouille dans ma mémoire. *Efrit, éfrit des sables, une chanson il ne peut supporter.* La vieille incantation me revient et je la chante tout haut. *Faites que ça marche.* Les yeux de la créature se plissent et, l'espace d'un instant, je me dis que l'incantation ne sert à rien. Puis les yeux disparaissent.

Mais Laia – et Keenan – sont quelque part, sans défense. Bon sang, nous aurions dû attendre la fin de la tempête de sable. Ce fichu rebelle avait raison. Si Laia est enterrée sous le sable, si elle meurt parce que j'avais besoin de ce maudit tellis…

Elle a dû tomber. Je fourrage dans le sable. Mes doigts sentent un morceau de tissu, puis de la peau chaude. J'éprouve un profond soulagement. Je tire le tissu. C'est elle – je reconnais la forme et le poids de son corps. Je la serre contre moi et c'est alors que j'aperçois un bout de son visage sous le foulard : elle est terrifiée et m'étreint.

« Je suis là », dis-je, mais je ne crois pas qu'elle m'entende. Izzi me rentre dedans sur le côté, puis j'aperçois une mèche de cheveux roux – Keenan, toujours encordé à Laia, plié en deux, en train de tousser à cause du sable.

Les mains tremblantes, je renoue la corde. Dans ma tête, je me souviens qu'Izzi m'avait dit de m'encorder à Laia. Les nœuds étaient bien serrés. La corde était en bon état. Elle n'aurait pas dû se rompre.

Oublie ça. Avance.

Le sol change rapidement, le sable cédant la place à la terre craquelée de l'oasis. Je m'érafle les épaules sur un arbre. La lumière filtre un peu à travers le sable. Izzi tombe et blesse son œil valide. Je la prends dans mes bras et continue à avancer. Une quinte de toux irrépressible la fait trembler de tous ses membres.

Une lumière, puis deux, puis dix – une rue. L'ombre massive d'une roulotte tribale surgit de l'obscurité. J'avance péniblement. Je prie les Cieux qu'elle soit vide, surtout parce que je ne pense pas avoir l'énergie d'assommer quelqu'un.

J'ouvre la porte d'un coup sec, je détache la corde qui me lie à Izzi et je la fais entrer. Keenan la suit et je porte Laia à l'intérieur. Je dénoue la corde qui me lie à elle et remarque qu'elle n'est pas effilochée. L'endroit où elle a rompu est net.

Comme si on l'avait coupée.

Izzi ? Elle était à côté de moi. Et Laia ne l'aurait pas fait. Keenan ? Tient-il tant à éloigner Laia de moi ? Ma vision se trouble. Je secoue la tête. Quand je regarde la corde à nouveau, elle est aussi effilochée que le cordage d'un chalutier.

Des hallucinations. Elias, va chez un apothicaire. Tout de suite.

« Occupe-toi d'Izzi, je hurle à Laia. Lave-lui l'œil, elle ne voit plus rien à cause du sable. Je lui rapporterai quelque chose de chez l'apothicaire. »

Je claque la porte de la roulotte et retourne dans la tempête. Je suis pris de frissons. J'entends presque la voix de l'Attrapeuse d'Âmes. *Reviens, Elias.*

Les bâtiments aux murs épais de Nur bloquent suffisamment le sable pour que je distingue le nom des rues. J'avance prudemment, à l'affût de soldats. Les hommes des tribus ne sont pas assez fous pour sortir par une tempête pareille. Les Martiaux, eux, patrouillent par n'importe quel temps.

Au coin d'une rue, je remarque une affiche sur un mur. Je laisse échapper un juron.

SUR ORDRE DE SA MAJESTÉ IMPÉRIALE
L'EMPEREUR MARCUS FARRAR
SONT RECHERCHÉS VIVANTS :
ELIAS VETURIUS
ACCUSÉ D'ASSASSINAT, DE COLLABORATION
AVEC LA RÉSISTANCE, TRAÎTRE À L'EMPIRE
LAIA DE SERRA
REBELLE DE LA RÉSISTANCE ET ESPIONNE
VUS POUR LA DERNIÈRE FOIS
TRAVERSANT L'EMPIRE VERS L'EST
RÉCOMPENSE 60 000 MARKS

J'arrache l'affiche en un geste futile – il y en a une autre à côté, puis une autre. Je recule. Le mur en est entièrement recouvert, ainsi que le mur derrière moi. Il y en a partout.

Trouve du tellis.

Je pars en trébuchant, tel un Cinquième année après son premier mort. Au bout de vingt minutes, je déniche un apothicaire et il me faut cinq minutes pour crocheter la serrure de la porte. J'allume une lumière de mes mains tremblantes et je remercie les Cieux quand je constate que cet apothicaire a classé ses remèdes par ordre alphabétique. Je m'empare du bon flacon et en avale le contenu d'un trait. Un sentiment de soulagement se propage en moi.

Ainsi qu'une certaine lucidité. Tout me revient – la tempête, Izzi aveuglée par le sable, la roulotte où j'ai laissé les autres. Et les affiches. Enfers sanglants, l'avis de recherche. Mon visage et celui de Laia placardés partout. S'il y en a une dizaine sur un mur, qui sait combien il y en a dans toute la ville ?

Leur présence signifie que l'Empire soupçonne que nous sommes ici. Il y aura donc beaucoup plus de Martiaux que prévu à Nur. *Enfers !*

Laia doit être dans tous ses états, mais elle et les autres devront attendre. Je dévalise les réserves de tellis de l'apothicaire et je prends une pommade pour soigner l'œil d'Izzi. Quelques minutes plus tard, je suis à nouveau dans les rues ensablées de Nur. Je me souviens de l'époque où j'y étais en tant que Cinquième année, occupé à espionner les hommes des tribus et à faire mes rapports à la garnison martiale.

Je rejoins celle-ci en passant par les toits, au milieu de

la tempête qui, bien qu'un peu calmée, est toujours suffisamment violente pour que les gens sains d'esprit restent chez eux.

Le bastion martial, construit en pierre noire, détonne horriblement au milieu des bâtiments acre de Nur. Je m'approche en longeant discrètement le toit de l'immeuble d'en face.

Au vu des lumières éclatantes et des soldats qui entrent et qui sortent, il est clair que la forteresse est pleine. Et pas seulement d'auxiliaires et de légionnaires. Au terme d'une heure d'observation, je dénombre au moins une dizaine de Masks, dont un revêtu d'une armure complètement noire.

La Garde noire. Les hommes d'Helene, la Pie de sang. Que font-ils ici ?

Un autre Mask en armure noire sort de la bâtisse. Il est grand et a des cheveux clairs ébourifffés. Faris. Je reconnaîtrais ces épis n'importe où.

Il s'adresse à un légionnaire qui est en train de seller un cheval.

J'entends : « ... messagers dans chaque tribu. Assurez-vous que tout le monde sache bien que quiconque l'hébergera sera exécuté. Faites en sorte que ce soit très clair, soldat. »

Un autre garde noir le rejoint. La peau de ses mains et de son menton est plus foncée, mais je ne vois rien de plus de là où je suis posté. « Il faut surveiller la tribu Saif, dit-il. Au cas où il chercherait à la contacer. »

Faris fait non de la tête. « C'est le dernier endroit où El... Veturius irait. Il ne les mettrait pas en danger. »

Dix enfers sanglants. Ils savent que je suis ici. Je crois comprendre comment ils l'ont appris. Quelques minutes plus tard, mes soupçons sont confirmés.

« Harper. » La voix d'Helene est dure et me fait sursauter. Elle émerge brusquement de la baraque, insensible à la tempête. Son armure noire brille et ses cheveux m'évoquent un phare dans la nuit. *Évidemment.* Si quelqu'un était capable de deviner ce que j'allais faire et où j'irais, c'est elle.

Je me baisse un peu plus, certain qu'elle sentira ma présence, qu'elle saura que je suis tout près.

« Parlez aux messagers vous-même. Je veux qu'ils soient diplomates, dit-elle au garde noir appelé Harper. Il faut qu'ils s'adressent aux membres des tribus – aux *zaldars* ou aux *kehannis*, les conteuses. Dites-leur de ne pas interroger les enfants – les tribus les protègent beaucoup. Et, pour l'amour du Ciel, dites-leur de ne même pas regarder les femmes. Je ne veux pas avoir une guerre sanglante sur les bras parce qu'un idiot n'aura pas su garder ses mains dans ses poches. Faris, fais surveiller la tribu Saif et suivre Mamie Rila. »

Faris et Harper s'en vont transmettre les ordres d'Hel. Je m'attends qu'elle retourne dans la baraque pour s'abriter du vent, mais elle fait deux pas au milieu de la tempête, la main sur son sabre. Elle a les paupières tombantes, l'air sévère. La regarder me tord le cœur. Arrivera-t-il un moment où elle cessera de me manquer ? À quoi pense-t-elle ? À l'époque où nous étions ici ensemble ? Et d'abord, pourquoi me pourchasse-t-elle ? Elle doit savoir que la Commandante m'a empoisonné. De toute façon, je suis mort. À quoi bon me capturer ?

Je veux descendre la retrouver, la serrer dans mes bras et oublier que nous sommes ennemis. Je veux lui parler de l'Attrapeuse d'Âmes et du Lieu d'Attente et du fait que maintenant que j'ai goûté à la liberté, je veux la conserver.

Je veux lui dire que Quin me manque et que mes cauchemars sont hantés par Demetrius, Leander et Tristas.

Je veux. Je veux. Je veux.

Je saute sur le toit d'à côté avant de faire une bêtise. J'ai une mission. Helene aussi. Mais il faut que j'accomplisse la mienne et qu'Hel rate la sienne, sinon Darin est mort.

17
LAIA

Izzi remue dans son sommeil, le souffle difficile. Son bras se tend et sa main vient cogner contre le mur en bois ouvragé de la roulotte. Je caresse son poignet en lui murmurant des mots apaisants. Elle est pâle comme la mort.

Keenan et moi sommes assis en tailleur à côté d'elle. Je lui ai redressé la tête pour qu'elle respire mieux et je lui ai nettoyé l'œil. Elle ne peut toujours pas l'ouvrir.

Je soupire en me souvenant de la violence de la tempête. Comme je me sentais petite face à ses griffes. Je n'étais qu'un grain de poussière.

Laia, tu aurais dû attendre. Tu aurais dû écouter Keenan. Et si son aveuglement à cause du sable était permanent ? Izzi aura perdu la vue à cause de moi.

Reprends-toi. Elias avait besoin de tellis. Et toi, tu as besoin d'Elias si tu veux libérer Darin. Tu es en mission. Et tu en es à la tête. C'est le prix à payer.

À propos, où est Elias ? Il est parti depuis des lustres. L'aube va se lever dans une heure ou deux. Même si le vent souffle encore, il n'est plus assez fort pour que les gens restent à l'intérieur. Les propriétaires de la roulotte ne vont pas tarder à revenir.

« Elias a été empoisonné, dit doucement Keenan. N'est-ce pas ? »

J'essaie de conserver un visage impassible.

Keenan soupire et passe la main dans ses cheveux. « Il avait besoin d'un remède, c'est pour ça que vous êtes allés au Perchoir des Pillards au lieu de vous diriger directement vers le nord, dit-il. Cieux. Son état est-il sérieux ?

— Oui, dit Izzi d'une voix rauque. Très sérieux. Il a été empoisonné avec de l'herbe de nuit. »

Je fixe Izzi d'un air incrédule. « Tu es réveillée ! Cieux, merci. Mais comment sais-tu…

— Cuisinière s'amusait à m'énumérer les poisons qu'elle administrerait à la Commandante si elle le pouvait. Elle me décrivait leurs effets en détail.

— Laia, il va mourir, dit Keenan. L'herbe de nuit est mortelle.

— Je le sais. » *J'aurais préféré ne pas le savoir.* « Il le sait aussi. C'est la raison pour laquelle nous devions venir à Nur.

— Et tu veux toujours faire tout ça avec lui ? s'écrie Keenan, perplexe. Non seulement le simple fait d'être en sa compagnie est risqué, mais sa mère a tué tes parents, il est un Mask et son peuple fait disparaître le nôtre de la surface de la terre. Et surtout, Laia, il est déjà mort. Qui sait s'il vivra assez longtemps pour atteindre Kauf ? Et, Cieux, pourquoi veut-il y aller ?

— Il sait que Darin pourrait changer le sort des Érudits, dis-je. Il n'adhère pas plus au mal causé par l'Empire que nous. »

Keenan pouffe. « Je doute qu'il…

— Arrête. » Ce n'est qu'un murmure. Je m'éclaircis la gorge alors que mes doigts enserrent le bracelet de ma mère. *De la force.* « S'il te plaît. »

Keenan hésite, puis prend mes poings serrés dans ses mains.

« Je suis désolé. » Pour une fois, son regard est vulnérable. « Tu as traversé l'enfer et je ne fais qu'empirer les choses. Je n'en parlerai plus. Si c'est ce que tu veux, eh bien, c'est ce que nous ferons. »

Je pousse un soupir de soulagement et je hoche la tête. Il trace un *K* sur ma poitrine – la marque que la Commandante a gravée dans ma chair quand j'étais son esclave. C'est à présent une pâle cicatrice. Ses doigts s'égarent vers ma clavicule, mon visage. « Tu m'as manqué, dit-il. N'est-ce pas étrange ? Il y a trois mois, je ne te connaissais même pas. »

J'observe sa mâchoire volontaire, la façon dont ses cheveux brillants tombent sur son front, les muscles de son bras. Son odeur, un mélange de citron et de bois fumé, si familière à présent, me fait chavirer. Comment se fait-il qu'il compte tant pour moi ? Nous ne nous connaissons presque pas et pourtant, en sa présence, mon corps tressaille. Je me penche vers lui malgré moi, attirée par la chaleur de sa main.

La porte s'ouvre. Je sursaute et saisis ma dague. C'est Elias. Ses yeux vont de Keenan à moi. Sa peau, si maladive quand il est parti, a retrouvé son teint doré.

« Nous avons un problème. » Il grimpe à l'intérieur de la roulotte et déplie une feuille de papier : un avis de recherche avec des descriptions terriblement précises d'Elias et moi.

« Comment ont-ils su ? s'exclame Izzi. Nous ont-ils suivis ? »

Elias regarde le sol de la roulotte et écarte la poussière du bout de sa botte. « Helene Aquilla est ici. » Sa voix est étrangement neutre. « Je l'ai vue à la garnison martiale. Elle a dû deviner où nous allions. Elle fait surveiller la tribu Saif et dispose de centaines de soldats pour l'aider à nous traquer. »

Je croise le regard de Keenan. *Le simple fait d'être en sa compagnie est risqué.* Peut-être que venir à Nur *était* une mauvaise idée.

« Nous devons entrer en contact avec ton ami, dis-je. Comment fait-on ?

— J'allais vous proposer d'attendre la nuit et de nous déguiser. Mais Aquilla s'y attend. Donc nous allons faire le contraire : nous allons nous cacher à la vue de tous.

— Et comment allons-nous cacher un rebelle érudit, deux anciennes esclaves et un fugitif à la vue de tous ? », demande Keenan.

Elias sort des menottes de son sac. « J'ai une idée. Mais elle ne va pas vous plaire. »

* * *

« Tes idées, dis-je sur un ton énervé à Elias alors que je le suis dans les rues étouffantes et bondées de Nur, sont presque aussi dangereuses que les miennes.

— Silence, *esclave* », répond-il en désignant une escouade de Martiaux en train de s'engager dans une rue adjacente.

Les menottes que j'ai aux poignets et aux chevilles font un bruit métallique. Elias avait tort. Ce n'est pas que je n'aime pas ce plan, je le déteste.

Il porte la chemise rouge des marchands d'esclaves et serre une chaîne en métal reliée au collier de fer que j'ai autour du cou. Mes cheveux ébouriffés et emmêlés me cachent la figure. Derrière moi, Izzi est toujours aveugle, un pansement sur l'œil. Un mètre de chaîne nous sépare et elle se fie aux indications que je lui chuchote pour ne pas tomber. Keenan la suit, le front couvert de sueur. Je sais ce qu'il ressent : il a l'impression d'être mené au marché aux esclaves.

Nous suivons Elias en file indienne, la tête baissée, le corps courbé, comme sont censés se tenir les Érudits. Des souvenirs de la Commandante me reviennent : ses yeux pâles alors qu'elle gravait son initiale sur ma poitrine avec une minutie sadique ; les coups qu'elle assénait aussi nonchalamment qu'on lancerait une pièce à un mendiant.

« Tiens bon. » Elias me jette un coup d'œil – peut-être sent-il la panique monter en moi. « Nous devons encore traverser la ville. »

Elias nous précède avec un air de mépris et nous crie des ordres de temps en temps, comme nous avons vu tant de vendeurs le faire avec les esclaves. Il grommelle et regarde les hommes des tribus de haut, comme s'ils n'étaient que des cafards.

Un foulard cache la moitié de son visage. Je ne vois que ses yeux presque incolores dans la lumière du matin. Sa chemise de marchand d'esclaves est un peu trop grande pour lui alors qu'elle aurait été parfaitement à sa taille il y a quelques semaines. Son combat contre le poison de la Commandante lui a fait perdre une partie de sa carrure et il est bien plus maigre qu'avant. Cette finesse accentue sa beauté, même si j'ai l'impression de regarder son ombre plutôt que le véritable Elias.

Les rues poussiéreuses de Nur grouillent de gens qui se déplacent d'un campement à l'autre. Malgré le chaos apparent, un ordre étrange règne. Chaque campement se distingue par ses couleurs tribales et est composé de tentes à gauche et d'étals à droite, les carrioles et roulottes traditionnelles délimitant le périmètre.

« Laia, chuchote Izzi derrière moi. Je sens l'odeur des Martiaux. Acier, cuir et chevaux. C'est comme s'il y en avait partout.

— C'est le cas », dis-je discrètement.

Des légionnaires fouillent les boutiques et les carrioles. Des Masks aboient des ordres et entrent dans les maisons sans prévenir. Nous progressons lentement car Elias emprunte une route sinueuse pour éviter les patrouilles. J'ai l'estomac noué.

Je scrute les alentours à la recherche d'Érudits libres en espérant que certains aient échappé au massacre perpétré par l'Empire. Les seuls que je vois sont enchaînés. Il y a peu de nouvelles de ce qui se passe dans l'Empire. Soudain, au milieu des bribes de conversations en sadhese, j'entends deux Mercators s'exprimer en serran.

« … n'épargnent même pas les enfants. » Le marchand mercator regarde autour de lui avant de reprendre. « J'ai entendu dire que les rues de Silas et de Serra sont rouges du sang des Érudits.

— Les tribus sont les prochaines sur la liste, dit sa compagne, une femme vêtue de cuir. Puis ils s'en prendront à Marinn.

— Ils essaieront, dit l'homme. J'aimerais bien voir ces salopards aux yeux clairs traverser la forêt… »

Nous les dépassons et leur bavardage se perd. J'ai envie de vomir. *Les rues de Silas et de Serra sont rouges du sang des Érudits.* Cieux, combien de mes anciens voisins sont morts ? Combien de patients de Pop ? De connaissances ?

« Voilà pourquoi nous faisons tout ça. » Elias se retourne vers moi et je comprends qu'il a aussi entendu les Mercators.

« Voilà pourquoi nous avons besoin de ton frère. Reste concentrée. »

Alors que nous traversons la rue principale particulièrement bondée, une patrouille menée par un Mask en armure noire s'engage dans la rue quelques mètres devant nous.

« Une patrouille, je murmure à Izzi. Baisse la tête ! »

Keenan et elle regardent immédiatement leurs pieds. Les épaules d'Elias se raidissent, néanmoins il continue à marcher d'un pas tranquille. Un muscle de sa mâchoire se crispe.

Le Mask est jeune, la peau du même brun doré que la mienne. Il est aussi élancé qu'Elias, plus petit, a des yeux de chat verts et des pommettes saillantes.

Je ne l'ai jamais vu avant, mais peu importe. C'est un Mask et, quand ses yeux s'attardent sur moi, je n'arrive plus à respirer. La peur m'envahit et je ne vois plus que la Commandante. Tout ce que je sens est son coup de cravache sur mon dos et sa main froide serrant mon cou. Je suis paralysée.

Izzi se cogne contre mon dos et Keenan contre le sien.

« Avance ! », murmure Izzi. Des gens commencent à nous regarder. *Laia, pourquoi maintenant ? Cieux, reprends-toi !* Mon corps refuse de m'obéir. Les menottes, le collier de fer, le bruit des chaînes – tout m'oppresse et même si mon cerveau me hurle d'avancer, je suis obnubilée par la Commandante.

Je sens que l'on tire la chaîne attachée au collier et Elias m'insulte avec la brutalité insouciante typique d'un Martial. Je *sais* qu'il joue un rôle. Cependant, happée par un sentiment de terreur, j'ai un mouvement de recul.

Elias lève la main comme s'il allait me frapper et prend violemment mon visage dans sa paume. De l'extérieur, il a l'air d'un marchand d'esclaves en train de mater ses biens. Je suis la seule à pouvoir entendre sa voix.

« Regarde-moi. » Je croise son regard. *Les yeux de la Commandante.* Non. Ceux d'Elias. « Je ne suis pas elle. » Il serre mon menton et sa main, qui doit apparaître si menaçante à ceux qui nous observent, est en fait aussi légère qu'une brise. « Je ne te ferai aucun mal, mais tu ne peux pas laisser la peur prendre le dessus. »

Je baisse la tête et inspire profondément. Le Mask nous étudie. Nous ne sommes qu'à quelques mètres de lui. Quelques centimètres. Je l'aperçois à travers mes cheveux. Son attention passe de Keenan à Izzi, puis moi. Et enfin, Elias.

Il ralentit. *Cieux.* Bien que mon corps menace de se figer à nouveau, je me force à avancer.

Imperturbable, Elias salue le Mask d'un petit signe de tête et poursuit son chemin. Le Mask est à présent derrière nous, et je sens son regard, prêt à attaquer.

Puis j'entends les bottes s'éloigner et quand je me retourne, il est parti. Je souffle. *Tout va bien.*

Pour l'instant.

Elias ne semble se détendre que lorsque nous approchons d'un campement au sud-est de Nur.

« Laia, baisse la tête, murmure-t-il. Nous sommes arrivés. »

Le campement est immense, ville de toiles or et vert. Il est bordé de maisons ocre ornées de balcons. Le marché fait la même taille que n'importe quel marché de Serra – peut-être un peu plus étendu. Tous les étals sont recouverts du même tissu drapé vert à motif de feuilles d'automne dorées. Ces brocarts doivent coûter une fortune. Quelle que soit cette tribu, elle est puissante.

Des hommes vêtus de longues robes vertes encerclent le camp et introduisent les visiteurs par un portail de fortune constitué de deux carrioles. Nous entrons dans la partie habitée, très animée – des hommes s'occupent du feu, des femmes préparent à manger, des nuées d'enfants jouent à courir après des poulets. Elias s'approche de la plus grande tente et s'agace quand deux gardes nous arrêtent.

« Les marchands d'esclaves font commerce la nuit, dit l'un d'entre eux dans un serran teinté d'un accent. Revenez plus tard.

— Afya Ara-Nur m'attend », grommelle Elias.

Je tressaille en entendant ce nom et je repense à la petite femme aux yeux noirs dans l'atelier de Spiro – la même qui avait dansé si gracieusement avec Elias la nuit de la fête de la Lune. C'est à elle qu'il fait confiance pour nous emmener vers le nord ? Je me rappelle ce que Spiro avait dit : *L'une des femmes les plus dangereuses de l'Empire.*

« Elle ne reçoit pas de marchands d'esclaves la journée, intervient l'autre homme des tribus. *Seulement* la nuit.

— Si vous ne me laissez pas entrer, dit Elias, je serai ravi d'informer les Masks que la tribu Nur revient sur les accords commerciaux. »

Les deux hommes échangent un regard gêné et l'un disparaît dans la tente. Je veux prévenir Elias, lui raconter ce que Spiro a dit au sujet d'Afya. Mais l'autre homme nous garde de trop près.

Une minute plus tard, on nous fait signe d'entrer dans la tente. Elias se tourne vers moi et feint d'ajuster mes menottes alors qu'en fait il m'en donne la clé. Il repousse les rabats de la tente comme s'il était chez lui. Izzi, Keenan et moi le suivons en trottinant.

À l'intérieur, le sol est jonché de tapis tissés à la main.

Une dizaine de lampes projettent des motifs géométriques sur des coussins en soie. Afya Ara-Nur, magnifique, la peau sombre, des tresses noires et rouges sur les épaules, est assise derrière un bureau massif très sobre, incongru au milieu de toute cette richesse. Ses doigts font claquer les perles d'un boulier et elle note ses comptes dans un livre posé devant elle. Assis à ses côtés, aussi beau qu'elle, un garçon de l'âge d'Izzi semble s'ennuyer.

« Je n'ai accepté de vous recevoir, dit elle sans lever la tête, que pour vous dire que si vous remettez les pieds dans mon campement, je vous égorgerai moi-même.

— Afya, je suis blessé. » Elias jette quelque chose sur les genoux d'Afya. « Tu n'es pas aussi sympathique que lors de notre première rencontre. » La voix d'Elias, douce et suggestive, me fait rougir.

Afya prend le jeton. Sa mâchoire se décroche lorsque Elias retire le foulard qui lui cachait le visage.

« Gibran… », dit-elle au garçon.

Aussi rapide que le feu, Elias dégaine ses sabres et s'avance. Il place une lame sous la gorge de la fille et une autre sous celle du garçon, le regard terriblement calme.

« Tu me dois une faveur, Afya Ara-Nur. Je suis ici pour la réclamer. »

Le garçon, Gibran, lance un regard inquiet à Afya.

« Laisse sortir Gibran. » Afya parle sur un ton raisonnable, maîtrisé, malgré ses poings serrés. « Il n'a rien à voir avec ça.

— Nous aurons besoin d'un témoin de ta tribu quand tu m'accorderas ma faveur, dit Elias. Gibran fera parfaitement l'affaire. » Afya ouvre la bouche mais ne dit rien, apparemment sidérée, et Elias poursuit. « Il en va de ton honneur d'écouter ma requête, Afya Ara-Nur. Et tu es tenue par l'honneur de me l'accorder.

— Maudit honneur…

— Fascinant, dit Elias. Je me demande ce que le conseil des anciens en penserait. La seule *zaldara* des Terres tribales, la plus jeune jamais choisie, se fichant de son honneur comme d'un mauvais grain. Afya, une demi-heure dans une taverne ce matin m'a appris tout ce que je devais savoir sur la tribu Nur. Ta position n'est pas garantie. »

Afya pince les lèvres. Elias a touché un point sensible. « Les anciens comprendraient que c'était pour le bien de la tribu.

— Non, répond Elias. Ils diraient que si tes erreurs de jugement mettent la tribu en danger, tu n'es pas à la hauteur de la tâche. Des erreurs telles que donner un jeton de faveur à un Martial.

— La faveur était réservée au futur Empereur ! » Poussée par la colère, Afya se lève. Elias enfonce sa lame dans son cou. Elle ne semble pas s'en rendre compte. « Pas à un traître en fuite qui, apparemment, est devenu marchand d'esclaves.

— Ce ne sont pas des esclaves. » Pour appuyer les dires d'Elias, je détache mes menottes puis celles d'Izzi et de Keenan. « Ce sont mes compagnons. Ils font partie de ma faveur. »

« Elle va refuser, me chuchote Keenan. Elle va nous vendre aux Martiaux. »

Je ne me suis jamais sentie aussi vulnérable. Il suffirait à Afya de crier pour que des soldats se précipitent sur nous.

À côté de moi, Izzi est tendue. Je la prends par la main. « Nous devons faire confiance à Elias, je murmure, autant pour la rassurer que pour me rassurer. Il sait ce qu'il fait. » Je vérifie tout de même que ma dague est toujours dissimulée sous ma cape. Si Afya nous trahit, je ne me laisserai pas capturer sans me battre.

« Afya. » Gibran déglutit nerveusement, un œil fixé sur le sabre sous sa gorge. « Peut-être devrions-nous l'écouter ?

— Peut-être, rétorque Afya, entre ses dents, que tu devrais la boucler et te contenter de séduire les filles des *zaldars*. » Elle se tourne vers Elias. « Baisse tes armes et dis-moi ce que tu veux – et pourquoi. Pas d'explication, pas de faveur. Je me fiche de tes menaces. »

Elias ignore le premier ordre. « Je veux que tu nous escortes toi-même, mes compagnons et moi, jusqu'à la prison de Kauf avant les neiges et, une fois sur place, que tu nous aides à faire évader Darin, le frère de Laia. »

Quoi ? Il y a à peine quelques jours, il a dit à Keenan que nous n'avions besoin de personne et maintenant il essaie d'embarquer Afya ? Même si nous atteignions la prison sains et saufs, elle nous dénoncerait à la seconde où nous arriverions et nous croupirions à Kauf jusqu'à la fin de nos jours.

« Ça fait environ trois cents faveurs en une, espèce d'enfoiré.

— Un jeton de faveur comprend tout ce que l'on peut demander dans un souffle.

— Je sais ce qu'est un foutu jeton de faveur. » Afya tapote sur son bureau et se tourne vers moi comme si elle remarquait seulement ma présence. « Alors, l'amie de Spiro Teluman. Je sais qui est ton frère. Spiro me l'a dit. Et vu la vitesse à laquelle la rumeur s'est propagée, il a dû le dire à d'autres. Tout le monde parle de l'Érudit qui connaît les secrets de l'acier sérique.

— *Spiro* a lancé la rumeur ? »

Afya soupire, puis s'exprime lentement, comme si elle se trouvait face à un enfant agaçant. « Spiro voulait que l'Empire croie que ton frère a transmis son savoir à d'autres Érudits. Tant que les Martiaux ne lui auront pas arraché de noms, ils le garderont en vie. En plus, Spiro a toujours aimé les récits héroïques. Il doit probablement espérer que ça stimule les Érudits – que ça leur donne un peu de cran.

— Même ton allié nous aide, dit Elias. Une raison supplémentaire pour que tu fasses de même.

— Mon *allié* a disparu. Personne ne l'a vu depuis des semaines. Je suis certaine que les Martiaux l'ont fait prisonnier – et je n'ai pas envie de connaître le même sort. » Elle lève le menton vers Elias. « Et si je rejette ton offre ?

— Tu n'es pas arrivée là où tu es en revenant sur tes promesses. » Elias baisse ses armes. « Accorde-moi ma faveur. En discuter est une perte de temps.

— Je ne peux pas prendre cette décision seule. Je dois parler avec quelqu'un de ma tribu. Nous aurions besoin d'avoir quelques personnes avec nous, au moins pour sauvegarder les apparences.

— Dans ce cas, ton frère reste ici, dit Elias. Ainsi que le jeton. »

Gibran ouvre la bouche pour protester. Afya secoue la tête. « Frère, donne-leur à boire et à manger. » Elle renifle. « Et fais-leur prendre un bain. Ne les quitte pas des yeux. » Elle passe devant nous et ouvre les battants de la tente en disant quelque chose au garde en sadhese.

18
ELIAS

Des heures plus tard, alors que la nuit tombe, Afya écarte enfin les pans de la tente. Gibran, les pieds sur le bureau de sa sœur alors qu'il flirte de façon éhontée avec Izzi et Laia, sursaute tel un soldat apeuré devant son supérieur.

Afya jette un œil à Izzi et Laia, propres et habillées de robes tribales vertes aux motifs floraux. Elles chuchotent, assises l'une à côté de l'autre dans un coin, la tête d'Izzi posée sur l'épaule de Laia. Izzi ne porte plus de bandage, mais cligne son œil encore rouge avec précaution. Keenan et moi sommes vêtus du pantalon noir et de la tunique à capuche noire sans manches communément portés dans les Terres tribales. Afya hoche la tête en signe d'approbation.

« Au moins, vous n'avez plus l'air de Barbares et vous ne sentez plus comme eux non plus. On vous a donné à manger ? À boire ?

— Nous avons eu tout ce qu'il nous faut, merci », dis-je. Sauf bien sûr ce dont nous avons le plus besoin : l'assurance qu'elle ne nous dénoncera pas aux Martiaux. *Elias, tu es son invité. Ne l'énerve pas.* « Enfin, presque tout. »

Le sourire d'Afya est un éclair de lumière aussi aveuglant que le soleil se reflétant sur une carriole tribale outrageusement dorée.

« Elias Veturius, je t'accorde ta faveur, dit-elle. Je vous escorterai jusqu'à la prison de Kauf avant les neiges et, une fois là-bas, je vous aiderai à tenter de libérer Darin, le frère de Laia. »

Je l'observe avec circonspection.

Son visage se durcit. « Mais je refuse que ma tribu assume à elle seule cette charge. Entrez », déclare-t-elle en sadhese et une personne écarte les pans de la tente. Elle a la peau sombre, elle est bien en chair avec des joues rondes et de longs cils noirs.

Elle chante. « *Nous nous sommes dit adieu, mais c'n'était pas vrai, car quand je pense à ton nom…* »

Je connais bien ce poème. Elle me l'a souvent chanté quand j'étais petit et que je ne trouvais pas le sommeil.

« … *tu es là, dans ma mémoire*, dis-je, *jusqu'à ce que je te voie à nouveau.* »

La femme écarte les bras et ouvre les mains. « Ilyaas, chuchote-t-elle. Mon fils. Cela fait si longtemps. »

Pendant les six premières années de ma vie, après que Keris Veturia m'a abandonné dans la tente de Mamie Rila, la *kehanni* m'a élevé comme son propre fils. Ma mère adoptive n'a pas changé depuis la dernière fois que je l'ai vue, il y a six ans et demi, quand j'étais un Cinquième année. Même si elle est plus petite que moi, son étreinte me fait l'effet d'une couverture chaude et je m'y blottis – je redeviens un petit garçon, en sécurité dans ses bras.

Puis je comprends ce que sa présence signifie. Et ce qu'Afya a fait. Je m'extirpe des bras de Mamie et me dirige vers la fille des tribus, ma rage grandissant face à son air suffisant.

« Comment oses-tu mêler la tribu Saif à tout cela ?

— Comment oses-tu mettre en danger la tribu Nur en m'imposant ta faveur ?

— Tu es une trafiquante. Nous faire passer au nord ne met pas ta tribu en danger. Pas si tu fais attention.

— Tu es un fugitif recherché par l'Empire. Si ma tribu est prise en train de t'aider, les Martiaux nous massacreront. »

Afya ne sourit plus et elle est redevenue la femme rusée qui m'avait reconnu à la fête de la Lune, le chef impitoyable qui a mené à la gloire une tribu autrefois oubliée à une vitesse remarquable.

« Elias Veturius, tu me mets dans une situation impossible. Par ailleurs, si j'arrive à vous faire passer au nord en toute sécurité, je ne peux pas vous faire sortir d'une ville encerclée par les Martiaux. *Kehanni* Rila a proposé son aide. »

Évidemment. Mamie est prête à tout pour moi. Je ne veux pas qu'une personne que j'aime souffre à cause de moi.

Je prends conscience que mon visage n'est qu'à quelques centimètres de celui d'Afya. Je suis plongé dans ses yeux d'acier sombre et mes joues sont rouges de colère. Je sens la main de Mamie sur mon bras et je recule.

« Je refuse que la tribu Saif nous aide. » Je me tourne vers Mamie. « Parce que ce serait idiot et dangereux.

— Afya Jan. » Mamie utilise un terme affectueux en sadhese. « Je souhaiterais parler avec mon impertinent de fils. Va donc t'occuper de tes autres invités. »

Afya salue respectueusement Mamie (elle a au moins la politesse de reconnaître le statut de ma mère adoptive) avant de faire signe à Gibran, Izzi, Laia et Keenan de la suivre hors de la tente. Laia se retourne vers moi, les sourcils froncés, avant de disparaître avec Afya.

« Elle a les hanches larges, dit Mamie qui arbore un large sourire. Vous aurez beaucoup d'enfants. Mais est-ce qu'elle te fait-elle rire ? Je connais *plein* de filles de la tribu qui…

— Mamie. » Je sais reconnaître une tentative de détournement d'attention quand j'en vois une. « Ta place n'est pas ici. Repars dès que possible. As-tu été suivie ? Si…

— Chut. » Mamie me fait signe de me taire, s'assoit sur l'un des canapés d'Afya et tapote la place à côté d'elle. Je ne la rejoins pas et elle s'impatiente. « Ilyaas, tu es peut-être plus grand qu'à une certaine époque, mais tu es toujours mon fils et quand je te dis de t'asseoir, tu t'assois. »

Une fois que j'ai obéi, elle me pince le bras. « Cieux, mon garçon ! Que manges-tu ? De l'herbe ? » Elle secoue la tête. Son ton soudain sérieux. « Mon chéri, que t'est-il arrivé à Serra ces dernières semaines ? J'ai entendu des choses… »

J'ai enfoui les Épreuves tout au fond de moi. Je n'en ai pas parlé depuis la nuit passée avec Laia dans mes quartiers à Blackcliff.

« Ça n'a pas d'importance…

— Ilyaas, ça t'a changé. C'est important. » Son visage rond est plein d'amour. Il serait empli d'horreur si elle savait ce que j'ai fait. La douleur qu'elle ressentirait serait bien pire que tout ce que les Martiaux pourraient lui faire.

« Tu as toujours été si effrayé par la noirceur intérieure. » Mamie me prend les mains. « Ne vois-tu pas ? Tant que tu combattras les ténèbres, tu te tiendras dans la lumière. »

Ce n'est pas si simple ! ai-je envie de hurler. *Je ne suis plus celui que j'étais. Je suis quelque chose d'autre. Quelque chose qui te rendrait malade.*

« Crois-tu que j'ignore ce qu'ils vous apprennent dans cette école ? poursuit-elle. Tu dois me prendre pour une idiote. Dis-moi. Soulage-toi.

— Je ne veux pas te faire souffrir. Je ne veux pas que quiconque souffre encore à cause de moi.

— Les enfants naissent pour briser le cœur de leur mère, mon petit. Dis-moi. »

Mon esprit m'ordonne de rester silencieux. Mon cœur, lui, hurle qu'il veut être entendu. Après tout, c'est elle qui veut savoir. Et je veux lui dire. Je veux qu'elle sache qui je suis. Alors je lui raconte.

* * *

Je termine mon récit. Mamie ne dit rien. La seule chose que j'ai tue est la véritable nature du poison de la Commandante.

« J'ai vraiment été naïve de penser que puisque tu avais été abandonné à une mort certaine par ta mère la méchanceté des Martiaux te serait épargnée », chuchote Mamie.

Mais ma mère ne m'a pas abandonné à une mort certaine. J'ai appris la vérité de la bouche de la Commandante la nuit précédant ce qui devait être mon exécution : elle ne m'a pas abandonné aux vautours. Keris Veturia m'a pris dans ses bras, m'a nourri, puis m'a emmené dans la tente de Mamie. Ce fut son seul et unique acte de bonté envers moi.

Je m'apprête à le dire à Mamie et me ravise devant la tristesse de son visage. Tout cela ne fait aucune différence maintenant.

« Ah, mon garçon, soupire Mamie. Mon Elias…

— Ilyaas. Pour toi, mon nom est Ilyaas. »

Elle secoue la tête. « Ilyaas est le garçon que tu étais ici. Elias est l'homme que tu es devenu. Dis-moi : pourquoi dois-tu aider cette fille ? Pourquoi ne pas la laisser partir avec le rebelle ? Tu pourrais rester ici, avec ta famille. Crois-tu que nous ne pouvons pas te protéger des Martiaux ? Dans notre tribu, personne ne te trahira. Tu es mon fils et ton oncle est le *zaldar*.

— As-tu entendu les rumeurs au sujet d'un Érudit qui saurait forger l'acier sérique ? » Mamie hoche la tête avec circonspection. « Eh bien, ces rumeurs sont vraies. L'Érudit en question est le frère de Laia. Si j'arrive à le faire sortir de Kauf, dix enfers, pense à ce que cela signifierait pour les Érudits, pour Marinn, pour les tribus. Vous pourriez enfin *combattre* l'Empire… »

Les pans de la tente s'écartent brusquement et Afya entre, Laia derrière elle, sa capuche baissée.

« Excusez-moi, *kehanni*, dit-elle. L'heure est venue de nous mettre en route. Quelqu'un a révélé aux Martiaux que vous êtes dans le campement et ils veulent s'entretenir avec vous. Il est très probable qu'ils vous intercepteront à la sortie. Je ne sais pas si…

— Ils me poseront des questions et me relâcheront. » Mamie Rila se lève, secoue sa robe, le menton haut. Elle s'approche d'Afya jusqu'à la toucher. Afya se balance très doucement sur ses talons.

« Afya Ara-Nur, dit doucement Mamie, tu vas respecter ton serment. La tribu Saif a promis de t'aider. Mais si toi, ou l'un des tiens, trahissez mon fils pour la récompense, nous considérerons qu'il s'agit d'un acte de guerre et notre vengeance consistera à maudire ton sang sur sept générations. »

Devant la menace, Afya écarquille les yeux tout en hochant la tête. Mamie se tourne vers moi, se hisse sur la pointe des pieds et m'embrasse sur le front. La reverrai-je un jour ? Sentirai-je à nouveau la chaleur de ses mains, trouverai-je dans ses yeux le réconfort que je ne mérite pas ? *Oui.*

Mais il ne restera pas grand-chose à voir si, en essayant de me sauver, elle s'expose à la colère des Martiaux.

Je la supplie. « Ne fais pas ça, Mamie. Quoi que tu aies prévu, ne le fais pas. Pense à Shan et à la tribu Saif. Tu es leur *kehanni*. Ils ne peuvent pas te perdre. Je ne le veux pas... Tu comprends ? Je ne...

— Elias, nous t'avons eu avec nous pendant six ans. Nous avons joué avec toi, nous t'avons serré dans nos bras, regardé faire tes premiers pas, entendu dire tes premiers mots. Nous t'avons aimé. Puis ils t'ont arraché à nous. Ils t'ont fait du mal. T'ont obligé à tuer. Je me fiche de quel sang tu es. Tu étais un garçon de la tribu et tu as été enlevé. Et nous n'avons *rien* fait. La tribu Saif doit le faire. Je *dois* le faire. Cela fait quatorze ans que j'attends. Ni toi ni personne ne m'en empêchera. »

Mamie sort d'un pas altier et Afya m'indique l'arrière de la tente d'un signe de tête. « Va. Et cache ton visage. Même aux membres de ma tribu. Seuls Mamie, Gibran et moi savons qui tu es et il faut que ça reste comme ça jusqu'à ce que nous ayons quitté la ville. Laia et toi demeurerez avec moi. Gibran a déjà emmené Keenan et Izzi.

— Où ? Où allons-nous ?

— Sur la scène de la conteuse, Veturius. » Afya hausse un sourcil. « La *kehanni* va te sauver avec une histoire. »

19
HELENE

Nur est une vraie poudrière. C'est comme si chaque soldat martial envoyé par moi dans les rues était une bombe près d'exploser.

Malgré les menaces de flagellation publique et de dégradation militaire, ils ont déjà à leur actif une bonne dizaine d'altercations avec les hommes des tribus. Et il y en aura d'autres, cela ne fait aucun doute.

L'opposition des tribus à notre présence est ridicule. Elles étaient bien contentes d'avoir le soutien de l'Empire le long des côtes pour repousser les frégates pirates des Barbares. Mais que l'on entre dans une ville tribale à la recherche d'un criminel, et les voilà qui réagissent comme si on leur avait lâché une horde de djinns dessus.

Je fais les cent pas sur le toit de la garnison à l'ouest de la ville en regardant le marché où se presse la foule. Elias pourrait être n'importe où.

S'il est là.

La possibilité que j'aie tort – qu'Elias se soit faufilé vers le sud alors que je perds mon temps à Nur – me procure un étrange sentiment de soulagement. S'il n'est pas ici, je ne peux ni l'attraper ni le tuer.

Il est ici. Et tu dois le trouver.

Depuis notre arrivée à la garnison de la brèche d'Atella, tout va de travers. L'avant-poste était en sous-effectif. J'ai été obligée de récupérer des réservistes dans les postes environnants afin de réunir assez d'hommes pour fouiller Nur. Une fois à l'oasis, j'ai découvert que les hommes y étaient également en sous-effectif et ne savaient absolument pas où avaient été envoyés les autres soldats.

Au total, je dispose d'un millier d'hommes, des auxiliaires pour l'essentiel, et d'une dizaine de Masks. C'est insuffisant pour ratisser une ville où se bousculent une centaine de milliers de personnes. C'est tout ce que j'ai pour maintenir un cordon autour de l'oasis afin qu'aucune carriole ne quitte la ville sans être fouillée.

« Pie de sang. » La tête blonde de Faris émerge sur le toit. « Nous l'avons. Elle est en cellule. »

Je maîtrise ma terreur alors que Faris et moi descendons l'escalier étroit jusqu'au donjon. La dernière fois que j'ai vu Mamie Rila, j'étais une fille de 14 ans, dégingandée et sans masque. Alors que nous étions des Cinquième année, Elias et moi avions séjourné avec la tribu Saif pendant deux semaines sur le chemin de retour à Blackcliff. Et même si j'étais alors une espionne martiale, Mamie avait fait preuve de gentillesse à mon égard.

Et je m'apprête à la remercier avec un interrogatoire.

« Elle est entrée dans le campement de Nur il y a trois heures, dit Faris. Dex l'a interceptée à la sortie. Le Cinquième année chargé de sa surveillance dit qu'elle a rendu visite à une dizaine de tribus aujourd'hui.

— Procure-moi des informations sur ces tribus. Taille, alliances, routes commerciales… tout.

— Harper est en train de parler à nos espions de Cinquième année. »

Harper. Je me demande ce qu'Elias penserait de l'Homme du Nord. *Aussi inquiétant que dix enfers,* je l'imagine dire. *Moins bavard aussi.* J'entends la voix de mon ami dans ma tête – cette voix de baryton qui me ravissait tout en m'apaisant. Si seulement Elias et moi étions ici ensemble pour traquer un espion mariner ou un assassin barbare.

Son nom est Veturius. Je me le rappelle pour la centième fois. *Et c'est un traître.*

Dans le donjon, Dex se tient dos à la cellule, la mâchoire serrée. Étant donné que lui aussi a passé du temps avec la tribu Saif quand il était un Cinquième année, je suis surprise de le voir si tendu.

« Fais attention, murmure-t-il. Elle mijote quelque chose. »

Dans la cellule, Mamie est assise sur le banc comme sur un trône, le dos droit, le menton relevé, un long doigt retenant sa jupe pour qu'elle ne traîne pas par terre. Lorsque j'entre, elle se lève.

« Helene, ma chérie…

— *Kehanni,* vous vous adresserez au commandant en tant que Pie de sang, dit Dex calmement en m'adressant un regard appuyé.

— *Kehanni,* dis-je. Savez-vous où se trouve Elias Veturius ? »

Elle me regarde de haut en bas ; sa déception est évidente. Voici la femme qui m'a donné des herbes pour ralentir mon cycle lunaire afin que je n'aie pas à m'en soucier à Blackcliff. La femme qui m'a dit, sans la moindre trace d'ironie, que le jour de mon mariage elle égorgerait une centaine de chèvres en mon honneur et ferait de ma vie un conte de *kehanni.*

« J'ai entendu dire que tu le pourchasses, dit-elle. J'ai vu tes enfants espions. Mais je n'y croyais pas.

— Répondez à la question.

— Comment peux-tu traquer un garçon qui, il y a quelques semaines encore, était ton meilleur ami ? Hel… Pie de sang, il est ton ami. Ton frère d'armes.

— C'est un fugitif et un criminel. » Je mets mes mains derrière mon dos et je croise les doigts en faisant tourner ma chevalière de Pie de sang. « Et, comme n'importe quel criminel, il sera remis à la justice. L'hébergez-vous ?

— Non. » Je ne la lâche pas des yeux. Elle prend une inspiration, sa colère grandit. « Tu as pris du sel et bu de l'eau à ma table, Pie de sang. » Elle s'accroche au bord du banc. « Je ne t'insulterais pas avec un mensonge.

— Mais vous cachez la vérité. Il y a une différence.

— Si je lui avais procuré un abri, que ferais-tu ? Tu attaquerais la tribu Saif ? Il faudrait que tu nous tues jusqu'au dernier.

— Un homme ne vaut pas une tribu.

— Mais il valait l'Empire ? » Mamie se penche en avant, ses yeux sombres sont perçants, ses tresses tombent devant son visage. « Il valait ta liberté ? »

Mais comment sait-elle que j'ai échangé ma liberté contre la vie d'Elias ?

Cette réplique me reste sur l'estomac, néanmoins ma formation prend le dessus. *Les faibles essaient de remplir le silence. Un Mask l'utilise à son avantage.* Je croise les bras en attendant qu'elle en dise plus.

« Tu as sacrifié beaucoup pour Elias. » Les narines de Mamie se dilatent et elle se lève – si elle est plus petite que moi en taille, elle me domine en matière de colère.

« Pourquoi ne donnerais-je pas ma vie pour la sienne ? Il est mon *fils*. Qu'est-ce qui te donne le moindre droit sur lui ? »

Juste quatorze ans d'amitié et un cœur brisé.

Peu importe, au fond. Parce que, dans sa colère, Mamie m'a fourni ce dont j'ai besoin.

Car comment peut-elle savoir ce que j'ai sacrifié pour Elias ? Même si elle a entendu des récits des Épreuves, elle ne peut pas le savoir.

À moins qu'il ne le lui ait dit. Ce qui signifie qu'elle l'a vu. « Dex. Escorte-la en haut. » Et, alors que Mamie a le dos tourné, je lui fais signe de la suivre. Il acquiesce et l'accompagne.

Harper et Faris m'attendent dans la baraque de la Garde noire.

« Ce n'était pas un interrogatoire, grogne Faris. Tu es venue prendre le thé ou quoi ! Qu'en as-tu retiré ?

— Faris, tu es censé rassembler les Cinquième année, pas écouter aux portes.

— Harper est une mauvaise influence. » Faris désigne l'homme aux cheveux noirs d'un coup de tête. Ce dernier hausse les épaules.

« Elias est ici, dis-je. Mamie a laissé échapper une info.

— Le commentaire sur votre liberté », murmure Harper.

Il m'énerve – je déteste qu'il mette toujours dans le mille.

« Le rassemblement touche à sa fin. Les tribus vont commencer à quitter la ville à l'aube. Si la tribu Saif le fait sortir, ce sera à ce moment-là. Et il faut qu'il sorte. Il ne prendra pas le risque de rester ou d'être repéré – pas avec une prime si importante pour sa capture. »

On frappe à la porte. Faris ouvre à un Cinquième année en vêtements tribaux, la peau couverte de sable.

« Cinquième année Melius au rapport, chef, salue-t-il promptement. Le lieutenant Dex Atrius m'envoie, Pie de sang. La *kehanni* que vous avez interrogée se dirige vers la scène de la conteuse à l'est de la ville. Le reste de la tribu Saif s'y rend aussi. Le lieutenant Atrius vous demande de venir rapidement avec des renforts.

— Le conte d'au revoir. » Faris prend mes sabres accrochés au mur et me les tend. « Le dernier événement avant le départ des tribus.

— Et des milliers de personnes y assistent, dit Harper. C'est un endroit rêvé pour cacher un fugitif.

— Faris, renforce le cordon. » Une fois dans la rue, je donne mes ordres : « Rappelle toutes les escouades en patrouille. Personne ne quitte Nur sans passer par un checkpoint. Harper, avec moi. »

Nous nous dirigeons vers l'est en suivant la foule. Notre présence ne passe pas inaperçue et les tribus ne font pas preuve de la tolérance relative et méfiante à laquelle je suis habituée. Plus d'une insulte est murmurée sur notre passage. Harper et moi échangeons un regard et il fait signe aux escouades que nous croisons jusqu'à ce que nous ayons une dizaine d'auxiliaires avec nous.

« Dites-moi, Pie de sang, me demande-t-il alors que nous approchons de la scène. Croyez-vous vraiment pouvoir l'avoir ?

— J'ai battu Veturius des centaines de fois…

— Je ne parlais pas de pouvoir le battre lors d'un combat. Je veux dire, quand le moment viendra, pourrez-vous l'enchaîner et l'amener à l'Empereur en sachant ce qui s'ensuivra ? »

Non. Cieux brûlants et sanglants. Non. Je me suis demandé la même chose des milliers de fois. *Vais-je faire ce que l'Empire attend de moi ? Ce que mon peuple attend de moi ?* Je ne peux pas empêcher Harper de me poser la question. Ma réponse reste vague.

« Nous verrons bien, n'est-ce pas ? »

Devant nous, le théâtre de la conteuse se situe au fond d'un cirque abrupt en terrasses. Il est illuminé par des centaines de lampes à huile. La rue principale se situe juste derrière la scène et, au-delà, se trouve un vaste dépôt où sont garées les carrioles et les roulottes de ceux qui partiront juste après le conte d'au revoir.

Il y a de l'électricité dans l'air. Je serre mon sabre de toutes mes forces. Que se passe-t-il ?

Lorsque Harper et moi arrivons, il y a déjà des milliers de personnes. Je vois immédiatement pourquoi Dex avait besoin de renforts. Le théâtre a plus d'une dizaine d'entrées par lesquelles les membres des tribus entrent et sortent librement. Je poste des auxiliaires à chacune d'elles. Quelques instants plus tard, Dex vient me voir, le visage dégoulinant de sueur.

« Mamie prépare quelque chose, dit-il. Toutes les tribus auxquelles elle a rendu visite sont là. Les auxiliaires que j'ai emmenés avec moi se sont déjà bagarrés une dizaine de fois.

— Pie de sang. » Harper pointe du doigt la scène qui est entourée par une cinquantaine d'hommes de la tribu Saif en armes. « Regardez. »

Les guerriers Saif s'écartent pour laisser passer une silhouette fière. Mamie Rila. Elle monte sur scène et la foule fait *chut*. Elle lève les bras et les derniers murmures se taisent – même les enfants ne font pas un bruit. J'entends le vent souffler dans le désert.

La Commandante provoque également ce genre de silence. Il est impressionnant de voir que dans le cas de Mamie c'est par respect et non par peur.

« Bienvenue, mes frères et mes sœurs. » La voix de Mamie résonne jusqu'en haut du théâtre. En moi-même, je remercie le centurion instructeur de langues de Blackcliff qui nous a appris le sadhese pendant six ans. La *kehanni* se tourne vers le désert sombre derrière elle. « Le soleil va bientôt se lever sur un nouveau jour et nous devons nous dire au revoir. Mais je vous offre un récit à emporter avec vous dans les sables lors de votre prochain voyage. Une histoire gardée secrète. Une histoire dont vous allez tous faire partie. Une histoire qui se déroule encore. Laissez-moi vous parler d'Ilyaas An-Saif, mon fils, qui a été *volé* à la tribu Saif par les Martiaux. »

Des sifflements et des huées fusent de la foule. Ils nous sont tous adressés, ainsi qu'aux Martiaux postés aux sorties. Des auxiliaires s'apprêtent à dégainer leurs armes. Dex leur fait signe de ne pas bouger. Trois Masks et deux escouades d'auxiliaires contre vingt mille membres des tribus, ce ne serait pas un combat – ce serait une sentence de mort.

« Que fait-elle ? murmure Dex. Pourquoi veut-elle raconter l'histoire d'Elias ?

— C'était un enfant calme aux yeux gris, dit Mamie en sadhese, abandonné à une mort certaine dans la chaleur étouffante du désert tribal. Quelle tristesse de voir un enfant si beau et si fort abandonné par une mère si perverse ! Mes frères et mes sœurs, je l'ai accueilli comme mon propre fils, car il est venu à moi à une époque difficile où mon âme cherchait un sens et n'en trouvait aucun. Dans les yeux de cet enfant, j'ai puisé du réconfort et dans son rire, de la joie. Mais ça ne devait pas durer. »

La magie de Mamie, de la *kehanni,* est déjà à l'œuvre auprès de la foule. Elle parle d'un enfant adoré par la tribu, un enfant *de* la tribu, comme si le sang martial d'Elias ne comptait pas. Elle raconte son enfance et la nuit de son enlèvement.

Pendant un instant, je suis moi-même captivée. Ma curiosité se transforme en méfiance quand Mamie en arrive aux Épreuves. Elle parle des Augures et de leurs prédictions. De la violence perpétrée par l'Empire sur l'esprit et le corps d'Elias. La foule écoute, les émotions de chacun s'accordant avec celles de Mamie – stupeur, sympathie, dégoût, terreur.

Colère.

Et c'est alors que je comprends ce que Mamie Rila est en train de faire.

Elle prépare une émeute.

20
LAIA

La puissante voix de Mamie résonne dans le théâtre, hypnotisant l'auditoire. Même si je ne comprends pas le sadhese, les mouvements de son corps et de ses mains – ainsi que la manière dont Elias pâlit – me laissent deviner qu'il est au centre du récit.

Nous avons trouvé des places à peu près à mi-hauteur des gradins. Je suis assise entre Elias et Afya, au milieu d'une foule d'hommes et de femmes de la tribu Nur. Keenan et Izzi attendent avec Gibran à une dizaine de mètres de là. Je surprends Keenan qui tend le cou pour m'apercevoir ; je lui fais signe. Ses yeux sombres vont d'Elias à moi avant qu'Izzi lui murmure quelque chose et qu'il regarde ailleurs.

Grâce aux vêtements vert et or qu'Afya nous a donnés, nous nous fondons parmi les membres de la tribu. J'enfonce un peu plus ma capuche sur mes yeux. Je remercie le vent qui se lève et incite tout le monde à mettre un foulard sur son visage ou à baisser sa capuche.

Nous ne pouvons pas vous emmener directement aux roulottes, a dit Afya alors que nous rejoignions sa tribu au théâtre. *Des soldats patrouillent dans le dépôt – ils arrêtent tout le monde. Mamie va se débrouiller pour détourner leur attention.*

Lorsque l'histoire de Mamie prend un tour inattendu, la foule pousse un cri de surprise et Elias a l'air peiné. Ce doit déjà être étrange qu'on raconte sa vie à tellement de monde, mais une vie faite de tant de souffrance et de mort ? Je lui prends la main et il se crispe, puis finit par se détendre.

« N'écoute pas, dis-je. Regarde-moi plutôt. »

Bien que l'intensité de son regard pâle me serre le cœur, je ne détourne pas les yeux. Il se dégage de lui une solitude qui m'attriste. Il est mourant. Il le sait. Personne ne peut être plus seul que ça.

Pour le moment, tout ce que je veux, c'est que cette solitude disparaisse – ne serait-ce que l'espace d'un instant. Alors je fais ce que Darin faisait quand il voulait me remonter le moral : une grimace.

Elias, tout d'abord surpris, sourit ensuite jusqu'aux oreilles et grimace à son tour. Je pouffe et je suis sur le point de lui lancer un défi quand je vois Keenan en train de nous observer, les yeux pleins de rage.

Elias suit mon regard. « Je crois qu'il ne m'aime pas beaucoup.

— Au premier abord, il n'aime personne, dis-je. Lorsque je l'ai rencontré, il m'a menacée de me tuer avant de me jeter dans une crypte.

— Charmant.

— Il a changé. Énormément, à vrai dire. Je n'aurais jamais pensé que ce soit possible, mais… »

Afya me donne un coup de coude. « Ça commence. »

Le sourire d'Elias s'efface à mesure qu'autour de nous les membres des tribus se mettent à chuchoter. Il fixe les Martiaux en faction près de nous. La plupart ont les mains sur leurs armes et étudient la foule d'un air dubitatif, comme si elle allait se lever et les dévorer.

Les gestes de Mamie gagnent en ampleur et en violence. La foule s'échauffe, occupant de plus en plus d'espace, comme si elle repoussait les murs du théâtre. L'air s'emplit d'une tension qui se propage comme une flamme invisible et transforme tout ce qu'elle touche. En quelques secondes, les murmures sont devenus des marmonnements furieux.

Afya sourit.

Mamie pointe l'assistance du doigt, la conviction dans sa voix me donne la chair de poule.

« Kisaneh kithiya ke jeehani deka ? »

Elias se penche vers moi et traduit calmement. « Qui a souffert de la tyrannie de l'Empire ? »

« Hama ! »

« Nous. »

« Kisaneh bichaya ke gima baza ? »

« Qui a vu des enfants arrachés aux bras de leurs parents ? »

« Hama ! »

Quelques rangs plus bas, un homme se lève et désigne un groupe de Martiaux que je n'avais pas vu. L'un d'eux a une couronne de tresses blondes : Helene Aquilla. L'homme leur hurle quelque chose.

« Charra ! Herrisada ! »

De l'autre côté du théâtre, une femme se lève et crie les mêmes mots. Tout en bas, une autre femme se dresse. Elle est vite rejointe par une voix profonde à quelques mètres de nous.

Soudain, ces deux mots sont prononcés par toutes les bouches et le public, d'ensorcelé, devient véhément.

« Charra ! Herrisada ! »

« Voleurs, traduit Elias d'une voix impassible. Monstres. »

Autour d'Elias et moi, la tribu Nur, debout, hurle des insultes aux Martiaux, joignant sa voix à des milliers d'autres.

Je repense aux Martiaux que j'ai vus mettre à sac le marché tribal hier. Et je finis par comprendre que cette explosion de rage ne concerne pas seulement Elias. Elle a toujours été là. Mamie se contente de l'exploiter.

J'ai toujours pensé que les hommes des tribus étaient des alliés des Martiaux, même à leur corps défendant. Peut-être avais-je tort.

« Restez près de moi. » Afya se lève, ses yeux passent à toute vitesse d'une entrée à l'autre. Nous la suivons, même s'il est difficile d'entendre ses paroles dans le tumulte ambiant. « À la première effusion de sang, nous prenons la sortie la plus proche. Toutes les roulottes sont stationnées au dépôt. Une dizaine de tribus partiront en même temps et les autres feront de même.

— Comment saurons-nous quand… »

Un hurlement terrifiant déchire l'air. Je me mets sur la pointe des pieds et je vois qu'un soldat martial a transpercé d'un coup de sabre un homme des tribus qui s'était approché de trop près d'une sortie. Le sang de ce dernier coule dans le sable et un autre cri retentit, provenant cette fois d'une femme qui essaie de lui faire reprendre connaissance.

Afya ne perd pas de temps. Comme un seul homme, toute la tribu se précipite vers la sortie la plus proche. Soudain, je n'arrive plus à respirer. La cohue m'écrase – tout le monde pousse et court dans toutes les directions. Je perds de vue Afya. Elias me prend par la main et me tire vers lui, mais la foule nous sépare.

Fais-toi toute petite. Minuscule. Disparais. Si tu disparais, tu peux respirer. Ma peau est parcourue de picotements, et j'avance. Les personnes près desquelles je passe regardent autour d'elles, étrangement surprises.

« Elias, viens !

— Laia ? » Il tourne sur lui-même en scrutant la foule et se fraie un chemin dans la mauvaise direction.

« Elias, par ici ! »

Il se tourne vers moi sans me voir. Il se prend la tête entre les mains. Cieux, à nouveau le poison ? Il plonge la main dans sa poche et boit une lampée de tellis.

Je le rejoins. « Elias, je suis là. » Je lui touche le bras et il sursaute.

Il secoue la tête comme il l'avait fait lors de son empoisonnement et me regarde. « Bien sûr que tu es là, dit-il. Afya… où est Afya ? » Il se retourne pour fendre le flot humain et tenter de rattraper la fille des tribus que je ne vois nulle part.

« Cieux, qu'est-ce que vous faites ? » Afya apparaît à côté de nous et m'attrape par le bras. « Je vous cherche partout. Restez avec moi ! Nous devons sortir d'ici ! »

Je la suis. Soudain, Elias s'arrête net et fixe quelque chose.

« Afya ! dit-il. Où est la caravane de Nur ?

— Section nord du dépôt. Quelques caravanes après la tribu Saif.

— Laia, peux-tu rester avec Afya ?

— Bien sûr, mais…

— Elle m'a vu. » Il lâche ma main et, alors qu'il se fraie un passage dans la bousculade, une couronne de tresses blondes brille à quelques mètres de là. Aquilla. « Je vais détourner son attention. Allez à la caravane. Je vous y retrouverai.

— Bon sang, Elias… »

Mais il est déjà parti.

21
ELIAS

Lorsque mon regard croise celui d'Helene – elle me reconnaît : je lis le choc sur son visage argenté – je ne réfléchis pas, je ne me pose aucune question. Je confie Laia à Afya, je m'éloigne d'elles et j'avance vers Hel. Il faut que je détourne son attention d'Afya et de la tribu Nur. Si elle identifie la tribu, un millier d'émeutes ne l'empêcheront pas de nous traquer.

Je vais faire diversion, puis me fondre dans la foule. Je repense à son visage dans mes quartiers à Blackcliff. *Après ça, je lui appartiens. N'oublie pas, Elias : à l'avenir, nous serons ennemis.*

Le chaos est assourdissant. Au milieu de la cacophonie, je distingue pourtant un ordre étrange. Malgré les cris et les hurlements, je ne vois aucun enfant esseulé, aucun corps piétiné, pas d'affaires abandonnées – aucune des caractéristiques du véritable chaos.

Mamie et Afya ont planifié cette émeute à la minute près.

Au loin, les tambours de la garnison martiale grondent et demandent des renforts. Hel a dû envoyer un message à la tour des tambours. Mais si elle veut que des soldats viennent réprimer cette émeute, alors elle ne peut pas maintenir le cordon autour de la ville.

Ce qui, je le comprends à présent, était le plan d'Afya et de Mamie depuis le début.

Une fois le cordon autour des caravanes levé, Afya peut nous faire sortir de la ville en cachette. Notre caravane ne sera qu'une parmi des centaines d'autres quittant Nur.

Quand je l'ai vue, Helene se tenait près de la scène ; à présent, elle est à mi-chemin entre la scène et moi. Elle est seule : une armure, une figure argentée dans un océan de rage humaine. Dex a disparu et l'autre Mask qui était entré dans le théâtre avec elle – Harper – se dirige vers une sortie.

Même seule, Helene ne se décourage pas. Elle avance vers moi avec une détermination qui m'est aussi familière que ma propre peau. Son corps est propulsé par une inexorable force. Mais la foule se resserre. Des doigts empoignent sa cape, son cou. Quelqu'un pose sa main sur son épaule – elle se retourne, la saisit et la casse d'un geste rapide. Je l'entends presque penser : *Ça va plus vite d'avancer que de me battre avec eux.*

Son mouvement est ralenti, freiné, puis stoppé. C'est alors que j'entends le sifflement de ses sabres tirés de leurs fourreaux. Elle est à présent la Pie de sang, un chevalier au visage sombre de l'Empire, et ses épées se fraient un chemin sanglant.

Je regarde derrière moi et j'aperçois Laia et Afya qui quittent le théâtre. Quand je me retourne à nouveau vers Helene, je vois ses sabres voler… pas assez vite. Elle est attaquée par des dizaines d'hommes des tribus – ils sont trop nombreux pour qu'elle les combatte tous en même temps. Ils ne craignent pas ses lames. Je vois le moment où elle s'en rend compte – le moment où elle sait que peu importe sa vitesse de réaction, ils sont trop nombreux.

Elle croise mon regard, sa fureur chauffée à blanc. Puis elle tombe, tirée en arrière par les gens qui l'entourent.

Encore une fois, mon corps bouge avant que mon cerveau saisisse ce que je fais. J'arrache la cape d'une femme (elle ne s'en rend même pas compte) et je force le passage avec une seule idée en tête : arriver jusqu'à Helene et la sortir de là afin qu'elle ne soit pas battue ou piétinée à mort. *Pourquoi, Elias ? Elle est ton ennemie maintenant.*

L'idée même me donne la nausée. Elle était ma meilleure amie. Je ne peux pas faire comme si notre relation n'avait jamais existé.

Je me baisse et me jette au milieu des longues tuniques, des jambes et des armes et j'enveloppe Helene dans la cape. L'enlaçant d'un bras, je coupe les sangles des fourreaux de ses sabres et de ses poignards. Ses armes tombent par terre et, quand elle tousse, du sang gicle sur son armure. Je la porte et nous franchissons un premier cercle d'hommes, puis un autre, jusqu'à ce que nous courions loin des émeutiers.

Laisse-la, Elias. Mets-la en sécurité et pars. Tu as détourné son attention. C'est fini.

Mais si je l'abandonne maintenant et que d'autres hommes des tribus l'attaquent alors qu'elle peut à peine marcher, je ne l'aurai pas vraiment sauvée.

Je continue jusqu'à ce qu'elle reprenne connaissance. Elle tousse et tremble, mais je sais que son instinct lui ordonne de respirer, de calmer les battements de son cœur

– de survivre. Ce qui est peut-être la raison pour laquelle elle ne résiste pas tant que nous n'avons pas passé une porte du théâtre.

Dans une ruelle adjacente, elle finit par se libérer de mes bras et arracher la cape. C'est un déferlement d'émotions dans ses yeux. Personne d'autre ne les verra jamais et cette idée efface les jours, les semaines et les kilomètres qui nous séparent. Ses mains tremblent et je remarque sa chevalière.

« Pie de sang.

— Tais-toi, ne m'appelle pas comme ça. Tout le monde m'appelle comme ça. Mais pas toi. » Elle me dévisage. « Tu as une mine épouvantable.

— Les semaines ont été difficiles. » Je remarque les cicatrices sur ses mains et ses bras, les bleus sur son visage. *J'ai confié son interrogatoire à la Garde noire,* avait dit la Commandante.

Et elle a survécu, me dis-je. *Maintenant, déguerpis avant qu'elle te tue.*

Je recule, mais sa main fraîche agrippe mon poignet, son étreinte est pareille à un étau. Je lève les yeux et je suis surpris par l'expression que je distingue dans les siens. *Elias, fuis !*

Je me dégage et les portes qui s'étaient ouvertes dans son regard il y a un instant se referment. Elle tend les doigts vers ses armes qui ne sont plus là. Elle plie les genoux, prête à se jeter sur moi.

« Tu es en état d'arrestation. » Elle saute et je fais un pas de côté pour l'éviter. « Sur l'ordre de…

— Tu ne vas pas m'arrêter. » Je passe un bras autour de sa taille et j'essaie de l'entraîner quelques mètres plus loin.

« Comment ça, je ne vais pas t'arrêter ! » Elle m'assène un coup de coude dans le ventre. Je me plie en deux et elle m'échappe. Son genou se dirige vers mon front.

Je l'attrape et le repousse avant de l'étourdir d'un coup de coude à la tempe. « Je viens de te sauver la vie, Hel.

— Je m'en serais sortie sans toi… »

Je la ceinture et la projette contre le mur. Je bloque ses jambes entre mes cuisses pour l'empêcher de me frapper et je lui mets un couteau sous la gorge.

« Maudis sois-tu ! » Elle essaie de se libérer et j'enfonce la lame un peu plus. Elle baisse les yeux sur ma bouche, son souffle devenant court et saccadé. Elle détourne le regard en haussant les épaules.

« Ils étaient en train de t'écraser, dis-je. Tu aurais été piétinée.

— Ça ne change rien. Marcus m'a ordonné de t'emmener à Antium pour que tu y sois exécuté en public. »

C'est à mon tour de gronder. « Mais, dix enfers, pourquoi ne l'as-tu pas déjà assassiné ? Tu rendrais service au monde.

— Oh, dégage. Je ne m'attendais pas que tu comprennes, de toute façon. »

Un martèlement gronde dans les rues derrière – les pas rythmés des soldats martiaux qui approchent. Les renforts pour réprimer l'émeute.

Helene profite d'un moment d'inattention pour s'arracher à ma poigne. Je ne peux pas la retenir plus longtemps. Pas si je veux ficher le camp d'ici sans avoir la moitié d'une légion martiale à mes trousses. *Bon sang.*

« Je dois y aller, je murmure à son oreille. Mais je ne veux pas te faire de mal. J'en ai marre de faire du mal aux gens. » Je sens le doux battement de ses cils contre ma joue, sa poitrine monter et descendre contre mon torse.

« Elias. » Elle chuchote mon nom, un mot plein de désir.

Je m'écarte. Ses yeux ont toutes les nuances de bleu. *T'aimer est la pire chose qui me soit arrivée.* Voilà ce qu'elle m'a dit il y a quelques semaines. Je vois la désolation dans son regard. Encore une fois, je suis la cause de toute cette tristesse et je me déteste.

« Je vais te lâcher, dis-je. Si tu essaies de m'attaquer, eh bien soit ! Mais avant, je veux te dire quelque chose, car nous savons tous les deux que mon temps en ce bas monde est compté, et je me détesterais de ne te l'avoir jamais dit. » Je lis la confusion dans ses yeux et j'en profite pour parler avant qu'elle me pose des questions. « Tu me manques. » J'espère qu'elle entend ce que je dis vraiment. *Je t'aime. Je suis désolé. Je désirerais pouvoir tout arranger.* « Tu me manqueras toujours. Même quand je serai un fantôme. »

Je la lâche et fais un pas en arrière. Puis un autre. Je lui tourne le dos, mon cœur se serre quand j'entends le son étranglé qu'elle émet.

Les seuls bruits de pas que j'entends sont les miens.

* * *

Le dépôt est un véritable capharnaüm : des hommes des tribus lancent des enfants dans des carrioles et des roulottes, des chevaux se cabrent, des femmes hurlent. Des centaines de caravanes se ruent dans le désert en même temps, soulevant un épais nuage de poussière derrière elles.

« Cieux merci ! » Laia me repère dès que j'apparais à côté de la roulotte d'Afya. « Elias, pourquoi…

— Espèce d'*idiot.* » Afya m'attrape par la peau du cou et me hisse à côté de Laia avec une force d'autant plus remarquable qu'elle mesure trente centimètres de moins que moi. « Mais qu'est-ce qui t'a pris ?

— Je ne pouvais pas prendre le risque qu'Aquilla me voie entouré de membres de la tribu Nur. Elle est un Mask, Afya. Elle aurait compris qui tu es. Toute ta tribu aurait été en danger.

— Tu restes un idiot, dit Afya en me foudroyant du regard. Baisse la tête. Et *ne bouge pas.* »

Elle saute sur le banc à la place du cocher et saisit les rênes. Quelques secondes plus tard, les quatre chevaux s'élancent. Je me tourne vers Laia.

« Izzi et Keenan ?

— Avec Gibran. » Elle désigne une roulotte vert vif à quelques mètres. Je reconnais le profil taillé à la serpe du petit frère d'Afya qui conduit l'attelage.

« Ça va ? ».

Elle rougit, ses mains serrées sur son poignard. « Juste soulagée que tu sois de retour, dit-elle. Tu… tu as parlé à… à Aquilla ? »

Je m'apprête à lui répondre quand je me rends compte de quelque chose. « La tribu Saif. » Je scrute le dépôt plein de poussière. « Sais-tu si tout le monde est sorti ? Mamie Rila a-t-elle échappé aux soldats ?

— Je n'ai pas vu. » Elle se tourne vers Afya. « Est-ce que tu… »

De l'autre côté du dépôt, je vois des roulottes drapées d'or et de vert. Les couleurs de la tribu Saif. Les roulottes de la tribu Saif.

Encerclées par les Martiaux.

Ils en font descendre de force les occupants et les font s'agenouiller. Je reconnais ma famille. Oncle Akbi. Tante Hira. Enfers sanglants, Shan, mon frère adoptif.

« Afya. Il faut que je fasse quelque chose. C'est ma tribu. » Je prends mes armes et je me penche au bord de la roulotte. *Saute. Cours. Attaque-les par-derrière. Maîtrise le plus fort en premier…*

« Elias, arrête. » Afya m'empoigne le bras. « Tu ne peux pas les sauver. Pas sans révéler ton identité.

— Cieux, Elias. » Laia se décompose. « Des torches. »

L'une des roulottes – la magnifique roulotte décorée de la *kehanni* dans laquelle j'ai grandi – prend feu. Mamie avait passé des mois à la peindre. Elle est rapidement dévorée par les flammes. Une par une, les autres roulottes sont incendiées, produisant une fumée noire.

« La plupart des gens se sont échappés, dit calmement Afya. La caravane de la tribu Saif compte près d'un millier de membres. Cent cinquante roulottes et carrioles. Elias, même si tu pouvais les rejoindre, il y a au moins une centaine de soldats.

— Des auxiliaires, dis-je entre mes dents. Faciles à battre. Si je pouvais fournir des sabres à mes oncles et à Shan…

— La tribu Saif a tout prévu, Elias. » Afya refuse de faire demi-tour. À cet instant précis, je la hais. « Si les soldats voient que tu sors d'une roulotte de la tribu Nur, tous les miens sont morts. Tout ce que Mamie et moi avons planifié ces deux derniers jours, chaque faveur qu'elle a demandée pour te faire sortir d'ici, tout n'aura servi à rien. Tu as demandé ta faveur, Elias. C'était le prix à payer. »

Je regarde derrière moi. Ma famille tribale baisse la tête. Vaincue.

Sauf une personne. Elle se débat, frappe les auxiliaires, intrépide. Mamie Rila.

Impuissant, je la regarde lutter. Je vois le légionnaire porter la poignée de son sabre à sa tempe. La dernière image que j'ai d'elle est celle de ses mains s'agitant dans tous les sens avant qu'elle s'effondre dans le sable.

22
LAIA

Le soulagement d'avoir fui Nur n'apaise pas mon sentiment de culpabilité vis-à-vis d'Elias. Je n'essaie même pas de lui parler. Que pourrais-je dire ? *Désolée* serait insuffisant. Il reste silencieux, assis à l'arrière de la roulotte d'Afya, à regarder le désert en direction de Nur comme s'il pouvait changer ce qui est arrivé à sa famille par le pouvoir de la pensée.

Je le laisse tranquille. Peu de gens supportent qu'on soit témoin de leur douleur.

De toute façon, la culpabilité me paralyse. Je revois en boucle la fière Mamie s'écrouler comme un sac de grain vidé de son contenu. Parler des événements à Elias me paraît cruel.

À la tombée de la nuit, Nur n'est plus qu'un agrégat de faibles lumières dans l'obscurité du désert.

Nous avons fui dans une caravane de plus de deux cents véhicules. À présent, Afya a divisé sa tribu en une dizaine de groupes. Alors que la lune monte dans le ciel, nous ne formons plus qu'un groupe de cinq roulottes comptant quatre membres de sa tribu, y compris Gibran.

« Il ne voulait pas venir », dit Afya en observant son frère assis sur le banc de sa roulotte à une dizaine de mètres de nous. Elle est couverte de milliers de petits miroirs qui reflètent la lumière de la lune. « Mais je ne peux pas lui faire confiance, il risquerait de s'attirer des ennuis ou d'en attirer à la tribu. Quel nigaud.

— Je vois ça », je murmure.

Gibran a attiré Izzi à côté de lui et je l'ai aperçue qui souriait timidement tout l'après-midi.

Je jette un coup d'œil à travers la petite lucarne de la roulotte d'Afya. À l'arrière, les parois brunies sont illuminées par une douce lumière. Elias est assis sur une banquette tapissée de velours et fixe le désert.

« En parlant d'idiot, dit Afya. Qu'y a-t-il entre le rouquin et toi ? »

Cieux. Rien ne lui échappe. Il faudra que je m'en souvienne. Depuis notre dernière halte pour permettre aux chevaux de s'abreuver, Keenan fait la route avec Riz, un homme taiseux aux cheveux gris. Keenan et moi n'avons pas vraiment eu l'occasion de parler avant qu'Afya lui ordonne d'aider Riz avec sa carriole de vivres.

« Je l'ignore. » Méfiante, je dissimule la vérité à Afya, mais quelque chose me dit qu'elle repère les mensonges à des kilomètres. « Il m'a embrassée une fois. Dans un cabanon. Juste avant qu'il rejoigne la révolution des Érudits.

— Ça a dû être un sacré baiser, marmonne Afya. Et Elias ? Tu passes ton temps à le regarder.

— Ce n'est pas vrai…

— Je ne te blâme pas, poursuit Afya en jetant un regard perçant à Elias. Ces pommettes… Cieux ! » Je croise les bras en fronçant les sourcils. « Ah. » Afya affiche un sourire carnassier. « On est possessive, dis-moi.

— Je n'ai aucune raison de l'être. » Un vent glacé souffle du nord et je me pelotonne dans ma fine robe tribale. « Il a été très clair : il est mon guide et rien d'autre.

— Ses yeux disent autre chose. Mais qui suis-je pour m'interposer entre un Martial et ses bonnes manières mal placées ? » Elle lève la main et siffle pour signaler à la caravane de faire halte près d'un haut plateau. J'aperçois les griffes d'un animal sous les arbres. « Gibran, Izzi, appelle-t-elle. Allumez un feu. Keenan, aide Riz et Vana avec les animaux. »

Riz dit quelque chose en sadhese à sa fille, Vana. Elle est mince comme un fil et a la peau sombre de son père, mais ses tatouages en forme d'entrelacs montrent qu'elle est veuve. Le dernier membre de la tribu d'Afya est Zehr, un jeune homme du même âge que Darin. Afya lui donne un ordre en sadhese et il s'exécute sans hésitation.

« Fillette. » Je réalise qu'Afya me parle. « Demande une chèvre à Riz et dis à Elias de l'égorger. Je vendrai la viande demain. Et parle-lui. Remonte-lui le moral.

— Nous devrions le laisser tranquille.

— Si tu entraînes la tribu Nur dans cette tentative ambitieuse de sauver ton frère, Elias doit trouver un plan infaillible. Nous avons deux mois avant d'atteindre Kauf – ça devrait lui donner suffisamment de temps pour y réfléchir, mais il n'y arrivera pas s'il continue à se morfondre. Alors arrange ça. »

Comme si c'était facile.

Quelques minutes plus tard, Riz m'indique une chèvre blessée à la jambe que j'amène à Elias. Il l'entraîne parmi les arbres, hors de la vue du reste de la caravane.

Il n'a pas besoin d'aide, je le suis néanmoins avec une lanterne.

« J'ai toujours détesté tuer les animaux. » Elias aiguise un couteau sur une pierre à affûter. « C'est comme s'ils savaient ce qui les attend.

— Nan tuait les animaux dans la maison, dis-je. Certains patients de Pop payaient en poulets. Avant de les tuer, elle avait l'habitude de dire : *Merci de me donner ta vie afin que je puisse continuer la mienne.*

— Noble sentiment, dit Elias en s'agenouillant. Ça reste quand même difficile de les regarder mourir.

— Mais cette chèvre est éclopée, tu vois ? » J'éclaire la jambe blessée de l'animal. « Riz m'a dit que nous aurions dû l'abandonner et qu'elle serait morte de soif. » Je hausse les épaules. « Si elle est destinée à mourir, autant que sa mort soit utile. »

Elias tranche le cou de l'animal et le sang se répand sur le sol. Je regarde ailleurs et pense à autre chose qu'à l'homme des tribus, à son sang chaud et gluant. À son odeur – forte comme celle des forges de Serra.

« Tu peux partir. » Elias parle de sa voix de Mask. Elle est plus froide que le vent qui souffle dans notre dos.

Je m'éloigne d'un pas rapide en méditant sur ce qu'il a dit. *Ça reste quand même difficile de les regarder mourir.* Je suis à nouveau submergée par la culpabilité. Il ne parlait pas de la chèvre.

J'essaie de me changer les idées et vais retrouver Keenan qui s'est porté volontaire pour préparer le dîner.

« Ça va ? », me demande-t-il. Il jette un regard furtif en direction d'Elias.

J'acquiesce et Keenan ouvre la bouche comme s'il s'apprêtait à dire quelque chose. Sentant peut-être qu'il ne vaut mieux pas, il se ravise et me tend un bol de pâte. « Tu veux bien la malaxer, s'il te plaît ? Je n'arrive jamais à faire les galettes. »

Heureuse d'avoir une tâche à accomplir, je trouve du réconfort dans la simplicité du geste qui consiste à former des disques de pâte et à les cuire dans une poêle en fonte. Keenan fredonne en ajoutant des piments rouges et des lentilles dans une casserole. Je souris. Son chant a quelque chose d'apaisant. Au bout d'un moment, il me parle de la grande bibliothèque d'Adisa que j'ai toujours rêvé de visiter et du marché aux cerfs-volants d'Ayo qui s'étend sur des pâtés de maisons entiers. Le temps passe vite et mon cœur s'allège.

Au moment où Elias termine de découper la chèvre, je place la dernière galette dans un panier. Keenan sert des bols de ragoût de lentilles. La première bouchée me rappelle celui que Nan préparait accompagné de galettes les soirs d'automne.

« Keenan, c'est délicieux. » Izzi tend son bol pour qu'il la resserve et elle se tourne vers moi. « Cuisinière en faisait tout le temps. Je me demande… » Elle secoue la tête et demeure silencieuse. « J'aurais aimé qu'elle nous accompagne, reprend-elle ensuite. Elle me manque. Je sais que ça doit te paraître bizarre étant donné son comportement.

— Pas vraiment. Vous vous aimiez beaucoup. Tu as vécu avec elle pendant des années. Elle s'est occupée de toi.

— C'est vrai, dit doucement Izzi. Sa voix était le seul son dans le chariot fantôme qui nous emmenait d'Antium à Serra quand la Commandante nous a achetées. Cuisinière m'a donné ses rations. M'a serrée contre elle pendant les nuits froides ». Izzi soupire. « J'espère que je la reverrai. Laia, je suis partie si vite. Je ne lui ai jamais dit…

— Nous la reverrons », dis-je. C'est ce qu'Izzi a besoin d'entendre. Et qui sait, peut-être la reverrons-nous. « Et Izzi, ajouté-je en serrant sa main, Cuisinière sait ce que tu ne lui as pas dit. Au fond d'elle, elle le sait. »

Keenan nous apporte des tasses de thé. Je bois une gorgée en fermant les yeux – il est sucré et sent la cardamome. De l'autre côté du feu, Afya porte la tasse à ses lèvres et recrache le liquide aussitôt.

« Cieux sanglants et brûlants, Érudit ! As-tu gaspillé tout mon pot de miel là-dedans ? »

— Un bon thé est suffisamment sucré pour étouffer un ours, rétorque Keenan. Tout le monde sait ça. »

Je glousse et souris à Keenan. « Mon frère disait la même chose quand il m'en préparait un. » En pensant à Darin – à l'ancien Darin – mon sourire s'efface. Qui est mon frère aujourd'hui ? Quand le garçon qui me préparait un thé trop sucré est-il devenu un homme aux secrets trop lourds pour en faire part à sa petite sœur ?

Keenan s'assoit à côté de moi. Le vent du nord souffle sur les flammes de notre feu. Je me rapproche du rebelle et profite de sa chaleur.

« Tu vas bien ? » Keenan penche sa tête vers moi. Il caresse mes cheveux, remonte une mèche derrière mon oreille. Ses doigts s'attardent sur ma nuque. Je suis troublée. « Après… »

Je détourne le regard, je redeviens lucide. « Cela en valait-il la peine, Keenan ? Cieux, la mère d'Elias, son frère, des dizaines de membres de sa tribu. » Je soupire. « Et tout ça pour quoi ? Et si nous n'arrivons pas à sauver Darin ? Ou si… » *Il est mort.*

« Toute famille vaut la peine qu'on tue et qu'on meure pour elle. C'est ce qui nous pousse à nous battre quand il ne reste rien d'autre. » Il désigne mon bracelet d'un signe de tête. « Tu le touches quand tu as besoin de force. Parce que voilà ce que te donne ta famille, de la force. »

Je pose ma main sur le bracelet. « Je ne m'en rends même pas compte. C'est idiot.

— C'est ta manière de t'accrocher à eux. Il n'y a rien d'idiot à cela. » Il penche la tête en arrière et regarde la lune. « Je n'ai rien de ma famille. C'est dommage.

— Je ne me souviens plus du visage de Lis. Seulement de ses cheveux clairs, comme ceux de Mère.

— Elle avait aussi son tempérament, dit Keenan en souriant. Lis avait quatre ans de plus que moi. Cieux, comme elle était autoritaire. Elle parvenait toujours à me refiler ses corvées. »

Soudain, ces souvenirs de ma sœur depuis longtemps décédée rendent la nuit moins solitaire.

Autour du feu, Izzi et Gibran sont penchés l'un vers l'autre et mon amie rit bêtement à ce que le garçon tribal lui raconte. Riz et Vana commencent à jouer de l'oud, bientôt accompagnés par le chant de Zehr. La chanson est en sadhese, mais je crois comprendre qu'elle parle de ceux qu'on a aimés et perdus car après seulement quelques notes, un nœud se forme dans ma gorge.

Sans réfléchir, je scrute l'obscurité à la recherche d'Elias. Il est assis en retrait, sa cape serrée autour de lui. Il me fixe.

Afya s'éclaircit ostensiblement la gorge puis fait un signe de tête en direction d'Elias. *Parle-lui.*

Je tourne à nouveau la tête vers Elias et je ressens cet enivrement si habituel quand ses yeux me transpercent.

« Je reviens tout de suite », dis-je à Keenan. Je pose ma tasse et rajuste ma cape. Elias se lève dans un mouvement fluide et s'éloigne du feu. Il disparaît si vite que, dans l'obscurité, je ne vois même pas dans quelle direction il est parti. Son message est clair : *Laisse-moi tranquille.*

Je me fige, je me sens idiote. Puis Izzi apparaît.

« Parle-lui. Il en a besoin, mais il ne le sait pas. Et toi aussi tu en as besoin.

— Il est en colère », je murmure.

Mon amie me prend la main et la serre. « Il souffre. Et c'est quelque chose que tu comprends. »

Je dépasse les roulottes et je scrute le désert jusqu'à ce que je repère l'éclat de ses brassards. À présent à quelques mètres de lui, je l'entends soupirer. Il se tourne vers moi. Son visage, impassible, est illuminé par les rayons de la lune.

Allez, Laia. Vas-y.

« Je suis désolée, dis-je. Pour ce qui s'est passé. Je… J'ignore si c'est une bonne chose d'échanger la souffrance de la tribu Saif contre la vie de Darin. D'autant que ça ne garantit pas qu'il restera en vie. Je te remercie pour ce que ta famille a sacrifié. Je ne souhaite qu'une chose, que ce genre d'incident ne se reproduise pas. Mais… Mais je ne peux pas l'assurer et cette idée me rend malade parce que je sais ce que c'est que perdre sa famille. Enfin, je suis désolée… »

Cieux. Et maintenant je bafouille.

J'inspire profondément. Soudain les mots paraissent inutiles. Je m'avance pour prendre Elias par les mains en me souvenant de ce que me disait Pop : *Laia, le toucher guérit.* J'essaie de tout transmettre dans ce geste. *J'espère que ta tribu va bien. J'espère que tout le monde va survivre aux Martiaux. Je suis sincèrement désolée. Ce n'est pas assez, mais c'est tout ce que j'ai.*

Au bout d'un moment, Elias souffle et appuie son front contre le mien.

« Dis-moi ce que tu m'as dit la nuit dans ma chambre à Blackcliff, murmure-t-il. Ce que Nan te disait.

— "Tant qu'il y a de la vie, il y a de l'espoir." »

Elias lève la tête et me regarde, la froideur de son regard remplacée par un feu ardent. J'oublie de respirer.

« Ne l'oublie jamais, dit-il. Jamais. »

Je hoche la tête. Les minutes s'égrènent ainsi, chacun de nous puisant du réconfort dans la fraîcheur de la nuit et la compagnie silencieuse des étoiles.

23
ELIAS

À l'instant où je m'endors, j'entre dans le Lieu d'Attente. Mon souffle fait de la buée, je suis allongé sur un épais tapis de feuilles mortes. Je fixe des branches d'arbres entremêlées au feuillage rouge vif, visibles dans la pénombre.

« Comme le sang. » Je reconnais immédiatement la voix de Tristas. Je me lève et le trouve appuyé contre un arbre. Il me lance un regard noir. Je ne l'ai pas revu depuis mon premier passage dans le Lieu d'Attente, il y a des semaines. J'avais espéré qu'il en serait à l'étape suivante.

« Comme *mon* sang. » Il contemple la canopée, un sourire amer aux lèvres. « Tu sais. Le sang qui a coulé de moi quand Dex m'a poignardé sur ton ordre.

— Je suis désolé, Tristas. » Je me fais l'effet d'un mouton idiot bêlant des mots, mais la rage dans ses yeux est si surnaturelle que je suis prêt à dire n'importe quoi pour l'apaiser.

« Aelia va mieux, dit Tristas. Quelle traîtresse. Je pensais qu'elle me pleurerait au moins quelques mois. Tu parles ! Je lui ai rendu visite et j'ai constaté qu'elle a recommencé à manger. *À manger.* » Il fait les cent pas et son visage s'assombrit au point de devenir une version laide et violente du Tristas que j'ai connu.

Dix enfers. L'homme en face de moi n'a tellement rien à voir avec le Tristas de ma vie que j'en viens à me demander s'il est possédé. Un fantôme peut-il être possédé ? N'est-ce pas eux qui possèdent les gens ?

Tu es mort. Aelia ne l'est pas. Ma colère retombe aussitôt. Tristas ne reverra plus jamais sa fiancée. Il ne prendra jamais ses enfants dans ses bras et ne rira plus avec ses amis. Il ne lui reste que des souvenirs et une profonde peine.

« Aelia t'aime. » Quand Tristas se tourne vers moi, son visage déformé par la fureur, je lève les mains. « Et tu l'aimes. Veux-tu vraiment qu'elle meure de faim ? Voudrais-tu la voir ici en sachant que c'est à cause de ta mort ? »

La sauvagerie de son regard s'atténue. Je pense à l'ancien Tristas, à celui de la vie. Voilà le Tristas auquel je dois en appeler. Comme s'il devinait mes intentions, il tourne les talons et disparaît parmi les arbres.

« Tu parviens à apaiser les morts. » La voix de l'Attrapeuse d'Âmes provient de quelque part au-dessus de moi. Je lève la tête et la découvre assise sur un arbre, installée comme un bébé bercé dans les branches épaisses et noueuses. Des feuilles rouges entourent sa tête, formant presque une couronne, et ses yeux noirs brillent.

« Il est parti en courant, dis-je. Je n'appellerais pas ça *apaiser.*

— Il t'a parlé. » L'Attrapeuse d'Âmes saute de l'arbre, le tapis de feuilles étouffant le bruit de son atterrissage. « La plupart des esprits détestent les vivants.

— Pourquoi me faites-vous sans cesse revenir ici ? » Je la toise. « Est-ce simplement pour votre amusement personnel ? »

Elle fronce les sourcils. « Cette fois, ce n'est pas moi qui t'ai fait venir, Elias. Tu es venu de ton propre chef. Ta mort approche. Peut-être ton esprit cherche-t-il à mieux comprendre ce qui t'attend.

— J'ai encore le temps. Quatre… Peut-être six mois, si j'ai de la chance. »

L'Attrapeuse d'Âmes m'adresse un regard compatissant. « Contrairement à d'autres, je ne vois pas l'avenir. » À sa moue dédaigneuse, je comprends qu'elle parle des Augures. « Mon pouvoir n'est pas insignifiant pour autant. La première nuit où je t'ai fait venir ici, j'ai cherché ton destin dans les étoiles, Elias. Tu ne passeras pas *Rathana.* »

Rathana – La Nuit – était à l'origine une fête tribale, qui s'est peu à peu généralisée dans tout l'Empire. Pour les Martiaux, il s'agit d'un jour de festivités. Pour les tribus, c'est le jour où l'on honore ses ancêtres.

« C'est dans deux mois. » J'ai la bouche sèche et, même ici, dans le monde des esprits où tout est atténué, la terreur s'empare de moi. « Nous serons alors à peine arrivés à Kauf. Si les conditions nous sont propices. »

L'Attrapeuse d'Âmes hausse les épaules. « Je ne connais rien à votre monde humain. Si ton destin t'inquiète tant que ça, profite du temps qu'il te reste. Va. » Elle fait un geste sec du poignet que je sens dans mon nombril, comme si j'étais tiré dans un tunnel par un grand crochet.

Je me réveille à côté des braises du feu, là où je m'étais installé pour la nuit. Riz fait sa ronde autour des véhicules. Tous les autres dorment – Gibran et Keenan sont comme moi près du feu, Laia et Izzi dans la roulotte de Gibran.

Deux mois. Comment atteindre Kauf dans un si court délai ? Même en pressant Afya, nous ne gagnerions que quelques jours.

Riz est relevé par Keenan. Mes yeux s'attardent sur une glacière suspendue à l'arrière de la roulotte d'Afya dans laquelle elle m'a fait mettre la chèvre que j'ai égorgée plus tôt.

Si elle est destinée à mourir, autant que sa mort soit utile. Les paroles de Laia.

Je m'aperçois qu'elles s'appliquent aussi à moi.

Kauf se trouve à plus de quinze cents kilomètres. En roulotte, cela nous prendra deux mois. Les messagers de l'Empire, eux, font régulièrement ce trajet en deux semaines.

Je n'aurai pas comme eux à disposition des chevaux frais tous les vingt kilomètres. Je ne pourrai pas passer par les grands axes. Je devrai me cacher ou me battre à tout moment. Je devrai chasser ou voler pour me nourrir.

N'empêche... Seul, je peux rejoindre Kauf en moitié moins de temps qu'en roulotte. La perspective de laisser Laia ne m'enchante pas – sa voix et son visage me manqueront chaque jour. Je le sais déjà. Mais en atteignant la prison en un mois, je pourrai libérer Darin avant *Rathana*. L'extrait de tellis me protégera des crises jusqu'à l'arrivée des roulottes. Je *reverrai* Laia.

Je me lève, roule mon sac de couchage et me dirige vers la roulotte d'Afya. Je frappe à la porte de derrière et, malgré l'heure avancée, elle l'ouvre presque tout de suite.

Elle soulève sa lampe et hausse les sourcils en me voyant.

« Elias, habituellement je préfère connaître un peu plus mes visiteurs nocturnes avant de les inviter dans ma roulotte, dit-elle, mais pour toi, je ferai une excep...

— Je ne suis pas là pour ça, dis-je. J'ai besoin d'un cheval, d'un parchemin et de ta discrétion.

— Tu t'échappes tant que tu le peux encore ? » Elle me fait signe d'entrer. « Je suis contente que tu aies retrouvé la raison.

— Je vais libérer Darin seul. Ça ira plus vite et ce sera moins dangereux pour tout le monde.

— C'est idiot. Comment comptes-tu aller vers le nord en toute discrétion sans mes roulottes ? As-tu oublié que tu es le criminel le plus recherché de tout l'Empire ?

— Afya, je suis un Mask. Je me débrouillerai. » Je plisse les yeux. « Ta promesse t'engage toujours. Tu les emmèneras à Kauf.

— Et tu n'auras pas besoin de l'aide de la tribu Nur pour t'aider à le faire s'évader ?

— Non. Il y a une grotte dans les collines au sud de la prison, à une journée de marche de l'entrée principale. Je vais te dessiner une carte. Emmène-les là. Si tout se passe bien, Darin vous y attendra. Sinon…

— Elias, je ne les abandonnerai pas dans les montagnes, s'énerve Afya, vexée. Cieux ! Ils ont bu de l'eau et pris du sel à ma table. Pourquoi as-tu changé d'avis ?

— Je n'ai jamais envisagé d'agir seul. » Ce qui est la vérité. « J'aurais besoin que tu donnes une lettre à Laia de ma part. Si je la préviens, elle ne me laissera pas faire.

— En effet. » Afya me tend un parchemin et une plume. « Et pas seulement parce qu'elle veut libérer son frère elle-même, enfin, vous pouvez continuer à vous persuader l'un l'autre que c'est l'unique raison. »

Je choisis de ne pas relever la remarque. Quelques minutes plus tard, j'ai terminé ma lettre et dessiné une carte détaillée du chemin qui mène à la grotte où je prévois de cacher Darin.

« Es-tu sûr que ce soit une bonne idée ? » Afya croise les bras. « Elias, tu ne devrais pas partir. Tu devrais consulter Laia. Après tout, c'est son frère. » Elle fronce les sourcils. « Tu n'as pas l'intention de la laisser en plan, n'est-ce pas ?

Je ne supporterais pas que l'homme à qui j'ai donné ma promesse n'ait pas d'honneur.

— Je ne ferais jamais ça.

— Alors prends Trera, le cheval bai de Riz. Il est têtu mais aussi rapide et malin que le vent du nord. Et, Elias, tâche de ne pas échouer. Je n'ai aucune envie de pénétrer dans cette prison seule. »

Je vais silencieusement de sa roulotte à celle de Riz où je murmure des mots apaisants à Trera pour qu'il reste tranquille. Je prends une galette, des fruits, des noix et du fromage dans la carriole de Vana et j'emmène le cheval loin du campement.

« Alors comme ça, tu veux le libérer tout seul, hein ? »

Tel un fichu spectre, Keenan sort de l'obscurité et me fait sursauter. Je ne l'ai ni entendu ni senti sa présence.

« Je n'ai pas besoin de connaître tes raisons. » Je remarque qu'il garde ses distances. « Je sais ce que c'est que de faire des choses qui nous déplaisent pour le bien commun. »

En apparence, ses paroles sont presque sympathiques. Pourtant, ses yeux sont mornes et je ressens un picotement désagréable dans la nuque, comme s'il allait me poignarder à la seconde où je lui tournerai le dos.

« Bonne chance. » Il me tend la main. Je la serre avec une certaine prudence, mon autre main se dirigeant presque inconsciemment vers mes poignards.

Keenan a une moue moqueuse et disparaît à nouveau dans l'obscurité. Mon inquiétude s'efface. *Tu ne l'aimes pas, c'est tout.*

Dans le ciel, les étoiles brillent et à l'aube il faudra que je sois déjà loin. Mais Laia ? Vais-je vraiment la quitter avec un simple mot d'adieu ?

Je me faufile à pas de loup jusqu'à la roulotte de Gibran

et j'ouvre la porte arrière. Izzi ronfle sur une banquette, les mains serrées contre sa joue. Sur l'autre banquette, Laia est roulée en boule, une main sur son bracelet, profondément endormie.

Je m'agenouille près d'elle et je murmure : « Tu es mon temple. Tu es mon prêtre. Tu es ma prière. Tu es ma délivrance. » Grand-père verrait d'un mauvais œil que je pervertisse son mantra. Quant à moi, je crois que je préfère cette version.

Je rejoins Trera qui m'attend aux abords du campement. Il s'ébroue quand je monte en selle.

« Prêt à voler ? » Il bouge les oreilles, ce que je prends pour un oui.

Je pars vers le nord sans me retourner.

24
HELENE

Il s'est échappé. Il s'est échappé. Il s'est échappé.

Je fais les cent pas sur le sol de pierre de la salle principale de la garnison en essayant de faire abstraction du crissement des sabres que Faris est en train d'aiguiser, du murmure de Dex donnant des ordres à un groupe de légionnaires et du tapotement des doigts d'Harper sur son armure alors qu'il me regarde.

Il doit y avoir un moyen de retrouver la trace d'Elias. *Réfléchis.* Il est seul. J'ai toute la puissance de l'Empire. *Mobilise plus de soldats. Fais venir plus de Masks. Des membres de la Garde noire – tu es leur chef. Envoie-les à la recherche des tribus auxquelles Mamie a rendu visite.*

Ça ne suffira pas. Des milliers de carrioles et de roulottes ont quitté la ville pendant cette pseudo-émeute. Elias pourrait être dans n'importe laquelle.

Je ferme les yeux, brûlant d'envie de casser quelque chose. *Helene Aquilla, tu es vraiment idiote.* Mamie Rila m'a manipulée telle une marionnette. Elle *voulait* que je sois au théâtre. Elle *voulait* que je sache qu'Elias était là, que j'assiste à l'émeute, que j'appelle des renforts, que j'affaiblisse le cordon. J'ai été trop bête pour m'en rendre compte avant qu'il soit trop tard.

Harper, au moins, n'a pas perdu la tête. Il a donné l'ordre à deux escouades initialement dépêchées pour réprimer l'émeute d'encercler les véhicules de la tribu Saif. Les prisonniers qu'il a faits (dont Mamie Rila) sont notre seul espoir de retrouver Elias.

Je le tenais. Bon sang. Je le tenais. Et je l'ai laissé partir. Parce que je ne veux pas qu'il meure. Parce qu'il est mon ami et que je l'aime.

Parce que je suis idiote.

La nuit, quand je n'arrive pas à dormir, je me dis qu'il aurait *fallu* que je sois forte. Il aurait *fallu* que je le fasse prisonnier. Or tout s'est écroulé lorsque je l'ai revu. Lorsque j'ai entendu sa voix et senti ses mains sur ma peau.

Il avait l'air si différent, tout en muscles et en tendons, comme si l'un des sabres Teluman avait pris vie. Mais le plus grand changement était dans ses yeux – l'obscurité et la tristesse de son regard, comme s'il savait quelque chose qu'il ne pouvait pas supporter de me dire. Ce regard me ronge. Plus que ne pas l'avoir capturé et tué quand j'en avais l'occasion. Il me fait peur.

Nous savons tous les deux que mon temps dans ce bas monde est compté. Que voulait-il dire par là ? Depuis que je l'ai soigné lors de la Seconde Épreuve, j'ai un lien particulier avec lui – un instinct de protection auquel je m'efforce de ne pas penser. Je suis certaine qu'il résulte de la guérison magique. Quand Elias m'a touchée, ce lien m'a dit que mon ami n'allait pas bien.

« N'oublie pas ce que nous avons partagé », m'avait-il dit à Serra. L'espace d'un instant, j'imagine un monde différent, dans lequel Elias est un enfant des tribus et moi

la fille d'un juriste. Nous nous rencontrons au marché et notre amour n'est pas entaché par Blackcliff ou par tout ce qu'il déteste en lui. Je m'accroche à ce monde, ne serait-ce qu'une seconde.

Puis je le laisse partir. Elias et moi, c'est terminé. À présent, il n'y a que la mort.

« Harper », dis-je. Dex ordonne aux légionnaires de rompre les rangs et concentre son attention sur moi. Quant à Faris, il rengaine ses sabres. « Combien de membres de la tribu Saif avons-nous capturés ?

— Vingt-six hommes, quinze femmes et douze enfants, Pie de sang.

— Exécute-les, dit Dex. Immédiatement. Nous devons montrer ce qui arrive à ceux qui hébergent un fugitif.

— Tu ne peux pas les tuer. » Faris lance un regard noir à Dex. « Ils sont la seule famille qu'Elias ait jamais...

— Ces gens ont aidé un ennemi de l'Empire, s'énerve Dex. Nous avons ordre de...

— Il n'est pas nécessaire de les exécuter, dit Harper. Ils peuvent nous être utiles. »

Je comprends l'intention d'Harper. « Nous devrions les interroger. Nous avons Mamie Rila, n'est-ce pas ?

— Elle est inconsciente, dit Harper. L'auxiliaire qui l'a frappée n'y est pas allé de main morte. Elle devrait revenir à elle dans un jour ou deux.

— Elle saura qui a fait sortir Veturius d'ici, dis-je. Et où il va. »

Je les regarde tous les trois. Harper a pour ordre de m'accompagner où que j'aille, donc il ne peut pas rester à Nur pour interroger Mamie et son clan. Mais Dex risquerait de tuer nos prisonniers. Et l'Empire n'a pas besoin de plus de morts côté tribus alors que la révolution des Érudits fait toujours rage.

« Faris, dis-je. Tu t'occuperas des interrogatoires. Je veux savoir comment Elias est sorti et où il va.

— Et les enfants ? demande Faris. Nous pouvons les relâcher. Ils ne savent rien. »

Je sais ce que la Commandante répondrait à Faris. *La compassion est une faiblesse. En témoigner à ses ennemis, c'est comme s'empaler sur son propre sabre.*

Les enfants nous serviront à faire pression sur les adultes pour qu'ils avouent la vérité. Cependant, l'idée de les utiliser – de leur faire du mal – me met mal à l'aise. Je repense à la maison détruite que Cain m'a montrée à Serra. Les rebelles érudits qui ont réduit cette maison en cendres n'ont fait preuve d'aucune pitié pour les enfants martiaux qui y vivaient.

Ces enfants tribaux sont-ils si différents ? Au final, ce ne sont que des enfants. Ils n'ont rien demandé.

Je croise le regard de Faris. « Les hommes des tribus sont déjà énervés et nous n'avons pas assez d'hommes pour réprimer une autre émeute. Nous allons libérer les enfants.

— Es-tu devenue folle ? » Dex nous fusille du regard, Faris et moi. « Menace plutôt de les jeter dans des chariots fantômes et de les vendre comme esclaves à moins que tu n'obtiennes de foutues réponses.

— Lieutenant Atrius. » Je m'adresse à Dex d'une voix neutre. « Votre présence n'est plus nécessaire. Divisez les hommes restant en trois groupes. L'un mènera les recherches à l'est, au cas où Veturius parte dans les Terres libres. Un groupe ira au sud. Le dernier restera ici pour tenir la ville. »

Dex contracte sa mâchoire, sa colère d'être congédié se heurte à une vie entière passée à obéir aux ordres d'officiers supérieurs. Il finit par sortir en claquant la porte derrière lui.

« Les membres des tribus aiment leurs enfants plus que tout, dis-je à Faris. Sers-t'en à ton avantage. Mais ne leur fais pas de mal. Garde Mamie et Shan en vie. Si nous n'arrivions pas à dénicher Elias, nous pourrions les utiliser comme appâts. Si tu apprends *quoi que ce soit*, transmets-moi ton message par les tambours. »

Quand je sors du baraquement pour seller mon cheval, je trouve Dex appuyé contre le mur des écuries. Je fonce vers lui.

« Qu'est-ce qui t'a pris ? dis-je. L'espion de la Commandante remet déjà tous mes actes en question. N'est-ce pas assez ? Il faut que tu t'y mettes aussi ?

— Il rapporte tout ce que tu fais. Mais il ne doute pas de toi. Même quand il le devrait. Tu n'es pas concentrée. Tu aurais dû voir cette émeute arriver.

— Tu ne l'as pas vue venir non plus. » Quand je parle, j'ai l'impression d'entendre un enfant irritable. « Tu n'es pas la Pie de sang. La Pie de sang, c'est moi. »

Il prend une profonde inspiration. « Il te manque. » Sa voix est un peu étranglée. « Il me manque aussi. Ils me manquent tous. Tristas. Demetrius. Leander. Mais ils sont partis. Et Elias est en fuite. Pie, tout ce qu'il nous reste aujourd'hui, c'est l'Empire. Et nous devons à l'Empire d'attraper ce traître et de l'exécuter.

— Je le sais…

— Vraiment ? Alors pourquoi as-tu disparu pendant un quart d'heure au milieu de l'émeute ? Où étais-tu ? »

Je le fixe assez longtemps pour m'assurer que ma voix sera ferme. Assez longtemps pour qu'il comprenne qu'il est allé trop loin.

« Traque-le, dis-je calmement. Fouille chaque carriole, chaque roulotte. Si tu le trouves, arrête-le. »

Nous sommes interrompus par un bruit de pas derrière nous : Harper me tend deux rouleaux dont les sceaux ont été brisés.

« De votre père et de votre sœur. » Il ne s'excuse pas d'avoir manifestement lu les missives.

Pie de sang,

Ici à Antium, nous allons tous bien même si la fraîcheur de l'automne ne convient pas à ta mère et à tes sœurs. Je travaille à consolider les alliances de l'Empereur, mais mon entreprise est contrariée. La Gens Sisselia et la Gens Rufia ont choisi leurs propres candidats au trône. Elles essaient de rallier d'autres Gens à elles. Les luttes intestines ont déjà fait cinquante victimes dans la capitale, et ce n'est qu'un début. Les Sauvages et les Barbares ont intensifié leurs attaques à la frontière et sur le front, les généraux ont cruellement besoin de plus d'hommes.

Au moins la Commandante a éteint le feu de la révolution des Érudits. On m'a dit qu'une fois qu'elle en a eu fini, le fleuve était rouge de leur sang. Elle continue à faire le ménage dans les terres au nord de Silas. Ses victoires sont positives pour l'Empereur, mais bien plus encore pour la Gens de la Commandante.

J'espère avoir de bonnes nouvelles de ta traque du traître Veturius bientôt.

Loyal jusqu'à la mort,

Pater Aquilla

P.-S. Ta mère me demande de te rappeler de manger.

La lettre de Livvy est plus courte.

Ma chère Hel,

Sans toi, Antium me semble vide. Hannah ressent la même chose – même si elle ne l'admettra jamais. Sa Majesté lui rend visite chaque jour. Il s'inquiète également de ma santé puisque je suis toujours en isolement et fiévreuse. Une fois, il a essayé d'éviter les gardes et de venir me voir. Nous avons beaucoup de chance que ma sœur épouse un homme si dévoué à notre famille.

Père et les oncles s'efforcent de préserver les anciennes alliances. Toutefois, les Illustriens ne craignent pas Sa Majesté comme ils le devraient. J'aimerais que Père sollicite l'aide des Plébéiens. Je crois que les plus grands soutiens à Sa Majesté sont parmi eux.

Père me demande de me dépêcher, sinon je t'aurais écrit plus longuement.

Sois prudente, ma sœur.

Avec tout mon amour,

Livia Aquilla

Mes mains tremblent alors que je déroule le parchemin. Si j'avais reçu ces messages il y a quelques jours, j'aurais peut-être mesuré les conséquences d'un échec et placé Elias en détention.

Ce que Père redoutait est en train d'arriver. Les Gens se retournent les unes contre les autres. Hannah va épouser le Serpent. *Et* Marcus tente d'atteindre Livia – elle n'aurait pas mentionné le fait si elle ne pensait pas que c'était important.

Je froisse les lettres dans ma main. Le message de Père est clair. *Trouve Elias. Apporte une victoire à Marcus. Aide-nous.*

« Lieutenant Harper, dis-je. Dites aux hommes que nous partons dans cinq minutes. Dex… » À sa raideur, je sens qu'il est toujours en colère contre moi. Je le comprends. « Tu vas mener les interrogatoires, dis-je. Faris va fouiller le désert à l'est. Dis-le-lui. Dex, obtiens-moi des réponses. Garde Mamie et Shan en vie au cas où nous aurions besoin d'eux. À part ça, fais ce que tu dois faire. Même… en ce qui concerne les enfants. »

Dex acquiesce et j'etouffe la nausée que ces paroles provoquent. Je suis la Pie de sang. Il est temps que je fasse preuve de ma force.

* * *

« Rien ? » Les trois chefs d'escouade gigotent sous mon regard inquisiteur. L'un tape du pied dans le sable, aussi nerveux qu'un cheval dans son box. Derrière lui, d'autres soldats de notre campement situé à quelques kilomètres au nord de Nur osent à peine lever le nez. « Nous avons écumé ce satané désert pendant six jours et nous n'avons toujours rien ? »

Harper, le seul de nous cinq à ne pas plisser les yeux à cause du vent du désert, s'éclaircit la voix. « Pie de sang, le désert est vaste. Il nous faut plus d'hommes. »

Il a raison. Nous devons fouiller des milliers de roulottes et je ne dispose que de trois cents hommes. J'ai envoyé des messages à la brèche d'Atella ainsi qu'aux garnisons de Taib et Sadh leur demandant des renforts, or personne ne peut se permettre de se séparer de quelques hommes.

Des mèches de cheveux me fouettent le visage alors que je marche en long et en large devant les soldats. J'aimerais les envoyer inspecter toutes les carrioles et les roulottes qu'ils trouveront avant le coucher du soleil, mais ils sont fatigués.

« Il y a une garnison à une demi-journée de cheval vers le nord, dans le Gentrium, dis-je. Nous pouvons y être avant la nuit. Là-bas, nous pourrons obtenir des renforts. »

La nuit est presque tombée quand nous arrivons à la garnison située au sommet d'une colline. C'est l'un des plus grands avant-postes de la région, à cheval sur les terres boisées de l'Empire et le désert tribal.

« Pie de sang. » Avitas saisit son arc et réduit l'allure de sa monture quand nous apercevons la garnison. « Vous sentez ça ? »

Un vent d'ouest porte une odeur familière et aigre-douce. Celle de la mort. Ma main se pose sur mon sabre. Une attaque de la garnison ? Des rebelles érudits ? Ou un raid des Barbares qui profitent du chaos général ?

J'ordonne aux hommes d'avancer, une boule au ventre, le cœur tambourinant, impatient de se battre. Peut-être aurais-je dû envoyer un éclaireur, mais si la garnison a besoin de notre aide, le temps manque pour une mission de reconnaissance.

Nous grimpons la colline et je fais ralentir les hommes. La route est jonchée de morts et de mourants. Des Érudits, pas de Martiaux.

Au loin, à côté de la grande porte, je vois six Érudits agenouillés en rang. Une petite silhouette passe et repasse devant eux – je la reconnais instantanément, même de loin.

Keris Veturia.

Je donne un coup de talon dans les flancs de mon cheval. Enfers sanglants, que fait la Commandante ici ? La révolution s'est-elle propagée si loin ?

Mes hommes et moi nous frayons prudemment un chemin au milieu des monceaux de cadavres. Très peu portent les vêtements noirs des combattants de la Résistance.

Tant de morts, tout cela pour une révolution vouée à l'échec avant même qu'elle n'éclate. La vue de tous ces cadavres me met en colère. Les rebelles ne savaient-ils pas ce qu'ils déclencheraient en se révoltant ? Ne devinaient-ils pas que la mort et la terreur s'abattraient sur eux ?

À la porte de la garnison, je descends de cheval. À quelques mètres de moi, la Commandante est toujours en train de toiser les prisonniers. Keris Veturia, son armure maculée de sang, m'ignore. Ses hommes, qui flanquent les prisonniers érudits, font de même.

Alors que je m'approche pour les sermonner, Keris enfonce son sabre dans une Érudite qui s'écroule à terre sans un soupir.

Je me force à regarder.

« Pie de sang. » La Commandante se tourne et me salue. Immédiatement, ses hommes l'imitent. Sa voix est douce mais, comme toujours, elle parvient à se moquer de mon titre tout en gardant un visage neutre. « N'êtes-vous pas censée ratisser les terres au sud à la recherche de Veturius ?

— N'êtes-vous pas censée traquer les rebelles érudits le long du fleuve Rei ?

— La révolution le long du fleuve a été réprimée, répond la Commandante. Mes hommes ont purgé la campagne de toute menace érudite. »

Les prisonniers tremblent de peur. Trois d'entre eux sont deux fois plus âgés que mon père. Il y a deux enfants.

« Ces civils n'ont pas l'air de combattants rebelles.

— C'est ce genre de raisonnement, Pie, qui encourage les révoltes. Ces *civils* ont donné asile à des rebelles. Une fois amenés à la garnison pour y être interrogés, eux et les rebelles ont tenté de s'échapper, sans doute enhardis par les rumeurs de la déroute des Martiaux à Nur. »

Ses paroles acerbes me font rougir, mais je ne trouve pas de réplique appropriée. *Votre échec a affaibli l'Empire.* Voilà ce qu'elle veut dire. Et elle n'a pas tort. La Commandante fait la moue et son regard s'attarde sur mes hommes.

« Des hommes épuisés échouent toujours, Pie de sang. N'avez-vous rien appris à Blackcliff ?

— J'ai dû diviser mes forces pour couvrir plus de terrain. » Même si j'essaie de conserver un ton aussi neutre que le sien, je sais que j'ai l'air d'un Cadet défendant une mauvaise stratégie de bataille devant un centurion.

« Tant d'hommes pour traquer un traître, dit-elle. Et aucun résultat. On pourrait se demander si vous voulez vraiment retrouver Veturius.

— On aurait tort, dis-je, les dents serrées.

— On l'espère », réplique-t-elle avec une pointe de dérision qui ne fait qu'attiser ma colère. Elle se retourne vers les prisonniers. Le prochain est l'un des enfants, un garçon aux cheveux noirs avec des taches de rousseur sur le nez. Une odeur d'urine imprègne l'air ; la Commandante baisse les yeux sur le garçon et penche la tête.

« On a peur, petit ? » Sa voix est presque douce. Elle me donne envie de vomir. Le garçon tremble en fixant le sable imbibé de sang devant lui.

« Arrêtez. » *Cieux sanglants, Helene. Que fais-tu ?* La Commandante me lance un regard curieux.

« En tant que Pie de sang, je vous ordonne... »

Le premier sabre de la Commandante siffle dans l'air et tranche la tête de l'enfant. Son second sabre transperce le cœur de l'autre enfant. Des poignards apparaissent dans ses mains : elle les lance l'un après l'autre – tchac ! tchac ! tchac ! – dans les gorges des trois derniers prisonniers.

Elle les a tous exécutés.

« Oui, Pie de sang ? » Elle se tourne vers moi. En apparence, elle est patiente, attentive. Aucun signe de sa folie. J'observe ses hommes du coin de l'œil – ils sont une bonne centaine et assistent à notre altercation avec un certain détachement. Si je la défie, impossible de savoir ce qu'elle fera. Elle attaquera peut-être. Ou massacrera mes hommes. Elle ne se soumettra pas.

« Enterrez les corps. » Je réprime mes émotions et parle d'une voix monocorde. « Je ne veux pas que l'eau de la garnison soit contaminée. »

La Commandante acquiesce, le visage impassible. Un Mask accompli. « Bien sûr, Pie. »

J'ordonne à mes hommes d'entrer dans la garnison et de s'installer dans les baraques vides de la Garde noire, puis je m'écroule sur l'un des lits superposés alignés contre les murs. Après une semaine sur les routes, je suis sale. Je devrais me laver, manger et me reposer.

Au lieu de quoi, je fixe le plafond pendant deux heures. Je n'arrête pas de penser à la Commandante. Son insulte à mon égard était sans équivoque – et mon incapacité à répondre, une démonstration de ma faiblesse. Mais si je suis contrariée, je suis bien plus perturbée par ce qu'elle a fait aux prisonniers. Aux enfants.

Est-ce donc ce que l'Empire est devenu ? *Ou a-t-il toujours été ainsi ?*

« Je vous apporte de quoi manger. »

Je me redresse et me cogne la tête contre le lit du haut en jurant. Harper laisse tomber son barda par terre et désigne une assiette fumante de riz et de viande épicée posée sur une table près de la porte. Ça l'air délicieux. Pourtant je sais que ce que je mangerai aura un goût de cendres.

« La Commandante est partie il y a une heure, dit Harper. Elle se dirige vers le nord. »

Il retire son armure et la pose près de la porte avant de fouiller les placards à la recherche de vêtements propres. Il me tourne le dos pour se changer. Quand il retire sa chemise, il se cache dans l'ombre pour que je ne le voie pas. Sa pudeur me fait sourire.

« La nourriture ne va pas sauter dans votre bouche, Pie. »

Je regarde l'assiette avec suspicion. Harper soupire, va jusqu'à la table et goûte les aliments avant de me tendre l'assiette. « Mangez. Ordre de votre mère. De quoi aurait l'air l'Empire si sa Pie de sang mourait de faim en pleine bataille ? »

Je finis par prendre l'assiette et je me force à avaler quelques bouchées.

« L'ancienne Pie avait des goûteurs. » Harper s'assoit sur le lit en face du mien et fait rouler ses épaules. « Habituellement un auxiliaire issu d'une famille plébéienne sans intérêt.

— La Pie a-t-elle été victime de tentatives d'assassinat ? »

Harper me regarde comme si j'étais un Yearling exceptionnellement borné. « Bien sûr. La dernière Pie était le confident de l'Empereur et le cousin du directeur de Kauf. Il connaissait tous les secrets de l'Empire. »

Je serre les lèvres pour contrôler un tremblement. Je me souviens du directeur. J'étais alors une Cinquième année. Je me souviens de sa façon d'obtenir les secrets : par des expériences tordues et des manipulations psychologiques. Les yeux d'Harper me transpercent et étincellent comme le jade des Terres du Sud. « Puis-je vous poser une question ? »

J'avale la bouchée que j'ai à moitié mâchée. À présent, je sais ce que signifie la froideur de son ton – il s'apprête à frapper.

« Pourquoi l'avez-vous laissé partir ? »

Cieux sanglants. « Laissé partir qui ?

— Pie, je sais quand vous essayez de me berner. Cinq jours d'interrogatoire, vous vous souvenez ? » Il se penche en avant et incline la tête comme un oiseau curieux. Je ne suis pas dupe, ses yeux brillent. « À Nur, vous teniez Veturius. Vous l'avez laissé partir. Parce que vous l'aimez ? N'est-il pas un Mask comme un autre ?

— Comment osez-vous ! » Je jette l'assiette et je me lève.

Harper me prend par les bras et, malgré mes efforts, ne me lâche pas. « S'il vous plaît. Je ne vous veux aucun mal. Je le jure. Moi aussi j'ai aimé. » Une douleur ancienne passe dans ses yeux. Il ne ment pas. Il est curieux.

Je me libère de son étreinte et me rassois sans le quitter des yeux. Par la fenêtre ouverte, je regarde les collines broussailleuses. Les rayons de la lune ne pénètrent presque pas dans la pièce. L'obscurité est réconfortante.

« Oui, Veturius est un Mask comme tous les autres, dis-je. Téméraire, courageux, fort et rapide. Mais ce ne sont que des considérations secondaires. » Ma chevalière de Pie de sang me paraît lourde. Je la tourne et la retourne. Je n'ai jamais parlé d'Elias à quiconque. À qui l'aurais-je pu ? Mes camarades de Blackcliff se seraient moqués de moi. Mes sœurs n'auraient pas compris.

Je prends conscience que je *veux* parler de lui. J'en meurs d'envie.

« Elias voit les gens comme ils devraient être, dis-je. Pas comme ils sont. Il a beaucoup d'autodérision. Il se donne corps et âme dans tout ce qu'il fait. Comme pendant la Première Épreuve. » Je tremble rien que d'y repenser. « Les Augures ont manipulé nos esprits. Pourtant, Elias n'a pas flanché. Il a regardé la mort droit dans les yeux et n'a jamais envisagé de m'abandonner. Il ne m'a pas laissée tomber. Il est tout ce que je ne peux pas être. Il est bon. Il n'aurait jamais laissé la Commandante tuer ces prisonniers. Surtout pas les enfants.

— La Commandante sert l'Empire. »

Je fais non de la tête. « Ce qu'elle a fait ne sert pas l'Empire. En tout cas, pas l'Empire pour lequel je me bats. »

Harper me fixe d'un regard déstabilisant. Je me demande si j'en ai trop dit. Bah, je me fiche de ce qu'il pense. Il n'est pas mon ami et s'il rapporte mes propos à Marcus ou à la Commandante, quelle importance ?

« Pie de sang ! » Le cri nous fait sursauter, Harper et moi. La porte s'ouvre brusquement sur un messager à bout de souffle et couvert de poussière. « L'Empereur vous ordonne de vous rendre à Antium sur-le-champ. »

Cieux sanglants. Je ne capturerai jamais Elias si je fais un détour par Antium. « Je suis en plein milieu d'une mission, soldat. Je n'ai aucune intention de m'en détourner. Qu'y a-t-il de si urgent ?

— C'est la guerre, Pie de sang. Les Gens illustriennes se sont déclaré la guerre. »

Deuxième partie
NORD

25
ELIAS

Pendant deux semaines, les heures passent dans un flou de chevauchées nocturnes et de vols en tout genre. Je veille également à me faire discret – la campagne grouille de soldats martiaux lancés à mes trousses qui saccagent chaque village et chaque ferme, qui détruisent chaque pont et chaque cabane.

Je suis seul, mais je suis un Mask. Je chevauche sans relâche et Trera, un cheval né et élevé dans le désert, n'a pas peur d'avaler les kilomètres.

Au bout de quinze jours, nous atteignons le bras est du Taius. Le fleuve scintille tel un sabre d'argent sous la pleine lune. La nuit est calme et claire, sans le moindre souffle de vent. Trera et moi longeons la rive jusqu'à ce que je trouve un gué.

Le cheval ralentit le pas pour traverser les eaux peu profondes. Lorsque ses sabots touchent l'autre rive, il secoue la tête dans tous les sens, les yeux révulsés.

« Stop. Arrête-toi, mon grand. » Je saute dans l'eau et tire sa bride pour l'aider à grimper sur la rive. Il hennit et lance sa tête en arrière. « Tu t'es fait piquer ? Voyons voir. »

Je sors une couverture d'une sacoche et frotte ses jambes doucement en attendant qu'il sursaute au contact de la couverture sur sa piqûre. Il me laisse l'essuyer complètement sans broncher et se tourne vers le sud.

« Par ici. » J'essaie de le forcer à aller vers le nord, mais il ne veut pas en entendre parler. Étrange. Jusqu'à présent, lui et moi nous sommes bien entendus. Il est bien plus intelligent et plus endurant que n'importe quel cheval de Grand-père. « Ne t'en fais pas, mon grand. Tu n'as rien à craindre.

— En es-tu bien sûr, Elias Veturius ?

— Dix enfers sanglants ! » Je n'arrive pas à croire que ce soit l'Attrapeuse d'Âmes jusqu'à ce que je la voie assise sur un rocher à quelques mètres de là.

« Je ne suis pas mort », dis-je à la hâte, comme un enfant niant avoir fait une bêtise.

« À l'évidence. » L'Attrapeuse d'Âmes se lève et secoue ses cheveux sombres, ses yeux noirs fixés sur moi. Une partie de moi a envie de la pincer pour vérifier si elle est bel et bien réelle. « Mais tu es maintenant sur mon territoire. » D'un signe de tête, elle désigne l'est et une ligne épaisse à l'horizon. La forêt du Crépuscule.

« *C'est là,* le Lieu d'Attente ? » Je n'avais jamais fait le lien entre les arbres oppressants de la tanière de l'Attrapeuse d'Âmes et quoi que ce soit dans mon monde.

« Tu ne t'es jamais demandé où il se trouve ?

— J'ai surtout passé mon temps à me demander comment en sortir. » J'essaie de tirer Trera hors de l'eau. Il ne bouge pas. « Que voulez-vous ? »

Elle caresse Trera entre les oreilles et le cheval se détend. Elle me prend la bride des mains et l'emmène vers le nord aussi facilement que si *elle* avait passé les deux dernières semaines avec lui. Je fusille l'animal du regard. *Traître.*

« Qui dit que je veux quelque chose, Elias ? Je suis simplement venue t'accueillir sur mes terres.

— C'est ça. » N'importe quoi. « Vous n'avez pas à vous inquiéter. Je ne vais pas traîner. Je dois me rendre quelque part.

— Ah. Ça risque d'être problématique. Vois-tu, Elias, quand tu foules mes terres, tu déranges les esprits. Tu dois donc apporter ta contribution. »

Quel accueil, en effet. « Laquelle ?

— Je vais te montrer. Si tu achèves rapidement ta tâche, je t'aiderai à traverser ces terres plus vite qu'à cheval. »

Je monte sur Trera à contrecœur et lui tends la main, même si l'idée de son corps éthéré contre le mien me glace le sang. Elle m'ignore et je constate qu'elle court aussi vite que Trera galope. À une vitesse surnaturelle, nous parvenons devant les arbres de la forêt du Crépuscule qui se dressent devant nous en formant presque un mur.

Mes missions de Cinquième année ne m'ont jamais mené si près de la forêt. Les centurions nous avaient prévenus d'en rester à distance. Puisque toute personne n'obéissant pas à cette règle avait tendance à disparaître, aucun élève n'était suffisamment idiot pour la transgresser.

« Laisse le cheval ici, dit-elle. Quelqu'un va s'en occuper. »

À l'instant où je pose le pied dans la forêt, les murmures reprennent. Cette fois, mes sens n'étant pas amoindris par mon état d'inconscience, je distingue plus clairement les mots prononcés. Le rouge des feuilles est plus vif, le parfum sucré de la sève plus fort.

« Elias. La voix de l'Attrapeuse d'Âmes atténue les murmures des fantômes. D'un signe de tête, elle m'indique un espace entre deux arbres où un esprit marche de long en large. Tristas.

« Pourquoi est-il toujours ici ?

— Il refuse de m'écouter, dit l'Attrapeuse d'Âmes. Peut-être t'écoutera-t-il, toi.

— C'est à cause de moi qu'il est mort.

— Exactement. C'est la haine qui le rattache à cet endroit. Elias, les fantômes qui souhaitent rester ne me dérangent pas, tant qu'ils ne gênent pas les autres esprits. Il faut que tu lui parles. Que tu l'aides à avancer.

— Et si je n'y arrive pas ? »

Elle hausse les épaules. « Tu resteras ici jusqu'à ce que tu aies réussi.

— Je dois aller à Kauf. »

Elle me tourne le dos. « Alors tu ferais bien de t'y mettre. »

* * *

Tristas refuse de me parler. D'abord, il essaie de m'attaquer mais, cette fois, ses poings passent à travers mon corps. Quand il comprend qu'il ne peut pas me faire de mal, il part en courant et en jurant. Je tente de le suivre, je le cherche et l'appelle jusqu'au coucher du soleil.

Une fois la forêt plongée dans l'obscurité, l'Attrapeuse d'Âmes apparaît à mes côtés. « Viens, dit-elle laconiquement, si tu ne manges pas, tu vas t'affaiblir et tu échoueras encore. »

Nous longeons une rivière jusqu'à une maisonnette garnie de meubles en bois clair et de tapis suspendus au mur. Des lampes tribales aux multiples facettes colorées illuminent l'espace. Un bol de ragoût fume sur la table. « Cosy, dis-je. Vous vivez ici ? »

Elle s'apprête à partir, mais je m'interpose et elle me rentre dedans. Je m'attends à ressentir un froid violent, comme quand j'ai touché les spectres. À ma surprise, elle est chaude. Presque fiévreuse.

Elle s'écarte brusquement et je hausse les sourcils. « Vous êtes vivante ?

— Je ne suis pas humaine.

— Ça, j'avais compris, dis-je sèchement. Mais vous n'êtes pas non plus un spectre. Et à l'évidence, vous avez des besoins. » J'embrasse la maison du regard, le lit dans le coin, la marmite de ragoût sur le feu. « Nourriture. Abri. »

Elle me fusille du regard et me contourne à une vitesse surnaturelle. Je repense à l'éfrit dans les catacombes de Serra. « Êtes-vous un éfrit ? »

Quand elle tend la main vers la poignée de la porte, je soupire d'exaspération. « Qu'y a-t-il de mal à me parler ? Vous devez vous sentir bien seule avec des esprits pour toute compagnie. »

Je m'attends qu'elle s'en prenne à moi ou qu'elle s'en aille à toutes jambes. Mais sa main reste figée sur la poignée. Je désigne la table de l'index.

« S'il vous plaît, asseyez-vous. »

Ses yeux noirs sont inquiets. J'aperçois un éclair de curiosité au fond de son regard opaque. Je me demande à quand remonte la dernière fois qu'elle a parlé à une personne qui n'était pas déjà morte.

« Je ne suis pas un éfrit, dit-elle une fois assise en face de moi. Ce sont des créatures faibles, le produit d'éléments inférieurs. Du sable ou des ombres. De l'argile, du vent ou de l'eau.

— Alors qu'êtes-vous ? » Je contemple sa forme trompeusement humaine à l'exception de ses yeux sans âge. « Ou qu'*étiez*-vous ?

— Il fut un temps où j'étais une fille. » L'Attrapeuse d'Âmes baisse les yeux sur le motif projeté sur ses mains par l'une des lampes tribales. Elle paraît presque pensive. « Une fille idiote qui a fait quelque chose d'idiot. Ce qui a entraîné une autre chose idiote. Ce qui était idiot devint désastreux, ce qui était désastreux devint meurtrier et ce qui était meurtrier devint damné. » Elle soupire. « Et me voici, enchaînée à cet endroit, à payer pour mes crimes en escortant les fantômes d'un royaume à l'autre.

— C'est une sacrée punition.

— C'était un sacré crime. Toi-même tu en sais beaucoup sur le crime. Et le repentir. » Elle se lève, à nouveau sévère. « Dors où tu veux. Je ne te dérangerai pas. Mais n'oublie pas, si tu veux avoir l'occasion de te repentir, tu dois trouver un moyen d'aider Tristas. »

Les jours se confondent – le temps s'écoule différemment ici. Je perçois la présence de Tristas, mais je ne le vois pas. Au fil des jours, je m'enfonce plus profondément dans les bois à sa recherche. Je finis par tomber sur une partie de la forêt qui semble ne pas avoir vu la lumière du soleil depuis des années. Une rivière coule tout près et j'aperçois une lueur rouge un peu plus loin. *Un feu ?*

La lueur s'intensifie et je songe à appeler l'Attrapeuse d'Âmes. Toutefois, je ne sens pas de fumée et, en m'approchant, je constate qu'il s'agit d'un bosquet et non pas d'un feu – les arbres sont énormes, entremêlés et… quelque chose cloche. Les troncs noueux luisent comme s'ils étaient consumés de l'intérieur par les flammes de l'enfer.

« *Shaeva, aide-nous,* hurlent des voix discordantes à l'intérieur des arbres. *Ne nous abandonne pas.* »

Une silhouette s'agenouille au pied du plus grand arbre, la main contre le tronc brûlant. L'Attrapeuse d'Âmes.

Le feu pénètre dans ses mains et se propage à son corps. En une seconde, il s'embrase, des flammes rouges et noires sans fumée la consument. Je hurle en me précipitant vers elle et, aussi subitement qu'elle avait pris feu, les flammes s'éteignent et elle redevient elle-même. Les arbres luisent toujours ; le feu, quant à lui, est maîtrisé.

L'Attrapeuse d'Âmes s'effondre. Je la prends dans mes bras. Elle est aussi légère qu'une enfant.

« Tu n'aurais pas dû voir ça, chuchote-t-elle alors que je l'éloigne du bosquet. Je ne pensais pas que tu t'enfoncerais autant dans la forêt.

— Était-ce la porte des enfers ? Est-ce là que vont les esprits malins ? »

Elle fait non de la tête. « Elias, bons ou mauvais, les esprits avancent. Cependant, c'est bien une sorte d'enfer, du moins pour ceux qui sont emprisonnés à l'intérieur. »

Dans sa maisonnette, elle s'affale sur une chaise, le visage cendreux. Je pose une couverture sur ses épaules.

« Vous m'avez dit que les éfrits sont constitués d'éléments inférieurs. » Je m'assois en face d'elle. « Y a-t-il des éléments supérieurs ?

— Un seul », souffle-t-elle. Son hostilité a tellement diminé qu'elle a l'air différente. « Le feu.

— Vous êtes un djinn. » Cela me vient soudain à l'esprit. « Je pensais qu'un roi érudit avait tendu un piège aux créatures fantastiques et les avait poussées à trahir et à détruire votre espèce il y a longtemps.

— Les djinns n'ont pas été détruits. Seulement pris au

piège. Et ce ne sont pas les créatures fantastiques qui nous ont trahis. C'est un djinn, elle était jeune et fière.

— Vous ? »

Elle repousse la couverture. « J'ai eu tort de te faire venir ici. Tort de profiter de tes attaques pour te parler. Excuse-moi.

— Alors conduisez-moi à Kauf. » Je saisis l'occasion. Il faut que je sorte d'ici. « S'il vous plaît. Je devrais déjà y être. »

L'Attrapeuse d'Âmes me lance un regard froid avant de hocher brièvement la tête. « Demain matin. » Elle boite jusqu'à la porte et repousse mon aide.

« Attendez ! Attrapeuse d'Âmes. Shaeva. »

Son corps se raidit quand elle entend son nom.

« Pourquoi m'avez-vous fait venir ici ? Ne me dites pas que c'était juste pour Tristas, parce que ça n'a aucun sens. C'est votre travail de réconforter les âmes, pas le mien.

— J'avais besoin que tu secoures ton ami. » J'entends dans sa voix qu'elle me ment. « C'est tout. »

Sur quoi, elle passe la porte. Je maugrée, je ne la comprends pas plus que la première fois que je l'ai rencontrée. Mais Kauf – et Darin – attendent. Tout ce que je peux faire, c'est reprendre ma liberté et partir.

Comme promis, Shaeva m'emmène à Kauf le lendemain matin – par quel moyen, je l'ignore. Nous partons de sa maisonnette en flânant et quelques minutes plus tard, les arbres sont nus. Un quart d'heure après, nous sommes au fin fond des montagnes de Nevennes, une couche de neige fraîche sous nos pieds.

« Elias, voici mon royaume », répond Shaeva à la question que je n'ai pas posée. Elle est à présent bien moins méfiante, comme si le fait que je l'aie appelée par son nom avait libéré une politesse depuis longtemps ensevelie. « Je peux voyager où et quand je veux tant que je reste dans ses frontières. » Elle désigne une brèche entre les arbres. « Kauf se trouve par là. Elias, il faut que tu fasses vite si tu veux réussir. *Rathana* aura lieu dans à peine deux semaines. »

Nous marchons jusqu'à un pont enjambant le long ruban noir qu'est le fleuve du Crépuscule. À l'instant où je sors des arbres, je n'ai qu'une seule envie : faire demi-tour et me perdre au milieu d'eux.

Je suis d'abord frappé par l'odeur ; celle que j'imagine être l'odeur de l'enfer. Puis le désespoir porté par le vent : les cris horrifiques d'hommes et de femmes qui ne connaissent rien d'autre que les tourments et la souffrance. Les cris sont si différents des murmures paisibles des morts que je me demande comment ils peuvent coexister dans le même monde.

Je lève les yeux vers la monstruosité de fer construite dans la roche de la montagne au nord de la vallée. La prison de Kauf.

« Elias, n'y va pas, chuchote Shaeva. Si tu te retrouvais claquemuré à l'intérieur, ton destin serait en effet bien sombre.

— Mon destin est sombre, de toute façon. » Je saisis les sabres sur mon dos, leur poids me réconforte. « Au moins comme ça, il ne sera pas vain. »

26
HELENE

Pendant les trois semaines qu'il nous faut à Harper et moi pour rejoindre Antium, l'automne s'installe dans la capitale. Un tapis de feuilles rouge et or givré recouvre la ville. L'air sent la citrouille et la cannelle, et l'épaisse fumée des feux de bois monte dans le ciel.

Mais derrière le feuillage chatoyant et les lourdes portes en chêne, la rébellion illustrienne se prépare.

« Pie de sang. » Harper sort de la garnison martiale installée juste à la sortie de la ville. « L'escorte de la Garde noire arrive. Le sergent de la garnison dit que les rues sont dangereuses – en particulier pour vous.

— Raison de plus pour entrer dans la ville rapidement. » Je serre une dizaine de messages dans ma poche – tous provenant de Père, chacun plus urgent que l'autre. « Nous ne pouvons pas nous permettre d'attendre.

— Nous ne pouvons pas non plus nous permettre de perdre la puissante Pie la veille d'une guerre civile, rétorque Harper avec la franchise qui le caractérise. L'Empire d'abord !

— Vous voulez dire, la Commandante d'abord. »

Je vois la façade impassible d'Avitas se fendiller. Mais il contient l'émotion tapie en lui.

« L'*Empire* avant tout, Pie de sang. Toujours. Nous attendons. »

J'en reste là. Des semaines sur la route avec lui, à chevaucher jusqu'à Antium comme si des spectres étaient à nos trousses, m'ont permis d'apprécier ses qualités de Mask. Nous ne nous étions jamais rencontrés à Blackcliff. Il me précédait de quatre années – un Cinquième année quand j'étais un Yearling, un Cadet quand j'étais une Cinquième année, un Skull quand j'étais un Cadet. Pendant tout ce temps, il n'a pas dû se distinguer car je n'ai jamais entendu parler de lui.

À présent, je vois pourquoi la Commandante en a fait un allié. Comme elle, il contrôle ses émotions d'une main de fer.

Un grondement de sabots au-delà de la garnison me fait bondir sur ma selle en une seconde. Quelques instants plus tard, une compagnie de soldats apparaît ; la pie hurlante sur leur plastron indique qu'il s'agit de mes hommes.

En me voyant, la plupart me saluent promptement. D'autres sont plus réticents.

Je me redresse et leur lance un regard désapprobateur. Ce sont mes hommes et leur obéissance devrait être immédiate.

« Lieutenant Harper. » Un homme – un capitaine et le commandant de sa compagnie – d'un coup de talon fait avancer son cheval. « Pie de sang. »

Le fait qu'il se soit adressé à Harper avant moi est offensant. Son regard dégoûté me donne envie de lui fiche mon poing dans la figure.

« Soldat, votre nom, dis-je.

— Capitaine Gallus Sergius. »

Capitaine Gallus Sergius, chef, ai-je envie de lui rappeler.

Je le connais. Il a un fils de deux ans plus jeune que moi à Blackcliff : c'est un bon soldat, quoique grande gueule. « Capitaine, dis-je, pourquoi me regardez-vous comme si je venais de séduire votre femme ? »

Le capitaine baisse le menton et regarde par terre. « Comment osez… »

Je lui assène une gifle du revers de la main. Du sang gicle de sa bouche et ses yeux lancent des éclairs, mais il reste silencieux. Les hommes de sa compagnie se trémoussent, un murmure séditieux se propage.

« À la prochaine parole déplacée, je vous ferai fouetter. Formez les rangs ! Nous sommes en retard. »

Alors que le reste de la Garde noire se met en formation, créant un bouclier contre toute attaque, Harper approche son cheval du mien. J'examine furtivement les visages autour de moi. Ce sont des Masks, des membres de la Garde noire par-dessus le marché. La crème de la crème. Leurs traits sont inexpressifs. Mais je sens la colère couvant sous la surface. Je n'ai pas gagné leur respect.

Je conserve une main sur le sabre à ma ceinture alors que nous approchons du palais de l'Empereur, une horreur construite dans du calcaire blanc à la frontière nord de la ville, adossée aux contreforts des montagnes de Nevennes. Ses remparts crénelés sont ponctués de meurtrières et de tours de guet. Les drapeaux rouge et or de la Gens Taia ont été remplacés par la bannière de Marcus : un marteau sur un champ noir.

De nombreux Martiaux se sont arrêtés pour nous regarder passer. Ils nous observent sous leurs chapeaux de fourrure et leurs cache-nez tricotés, la peur et la curiosité se mêlant dans leurs yeux quand ils me voient, moi, la Pie de sang.

« Petite chantteuuuse… »

Mon cheval, énervé, encense. Avitas, qui chevauche à côté de moi, me lance un regard noir que j'ignore et je scrute la foule. Un éclair blanc attire mon attention. Au milieu d'un groupe de gamins et de vagabonds réunis autour d'un brasero, j'aperçois une mâchoire atrocement balafrée dissimulée derrière une mèche de cheveux blancs. Des yeux sombres croisent les miens. Puis elle disparaît dans les rues.

Cieux sanglants, que fait Cuisinière à Antium ?

Je n'ai jamais vraiment vu les Érudits comme des ennemis. Un ennemi est une personne que l'on craint. Quelqu'un susceptible de vous détruire. Or les Érudits ne détruiront jamais les Martiaux. Ils ne savent pas lire. Ne savent pas se battre. Ne savent pas fabriquer d'armes. Ils appartiennent à une classe d'esclaves – à une classe inférieure.

Cuisinière, elle, est différente.

J'oublie la vieille sorcière dès que je vois qui nous atted au portail du palais. La Commandante. Elle est arrivée avant moi. À son attitude calme et à sa mise impeccable, je dirais qu'elle m'a devancée d'une journée.

Tous les hommes de la Garde noire la saluent et lui témoignent instantanément plus de respect qu'à moi.

« Pie de sang. » Elle prononce ces mots avec une nonchalance délibérée. « La route a laissé des traces sur vous. J'aurais aimé vous proposer de vous reposer, mais l'Empereur a insisté pour vous voir immédiatement.

— Je n'ai pas besoin de repos, Keris. Je vous croyais en train de traquer les Érudits dans toute la campagne.

— L'Empereur a réclamé mon conseil. Il va sans dire que je ne pouvais pas refuser. Il m'a néanmoins assuré que je ne serai pas désœuvrée pendant mon séjour ici. Alors que nous parlons, les prisons d'Antium sont nettoyées de la peste érudite et mes hommes poursuivent la purge dans le Sud. Allons, Pie. L'Empereur attend. » Elle lance un regard à mes hommes. « Votre escorte n'est pas nécessaire. »

Son insulte est flagrante : *Pourquoi avez-vous besoin d'une escorte, Pie de sang ? Avez-vous peur ?* J'ouvre la bouche pour rétorquer, puis je me ravise. Elle veut probablement que j'engage le dialogue pour m'embarrasser encore plus.

Au lieu de m'emmener dans la salle du trône grouillante de courtisans où j'espérais voir mon père, Keris me conduit dans un long salon meublé de somptueux fauteuils et de lampes suspendues. À l'instant où j'entre, je comprends pourquoi l'Empereur a choisi cet endroit. Il n'y a pas de fenêtres.

« Ce n'est pas trop tôt. » Il a une moue de dégoût en me voyant. « Dix enfers, tu ne pouvais pas prendre une douche avant de te présenter devant moi ? »

Pas si ça te donne envie de te rapprocher de moi. « La guerre civile l'emporte sur mon hygiène, Votre Majesté impériale. En quoi puis-je vous aider ?

— Tu veux dire mis à part attraper le fugitif le plus recherché de l'Empire ? » Le sarcasme de Marcus s'accompagne d'une haine exprimée par ses yeux jaune pisse.

« J'étais sur le point de l'attraper quand vous m'avez rappelée. Je vous suggère de me dire ce dont vous avez besoin afin que je puisse reprendre ma traque. »

Même si je vois le coup arriver, j'ai le souffle coupé lorsque son poing heurte ma mâchoire. Ma bouche se remplit de sang. Je me force à l'avaler.

« Ne m'énerve pas. » Les postillons de Marcus s'écrasent sur mon visage. « Tu es *ma* Pie de sang. Le sabre qui exécute *ma* volonté. » Il flanque un parchemin sur la table à côté de nous. « Dix Gens. Toutes illustriennes. Quatre se sont alliées à la Gens Rufia. Elles proposent un candidat illustrien pour me remplacer en tant qu'Empereur. Les cinq autres proposent leurs propres paters pour le trône. Elles ont toutes envoyé des assassins contre moi. Je veux une exécution publique et leurs têtes sur des piques devant le palais demain matin. Compris ?

— Avez-vous des preuves que…

— Il n'a pas besoin de preuve. » Près de la porte, à côté d'Harper, la Commandante m'interrompt. « Ces Gens ont attaqué la demeure impériale, ainsi que la Gens Veturia. Elles appellent ouvertement à l'éviction de l'Empereur. Ce sont des traîtres. Vais-je devoir vous jeter du haut du Rocher de Cardium et vous maudire sur cinq générations, Pie ? J'ai entendu dire que le Rocher a soif du sang des traîtres. Plus il en boit, plus l'Empire devient fort. »

Le Rocher de Cardium est une falaise près du palais avec, à son pied, une fosse remplie d'os. On n'y exécute qu'un seul type de criminel : les traîtres au trône.

Je parcours la liste de noms. Certaines de ces Gens sont aussi puissantes que la Gens Aquilla. Quelques-unes le sont plus. « Votre Majesté, peut-être pouvons-nous essayer de négocier… »

Marcus se plante à quelques centimètres de moi. Et même si ma bouche saigne encore, je ne bouge pas d'un pouce. Je ne le laisserai pas m'intimider. Je m'oblige à le regarder droit dans les yeux même si ce que j'y vois me fait frémir : une folie contrôlée, une rage qui n'a besoin que d'une étincelle pour s'embraser.

« Ton père a essayé de négocier. » Marcus se rapproche jusqu'à ce que je sois dos au mur. La Commandante nous regarde. Elle s'ennuie. Harper détourne le regard. « Ses jacasseries sans fin n'ont fait que donner plus de temps aux Gens pour trouver des alliés et perpétrer plus de tentatives d'assassinat. Ne me parle pas de négociation. Je n'ai pas survécu aux horreurs de Blackcliff pour négocier. Je n'ai pas traversé ces fichues Épreuves pour négocier. Je n'ai pas tué… »

Il se tait. Une douleur puissante et inattendue s'empare de son corps, comme si une autre personne au fond de lui voulait sortir. Mon ventre se tord de peur. Marcus n'a jamais été aussi terrifiant car cette douleur le rend humain.

« Pie de sang, je resterai sur le trône, dit-il calmement. Il m'a coûté trop de sacrifices pour que je l'abandonne. Honore ta parole envers moi et je ramènerai l'ordre dans l'Empire. Trahis-moi et tu n'auras qu'à le regarder brûler. »

L'Empire passe avant tout – avant tes désirs, tes amitiés, tes besoins. Mon père était si catégorique la dernière fois que je l'ai vu. Je sais ce qu'il dirait maintenant. *Ma fille, nous sommes des Aquilla. Loyaux jusqu'à la fin.*

Je dois exécuter les ordres de Marcus. Je dois mettre un terme à la guerre civile. Sinon l'Empire s'écroulera sous le poids de la cupidité des Illustriens.

J'incline la tête. « Majesté, considérez que c'est fait. »

27
LAIA

Laia,

L'Attrapeuse d'Âmes me dit que si je poursuis la route avec la caravane d'Afya, je n'aurai pas assez de temps pour faire sortir Darin de Kauf. J'irai deux fois plus vite seul et, lorsque tu arriveras à Kauf, j'aurai trouvé un moyen de faire évader Darin. Nous (du moins, lui) t'attendrons dans la grotte dont j'ai parlé à Afya.

Si les choses ne se passent pas comme prévu, sers-toi de la carte de Kauf que j'ai dessinée et trouve un autre plan dans le temps dont tu disposes. Si j'échoue, tu dois réussir : pour ton frère et pour ton peuple.

Quoi qu'il arrive, souviens-toi de ce que tu m'as dit : « Tant qu'il y a de la vie, il y a de l'espoir. »

J'espère que nous nous reverrons.

EV

Sept phrases.

Sept fichues phrases après des semaines à voyager ensemble, à sauver la vie l'un de l'autre, à se battre et à survivre. Sept phrases et il disparaît comme la fumée dans le vent du nord.

Même maintenant, quatre semaines après son départ, ma colère est intacte et je vois toujours rouge. Elias ne m'a pas dit au revoir – il ne m'a pas donné l'occasion de m'opposer à sa décision.

Au lieu de cela, il a laissé un mot. Un mot pitoyablement court.

J'ai la mâchoire serrée et mes poings se cramponnent à un arc de toute leur force. À côté de moi, Keenan soupire, les bras croisés, appuyé contre un arbre dans la clairière dont nous avons pris possession. À présent, il me connaît. Il sait à quoi je pense et pourquoi je suis tellement en colère.

« Laia, concentre-toi. »

Je m'efforce de chasser Elias de mon esprit et de faire ce que Keenan me demande. Je vise la cible : un vieux seau pendu à une branche d'érable aux feuilles rouges. Je décoche ma flèche.

Qui rate la cible.

Au-delà de la clairière, le vent hurle autour des roulottes dont les craquements me glacent le sang. *Nous sommes déjà à la mi-automne. Bientôt l'hiver.* Qui dit hiver dit neige. Qui dit neige dit cols montagneux bloqués. Et qui dit cols bloqués dit impossibilité de rejoindre Kauf, Darin ou Elias avant le printemps.

« Cesse de t'inquiéter. » Keenan corrige la position de mon bras droit alors que je tends à nouveau la corde. La chaleur de son corps contraste avec l'air froid. Le contact de sa main sur mon bras provoque des fourmillements jusque dans mon cou – je suis certaine qu'il s'en rend compte. Il s'éclaircit la voix, sa main forte sur la mienne. « Épaules en arrière.

— Nous n'aurions pas dû nous arrêter si tôt. » Les muscles me brûlent alors que je retiens la corde, mais au moins je n'ai pas reposé l'arc au bout de dix minutes comme les premières fois. Nous sommes un peu à l'écart des roulottes et profitons des derniers rayons du soleil avant qu'il se couche à l'ouest, derrière la forêt. « Il ne fait même pas encore sombre. Nous aurions pu traverser le fleuve. » Je regarde au-delà de la forêt, vers une tour carrée – une garnison martiale. « J'aimerais mettre le fleuve entre eux et nous. » Je pose l'arc. « Je vais parler à Afya…

— Il ne vaut mieux pas. » Izzi à quelques mètres de moi tire la langue en bandant son arc. « Elle n'est pas d'humeur. » La cible d'Izzi est une vieille botte posée sur une branche. Elle utilise de vraies flèches alors que je me sers encore de bâtons taillés pour éviter de tuer quelqu'un qui passerait par là.

« Elle n'aime pas être sur le terrain de l'Empire ou à portée de vue depuis la forêt. » Gibran, qui paresse sur une souche d'arbre près d'Izzi, désigne de la tête l'horizon au nord-est où s'étirent des collines couvertes de vieux arbres. La forêt du Crépuscule est une véritable sentinelle sur la frontière occidentale de Marinn – après cinq cents ans d'expansion, même l'Empire n'a toujours pas réussi à y pénétrer.

« Tu verras, poursuit Gibran. Quand nous aurons traversé le bras est au nord d'ici, elle sera encore plus ronchon que d'habitude. Elle est très superstitieuse, ma sœur.

— As-tu peur de la forêt, Gibran ? » Izzi observe les arbres au loin avec curiosité. « T'en es-tu déjà approché ?

— Une fois, dit Gibran, dont les yeux habituellement rieurs s'assombrissent. Tout ce que je me rappelle, c'est que je voulais partir.

— Gibran ! Izzi ! » Afya les appelle de l'autre côté du campement. « Du bois pour le feu ! »

Gibran grogne et renverse sa tête en arrière. Puisque Izzi et lui sont les plus jeunes de la caravane, Afya leur assigne toujours (ainsi qu'à moi) les corvées : aller chercher du bois pour le feu, faire la vaisselle, laver les vêtements.

« C'est comme si elle nous avait passé des bracelets d'esclave », peste Gibran. Puis il a un regard espiègle. « Si tu mets dans le mille, s'écrie-t-il en adressant à Izzi un sourire radieux qui la fait rougir, je ramasserai le bois pendant une semaine. Si tu rates, ce sera à toi de le faire. »

Izzi bande l'arc, souffle et atteint facilement la botte. Gibran jure.

« Ne fais pas l'enfant, dit Izzi. Je te tiendrai compagnie pendant que tu feras tout le travail. » Izzi met son arc sur son dos et tend la main à Gibran pour l'aider à se lever. Il tient sa main un peu plus longtemps que nécessaire, ses yeux s'attardant sur elle alors qu'elle marche devant lui. Je réprime un sourire en repensant à ce qu'Izzi m'a dit il y a quelques nuits alors que nous nous endormions : *Laia, c'est agréable d'être admirée par quelqu'un de bienveillant. C'est agréable que quelqu'un me trouve belle.*

Ils passent devant Afya qui les houspille. Je serre les dents et détourne le regard de la fille des tribus, en proie à un sentiment d'impuissance. Je *veux* lui dire que nous devrions poursuivre notre route, mais je sais qu'elle ne m'écoutera pas. Je *veux* lui dire qu'elle a eu tort de laisser partir Elias – de ne même pas avoir pris la peine de me réveiller avant qu'il soit loin – mais elle s'en fichera. Et je veux me fâcher contre elle parce qu'elle a refusé que je (ou Keenan) prenne un cheval pour partir à la poursuite d'Elias, mais elle lèvera les yeux au ciel et me répétera ce qu'elle m'a dit quand j'ai appris le départ d'Elias : *Mon devoir est de t'emmener saine et sauve à Kauf. Tu me compliquerais grandement la tâche en partant à sa recherche.*

Je dois admettre qu'elle accomplit son devoir de main de maître. Ici, au cœur de l'Empire, la campagne grouille de soldats martiaux. La caravane d'Afya a été fouillée une dizaine de fois. Seul son talent de trafiquante nous a permis de rester en vie.

Je pose l'arc.

« Tu m'aides à préparer le dîner ? » Keenan m'adresse un sourire triste. Il sait parfaitement ce que signifie l'expression de mon visage. Il a patiemment subi mon énervement depuis le départ d'Elias et a compris que le seul remède était la distraction. « C'est mon tour de cuisiner. »

Je lui emboîte le pas, si préoccupée que je ne remarque Izzi qui court vers nous que quand elle nous appelle.

« Venez vite, dit-elle. Des Érudits ! Une famille qui a fui l'Empire. »

Keenan et moi la suivons jusqu'au campement où nous y trouvons Afya en train de parler en sadhese avec Riz et Vana alors qu'un petit groupe d'Érudits anxieux les observe, leurs vêtements en lambeaux, le visage sali par la poussière et les larmes. Deux femmes aux yeux sombres qui ont l'air d'être sœurs se tiennent côte à côte. L'une a la main sur l'épaule d'une petite fille d'environ 6 ans. L'homme qui les accompagne porte un petit garçon de 2 ans au plus.

Afya s'éloigne de Riz et de Vana, tous les deux ont un regard noir. Zehr, qui garde ses distances, n'a pas l'air heureux non plus.

« Nous ne pouvons pas vous aider, dit Afya aux Érudits. Je n'attirerai pas la colère des Martiaux sur ma tribu.

— Ils tuent tout le monde, dit l'une des femmes. Il

n'y a aucun survivant, mademoiselle. Ils tuent même les prisonniers érudits, ils les massacrent dans leurs cellules... »

C'est comme si le sol s'ouvrait sous mes pieds. « Quoi ? » Je pousse Keenan et Afya. « Qu'avez-vous dit au sujet des prisonniers érudits ?

— Les Martiaux les massacrent. » La femme se tourne vers moi. « Chaque prisonnier. De Serra à Silas en passant par Estium, notre ville à quatre-vingts kilomètres à l'ouest. Il paraît que ce sera ensuite au tour d'Antium et après, de Kauf. Cette femme – le Mask que tout le monde appelle la Commandante –, elle les tue tous. »

28
HELENE

« Qu'allez-vous faire au sujet du capitaine Sergius ? demande Harper alors que nous nous dirigeons vers les baraquements de la Garde noire d'Antium. Certaines Gens de la liste de Marcus sont alliées à la Gens Sergia. Il a de nombreux soutiens au sein de la Garde noire.

— Rien qui ne puisse être réglé par quelques coups de fouet.

— Vous ne pouvez pas tous les fouetter. Que ferez-vous s'ils font dissidence ?

— Harper, soit ils se plient à ma volonté, soit je les brise. Ce n'est pas compliqué.

— Ne soyez pas stupide, Pie. » La colère dans sa voix me surprend et ses yeux verts lancent des éclairs. « Il y a deux cents hommes et nous ne sommes que deux. S'ils se retournent contre nous, nous sommes morts. Pour quelle raison Marcus ne leur ordonne-t-il pas lui-même de liquider ses ennemis ? Parce qu'il sait qu'il n'est pas en mesure de contrôler la Garde noire. Il ne peut pas prendre le risque que ces hommes le défient. Mais il peut prendre le risque qu'ils vous défient. La Commandante a dû lui souffler l'idée. Si vous échouez, vous êtes morte. Ce qui est exactement ce qu'elle veut.

— Et ce que vous voulez aussi.

— Pourquoi vous dirais-je tout cela si je souhaitais votre mort ?

— Cieux sanglants, je ne sais pas, Harper. À votre avis ? Je ne vous comprends pas, de toute façon. » Énervée, je fronce les sourcils. « Je n'ai pas le temps pour ça. Je dois trouver un moyen d'approcher les paters des dix Gens les mieux protégées de l'Empire. »

Harper est sur le point de répondre, mais nous arrivons à la baraque, un grand bâtiment construit autour du terrain d'entraînement. À l'intérieur, les hommes jouent aux dés et aux cartes, des verres de bière traînent ici et là. Je serre les dents de dégoût. L'ancienne Pie de sang est partie il y a à peine quelques semaines et toute discipline est déjà oubliée.

Alors que je traverse le terrain, certains hommes me regardent curieusement. D'autres m'adressent des regards qui me donnent envie de leur arracher les yeux. La plupart ont simplement l'air fâché.

« Tuons Sergius, dis-je tout bas. Et ses alliés les plus proches.

— La force ne fonctionnera pas, murmure Harper. Il faut vous montrer plus maligne qu'eux. Vous avez besoin de secrets.

— Seuls les serpents font des affaires avec des secrets.

— Et les serpents survivent, dit Harper. L'ancienne Pie de sang marchandait les secrets – c'est pourquoi il était si précieux pour la Gens Taia.

— Je ne connais aucun secret, Harper. » Tout en disant cela, je m'aperçois que ce n'est pas vrai. Sergius, par exemple. Son fils parlait de beaucoup de choses et il n'aurait certainement pas dû. À Blackcliff, les rumeurs se répandaient rapidement. Si Sergius le jeune a dit quoi que ce soit de vrai…

« Je peux m'occuper de ses alliés, dit Harper. J'aurai toutefois besoin de l'aide des autres Plébéiens de la Garde. Nous devons agir rapidement.

— Occupez-vous-en. Je me charge de Sergius. »

Je trouve le capitaine en train de se la couler douce dans le mess avec ses copains.

« Sergius. » Je ne commente pas le fait qu'il ne se lève pas. « J'aimerais solliciter votre opinion. En privé. » Puisqu'il ne me suit pas immédiatement, je tourne les talons et me dirige vers les quartiers de la Pie de sang. « Capitaine… », dis-je quand il entre enfin dans mes quartiers. Il me coupe la parole. « Mademoiselle Aquilla. » Je manque de m'étouffer. Personne ne m'a appelée ainsi depuis mes 6 ans. « Avant que vous ne me demandiez un conseil ou une faveur, laissez-moi vous expliquer quelque chose. Vous ne contrôlerez jamais la Garde noire. Au mieux, vous serez une jolie figure de proue. Alors, quels que soient les ordres que ce chien de Plébéien qui est notre soi-disant Empereur vous a donnés…

— Comment va votre femme ? » Je n'avais pas prévu d'être aussi directe, mais s'il se comporte en chien alors je dois m'abaisser à son niveau pour le mettre en laisse.

« Ma femme connaît sa place, dit Sergius prudemment.

— Contrairement à vous qui couchez avec sa sœur. Et sa cousine. Combien de bâtards avez-vous au total ? Six ? Sept ?

— Si vous essayez de me faire chanter, réplique Sergius avec un rictus forcé, sachez que ça ne marchera pas. Ma femme est au courant pour les femmes et les bâtards. Elle sourit et accomplit son devoir. Vous devriez en faire autant : mettre une robe, vous marier dans l'intérêt de votre Gens et engendrer des héritiers. En fait, j'ai un fils… »

Oui, crétin. Je connais ton fils. Le cadet Sergius déteste son père. *J'aimerais que quelqu'un lui dise,* avait-il dit une fois au sujet de sa mère. *Elle le dirait à Grand-père. Il ficherait ma brute de père dehors dans le froid.*

« Peut-être que votre femme est au courant. » Je souris à Sergius. « Ou *peut-être* avez-vous gardé vos batifolages secrets et l'apprendre la dévasterait. Peut-être qu'elle le dirait à son père qui, fou de rage face à cette insulte, l'accueillerait et cesserait de financer votre propriété illustrienne. Vous ne pouvez pas être le pater de la Gens Sergia sans argent, n'est-ce pas lieutenant Sergius ?

— C'est *capitaine* Sergius !

— Vous venez d'être dégradé. »

Tout d'abord, le visage habituellement rougeaud de Sergius blêmit. Une fois le choc passé, sa pâleur est remplacée par une rage impuissante particulièrement satisfaisante.

Il se redresse, salue et s'adresse enfin à moi sur un ton approprié à mon rang. « Pie de sang, dit-il. En quoi puis-je vous être utile ? »

Sergius hurle mes ordres à ses lèche-bottes et, bien qu'à contrecœur, le reste de la Garde noire rentre dans le rang. Une heure plus tard, je suis dans la salle d'opérations en train de planifier l'attaque.

« Cinq équipes composées chacune de trente hommes. » Je désigne cinq Gens de la liste. « Je veux les paters, les maters et les enfants de plus de 13 ans enchaînés et amenés au Rocher de Cardium à l'aube. Les jeunes enfants doivent rester sous surveillance armée. Entrez et sortez silencieusement. Ce doit être propre.

— Et les cinq autres ? demande le lieutenant Sergius. La Gens Rufia et ses alliés ? »

Je connais pater Rufius. C'est un Illustrien typique aux préjugés caricaturaux. Il fut un temps où il était ami avec mon père. D'après les missives de Père, pater Rufius a déjà essayé d'attirer la Gens Aquilla dans sa coalition de traîtres une dizaine de fois.

« Je m'en charge. »

* * *

La robe que je porte est blanche et or, et extrêmement inconfortable – probablement parce que je n'en ai pas porté une depuis mes 4 ans à l'occasion d'un mariage auquel on m'avait forcée à assister. J'aurais dû en porter une plus tôt – l'expression d'Hannah à elle seule en vaut la peine : elle a l'air d'avoir avalé un serpent vivant.

« Tu es magnifique, chuchote Livvy alors que nous entrons l'une derrière l'autre dans la salle à manger. Ces idiots ne verront rien venir. À condition, cependant, que tu prennes sur toi. Même s'il est ignoble, pater Rufius est intelligent. Il se méfiera.

— Pince-moi si tu me vois faire quelque chose d'idiot. »

Soudain, je remarque la pièce et je reste bouche bée. Ma mère s'est surpassée : la table est magnifiquement dressée avec un service de porcelaine blanche et de beaux vases transparents remplis de roses d'hiver. Des cierges couleur crème baignent la pièce d'une lumière chaleureuse et une grive blanche chante dans une cage.

Hannah nous suit, Livvy et moi. Elle porte la même robe que moi et ses boucles blondes, relevées, sont ornées d'un petit bandeau doré – allusion peu subtile à ses noces prochaines.

« Ça ne marchera pas, dit-elle. Je ne comprends pas pourquoi ta garde et toi ne vous faufilez pas dans les maisons des traîtres pour tous les tuer. N'est-ce pas ta spécialité ?

— Je ne voulais pas tacher ma robe de sang », je réponds sèchement.

À ma grande surprise, Hannah sourit et met rapidement sa main devant son visage pour se cacher.

Mon cœur exulte et je lui souris en retour comme quand, enfants, nous faisions des blagues. Une seconde plus tard, elle me jette un regard noir. « Seuls les Cieux savent ce que tout le monde dira quand on apprendra que notre invitation était un piège. »

Elle s'éloigne et j'explose de rage. Pense-t-elle vraiment que j'ai envie de faire ça ?

« Tu ne peux pas épouser Marcus tout en espérant ne pas avoir de sang sur les mains. Tu ferais bien de t'y habituer.

— Arrêtez, toutes les deux ! » Livvy regarde vers la porte d'entrée où Père accueille nos invités. « Rappelez-vous qui est le véritable ennemi. »

Quelques secondes plus tard, Père entre avec, sur ses talons, un groupe d'Illustriens, chacun flanqué d'une dizaine de gardes du corps. Ceux-ci inspectent chaque centimètre, des fenêtres à la table jusqu'aux rideaux, avant d'autoriser leurs paters à s'avancer.

Le chef de la Gens Rufia entre le premier, sa longue robe en soie jaune et violette lui boudinant le ventre. C'est un homme corpulent dont le physique s'est détérioré après son départ de l'armée, mais toujours aussi rusé qu'une hyène.

Dès qu'il me voit, sa main se pose sur le sabre qu'il porte à la ceinture – à en juger par ses bras flasques, je doute qu'il se souvienne comment s'en servir.

« Pater Aquilla, brait-il. Que faisons-nous ici ? »

Mon père me regarde avec un étonnement si sincère que, l'espace d'une seconde, je me fais avoir.

« Voici mon aînée, dit Père. Helene Aquilla. » Il prononce mon nom à dessein. « Même si j'imagine que nous devons maintenant l'appeler Pie de sang, n'est-ce pas, chérie ? » Il me caresse la joue avec condescendance. « J'ai pensé que ce serait bien pour elle qu'elle en sache un peu plus au sujet de nos conversations.

— Elle est la Pie de sang de l'Empereur. » Pater Rufius garde la main sur son sabre. « Aquillus, est-ce une embuscade ?

— Elle est en effet la Pie de sang de l'Empereur, répond Père. Et en tant que telle, elle nous est utile. Même si elle n'a pas la moindre idée de la manière de profiter de sa position. Nous allons bien sûr le lui expliquer. Allons, Rufius, vous me connaissez depuis des années. Faites fouiller les lieux par vos hommes, si vous le souhaitez. Si vous trouvez quoi que ce soit d'alarmant, vous et les autres êtes libres de partir. »

Je souris à pater Rufius et lui parle d'une voix chaude et charmante, comme Livvy quand elle séduit quelqu'un afin d'obtenir des informations. « Restez, pater. J'aimerais faire honneur au titre que l'on vient de m'accorder et je ne pourrai le faire qu'en prenant modèle sur des hommes aussi expérimentés que vous.

— Blackcliff n'est pas un endroit pour les poules mouillées, petite. » Il ne lâche pas son sabre. « À quel jeu jouez-vous ? »

Je regarde mon Père d'un air perplexe. « Je ne joue à aucun jeu, monsieur. Je suis avant tout une fille de la Gens Aquilla. Pour ce qui est de Blackcliff, il y a… des moyens d'y survivre quand on est une femme. »

Même si je lis la surprise dans ses yeux, son visage est traversé par un mélange de dégoût et d'intérêt. Cela me donne la chair de poule, mais je prends sur moi. *Vas-y, abruti. Sous-estime-moi.*

Il grogne et s'assoit. Les quatre autres paters – ses alliés – l'imitent et Mère fait ensuite son entrée, suivie d'un goûteur et d'esclaves portant des plateaux de victuailles.

Mère me place en face de Rufius, comme je l'ai demandé. Pendant tout le repas, je ris à gorge déployée. Je tripote mes cheveux. Je feins de m'ennuyer pendant les moments décisifs de la conversation. Je glousse avec Livvy. Quand je jette un œil à Hannah, elle est en train de bavarder et de charmer un pater.

À la fin du repas, Père se lève. « Messieurs, retirons-nous dans mon bureau. Hel, ma chérie, apporte-nous du vin. »

Père n'attend pas ma réponse et entraîne les hommes et leurs gardes du corps avec lui.

« Allez dans vos chambres, je chuchote à Livvy et Hannah. Quoi que vous entendiez, restez-y jusqu'à ce que Père vienne vous chercher. »

Quelques minutes plus tard, j'approche du bureau avec un plateau de bouteilles et de verres. Les nombreux gardes du corps sont déployés devant la porte. Le bureau est trop petit pour contenir tout le monde. Je souris aux deux hommes de part et d'autre de la porte et ils me sourient en retour. *Idiots.*

J'entre. Père ferme la porte derrière moi et pose la main sur mon épaule. « Helene est une bonne fille, loyale à sa

Gens. » L'air de rien, il m'inclut dans la conversation. « Elle fera ce que nous lui demanderons – ce qui nous rapprochera de l'Empereur. »

Alors qu'ils discutent d'une alliance potentielle, je fais le tour des convives avec le plateau et, en passant devant les fenêtres, je m'arrête pendant un imperceptible instant – c'est le signal à la Garde noire qui attend sur les terres de la propriété. Doucement, je verse le vin. Mon père boit une gorgée de chaque verre avant que je les tende aux paters.

Je sers pater Rufius en dernier. Il me fixe de ses yeux de porc et son pouce caresse ma paume. Je n'ai aucun mal à masquer ma répulsion, surtout que j'entends un bruit sourd très discret à l'extérieur du bureau.

Helene, ne les tue pas, me dis-je. *Il te les faut vivants pour une éxécution publique.*

Je retire ma main en adressant un petit sourire à pater Rufius.

Puis, à travers les fentes découpées dans ma robe, je dégaine mes sabres.

* * *

À l'aube, la Garde noire a rassemblé tous les traîtres illustriens et leurs familles. Les crieurs de la ville ont annoncé les exécutions imminentes au Rocher de Cardium. Des milliers de personnes sont réunies autour de la place qui s'étend de part et d'autre de la fosse aux os, au pied du Rocher. Les Illustriens et les Mercators présents dans la foule ont reçu l'ordre d'exprimer haut et fort leur opposition aux traîtres. Ils ont tellement peur de subir le même sort qu'ils ne se font pas prier. Les Plébéiens, eux, n'ont besoin d'aucun encouragement.

Le sommet du Rocher se compose de trois terrasses. Les courtisans illustriens, dont ma famille, se tiennent sur la terrasse du bas. Les leaders des Gens moins puissantes sur celle du haut.

Près du bord de la falaise, Marcus observe la foule. Il porte sa tenue de combat, un bandeau de fer sur la tête. À côté de lui, la Commandante lui murmure quelque chose à l'oreille. Il hoche la tête et, alors que le soleil se lève, s'adresse à la foule, ses paroles relayées par des crieurs.

« Dix Gens illustriennes ont décidé de défier votre Empereur choisi par les Augures, rugit-il. Dix paters illustriens pensaient être plus avisés que les prophètes sacrés qui nous guident depuis des siècles. À travers leurs actes, ces paters font honte à leurs Gens. Ce sont des traîtres à l'Empire. Et il n'existe qu'une seule punition pour les traîtres. »

Il hoche la tête. Harper et moi levons pater Rufius qui, bâillonné, se contorsionne par terre. Sans cérémonie, Marcus saisit Rufius par ses vêtements criards et le pousse du haut de la falaise.

Le bruit de son corps heurtant le sol de la fosse se perd dans les acclamations de la foule.

Les neuf autres paters suivent rapidement. Quand ils ne sont plus qu'un tas d'os brisés et éparpillés au pied de la falaise, Marcus se tourne vers leurs héritiers qui sont à genoux, enchaînés et alignés afin que tout Antium les voie. Les drapeaux de leurs Gens flottent derrière eux.

« Vous allez prêter allégeance, dit-il, sur la vie de vos femmes, de vos fils et de vos filles. Ou je jure par les Cieux que ma Pie de sang vous éliminera un par un, illustrien ou pas. »

Ils prêtent immédiatement allégeance à Marcus. Les cris de leurs propres paters à présent morts résonnant dans leur tête, ils n'ont pas d'autre choix. La foule exulte à chaque serment.

Puis Marcus se tourne à nouveau vers la foule. « Je suis votre Empereur. » Sa voix retentit jusque de l'autre côté de la place. « Annoncé par les Augures. Je *ferai* régner l'ordre. Je *jouirai* d'une totale loyauté. Ceux qui oseront me défier le paieront de leur vie. »

La foule l'acclame à nouveau. Au milieu de la cacophonie, le nouveau pater de la Gens Rufia s'adresse à l'un des paters à côté de lui.

« Qu'en est-il d'Elias Veturius ? L'Empereur élimine certains des meilleurs hommes du pays alors que ce bâtard lui échappe. »

La foule ne l'entend pas, mais Marcus si. Le Serpent se tourne lentement vers le nouveau pater qui se ratatine, ses yeux apeurés s'aventurant sur le bord de la falaise.

« Voilà une juste remarque, pater Rufius, dit Marcus. À laquelle je réponds : Elias Veturius sera exécuté en public à *Rathana*. Les hommes de ma Pie de sang sont sur le point de l'attraper. N'est-ce pas, Pie ? »

Rathana ? Ce n'est que dans quelques semaines. « Je...

— J'espère, m'interrompt la Commandante, que vous n'allez pas ennuyer Sa Majesté avec d'autres excuses. Nous n'aimerions pas apprendre que votre loyauté est aussi suspecte que celle des traîtres que nous venons d'exécuter.

— Comment osez...

— On t'a confié une mission, dit Marcus. Tu as échoué. Le Rocher de Cardium a soif du sang des traîtres. Si nous n'étanchons pas cette soif avec le sang d'Elias Veturius, peut-être le ferons-nous avec celui de la Gens Aquilla. Après tout, un traître est un traître.

— Vous ne pouvez pas me tuer, dis-je. D'après Cain, cela vous mènerait à votre perte.

— Tu n'es pas le seul membre de la Gens Aquilla. »

Ma famille. Alors que la portée de ses paroles prend toute sa signification, les yeux de Marcus s'illuminent de l'horrible joie qu'il ne semble ressentir que quand il saisit quelqu'un à la gorge.

« Vous êtes fiancé à Hannah. » *Fais appel à sa soif de pouvoir,* me dis-je dans la hâte. *Montre-lui que cela lui portera plus préjudice qu'à toi.* « La Gens Aquilla est votre alliée.

— Il a la Gens Veturia, dit la Commandante.

— Et me viennent en tête, ajoute Marcus en jetant un regard aux nouveaux paters illustriens à quelques mètres de lui, dix autres Gens qui me soutiendront totalement. Au fait, merci pour ce cadeau. En ce qui concerne ta sœur, je peux trouver une autre pute bien née à épouser. Ce n'est pas ce qui manque.

— Votre place sur le trône n'est pas assez assurée pour… »

Sa voix devient un sifflement. « Tu as l'audace de me défier au sujet de mon trône et de mes alliés, ici, devant la cour ? Ne pense jamais me connaître mieux que moi-même, Pie de sang. Jamais. Rien ne me met plus en colère. »

Devant la fourberie que je lis dans son regard, mon corps se transforme en plomb. Il s'avance vers moi, sa méchanceté me fait l'effet d'un poison m'ôtant toute possibilité de bouger et de penser.

« Ah. » Il soulève mon menton et me dévisage. « Panique, peur, désespoir. Je te préfère comme ça, Pie de sang. » Il me mord la lèvre dans un mouvement rapide et douloureux tout en gardant les yeux ouverts. « Maintenant, Pie de sang, souffle-t-il dans ma bouche. Va chercher. »

29
LAIA

Cette femme – le Mask – celle qu'ils appellent tous la Commandante. Elle les tue tous.

Tous les Érudits. Tous les *prisonniers* érudits.

« Cieux, Keenan », dis-je. Tout comme moi, le rebelle comprend immédiatement. « Darin.

— Les Martiaux avancent vers le nord », chuchote Keenan. Les Érudits ne l'entendent pas, leur attention est fixée sur Afya qui doit décider de leur sort. « Ils n'ont probablement pas encore atteint Kauf. La Commandante est méthodique. Si elle va du sud au nord, elle ne changera pas de plan maintenant. Elle doit encore traverser Antium avant d'arriver à Kauf.

— Afya. » Zehr l'appelle de la lisière du campement, une longue-vue à la main. « Des Martiaux arrivent. Je ne sais pas combien, mais il sont proches. »

Afya jure et l'Érudit l'attrape par le bras. « Je vous en prie. Prenez au moins les enfants. » Il a la mâchoire serrée mais ses yeux se remplissent de larmes. « Ayan a 2 ans. Sena, 6. Les Martiaux ne les épargneront pas. Gardez-les en sécurité. Mes sœurs et moi, nous partirons en courant et nous entraînerons les soldats au loin.

— Afya. » Izzi s'est tournée vers la fille des tribus, horrifiée. « Tu ne peux pas leur refuser… »

L'homme me regarde. « S'il vous plaît, mademoiselle. Mon nom est Miladh. Je suis fabriquant de corde. Je ne suis rien. Je me fiche de mon sort. Mon garçon, en revanche, est intelligent, très intelligent… »

Gibran surgit derrière nous et prend Izzi par la main. « Vite. Dans la roulotte. Les Martiaux les pourchassent, mais ils tuent aussi tous les Érudits qu'ils voient. Il faut te cacher.

— Afya, je t'en prie. » Izzi fixe les enfants, tandis que Gibran la tire vers la roulotte, les yeux terrifiés.

« Laia, dit Keenan. Nous devons nous cacher…

— Tu dois les aider. » Je me tourne vers Afya. « Tous. Je me suis déjà glissée dans ton compartiment secret. Tu as de la place. » Je m'adresse à Miladh. « Les Martiaux vous ont-ils vus, vous et votre famille ? Sont-ils à vos trousses ?

— Non, dit Miladh. Nous avons fui avec une dizaine d'autres. Nous avons été séparés il y a quelques heures.

— Afya, tu dois avoir des bracelets d'esclaves quelque part. Pourquoi ne pas faire ce que nous avons fait à Nur ?

— Hors de question. » La voix d'Afya est un sifflement et ses yeux noirs des dagues. « Je mets déjà ma tribu en danger à cause de tes amis et toi. Maintenant tais-toi et va à ta place dans la roulotte.

— Laia, dit Keenan, viens…

— *Zaldara.* » La voix de Zehr est perçante. « Un groupe d'hommes. À deux minutes d'ici. Il y a un Mask avec eux.

— Cieux sanglants et brûlants. » Afya m'empoigne par le bras et me traîne vers la roulotte. « Monte… dans… cette… roulotte, gronde-t-elle. Immédiatement.

— Cache-les. » Je me précipite vers Miladh qui me met son fils dans les bras. « Ou je ne vais nulle part. Je resterai là jusqu'à ce que les Martiaux arrivent. Ils découvriront qui je suis et tu seras abattue pour avoir hébergé une fugitive.

— Tu mens, rétorque Afya. Tu ne risquerais pas la vie de ton précieux frère. »

Je m'avance, mon nez à quelques centimètres du sien. Je refuse de céder. Je pense à Mère. À Nan. À Darin. Je pense à tous les Érudits qui ont péri sous les coups des Martiaux.

« Essaie un peu, pour voir. »

Afya soutient mon regard avant de pousser quelque chose entre le cri et le grognement. « Si nous mourons, dit-elle, je te poursuivrai en enfer jusqu'à ce que tu paies. Vana, emmène les sœurs et la fille. Prends la roulotte de Riz et la carriole de tapis. » Elle se tourne vers Miladh. « Vous allez avec Laia. »

Keenan pose sa main sur mon épaule. « Tu es sûre ?

— Nous ne pouvons pas les laisser mourir. Va-t'en avant que les Martiaux arrivent. » Il court vers sa cachette dans la roulotte de Zehr et, quelques secondes plus tard, Miladh, Ayan et moi sommes dans la roulotte d'Afya. J'écarte le tapis qui cache la trappe dans le sol. Elle est blindée et aussi lourde qu'un éléphant. Miladh m'aide à la lever en grognant.

Sous la trappe se trouve un grand espace peu profond rempli de ghas et de poudre à canon. Le compartiment secret d'Afya. Ces dernières semaines, nombre de Martiaux qui ont fouillé la caravane l'ont trouvé. Contents d'avoir découvert sa réserve illégale, ils n'ont pas poussé leurs investigations plus loin.

Je tire une manette secrète et j'entends un déclic. Le

compartiment coulisse : il y a un autre espace sous le premier, juste assez grand pour trois personnes. Je m'y blottis d'un côté, Miladh de l'autre, et Ayan, les yeux écarquillés, s'installe entre nous.

Afya apparaît à la porte de la roulotte. Son visage toujours marqué par la colère, elle fait glisser le compartiment qui sert de leurre au-dessus de nous. La trappe fait un bruit sourd en claquant. Le tapis bruisse alors qu'elle le replace. Puis ses pas s'éloignent.

À travers les lattes du compartiment, j'entends des chevaux s'ébrouer et le métal tinter. Je sens une odeur de goudron. Le ton saccadé d'un Martial est clairement audible, mais je ne distingue pas ce qu'il dit. Une ombre passe sur le compartiment et je m'oblige à ne pas bouger, à ne pas faire le moindre bruit. J'ai déjà fait ça une dizaine de fois. Parfois, j'ai attendu là-dedans pendant une heure et demie, une fois pendant une demi-journée.

Du calme, Laia. À côté de moi, Ayan gigote mais reste silencieux, sentant peut-être le danger au-dehors.

« … un groupe de rebelles érudits courant dans cette direction », déclare une voix monocorde. Le Mask. « Les avez-vous vus ?

— J'ai vu un ou deux esclaves, répond Afya. Pas de rebelles.

— De toute façon, nous allons fouiller votre roulotte. Où est votre *zaldar* ?

— Je suis la *zaldara.* »

Le Mask marque une pause. « Intéressant, dit-il sur un ton qui me fait frémir. Nous pourrions peut-être en discuter plus tard.

— Peut-être. » La voix d'Afya est un véritable ronronnement, si douce que, si je n'avais pas passé les dernières semaines avec elle, je n'aurais pas perçu la fine couche de rage sous la surface.

« Commencez par la verte. » La voix du Mask s'éloigne. Je tourne la tête, ferme un œil et met l'autre contre l'espace entre les lattes. Je distingue la roulotte de Gibran couverte de miroirs et la carriole dans laquelle se cache Keenan.

Je pensais que le rebelle voudrait se cacher avec moi. Or la première fois que les Martiaux sont arrivés, il a jeté un œil au compartiment d'Afya et a fait non de la tête.

Si nous nous séparons, a-t-il dit, *même si les Martiaux découvrent l'un d'entre nous, les autres pourront rester cachés.*

Un cheval s'ébroue près de nous et un soldat met pied à terre. J'aperçois le miroitement d'un visage masqué et j'essaie de continuer à respirer. À côté de moi, Miladh a la main posée sur le torse de son fils.

Les marches de la roulotte d'Afya s'affaissent et les pas pesants d'un soldat tonnent au-dessus de nous. Puis ils s'arrêtent et j'entends qu'on déplace le tapis.

Ça ne veut rien dire. Il ne verra peut-être pas les traces dans le sol. La trappe est si ingénieusement conçue que le compartiment secret est presque impossible à voir.

Le soldat piétine. Il sort de la roulotte. Je ne réussis pas à me détendre car aussitôt il en fait le tour.

« *Zaldara,* crie-t-il. Votre roulotte est bizarrement conçue. » Il a presque l'air amusé. « À l'extérieur, le fond se trouve à trente centimètres du sol. Mais à l'intérieur, il est considérablement plus haut.

— Les membres des tribus aiment avoir des roulottes solides, mon seigneur, dit Afya. Sinon, elles se brisent en mille morceaux au premier nid-de-poule.

— Auxiliaire ! » Le Mask fait signe à un soldat. « Venez ici. Vous aussi, *zaldara.* » De lourdes bottes montent les marches de la roulotte, suivies de pas plus légers.

Respire, Laia. Respire. Tout va bien se passer. Ce n'est pas la première fois.

« Retirez le tapis, *zaldara.* »

Le tapis glisse. Une seconde plus tard, j'entends le déclic de la trappe. *Cieux, non.*

« Vous aimez les roulottes solides, hein ? raille le Mask. Apparemment, elle ne l'est pas tant que ça.

— Peut-être pouvons-nous en parler, dit calmement Afya. Je serais ravie de vous verser un petit tribut si vous ignorez…

— Je ne suis pas un péagiste de l'Empire que vous pouvez acheter avec un morceau de ghas. Cette substance est interdite et elle sera confisquée et détruite, ainsi que la poudre à canon. Soldat, saisissez la contrebande. »

C'est bien, tu l'as trouvée. Maintenant, passe ton chemin.

Le soldat prend le ghas morceau par morceau. C'est déjà arrivé, mais jusqu'à présent Afya a réussi à dissuader les Martiaux de fouiller plus avant avec un morceau de ghas. Ce Mask ne bouge pas tant que tout le contenu du compartiment n'est pas retiré.

« Bon, dit Afya quand l'auxiliaire a terminé. Content ?

— Loin de là », rétorque le Mask. L'instant d'après, Afya jure. J'entends un bruit sourd, un halètement et Afya qui étouffe un cri.

Disparais, Laia, me dis-je. *Tu es invisible. Tu as disparu. Tu es minuscule. Plus petite qu'une éraflure. Plus petite qu'un grain de pousière. Personne ne peut te voir. Personne ne sait que tu es ici.* Ça me picote dans tout le corps.

L'instant d'après, la seconde partie du compartiment coulisse. Afya, affalée contre la paroi de sa roulotte, masse son cou contusionné. Le Mask se tient à quelques centimètres de moi. Je le fixe, paralysée par la peur.

Je m'attends qu'il me reconnaisse. Mais il n'a d'yeux que pour Miladh et Ayan. Le garçon se met à hurler en voyant le monstre en face de lui. Il s'agrippe à son père qui tente en vain de le faire taire.

« Pourriture d'Érudit, crache le Mask. Même pas fichu de te cacher. Debout, sale rat ! Et fais taire ton mioche. »

Miladh se tourne vers moi et écarquille les yeux. Il regarde rapidement ailleurs et ne pipe mot. Il m'ignore. Ils m'ignorent tous. Comme si je n'étais pas là. Comme s'ils ne me voyaient pas.

Comme quand tu as pris de court la Commandante à Serra, comme quand tu t'es cachée de l'homme des tribus au Perchoir des Pillards. Comme quand Elias t'a perdue dans la foule à Nur. Quand tu souhaites disparaître, tu disparais.

Impossible. Je me dis que ce doit être un piège tordu du Mask. Pourtant, il sort de la roulotte en poussant Afya, Miladh et Ayan devant lui et je reste seule. Je baisse les yeux sur moi. Je ne peux réprimer un cri. Je vois les nervures du bois à travers mon corps. D'une main tremblante, je touche les bords du compartiment secret en m'attendant qu'elle passe à travers, comme les mains des fantômes dans les histoires. Mais mon corps est toujours aussi ferme ; il est simplement translucide à mes yeux et invisible aux yeux des autres.

Comment est-ce possible ? Comment est-ce possible ? Comment est-ce possible ? Je dois répondre à cette question – plus tard. Pour l'instant, je prends le sabre de Darin, ma dague et mon sac et je suis de près le Mask et mes compagnons. Je reste dans l'ombre même si je pourrais tout aussi bien marcher au milieu des torches puisque personne ne me voit. Zehr, Riz, Vana et Gibran sont agenouillés, les mains ligotées dans le dos.

« Fouillez les roulottes et la carriole, gronde le Mask. S'il y a deux racailles érudites ici, il peut y en avoir d'autres. »

Bientôt, l'un des soldats revient. « Il n'y a personne d'autre, chef.

— Vous avez mal regardé. » Le Mask saisit l'une des torches et met le feu à la roulotte de Gibran. *Izzi !*

« Non, hurle Gibran en essayant d'ôter ses liens. NON ! »

Izzi sort de la roulotte en chancelant et en toussant. Le Mask sourit.

« Vous voyez ? dit-il aux soldats. De vrais rats. Il suffit de les enfumer. Brûlez les roulottes. Là où ils vont, ils n'en auront pas besoin. »

Oh, Cieux. Je dois passer à l'action. Je compte les Martiaux. Il y en a une dizaine. Le Mask, six légionnaires et cinq auxiliaires. Quelques secondes après qu'ils ont incendié les roulottes, les sœurs de Miladh sortent de leur cachette, Sena dans les bras de l'une d'elles. La fillette n'arrive pas à détacher son regard terrifié du Mask.

« J'en ai déniché un autre ! », crie l'un des auxiliaires depuis l'autre côté du campement en traînant Keenan.

Le Mask toise Keenan tout en arborant un large rictus. « Regardez-moi ces cheveux ! J'ai quelques amies qui aiment les roux, petit. Dommage que mes ordres soient de tuer tous les Érudits. Je me serais fait un peu d'argent grâce à toi. »

Keenan serre les dents, il me cherche dans la clairière. Ne me voyant pas, il se détend et ne se débat pas quand les Martiaux le ligotent.

Ils ont trouvé tout le monde. Les roulottent brûlent. Dans quelques instants, ils exécuteront les Érudits et jetteront probablement Afya et sa tribu en prison.

Je n'ai aucun plan, mais je saisis le sabre de Darin. Est-il visible ? Ce n'est pas possible. Mes vêtements ne le sont pas, ni mon sac. Je me faufile jusqu'à Keenan.

« Ne bouge pas », je chuchote à son oreille. Keenan cesse de respirer pendant une seconde, cela mis à part, il reste calme. « Je vais d'abord couper les liens de tes mains, dis-je. Puis de tes pieds. Je vais te donner un sabre. »

Keenan demeure impassible. Alors que je coupe les liens de cuir à ses poignets, l'un des légionnaires s'approche du Mask.

« Les roulottes sont détruites. Nous avons six membres des tribus, cinq Érudits adultes et deux enfants.

— Parfait, répond le Mask. Eh bien, aahhh... »

Du sang gicle de son cou : Keenan vient de lui asséner un coup de sabre en travers de la gorge. Ce devrait être un coup fatal, mais après tout c'est un Mask et il recule précipitamment. Il presse la main contre la plaie, ses traits déformés par la colère.

Je cours jusqu'à Afya et tranche ses liens. Puis je m'occupe de Zehr. Le temps que je libère Riz, Vana et les Érudits, la clairière est le théâtre d'une pagaille monstre. Keenan se bat avec le Mask, Zehr évite les lames des trois légionnaires tout en décochant des flèches si vite que je ne le vois pas bander son arc. J'entends un cri et quand je me tourne, je le vois, la main plaquée sur son bras en sang pendant que son père combat deux auxiliaires avec un bâton.

« Izzi ! Recule ! » Gibran fait passer mon amie derrière lui alors qu'il brandit un sabre devant un légionnaire.

« Tuez-les ! hurle le Mask à ses hommes. Tuez-les tous ! »

Miladh confie Ayan à l'une de ses sœurs et agite devant un auxiliaire un morceau de bois enflammé tombé d'une roulotte. Derrière lui, un auxiliaire s'avance vers les Érudits, sabre à la main. Je bondis. J'enfonce mes dagues dans son dos et donne un coup sec vers le haut, comme Keenan me l'a appris. L'homme s'écroule, pris de convulsions.

L'une des sœurs de Miladh attire l'autre auxiliaire et, Miladh le frappe avec sa torche improvisée, mettant le feu à ses vêtements. Le soldat hurle et se roule par terre.

« Tu… Tu étais partie. » Miladh bégaie en me fixant. Je n'ai pas le temps de lui expliquer. Je m'agenouille et j'arrache mes dagues du corps de l'auxiliaire. J'en lance une à Miladh et une autre à sa sœur. « Cachez-vous dans les bois ! Emmenez les enfants ! »

L'une des sœurs s'en va. L'autre reste aux côtés de Miladh et tous deux attaquent un légionnaire qui leur fonce dessus.

De l'autre côté du campement, Keenan affronte toujours le Mask affaibli par sa blessure. Le court sabre d'Afya étincelle diaboliquement dans la lumière des flammes alors qu'elle tue un auxiliaire et se tourne dans la foulée pour se battre avec un légionnaire. Zehr a éliminé deux de ses assaillants et s'en prend farouchement au dernier légionnaire qui tourne autour d'Izzi et de Gibran.

Mon amie a un arc entre les mains. Elle encoche une flèche et vise le légionnaire à la gorge.

À quelques mètres d'elle, Riz et Vana sont encore aux prises avec les auxiliaires. Riz, les sourcils froncés, s'efforce de repousser l'un des soldats qui le frappe au ventre. L'homme des tribus aux cheveux gris se plie en deux et je vois avec horreur une lame sortir de son dos.

« Père ! hurle Vana. Cieux ! Père !

— Riz ? » Gibran écarte le légionnaire et titube vers son cousin.

Je crie : « Gibran ! » Le légionnaire bondit. Gibran brandit son sabre, qui vole aussitôt en éclats.

Puis un éclair d'acier – un craquement ignoble.

Gibran pâlit en voyant Izzi reculer, chancelante, un flot de sang jaillissant de sa poitrine. *Elle n'est pas morte. Elle peut survivre à ça. Elle est forte.* Je cours vers eux et je lâche un hurlement enragé quand le légionnaire qui a poignardé Izzi se jette sur Gibran.

Je ne pense qu'à une chose : s'il meurt, Izzi aura à nouveau le cœur brisé. Elle mérite mieux que ça.

« Gib ! » L'horrible cri de terreur d'Afya résonne dans mes oreilles alors que ma dague émet un fracas métallique contre le sabre du légionnaire, à quelques centimètres du cou de Gibran. À la faveur d'une subite montée d'adrénaline, je repousse le soldat. Il perd l'équilibre avant de me saisir à la gorge et de me désarmer. Je lui donne des coups de pied, tentant de le frapper à l'aine ; il me plaque au sol. Je vois des étoiles puis un éclair rouge. Soudain, un jet de sang chaud éclabousse mon visage et le légionnaire s'écroule sur moi, mort.

« Laia ! » Keenan écarte l'homme et m'aide à me relever. Derrière lui, le Mask gît par terre, mort – tout comme les autres Martiaux.

Vana pleure près du cadavre de son père, Afya à côté

d'elle. Ayan est cramponné à Miladh, alors que Sena secoue sa mère dans une tentative désespérée de la ranimer. Zehr se dirige vers les Érudits en boitant, du sang coulant d'une dizaine de blessures.

« Laia. » La voix étranglée de Keenan. Je me tourne. *Non. Non, Izzi.* J'ai envie de fermer les yeux, de fuir ce que je vois. J'avance et je m'effondre devant Izzi qui est dans les bras de Gibran.

L'œil de mon amie est ouvert et elle cherche le mien. Je m'oblige à détacher le regard de la plaie béante dans sa poitrine. *Maudit soit l'Empire. Je le réduirai en cendres. Je le détruirai.*

Je cherche mon sac à tâtons. *Elle a juste besoin de points de suture – d'un cataplasme d'hamamélis – d'un thé.* Mais alors que je passe en revue les fioles, je sais qu'il n'existe aucun extrait de quoi que ce soit assez efficace pour la sauver. Il ne lui reste plus que quelques instants à vivre.

Je prends sa main, petite et froide. J'essaie de prononcer son nom, mais je n'ai plus de voix. Gibran pleure, la supplie de ne pas le quitter.

Keenan se tient derrière moi. Je sens ses mains sur mes épaules.

« L-Laia… » Une bulle de sang se forme au coin de sa bouche et éclate.

« Iz. » Je retrouve ma voix. « Reste avec moi. Ne m'abandonne pas. Je te l'interdis. Pense à tout ce que tu dois dire à Cuisinière.

— Laia, murmure-t-elle. J'ai peur…

— Iz. » Je la berce doucement pour ne pas lui faire de mal. « Izzi ! »

Son regard marron croise le mien et, pendant une infime

seconde, je me persuade qu'elle va se rétablir. Il y a tant de vie en lui, tant d'Izzi. Le temps d'un battement de cœur, elle me regarde – elle voit en moi comme si elle voyait mon âme.

L'instant d'après, elle est partie.

30
ELIAS

Les chenils à l'extérieur de Kauf empestent les déjections et la fourrure pourrie. Même le foulard sur mon visage ne peut faire barrage à cette puanteur qui me donne envie de vomir.

Je me faufile dans la neige le long du mur sud du bâtiment. La cacophonie produite par les chiens est assourdissante. Je jette un coup d'œil dans l'entrée. Le Cinquième année de garde dort à poings fermés à côté du feu – comme les trois matins précédents.

Je pousse doucement la porte du chenil et longe les murs encore enveloppés dans la pénombre d'avant l'aube. Trois jours d'organisation – d'attente, d'observation – et voilà. Si tout se passe bien, demain à la même heure, j'aurai fait sortir Darin de Kauf.

D'abord, les chenils.

Le chef du chenil visite son domaine une fois par jour, à la deuxième cloche. Trois Cinquième année se relaient jour et nuit. Régulièrement, un auxiliaire sort de la prison pour nettoyer les cages, nourrir et faire faire de l'exercice aux chiens, et aussi réparer les traîneaux et les rênes.

Au bout du bâtiment plongé dans la pénombre, je m'arrête à côté d'un enclos où trois chiens aboient après moi comme si j'étais le Semeur de Nuit. Les jambes de mon treillis et ma cape se déchirent facilement – elles sont déjà en lambeaux. Je retiens mon souffle et utilise un bâton pour salir mon autre jambe de pantalon avec de la crotte.

Je repousse ma capuche. « Hé ! », je crie en espérant que l'ombre est assez profonde pour cacher mes vêtements qui ne sont clairement pas un uniforme de Kauf. Le Cinquième année se réveille en sursaut, les yeux écarquillés. Il me voit et bredouille une excuse en baissant les yeux par respect et par peur. Je lui coupe la parole.

« Tu dors pendant ton tour de garde », je gronde. À Kauf, les Plébéiens se font cracher dessus par tout le monde, en particulier par les auxiliaires. La plupart ont tendance à s'en prendre aux Cinquième année et aux prisonniers – les seules personnes qu'ils peuvent mener à la baguette. « Je devrais te dénoncer au chef du chenil.

— Chef, s'il vous plaît !

— Arrête de japper. Les chiens me tapent déjà sur les nerfs. L'une de ces saloperies m'a attaqué quand j'ai essayé de la faire sortir et m'a déchiré mes vêtements. Apporte-moi un nouvel uniforme. Et aussi une cape et des bottes, les miennes sont couvertes de merde. Je suis deux fois plus grand que toi, alors assure-toi de prendre la bonne taille. Et ne dis rien au chef du chenil ! Il ne manquerait plus qu'il me coupe mes rations.

— Oui, chef ! Tout de suite, chef ! »

Il sort du chenil en courant, effrayé à l'idée que je le dénonce pour avoir dormi pendant sa garde. Pendant son absence, je nourris les chiens et ouvre les cages. Qu'un auxiliaire arrive plus tôt que d'habitude peut paraître étrange, sans plus, compte tenu du manque d'organisation du chef du chenil. En revanche, un auxiliaire se présentant sans accomplir les tâches qui lui sont assignées déclencherait l'alarme.

Lorsque le Cinquième année revient, je suis en culotte et je lui ordonne de laisser l'uniforme et d'attendre dehors. Je jette mes vieux vêtements et mes bottes au feu, je crie contre le pauvre garçon pour faire bonne mesure, puis je pars vers le nord, vers Kauf.

La moitié de la prison est plongée dans l'ombre de la montagne. L'autre moitié sort de la roche telle une excroissance malade. Une large route serpente de l'énorme porte principale, tel un petit ruisseau de sang noir le long du fleuve du Crépuscule.

Les murs de la prison, deux fois plus hauts que ceux de Blackcliff, sont ornés de frises, de colonnes et de gargouilles sculptées dans la roche grise. Des archers patrouillent sur les remparts crénelés et des légionnaires assurent la surveillance depuis quatre tours de guet, rendant difficile toute intrusion dans la prison et toute évasion impossible.

À moins d'être un Mask qui a passé des semaines à tout planifier.

Le ciel froid est illuminé par des rubans de lumière verts et rouges. On les appelle les danseurs du Nord – les esprits des morts se battant dans les Cieux pour l'éternité – du moins selon les traditions martiales.

Je me demande ce que Shaeva dirait de ça. *Tu pourras lui demander dans quinze jours, quand tu seras mort.* Je plonge ma main dans la poche où j'ai l'équivalent de quinze jours de tellis. Juste assez pour tenir jusqu'à *Rathana*.

Outre le tellis, un crochet de serrurier et les couteaux attachés en travers de mon torse, mes affaires, dont mes sabres Teluman, sont cachées dans la grotte où je compte installer Darin. Elle est plus petite que dans mes souvenirs, à moitié effondrée et pleine de débris abandonnés par des coulées de boue. Mais aucun prédateur ne s'y est installé et elle est assez grande pour y camper. Darin et moi devrions pouvoir y faire profil bas en attendant Laia.

Je me concentre sur les herses béantes de Kauf. Des carrioles d'approvisionnement remontent la route sinueuse vers la prison. Elles apportent de la nourriture avant que les cols soient rendus impraticables par la neige. Mais entre le soleil toujours couché et la relève de la garde imminente, les livraisons sont chaotiques et le sergent de faction ne fait pas attention aux allées et venues autour des chenils.

J'approche la caravane depuis la route principale et je me mêle aux gardes en train de fouiller les carrioles à la recherche de produits de contrebande.

Alors que je jette un œil dans une caisse de gourdes, une matraque me frappe le bras. « J'ai déjà vérifié celle-ci, espèce d'abruti », me dit une voix derrière moi. Je me retourne et me retrouve face à un légionnaire barbu.

« Au temps pour moi, chef », je réponds, et je passe rapidement à la carriole suivante. *Ne me suis pas. Ne me demande pas mon nom. Ne me demande pas mon numéro d'escouade.*

« Quel est ton nom, soldat ? Je ne t'ai jamais vu… »

BOUM-boum-BOUM-BOUM-boum.

Pour une fois, je suis ravi d'entendre les tambours qui indiquent la relève de la garde. Le légionnaire s'écarte, distrait pendant une seconde, et je me précipite au milieu de la foule d'auxiliaires qui entrent dans la prison. Quand je regarde derrière moi, le légionnaire s'occupe de la carriole suivante.

Ce n'est pas passé loin, Elias.

Je reste légèrement en retrait de l'escouade d'auxiliaires, ma capuche sur la tête et le foulard serré sur le nez. Si les hommes me remarquent, je suis mort.

J'essaie de me détendre, d'adopter une démarche régulière et épuisée. *Tu es l'un d'entre eux, Elias. Rompu de fatigue après ta garde de nuit, prêt à boire un grog et à te mettre au lit.* Je traverse la cour de la prison enneigée : elle est deux fois plus grande que le terrain d'entraînement de Blackcliff. Des torches aux flammes bleues en éclairent chaque centimètre. Je sais que l'intérieur de la prison a autant de lumière ; le directeur emploie deux dizaines d'auxiliaires chargés de s'assurer que les torches ne s'éteignent jamais. Aucun prisonnier de Kauf ne peut tabler sur l'obscurité.

Même si je risque de me faire rappeler à l'ordre par l'un des hommes qui m'entourent, je me faufile au milieu du groupe alors que nous approchons de l'entrée principale de la prison flanquée de Masks.

Les Masks lorgnent les hommes qui entrent du coin de l'œil. Mes doigts se crispent sur mes armes. J'écoute les auxiliaires qui parlent à voix basse.

« ... ont doublé les gardes parce que la moitié de la section de la fosse a une intoxication alimentaire... »

« .... Cinq prisonniers sont arrivés hier... »

« Je me demande pourquoi on s'est donné la peine d'instruire leurs dossiers. Le capitaine dit que la Commandante est en route. Le nouvel Empereur a ordonné de tuer tous les Érudits... »

En entendant cela, je me raidis et j'essaie de maîtriser la colère qui grandit en moi. Je savais que la Commandante écumait la campagne à la recherche d'Érudits. Je n'avais pas compris qu'elle cherchait purement et simplement à les exterminer.

Cette prison compte plus d'un millier d'Érudits et ils vont tous mourir sous son commandement. *Dix enfers.* J'aimerais pouvoir les libérer. Prendre la fosse d'assaut, tuer les gardes, déclencher une révolte.

Tu prends tes désirs pour la réalité. Dans l'immédiat, le meilleur service que je puisse rendre aux Érudits, c'est faire sortir Darin d'ici. Ses connaissances leur donneront au moins une chance de se défendre.

À condition toutefois que le directeur ne lui ait pas détruit le corps et l'esprit. Darin est jeune, fort, intelligent : exactement le type de prisonnier sur lequel le directeur adore mener des expériences.

Je m'introduis dans la prison à l'insu des Masks et je parcours le couloir principal avec les autres gardes. La prison est construite comme une version géante d'un moulin à vent, sauf qu'ici six longs couloirs remplacent les pales. Des Martiaux, des hommes des tribus, des Mariners et tous ceux qui sont originaires des régions situées au-delà des frontières de l'Empire occupent deux blocs dans la partie est de la prison ; les Érudits, deux blocs à l'ouest. Les deux derniers blocs abritent les quartiers des soldats, le mess, les cuisines et les stocks.

Au centre du moulin à vent se trouvent deux escaliers. L'un monte vers le bureau du directeur et les quartiers des Masks. L'autre descend très très très profond, jusqu'aux cellules d'interrogatoire. Je frémis en chassant cet enfer nauséabond de mon esprit.

Les auxiliaires autour de moi enlèvent leur capuche et retirent leur foulard. Je m'éloigne. Ma barbe de plusieurs semaines est un bon déguisement tant qu'on ne la regarde pas de trop près. Mais ces hommes sauront que je n'étais pas de garde avec eux.

Bouge, Elias. Trouve Darin.

Le frère de Laia est un prisonnier de grande valeur. Le directeur a dû entendre les rumeurs que Spiro Teluman a lancées au sujet de ses prouesses de forgeron. Il a dû vouloir l'isoler du reste de la population de Kauf. Darin n'a donc sans doute pas été incarcéré dans la partie réservée aux Érudits ni dans l'un des vastes blocs de la prison. Les prisonniers ne passent pas plus d'une journée dans les cellules d'interrogatoire, sous peine d'en sortir les pieds devant. Il ne reste que l'isolement.

Je me hâte de m'éloigner des gardes qui vont occuper leur poste. La chaleur mêlée à une odeur putride me prend à la gorge dès que je franchis l'entrée de la fosse des Érudits. La plus grande partie de Kauf est si froide que de la buée sort de la bouche. Mais le directeur utilise d'énormes fourneaux afin de conserver les fosses insupportablement chaudes. Les vêtements s'y désintègrent en quelques semaines, les plaies suppurent, les blessures s'enveniment. Les prisonniers les plus faibles meurent quelques jours après leur arrivée.

Une fois, j'ai demandé à un Mask pourquoi le directeur ne laissait pas le froid tuer les prisonniers. *Parce que la chaleur fait souffrir davantage*, m'avait-il dit.

Les gémissements qui résonnent dans toute la prison en sont la preuve. Bien que je m'évertue à ne pas les entendre, ils pénètrent dans mon esprit.

Allez, avance.

Alors que j'approche de la rotonde centrale de Kauf, une légère agitation suscite mon attention : des soldats s'écartent rapidement de l'escalier central que descend un homme mince vêtu de noir, son visage masqué étincelant.

Bon sang. Le directeur. Le seul homme de toute cette prison qui me reconnaîtra immédiatement. Il se targue de se rappeler tout et tout le monde dans les moindres détails. Je jure intérieurement. La sixième cloche a sonné il y a un quart d'heure. C'est l'heure à laquelle il se rend dans les cellules d'interrogatoire. J'aurais dû m'en souvenir.

Le vieil homme, à quelques pas de moi, discute avec le Mask à ses côtés. Une mallette pend à ses longs doigts. Les outils pour ses expériences. Je ravale la bile qui me monte à la gorge et je continue à avancer.

Derrière moi, un cri déchire l'air. Deux légionnaires me dépassent, escortant un prisonnier hors de la fosse.

L'Érudit porte un pagne sale et son corps maigre est couvert de plaies. Lorsqu'il aperçoit la porte en fer du bloc des cellules d'interrogratoire, ses hurlements deviennent plus forts et je me dis qu'il va se casser un bras en essayant de s'échapper. J'ai l'impression d'être à nouveau un Cinquième année – d'entendre la souffrance des prisonniers tout en étant incapable de faire quoi que ce soit sinon bouillir de rage.

L'un des légionnaires, ne supportant plus les cris de l'homme, l'assomme d'un coup de poing.

« Non, s'exclame le directeur depuis l'escalier de son étrange voix fluette. "Le cri est le plus pur chant de l'âme, cite-t-il. Le hurlement sauvage nous relie aux bêtes, à l'indicible violence de la terre." Le directeur marque une pause. « Tiberius Antonius, philosophe de Taius le Dixième. Laissez le prisonnier chanter afin que ses frères l'entendent. »

Les légionnaires traînent l'homme à travers la porte. Le

directeur les suit, puis ralentit. J'ai à présent presque traversé la rotonde. Je suis près du couloir qui mène à l'isolement. Le directeur se tourne, scrute les couloirs des cinq côtés avant que ses yeux se posent sur celui dans lequel je m'apprête à entrer. Mon cœur bat si fort que j'ai l'impression qu'il va sortir de ma poitrine.

Poursuis ton chemin. Essaie d'avoir l'air grincheux. Il ne t'a pas vu depuis six ans. Tu portes une barbe. Il ne te reconnaîtra pas.

Attendre que le regard du vieil homme passe est comme attendre que la hache du bourreau s'abatte. Après de longues secondes, il s'en va enfin. La porte des cellules d'interrogatoire claque derrière lui et je peux à nouveau respirer.

Le couloir dans lequel j'entre est plus vide que la rotonde, et l'escalier de pierre conduisant à l'isolement l'est encore plus. Un seul légionnaire garde la porte d'entrée du bloc, la première des trois menant aux cellules.

Je salue et l'homme grogne une réponse sans prendre la peine de lever les yeux du couteau qu'il aiguise. « Chef, dis-je. Je viens pour un transfert de prisonnier… »

Il lève la tête juste à temps pour que ses yeux s'écarquillent devant le poing qui le frappe à la tempe. Je retiens sa chute, lui prend ses clés et sa veste d'uniforme et l'allonge par terre. Quelques minutes plus tard, il est bâillonné, ligoté et fourré dans un placard à balais.

Avec un peu de chance, personne ne l'ouvre jamais.

La feuille des transferts de la journée est punaisée au mur, à côté de la porte. Je la parcours rapidement. Puis je déverrouille la première porte, la seconde et la dernière et je me retrouve dans un long couloir froid et humide éclairé par une unique torche de feu bleu.

Le légionnaire chargé du poste d'entrée lève le nez, surpris. « Où est le caporal Libran ? demande-t-il.

— Il a mangé quelque chose qu'il n'a pas digéré, dis-je. Je suis nouveau. Je suis arrivé hier avec une frégate. » Je baisse furtivement les yeux sur son badge. *Caporal Cultar.* Un Plébéien. Je lui tends la main. « Caporal Scribor », dis-je.

En entendant un nom plébéien, Cultar se détend. « Tu devrais retourner à ton poste », dit-il. Devant mon hésitation, il sourit d'un air entendu. « Je ne sais pas comment ça se passait dans ton affectation précédente, mais ici le directeur interdit aux hommes de toucher les prisonniers placés à l'isolement. Si tu veux t'amuser, il va falloir attendre d'être assigné aux fosses. »

Je ravale mon sentiment d'horreur. « Le directeur m'a dit de lui amener un prisonnier à la septième cloche. Or il n'apparaît pas sur la liste des transferts. Tu sais quelque chose à ce propos ? Un Érudit. Jeune. Cheveux blonds, yeux bleus. » Je me force à ne pas en dire plus. *Chaque chose en son temps, Elias.*

Cultar prend sa propre feuille. « Il n'y a rien ici. »

Je laisse une pointe d'agacement transparaître dans ma voix. « Tu es sûr ? Le directeur a insisté. Le mec a une grande valeur. Dehors, tout le monde ne parle que de lui. Il paraît qu'il sait fabriquer de l'acier sérique.

— Ah, lui. »

Je feins l'ennui. *Enfers sanglants.* Cultar sait qui est Darin. Ce qui signifie qu'il est bien à l'isolement.

« Enfers sanglants, pourquoi le directeur voudrait-il le voir ? » Cultar se gratte la tête. « Ce mec est mort. Il y a des semaines. »

C'est la douche froide. « *Mort ?* » Cultar me dévisage d'un air soupçonneux. Je baisse d'un ton. « Comment est-il mort ?

— Il a été emmené dans les cellules d'interrogatoire et n'en est jamais ressorti. Bien fait pour lui. Espèce de petit rat prétentieux. Il a refusé de donner son numéro pendant l'appel. Il se déclarait toujours par sa saleté de nom d'Érudit. *Darin.* Comme s'il en était fier. »

Je m'appuie contre le bureau de Cultar. Je prends lentement la mesure de ses paroles. Darin ne peut pas être mort. C'est impossible. Que vais-je dire à Laia ?

Tu aurais dû arriver plus tôt, Elias. Tu aurais dû trouver un moyen. Mon échec est cuisant et même si j'ai appris à Blackcliff à ne pas montrer la moindre émotion, je n'arrive pas à me maîtriser.

« Quand ils l'ont appris, ces fichus Érudits ont geint pendant des semaines. » Cultar, ne se rendant compte de rien, glousse. « Leur grand sauveur, disparu…

— Tu l'as qualifié de *prétentieux.* » Je le prends par le col. « Tu peux parler, assis ici à faire un boulot digne d'un Cinquième année, à baver sur des sujets que tu ne comprends pas. » Je lui donne un violent uppercut, ma colère et mon énervement explosent en moi et me font perdre tout bon sens. Il est projeté en arrière et heurte le mur, les yeux révulsés. Il glisse par terre et je lui flanque un dernier coup de pied. Il ne se réveillera pas de si tôt. Peut-être jamais.

Sors d'ici, Elias. Va rejoindre Laia. Dis-lui ce qui s'est passé. Toujours sous l'empire de la colère, je traîne Cultar dans une cellule vide et je tourne le verrou.

Lorsque je me dirige vers la sortie du bloc, le loquet s'enclenche. *Poignée. Clé dans la serrure. Verrou qui tourne. Se cacher.* Mais il n'y a nulle part où se cacher, sauf derrière le bureau de Cultar. Je me baisse et me roule en boule, le cœur battant à tout rompre, poignards en main.

J'espère que c'est un esclave érudit qui apporte les repas. Ou un Cinquième année qui vient transmettre un ordre. Quelqu'un que je peux réduire au silence. Je transpire en entendant la porte s'ouvrir et des pas sur le sol.

« Elias. » Je me fige en entendant la frêle voix du directeur. *Non, bon sang. Non.* « Sors de là. Je t'attendais. »

31
HELENE

Ma famille ou Elias.

Ma famille. Ou Elias.

Avitas me suit alors que je quitte le Rocher de Cardium. Je suis tellement sous le choc que mon corps est complètement anesthésié. Je remarque qu'il me suit à la trace lorsque je suis à mi-chemin de la porte nord d'Antium.

« Laissez-moi, dis-je en agitant la main. Je n'ai pas besoin de vous.

— Je suis chargé de… »

Je me retourne et lui mets un couteau sous la gorge. Il lève les mains avec lenteur, mais sans la prudence dont il ferait montre s'il pensait vraiment que j'allais le tuer. Ce qui décuple ma rage.

« Je m'en fiche. J'ai besoin d'être seule. Alors ne m'approchez pas sinon votre corps aura bientôt besoin d'une nouvelle tête.

— Pie de sang, avec tout le respect que je vous dois, dites-moi où vous allez et quand vous rentrerez. S'il se passe quoi que ce soit… »

Je suis déjà loin de lui. « Alors votre maîtresse sera ravie. Laissez-moi tranquille, Harper. C'est un ordre. »

Quelques minutes plus tard, je quitte Antium. *Il n'y a pas assez d'hommes pour surveiller la porte nord,* je me surprends à me dire dans un effort désespéré de ne pas penser à ce que Marcus vient de me dire. *Je devrais en parler au capitaine de la faction chargée de garder la ville.*

Je lève les yeux et je réalise où je vais. Mon corps l'a décidé avant mon esprit. Antium est construite dans l'ombre du mont Videnns qui abrite la tanière rocheuse des Augures. Le chemin qui mène à leurs grottes est bien balisé ; chaque jour, des pèlerins se mettent en route avant l'aube et grimpent les Nevennes pour rendre hommage aux prophètes aux yeux rouges. Il fut un temps où je comprenais pourquoi. Il fut un temps où je prenais l'attitude d'Elias vis-à-vis des Augures pour du cynisme, voire du blasphème.

Il les qualifiait d'*escrocs sournois.* De *charlatans des grottes.* Peut-être avait-il raison.

Je dépasse les quelques pèlerins qui gravissent la montagne, motivée par la colère et quelque chose que je ne prends pas la peine d'identifier. Que j'ai ressenti pour la dernière fois le jour où j'ai prêté allégeance à Marcus.

Helene, tu es une véritable idiote. Je m'aperçois à présent qu'une partie de moi espérait qu'Elias s'échapperait – peu importe les conséquences pour l'Empire. Comme je suis faible ! Je hais cette partie de moi-même.

Mais je ne peux plus avoir un tel espoir. Ma famille est mon sang, ma Gens. Et pourtant, pendant des années j'ai passé onze mois par an loin d'eux. Ils n'étaient pas à mes côtés lorsque j'ai tué pour la première fois ou lorsque je parcourais les couloirs hantés et mortels de Blackcliff.

Le sentier monte pendant six cents mètres avant de s'aplanir et de déboucher sur une cuvette remplie de cailloux.

À l'autre bout, les pèlerins s'attroupent à proximité d'une grotte discrète.

Beaucoup s'approchent, mais une force inconnue les tient à quelques mètres de l'entrée.

Essayez donc de m'arrêter, je hurle aux Augures dans ma tête. *Vous verrez ce qui se passera.*

Poussée par la colère, je passe devant les pèlerins et me dirige droit vers l'ouverture. Là, une Augure attend dans l'obscurité, les mains jointes devant elle.

« Pie de sang. » Ses yeux rouges luisent sous sa capuche. Je tends l'oreille pour l'entendre. « Viens. »

Je la suis dans un tunnel illuminé par des torches qui teintent les stalactites brillantes en bleu cobalt.

Nous arrivons dans une grotte parfaitement carrée et haute de plafond. Au centre, une silhouette se tient au bord d'une mare qu'éclaire une fissure dans la roche et en fixe le fond.

Mon guide ralentit. « Il t'attend », dit-elle en désignant la personne d'un hochement de tête. *Cain.* « Tempère ta colère, Pie de sang. Nous sentons ta rage dans notre sang comme tu sens la morsure de l'acier sur ta peau. »

Je marche à grands pas vers Cain, la main serrée sur mon sabre. *Je vais vous écraser avec ma colère. Je vais vous broyer.* Je m'arrête devant lui, prête à le maudire. Puis je croise son regard sérieux et je frémis. Toutes mes forces m'abandonnent.

« Dites-moi qu'il va s'en sortir. » Je sais que je parle comme une enfant. Mais je ne peux pas m'en empêcher. « Comme avant. Dites-moi que si je reste fidèle à ma parole, il ne mourra pas.

— Je ne peux pas faire ça, Pie de sang.

— Vous m'avez dit que si je restais fidèle à mon cœur,

l'Empire serait bien servi. Vous m'avez dit de garder la foi. Comment voulez-vous que je le fasse s'il meurt ? Je dois le *tuer* ou ma famille est perdue. Je dois *choisir*. Est-ce que… Pouvez-vous comprendre ?

— Pie de sang, comment un Mask est-il créé ? »

Répondre à une question par une question. Père procédait ainsi lorsque nous débattions de philosophie, ce qui avait le don de m'horripiler.

« Un Mask est formé à force d'entraînement et de discipline.

— Non. Comment un Mask est-il créé ? »

Cain tourne autour de moi, les mains dans sa longue robe. Il m'observe sous sa lourde capuche noire.

« Par une instruction rigoureuse à Blackcliff. »

Cain fait non de la tête et se rapproche de moi. Les rochers sous mes pieds tremblent. « Non, Pie de sang. Comment un Mask est-il *créé* ? »

Ma colère explose et je la retiens comme si je tirais les rênes d'un coursier fougueux.

« Je ne comprends pas ce que vous voulez. Nous sommes créés par la douleur. La souffrance. Le tourment, le sang, les larmes. »

Cain soupire.

« C'est une question piège, Aquilla. Un Mask n'est pas créé. Il est recréé. D'abord, il est détruit. Totalement débarrassé de l'enfant tremblant qui vit au fond de lui. Peu importe qu'il se sente fort. Blackcliff le rabaisse, l'humilie, le rend humble. Mais s'il survit, il renaît. Il s'élève du monde obscur de l'échec et du désespoir afin de devenir aussi terrible que ce qui l'a détruit. Afin qu'il connaisse la noirceur et l'utilise en guise de sabre et de bouclier lors de sa mission qui consiste à servir l'Empire. » Cain pose la main sur mon visage tel un père caressant un nouveau-né, ses doigts parcheminés et froids contre ma peau. « Tu es un Mask, certes, murmure-t-il. Pourtant, tu n'es pas terminée. Tu es mon chef-d'œuvre, Helene Aquilla, toutefois je viens à peine de l'ébaucher. Si tu survis, tu seras une force avec laquelle il faudra compter dans ce monde. Mais d'abord, tu seras défaite. D'abord, tu seras brisée.

— Il faudra donc que je le tue ? » Qu'est-ce que cela peut signifier d'autre ? Le meilleur biais pour me briser est Elias. Il l'a toujours été. « Les Épreuves, le serment que je vous ai fait. Tout ça pour rien.

— Il y a plus que l'amour dans la vie, Helene Aquilla. Il y a le devoir. L'Empire. La famille. Les Gens. Les hommes que tu diriges. Les promesses que tu fais. Ton père le sait. Toi aussi tu le sauras, avant la fin. » Ses yeux sont terriblement tristes. Il me soulève le menton. « La plupart des gens ne sont que de faibles lueurs dans la grande obscurité du temps. Mais toi, Helene Aquilla, tu n'es pas qu'une simple étincelle. Tu es une torche dans la nuit – si tu as le courage de te laisser consumer.

— Dites-moi juste…

— Tu cherches des garanties. Je ne peux t'en donner aucune. Briser ton allégeance aura des conséquences, tout comme rester fidèle à ton serment. Le choix n'appartient qu'à toi.

— Que se passera-t-il ? » Je ne sais pas pourquoi je pose la question. C'est inutile. « Cain, vous voyez l'avenir. Dites-moi. Je préfère savoir.

— Tu crois que savoir rendra les choses plus faciles, Pie de sang. Or savoir est pire. » Il porte le poids d'une tristesse vieille d'un millénaire, si dévorante que je dois détourner le regard. Son murmure est faible, son corps s'estompe. « Savoir est une malédiction. »

Je le regarde jusqu'à ce qu'il ait complètement disparu. Mon cœur est un gouffre, totalement vide à l'exception de l'avertissement de Cain et d'une peur sidérante.

Mais d'abord tu seras détruite.

Tuer Elias me détruira. Je le sens jusqu'au tréfonds de mon être. L'assassinat d'Elias signera ma destruction.

32
LAIA

Afya ne m'a pas donné le temps de dire au revoir à Izzi ou de la pleurer. Je lui ai retiré son cache-œil, j'ai posé une cape sur son visage et j'ai fui. Au moins, je m'en suis sortie avec mon sac et le sabre de Darin. Tous les autres n'ont que les vêtements qu'ils portent et le contenu des sacoches accrochées à leur selle.

Les chevaux ont disparu depuis longtemps. Dépouillés de tout signe distinctif, ils ont été envoyés vers l'ouest à l'instant où nous avons atteint le fleuve Taius.

Le bateau de pêcheur qu'Afya a volé aura également bientôt disparu. À travers la porte délabrée d'une grange qui sent le bois moisi et dans laquelle nous avons trouvé refuge, je vois Keenan au bord du fleuve, en train de le faire couler.

Le tonnerre gronde. Un flocon de neige fondue passe par un trou du toit et atterrit sur mon nez. L'aube ne pointera pas avant des heures.

Afya, assise par terre, dessine une carte dans la poussière à la faible lueur d'une lampe tout en parlant à Vana à voix basse.

« … et dis-lui que je sollicite cette faveur. » La *zaldara* tend un jeton de faveur à Vana. « Il doit vous emmener à Aish et faire passer ces Érudits dans les Terres libres. »

Miladh s'approche d'Afya qui ne décolère pas.

« Je suis désolé, dit-il. Si un jour j'ai l'occasion de m'acquitter de ma dette, je vous le rendrai au centuple.

— Restez en vie. » Les yeux d'Afya se radoucissent un peu et elle esquisse un petit signe de tête en direction des enfants. « Protégez-les. Aidez les autres si vous pouvez. C'est l'unique rétribution que je demande. »

Une fois qu'elle est hors de portée de voix, je m'approche de Miladh qui essaie de fabriquer une écharpe avec un morceau de tissu. Alors que je lui montre comment le draper, il m'observe avec une curiosité nerveuse. Il doit se poser des questions sur ce qu'il a vu dans la roulotte d'Afya.

« Je ne sais pas comment j'ai disparu, finis-je par dire. C'est la première fois que je m'en rends compte.

— C'est un truc bien pratique pour une Érudite. » Miladh regarde Afya et Gibran qui conversent calmement de l'autre côté de la grange. « Dans le bateau, le garçon a parlé de sauver un Érudit qui connaît les secrets de l'acier sérique. »

Je balaie le sol de mon pied. « Mon frère, dis-je.

— Ce n'est pas la première fois que j'entends parler de lui. » Miladh installe son fils dans l'écharpe. « Mais c'est la première fois que j'ai une raison d'espérer. Sauve-le, Laia de Serra. Notre peuple a besoin de lui. Et de toi. »

Je contemple le petit garçon dans ses bras. Ayan. Il a de légers cernes sous les yeux. Son regard croise le mien et je touche sa joue, douce et ronde. Il devrait être innocent. Cependant, il a vu des choses qu'aucun enfant ne devrait voir. Qui sera-t-il une fois adulte ? Quelle influence la violence aura-t-elle sur lui ? Survivra-t-il ? *Faites qu'il ne devienne pas un énième enfant oublié, au nom oublié. Pas un autre Érudit perdu.*

Vana les appelle et, avec Zehr, emmène Miladh, sa sœur et les enfants dans la nuit. Ayan se retourne. Je me force à lui sourire – Pop disait toujours qu'on ne pouvait pas trop sourire à un bébé. Avant qu'ils se fondent dans les ténèbres, j'aperçois une dernière fois ses yeux qui me fixent.

Je me tourne vers Afya. À en juger par son expression, mieux vaut ne pas interrompre sa discussion avec son frère au risque d'être accueillie par un coup de poing.

Keenan fait subitement irruption dans la grange. À présent, le grésil tombe dru et ses cheveux roux, presque noirs dans l'obscurité, sont plaqués sur sa tête.

Quand il remarque le cache-œil dans ma main, il s'arrête. Puis il fait deux pas et me prend dans ses bras sans la moindre hésitation. C'est la première fois que nous avons ne serait-ce que le temps de nous regarder depuis que nous avons échappé aux Martiaux. Mais alors qu'il me serre contre lui, je ne ressens rien. Je suis incapable de me détendre ou de laisser la chaleur de ses bras faire barrage au froid qui me transit jusqu'à la moelle depuis l'instant où j'ai vu la blessure dans la poitrine d'Izzi.

« Nous l'avons abandonnée là, dis-je, la tête contre son épaule. Laissée à… » *À pourrir. À se faire dévorer par des charognards ou à être jetée dans une tombe anonyme.* Ces mots sont trop douloureux à prononcer.

« Je sais. » La voix de Keenan se brise et son visage est blanc comme un linge.

« … tu ne peux pas m'obliger ! »

Je tourne la tête vers l'autre bout de la grange où Afya fulmine. Gibran semble dans le même état que sa sœur.

« C'est ton devoir, espèce de crétin. Quelqu'un doit prendre la tête de la tribu si je ne reviens pas et je refuse catégoriquement que ce soit l'un de tes idiots de cousins.

— Tu aurais dû y penser avant de m'emmener avec toi. » Gibran et Afya sont nez à nez. « Si le frère de Laia peut fabriquer l'acier qui mènera les Martiaux à leur perte, alors nous devons à Riz – et à Izzi – de le sauver.

— Nous avons déjà été confrontés à la cruauté des Martiaux par le passé, rétorque Afya.

— Pas comme ça. Ils nous ont manqué de respect, ils nous ont volés, oui. Mais ils ne nous ont jamais massacrés. Nous sommes les prochains sur la liste. Une fois qu'ils auront tué tous les Érudits, où trouveront-ils des esclaves ? »

Les narines d'Afya se dilatent. « Dans ce cas, dit-elle, combats-les depuis les Terres tribales. Tu ne pourras rien faire depuis la prison de Kauf.

— Écoutez, dis-je. Je ne pense pas… »

La fille des tribus se retourne comme si ma voix avait déclenché une explosion qui couvait depuis des heures. « Toi ! Tu es la raison pour laquelle nous sommes dans ce pétrin ! Nous avons tous été blessés pendant que toi tu as *disparu.* » Elle tremble de rage. « Tu t'es glissée dans le compartiment secret et quand le Mask l'a ouvert, tu avais disparu. Je ne savais pas que je transportais une sorcière…

— Afya. » La voix de Keenan sonne comme une mise en garde. Jusqu'à présent, il n'avait rien dit au sujet de mon invisibilité. Il n'en avait pas eu l'occasion.

« J'ignorais que je pouvais le faire, dis-je. C'était la

première fois. J'étais désespérée. C'est peut-être pour ça que ça a marché.

— Eh bien, c'est très pratique pour toi, réplique Afya. Nous autres, en revanche, n'avons pas de pouvoirs magiques.

— Alors, il faut que tu partes. » Je lève la main pour couper court à sa protestation. « Keenan sait où se trouvent les lieux sûrs où nous pouvons nous cacher. Il en avait parlé avant, mais je ne l'avais pas écouté. » Cieux, j'aurais mieux fait. « Lui et moi pouvons aller à Kauf seuls. Nous irons plus vite sans roulotte.

— Les roulottes vous protégeaient, dit Afya. J'ai fait une promesse…

— À un homme qui est parti. » La froideur de la voix de Keenan me rappelle notre première rencontre. « Je peux l'emmener à Kauf en toute sécurité. Nous n'avons pas besoin de votre aide. »

Afya se redresse de toute sa hauteur. « En tant qu'Érudite et en tant que rebelle, vous ne comprenez pas la notion d'honneur.

— Quel honneur y a-t-il dans une mort inutile ? m'exclamé-je. Darin ne supporterait pas qu'autant de personnes meurent pour le sauver. Je ne peux pas t'ordonner de me laisser partir. Tout ce que je peux faire, c'est te le demander. » Je me tourne vers Gibran. « Je crois que les Martiaux finiront par s'en prendre aux tribus. J'espère que Darin et moi parviendrons à atteindre Marinn. Je vous le ferai savoir.

— Izzi était prête à mourir pour cette cause.

— Elle… Elle n'avait nulle part ailleurs où aller. » La terrible solitude de mon amie m'apparaît soudain. Je ravale ma tristesse. « Je n'aurais pas dû l'emmener avec moi.

C'était ma décision et elle était mauvaise. Je la regrette. » Je me sens vide. « S'il vous plaît, partez. Vous pouvez encore rattraper Vana.

— Je n'aime pas ça. » La fille des tribus regarde Keenan avec une grande méfiance, ce qui me surprend. « Je n'aime pas ça du tout. »

Keenan plisse les yeux. « Tu aimerais encore moins être morte.

— Mon honneur exige que je t'escorte. » Afya éteint la lampe. La grange paraît encore plus sombre qu'elle ne doit l'être. « Mais mon honneur exige également que je ne décide pas de son destin à la place d'une femme. Les Cieux savent que ça se pratique beaucoup dans ce fichu monde. » Elle marque une pause. « Quand tu verras Elias, dis-le-lui pour moi. »

Ce sera le seul au revoir. Gibran sort de la grange en trombe. Afya lève les yeux au ciel et le suit.

Keenan et moi nous retrouvons seuls. Le grésil continue à tomber autour de nous. Je plonge mes yeux au fond des siens et une pensée naît dans ma tête : *C'est bien. C'est ainsi que les choses doivent être. Qu'elles auraient toujours dû être.*

« Il y a une planque à une dizaine de kilomètres d'ici. » Keenan me touche la main pour me tirer de mes pensées. « Si nous faisons vite, nous pouvons y être avant l'aube. »

Une partie de moi veut lui demander si j'ai pris la bonne décision. Après tant d'erreurs, j'ai cruellement besoin qu'on me dise que je n'ai pas encore une fois tout gâché.

Il me dira oui, bien sûr. Il me rassurera et me dira que tout est pour le mieux. Toutefois, même si je fais ce qu'il faut, cela n'efface pas les erreurs que j'ai déjà commises.

Alors je ne lui pose aucune question. Je me contente d'acquiescer et de lui emboîter le pas. Parce que, après tout ce qui s'est passé, je ne mérite pas d'être réconfortée.

Troisième partie
LA SINISTRE PRISON

33
ELIAS

La fine ombre du directeur tombe sur moi. Sa longue tête triangulaire m'évoque une mante religieuse. Même si la ligne de tir est complètement dégagée, je ne lance pas mes poignards. Toute idée de meurtre quitte mon esprit quand je vois ce qu'il tient entre ses mains.

Un enfant érudit de 9 ou 10 ans. Sous-alimenté, sale et aussi silencieux qu'un cadavre. Les bracelets à ses poignets montrent qu'il n'est pas un prisonnier mais un esclave. Le directeur enfonce la pointe d'un couteau dans sa gorge. Du sang coule dans le cou de l'enfant.

Six Masks suivent le directeur dans le bloc. Chacun porte l'insigne de la Gens Sisselia, la famille du directeur. Chacun vise mon cœur d'une flèche prête à être décochée.

Malgré tout, je pourrais les affronter. Si je me baisse suffisamment vite, que j'utilise la table en guise de bouclier…

Le vieil homme passe sa main blanche dans les longs cheveux ternes de l'enfant avec une tendresse qui fait froid dans le dos.

« "Il n'y a pas de plus belle étoile que les yeux brillants d'un enfant ; pour lui, je donnerais ma vie." » Le directeur énonce sa citation avec une diction accordée à son apparence soignée. « Il est petit, mais j'ai découvert qu'il est merveilleusement résistant. Je peux le faire saigner pendant des heures, si tu veux. »

Je lâche mon poignard.

« Fascinant, souffle le directeur. Tu vois, Drusius, comme les pupilles de Veturius sont dilatées, comme son pouls s'accélère, comme, même face à une mort certaine, ses yeux s'agitent en tous sens à la recherche d'une issue. Seule la présence de l'enfant calme sa main.

— Oui, monsieur le directeur », répond avec indifférence l'un des Masks – Drusius, j'imagine.

— Elias, poursuit le directeur, Drusius et les autres vont te débarrasser de tes armes. Je te suggère de ne pas te débattre. Je ne voudrais pas faire de mal à l'enfant. Il est l'un de mes spécimens préférés. »

Dix enfers. Les Masks m'entourent et en quelques secondes, on m'ôte mes armes, mes bottes, le crochet de serrurier, le tellis et la majeure partie de mes vêtements. Je n'oppose aucune résistance. Si je veux m'échapper de cet endroit, j'ai besoin de garder mes forces.

Et je m'échapperai. Le directeur ne m'a pas tué, ce qui indique qu'il veut obtenir quelque chose de moi. Il me gardera en vie jusqu'à ce qu'il l'ait.

Il observe les Masks qui me menottent et me plaquent contre le mur. Ses pupilles sont des têtes d'épingles noires au centre du blanc et du bleu de ses yeux.

« Ta ponctualité me fait plaisir, Elias. » Le vieil homme garde mollement le couteau en main, à deux centimètres du cou du garçon. « C'est un noble trait que je respecte. Même si je dois avouer que je ne sais pas pourquoi tu es là. Un jeune homme intelligent serait en route vers les

Terres du Sud à l'heure qu'il est. » Il me lance un regard plein d'attente.

« Vous ne pensez pas vraiment que je vais vous le dire ? »

Le garçon gémit et je vois que le directeur enfonce doucement le couteau dans son cou. Le vieil homme sourit, révélant ses petites dents jaunes, et relâche l'enfant.

« Bien sûr que non. En fait, j'espérais que tu ne me le dirais pas. J'ai le sentiment que tu aurais menti jusqu'à finir par te convaincre toi-même, et les mensonges m'ennuient. Je préférerais te faire dire la vérité. Je n'ai pas eu de Mask comme sujet d'étude depuis un bon moment. J'ai peur que mes recherches ne soient obsolètes. »

La peau me chatouille. *Tant qu'il y a de la vie*, j'entends Laia dans ma tête, *il y a de l'espoir.* Il peut faire des expériences sur moi. M'utiliser. Tant que je suis en vie, j'ai toujours une chance de sortir d'ici.

« Vous avez dit que vous m'attendiez.

— En effet. Mon petit doigt m'avait prévenu de ton arrivée.

— La Commandante », dis-je. Maudite soit-elle. Elle est la seule à avoir deviné où j'allais. Mais pourquoi le dirait-elle au directeur ? Elle le déteste.

Le directeur sourit à nouveau. « Peut-être.

— Où voulez-vous que nous le mettions, monsieur le directeur ? demande Drusius. Pas avec les autres, j'imagine.

— Certes non. La récompense pourrait tenter les gardes les moins gradés de le livrer aux autorités et j'aimerais d'abord l'étudier.

— Videz une cellule », crie Drusius à l'un des autres Masks en désignant la série de cellules d'isolement derrière nous.

Le directeur secoue la tête. « Non. J'ai un autre endroit en tête pour notre nouveau prisonnier. Je n'ai jamais étudié ses effets à long terme sur un sujet. En particulier un sujet qui fait preuve d'une telle (il baisse les yeux sur le garçon érudit) empathie. »

Mon sang se glace dans mes veines. Je sais exactement de quelle partie de la prison il parle. De ces longs couloirs sombres où l'air sent la mort. Les râles de douleur, les murmures, les éraflures sur les murs, l'incapacité de faire quoi que ce soit quand on entend quelqu'un hurler à l'aide…

« Tu as toujours détesté ce lieu, susurre le directeur. Je m'en souviens. Je me rappelle ta tête la fois où tu m'as apporté un message de l'Empereur. J'étais au milieu d'une expérience. Tu es devenu tout pâle et quand tu es reparti en courant, je t'ai entendu vomir dans un seau. »

Dix enfers sanglants.

« Oui, dit le directeur en hochant la tête, l'air satisfait. Oui, je crois que le bloc des cellules d'interrogatoire sera parfait pour toi. »

34
HELENE

À mon retour, Avitas m'attend dans les baraquements de la Garde noire. Minuit approche et je suis mentalement épuisée. L'Homme du Nord ne fait aucun commentaire, même si je suis certaine qu'il lit le désespoir dans mes yeux.

« Un message urgent pour vous, Pie. » Son teint cireux m'indique qu'il n'a pas dormi. Je n'aime pas qu'il soit resté éveillé jusqu'à mon retour. *C'est un espion. C'est ce que font les espions.* Il me tend une enveloppe dont le sceau n'a pas été brisé. Soit il s'améliore, soit il ne l'a pas ouverte.

« De nouveaux ordres de la Commandante ? je demande. On veut gagner ma confiance en ne lisant pas mon courrier ? »

Avitas pince les lèvres alors que j'ouvre la lettre. « Elle est arrivée au crépuscule. Portée par un messager qui dit avoir quitté Nur il y a six jours. »

Pie de sang,

Mamie refuse de craquer malgré la mort de plusieurs hommes des tribus. J'ai gardé son fils en réserve – elle le croit mort. Elle a laissé échapper une chose. Elle pense qu'Elias est parti vers le nord, pas vers le sud ou l'est, et je crois que la fille est toujours avec lui.

Les tribus sont au courant des interrogatoires et deux émeutes ont éclaté. J'ai besoin d'au moins une demi-légion. J'ai fait des demandes dans toutes les garnisons à deux cents kilomètres à la ronde, mais tout le monde manque d'hommes.

Le Devoir jusqu'à la Mort,

Lieutenant Dex Atrius

« Au nord ? » Je tends la lettre à Avitas qui la lit. « Pourquoi Veturius irait-il au nord ?

— Son grand-père ?

— Les terres de la Gens Veturia se trouvent à l'ouest d'Antium. S'il s'était dirigé vers le nord en quittant Serra, il y serait arrivé plus rapidement. Pour rejoindre les Terres libres, il aurait pu prendre un bateau à Navium. »

Bon sang, Elias, pourquoi n'as-tu pas simplement quitté ce fichu Empire ? S'il avait mis en pratique ce qu'il a appris lors de sa formation pour partir le plus loin, le plus vite possible, je n'aurais jamais retrouvé sa trace et le choix aurait été fait pour moi.

Et ta famille serait morte. Cieux sanglants, qu'est-ce qui cloche chez moi ? *C'est son choix. Qu'a-t-il fait de si terrible ? Il voulait être libre. Il voulait arrêter de tuer.*

« N'essayez pas de tout élucider maintenant. » Avitas me suit dans ma chambre et pose le message de Dex sur mon bureau. « Vous avez besoin de vous nourrir et de dormir. Nous nous y mettrons dès demain matin. »

J'accroche mes armes au mur et je vais à la fenêtre. Le ciel est voilé, les étoiles invisibles. Il va probablement neiger. « Je devrais aller voir mes parents. » Ils ont entendu ce que Marcus a dit – tous ceux présents sur ce foutu rocher l'ont entendu et personne ne prise les ragots autant que les Illustriens. Toute la ville doit être au courant de la menace proférée par Marcus au sujet de ma famille.

« Votre père est passé. » Avitas reste près de la porte, son visage masqué soudain crispé. Je réprime une grimace. « Il a suggéré que vous gardiez vos distances, pour l'instant. Apparemment, votre sœur Hannah est… contrariée.

— Vous voulez dire qu'elle veut boire mon sang. » Je ferme les yeux. Pauvre Hannah. Son avenir est entre les mains de la personne en qui elle a le moins confiance. Mère va essayer de la calmer, tout comme Livia. Père va l'amadouer, puis se fâcher et enfin lui ordonner d'arrêter son cirque. Mais au final, ils se demanderont tous la même chose : vais-je choisir ma famille et l'Empire ou Elias ?

Je me concentre sur la mission. Au nord, a dit Dex. *Et la fille est toujours avec lui.* Pourquoi l'emmènerait-il au fin fond de l'Empire ? Même s'il avait une raison urgente de rester sur le territoire martial, pourquoi mettre la fille en danger ?

À l'évidence, c'est lui qui prend les décisions. Qui d'autre les prendrait ? La fille ? Pourquoi la laisserait-il faire ? En quoi pourrait-elle lui être utile pour fuir l'Empire ?

« Pie de sang. » Je sursaute. J'avais oublié qu'Avitas était dans la pièce – il est si discret. « Souhaitez-vous que je vous apporte à manger ? Il faut vous sustenter. J'ai demandé aux esclaves de la cuisine de vous garder quelque chose au chaud. »

Nourriture – manger – esclaves – Cuisinière.

La Cuisinière.

La fille – Laia, a dit la vieille femme. *Ne la touche pas.*

Elles ont dû devenir proches quand elles étaient esclaves ensemble. Peut-être que Cuisinière sait quelque chose.

Après tout, elle a compris comment Laia et Elias se sont échappés de Serra.

Tout ce que j'ai à faire, c'est la trouver.

Mais si je me mets à sa recherche, quelqu'un vendra inévitablement la mèche et dira que la Pie de sang cherche une femme aux cheveux blancs et au visage balafré. La Commandante l'apprendra et ce sera la fin de Cuisinière. Ce n'est pas que le sort de la vieille sorcière m'importe, mais si elle sait quelque chose au sujet de Laia, j'ai besoin d'elle vivante.

« Avitas, dis-je. La Garde noire a-t-elle des contacts avec les marginaux d'Antium ?

— Le marché noir ? Bien sûr…

Je secoue la tête. « Non, ceux que l'on ne voit pas. Les gamins des rues, les mendiants, les vagabonds. »

Avitas fronce les sourcils. « Ce sont principalement des Érudits et la Commandante les rassemble pour les réduire en esclavage ou les exécuter. Cela dit, je connais quelques personnes. À quoi pensez-vous ?

— J'ai besoin de faire passer un message. » Je parle avec prudence. Avitas ignore que Cuisinière m'a aidée – c'est le genre d'information qu'il transmettrait immédiatement à la Commandante. « Chanteuse cherche repas, finis-je par dire.

— Chanteuse cherche repas, répète Avitas. C'est tout ? »

Quoique Cuisinière me paraisse un peu folle, avec un peu de chance elle comprendra.

« C'est tout. Faites-le passer à autant de gens que possible et vite. » Avitas me regarde d'un air interrogateur. « N'ai-je pas dit que je voulais que ce soit fait rapidement ? »

Il hausse les sourcils. Puis s'en va.

Après son départ, je reprends le message de Dex. Harper ne l'a pas lu. Pourquoi ? Je n'ai jamais senti la moindre malveillance en lui. En fait, je n'ai jamais rien senti. Et depuis que nous avons quitté les Terres tribales, il est… sinon amical, je dirais un peu moins opaque. À quel jeu joue-t-il ?

Je range le message de Dex et m'effondre sur mon lit de camp, les bottes aux pieds. Mais je n'arrive pas à dormir. Cela prendra des heures à Avitas pour faire passer le message et des heures avant que Cuisinière l'entende – si elle l'entend. Malgré tout, je sursaute à chaque bruit, m'attendant que la vieille femme se matérialise avec la soudaineté d'un spectre. Finalement, je me traîne jusqu'à mon bureau où je parcours les dossiers de l'ancienne Pie de sang – les informations réunies au sujet de certains des hommes les plus haut placés de l'Empire.

Certains rapports sont concis. D'autres bien moins. Par exemple, je ne savais pas que la Gens Cassia avait étouffé le meurtre d'un serviteur plébéien dans sa propriété. Ou que la mater de la Gens Aurelia avait quatre amants, tous des paters d'éminentes familles illustriennes.

L'ancienne Pie conservait également des dossiers sur les hommes de la Garde noire. Lorsque je vois celui d'Avitas, je l'ouvre aussitôt. Il est aussi maigre que lui.

Avitas Harper : Plébéien

Père : centurion Arius Harper (Plébéien). Tué en service à 28 ans. Avitas avait 4 ans à l'époque. Est resté avec sa mère, Renatia Harper (Plébéienne) à Jeilum jusqu'à sa sélection pour Blackcliff.

Jeilum est une ville à l'ouest, au fond de la toundra des Nevennes. Complètement isolée.

Mère : Renatia Harper. Morte à 32 ans. Avitas avait 10 ans à l'époque.

Accueilli ensuite par ses grands-parents paternels pendant les vacances.

A passé quatre ans à Blackcliff sous les ordres du commandant Horatio Laurentius. Fin de la formation dispensée par le commandant Keris Veturia.

A fait preuve de beaucoup de potentiel en tant que Yearling. De niveau moyen sous la direction du commandant Keris Veturia. De multiples sources mettent en évidence l'intérêt de Veturia pour Harper dès son plus jeune âge.

Je tourne la page, mais il n'y a rien d'autre.

Des heures plus tard, juste avant l'aube, je me réveille en sursaut – je m'étais endormie sur mon bureau. Dague à la main, je scrute la pièce pour essayer de localiser d'où provient le bruit de friction qui m'a réveillée.

Une silhouette, capuche sur la tête, est assise sur le rebord de la fenêtre, ses yeux brillants aussi durs que des saphirs. Je carre les épaules et brandis mon sabre. Sa bouche balafrée se tord dans un sourire méchant.

« Cette fenêtre est à dix mètres du sol et je l'ai verrouillée, dis-je. Un Mask pourrait certainement passer par là. Mais une vieille Érudite ? »

Elle ignore ma question tacite. « À l'heure qu'il est, tu aurais dû l'avoir retrouvé, dit-elle. À moins que tu ne veuilles *pas* le trouver.

— C'est un fichu Mask. Il est entraîné à lancer les traqueurs sur de fausses pistes. J'ai besoin que vous me parliez de la fille.

— Oublie la fille, grogne Cuisinière en se laissant tomber dans la pièce. Trouve-*le*. Tu aurais déjà dû le faire il y a des semaines afin de pouvoir revenir ici et garder un œil sur *elle*. Ou es-tu trop idiote pour voir que la Salope de Blackcliff prépare quelque chose ? Cette fois c'est énorme, petite. Encore plus que la fois où elle s'en est prise à Taius.

— La Commandante ? » Je ricane. « S'en prendre à l'Empereur ?

— Ne me dis pas que tu penses sincèrement que la Résistance a planifié ça seule ?

— Les résistants travaillent avec elle ?

— Ils ignorent que c'est elle, n'est-ce pas ? » Le sarcasme dans la voix de Cuisinière est aussi incisif qu'un sabre. « Dis-moi ce que tu veux savoir sur la fille.

— Elias ne prend pas des décisions rationnelles et je suppose que c'est parce qu'elle…

— Tu n'as pas besoin de savoir quoi que ce soit à son sujet. » Cuisinière paraît presque soulagée. « Tu veux simplement savoir où il va.

— Oui, mais…

— Je peux te le dire. Néanmoins, cette information a un prix. »

Je brandis mon sabre. « Que pensez-vous de ce marché : vous me dites ce que vous savez et je ne vous étripe pas. »

Cuisinière fait un bruit sec et aigu. Sur le coup je pense qu'elle a une attaque, puis je finis par comprendre que c'est sa façon de rire.

« Quelqu'un t'a devancée. » Elle soulève sa chemise. Sa peau, couverte de traces de mutilation anciennes, comporte en plus une énorme plaie purulente. La puanteur qui s'en dégage est insupportable.

« Enfers sanglants.

— Ça sent mauvais, hein ? Un vieil ami m'a fait ça – juste avant que je le tue. Soigne-moi, Petite Chanteuse, et je te dirai ce que tu veux savoir.

— Quand est-ce arrivé ?

— Veux-tu attraper Elias avant que tes sœurs fassent floc ou veux-tu que je te raconte une histoire pour t'endormir ? Dépêche-toi. Le soleil est presque levé.

— Je n'ai soigné personne depuis Laia. Je ne sais pas si je…

— Alors je perds mon temps. » Elle atteint la fenêtre d'un pas et se hisse en grognant.

Je l'attrape par l'épaule. Elle redescend doucement.

« Toutes vos armes sur le bureau, dis-je. Et ne cachez rien parce que je vais vous fouiller. »

Elle fait ce que je lui demande et, une fois certaine qu'elle n'a pas de vilaine surprise en réserve, je lui prends la main. Elle la libère d'une secousse.

Je m'énerve. « Je dois vous toucher, espèce de vieille chauve-souris folle. Sinon ça ne marche pas. »

Elle fait la moue et me tend sa main avec réticence. Je constate avec étonnement qu'elle tremble.

« Ça ne vous fera pas très mal. » Ma voix est plus gentille que je le souhaitais. Cieux sanglants, pourquoi suis-je en train de la réconforter ? C'est une meurtrière et un maître-chanteur. Elle se calme. Je ferme les yeux.

Je sens ma peur se lover dans mon ventre. Je veux que ça marche et en même temps je ne le veux pas. J'éprouve le même sentiment que lorsque j'ai soigné Laia. Maintenant que j'ai vu la blessure et que Cuisinière a demandé de l'aide, c'est comme s'il fallait que je la soigne, comme un tic sur lequel je n'aurais aucune influence. La perte de contrôle de moi-même, la façon dont mon corps tout entier meurt d'envie de le faire, tout cela m'emplit de peur. Ce n'est pas moi. Ce n'est pas quelque chose auquel j'ai été formée ou que j'ai jamais souhaité. Je préférerais partir en courant.

Tu ne peux pas. Pas si tu veux retrouver Elias.

J'entends un son, un fredonnement – le mien. J'ignore quand il a commencé.

J'ouvre les yeux et les plonge dans le regard bleu et sombre de Cuisinière. Si je veux reconstituer ses os, sa peau et sa chair, je dois la comprendre jusqu'au plus profond d'elle-même.

Elias était comme de l'argent, une montée d'adrénaline sous une aube froide et claire. Laia était différente. Elle m'avait évoqué la tristesse et une douceur verte et or.

Mais Cuisinière… ses entrailles m'évoquent des anguilles. Je m'écarte. Quelque part derrière la noirceur tourbillonnante, j'aperçois ce qu'elle fut un jour et je m'y accroche. Mais ce faisant, mon fredonnement devient soudain dissonant. Cette bonté en elle – c'est un souvenir. À présent, les anguilles prennent la place de son cœur en se tortillant, assoiffées de vengeance.

Je change de mélodie afin de saisir la vérité qui se loge au tréfonds de son être. Une porte s'ouvre tout à coup en elle. Je la franchis et parcours un couloir étrangement familier. Le sol colle à mes semelles et, quand je regarde par terre, je m'attends à voir des tentacules enroulés autour de mes pieds.

Mais il n'y a que l'obscurité.

Je ne supporte pas de chanter la vérité de Cuisinière, alors je hurle les mots dans ma tête en regardant tout le temps dans ses yeux. Je dois admettre qu'elle ne détourne pas le regard. Quand le processus de guérison démarre, quand j'ai capturé son essence et que son corps commence à retrouver la santé, elle ne bouge même pas.

La douleur grandit dans mon flanc. Du sang goutte au niveau de la ceinture de mon uniforme. Je ne m'en rends pas compte avant d'être forcée de lâcher Cuisinière, haletante. Je sens la blessure que je lui ai arrachée. Elle est moins grave que celle de la vieille femme, n'empêche qu'elle fait un mal de chien.

Cuisinière baisse les yeux sur sa plaie. Elle est un peu à vif, mais le seul signe d'infection restant est l'odeur de mort persistante.

« Occupez-vous-en, dis-je avec difficulté. Allez dans ma chambre et prenez des herbes pour vous faire un cataplasme. »

Elle me regarde. « La fille a un frère lié à la... la... la Résistance. » Elle bégaie un instant avant de reprendre. « Les Martiaux l'ont envoyé à Kauf il y a des mois. Elle essaie de l'en faire sortir. Ton garçon l'aide. »

Il n'est pas mon garçon, telle est ma première pensée. *Il est complètement crétin,* la seconde. Un Martial, un Mariner ou un homme des tribus envoyé à Kauf pourrait en sortir calmé, purgé et très peu susceptible de défier à nouveau l'Empire. Les Érudits, eux, n'ont qu'un moyen d'en sortir : les pieds devant.

« Si vous me mentez... »

Elle escalade la fenêtre, cette fois avec la vivacité dont elle faisait preuve à Serra. « Souviens-toi : si tu fais du mal à la fille, tu le regretteras.

— Qui est-elle pour vous ? », je demande. Pendant le processus de guérison, j'ai vu quelque chose en Cuisinière – une aura ou une ombre, une musique ancienne qui m'a fait penser à Laia. Je fronce les sourcils en essayant de me souvenir. C'est comme exhumer un rêve vieux d'une décennie.

« Elle n'est *rien* pour moi. » Cuisinière crache ces mots comme si le simple fait de penser à Laia était répugnant. « Ce n'est qu'une enfant idiote qui s'est assigné une mission désespérée. »

Lorsque je la fixe, elle secoue la tête.

« Eh bien, ne reste pas là à me regarder comme une vache ahurie. Va sauver ta famille ! »

35
LAIA

« Ralentis. » Keenan, à bout de souffle à côté de moi, attrape ma main. Le frôlement de ses doigts me procure un instant de chaleur au cœur de la nuit glaciale. « Dans le froid, on ne se rend pas compte des efforts qu'on fait. Si tu n'y prêtes garde, tu vas finir par t'écrouler. Et, Laia, il fait trop jour, quelqu'un pourrait nous voir. »

Nous avons presque atteint notre destination – une cache sur les terres d'une ferme au nord de l'endroit où nous avons laissé Afya il y a une semaine. Les patrouilles sont plus nombreuses par ici – elles traquent tous les Érudits fuyant les attaques impitoyables menées par la Commandante dans les villes au nord et à l'ouest d'ici. En revanche, la plupart des patrouilles pourchassent les Érudits pendant la journée.

La connaissance qu'a Keenan du terrain nous a permis de nous déplacer rapidement de nuit, d'autant que nous avons souvent volé des chevaux. Kauf n'est qu'à cinq cents kilomètres. Sauf qu'avec un temps pareil, la prison pourrait tout aussi bien être à cinq mille kilomètres. Je donne un coup de pied dans la fine couche de neige.

Je saisis la main de Keenan et je le tire en avant. « Si nous voulons franchir le col demain, nous devons atteindre la planque ce soir.

— Nous n'irons nulle part si nous sommes morts », dit Keenan. Il a du givre sur les cils et des parties de son visage sont bleues. Tous nos vêtements chauds ont brûlé dans l'incendie de la roulotte d'Afya. J'ai la cape qu'Elias m'a donnée il y a des semaines, mais elle est faite pour l'hiver à Serra, pas pour ce froid mordant qui vous pénètre jusqu'aux os et ne vous lâche pas.

« Si tu t'épuises au point de tomber malade, dit Keenan, une nuit de repos ne servira à rien. Par ailleurs, nous ne faisons pas assez attention. La dernière patrouille n'était qu'à quelques mètres – nous avons failli lui rentrer dedans.

— Juste un coup de malchance. » J'ai déjà repris ma marche. « Il n'est rien arrivé depuis. J'espère qu'il y a une lampe dans cet abri. Il faut étudier la carte qu'Elias nous a dessinée et trouver un moyen de rejoindre cette grotte si la tempête se renforce. »

La neige tombe en tourbillonnant à gros flocons et, non loin, un coq chante. Le propriétaire du domaine dont nous approchons est à quatre cents mètres de là. Nous l'évitons et nous dirigeons vers une dépendance près des quartiers des esclaves. Au loin, deux silhouettes penchées en avant marchent péniblement vers une grange, des seaux à la main. Bientôt, cet endroit grouillera d'esclaves et de contremaîtres. Nous devons nous cacher.

Nous arrivons enfin devant la porte d'une cave à l'arrière d'une grange en pierre. Le loquet de la porte est coincé par le froid et Keenan grogne en essayant de l'ouvrir.

« Dépêche-toi. » Je m'accroupis à côté de lui. À quelques dizaines de mètres de nous, de la fumée s'élève de la masure des esclaves et une porte grince. Une Érudite, un tissu enroulé autour de la tête, sort.

Keenan utilise son poignard pour faire levier. « Ce foutu truc… ah ! » Il bascule en arrière, le loquet a enfin cédé.

Le bruit résonne et l'Érudite se retourne. Keenan et moi nous figeons – impossible qu'elle ne nous ait pas vus. Mais elle nous fait signe d'entrer dans la cave.

« Vite, chuchote-t-elle. Avant que les contremaîtres se réveillent ! »

Nous nous glissons dans la cave à peine éclairée, nos souffles se transformant en buée. Keenan bloque la porte pendant que j'inspecte les lieux. La pièce mesure trois mètres de large sur un mètre et demi de long et est remplie de tonneaux et de casiers à bouteilles.

Une lampe pendue au plafond éclaire une table sur laquelle se trouvent un fruit, une miche de pain enveloppée dans du papier et une soupière en étain.

« L'homme qui dirige cette ferme est un Mercator, dit Keenan. Mère érudite, père martial. Il était leur seul héritier donc ils l'ont fait passer pour un Martial. Mais il devait être plus proche de sa mère parce que l'an dernier, après la mort de son père, il a commencé à aider des esclaves en fuite. » Keenan désigne la nourriture d'un signe de tête. « On dirait qu'il continue. »

Je sors la carte d'Elias de mon sac, la déroule prudemment et fais de la place par terre. Mon ventre gargouille de faim, mais je l'ignore. Les planques sont généralement minuscules et ont rarement de la lumière. Keenan et moi passons toutes nos journées à dormir ou à courir. Voici une rare occasion d'évoquer la suite.

« Parle-moi de Kauf. » Mes mains tremblent de froid – je sens à peine le parchemin entre mes doigts. « Elias a dessiné un plan sommaire, mais s'il échoue et que nous devions entrer, ce ne sera pas...

— Tu n'as pas prononcé son nom depuis sa mort. » Keenan me coupe au milieu de ma logorrhée. « Tu t'en rends compte ? »

Mes mains tremblent encore plus. Je fais de mon mieux pour les calmer alors qu'il s'assoit en face de moi.

« Tu ne parles que de la prochaine planque. De la façon dont nous sortirons de l'Empire. De Kauf. Mais jamais d'elle et de ce qui s'est passé. De ton étrange pouvoir...

— Pouvoir ? » J'ai envie de rire. « Un pouvoir que je ne maîtrise pas. » Ce n'est pourtant pas faute d'avoir essayé. Chaque fois que j'ai un moment de libre, j'essaie de me rendre invisible jusqu'à ce que j'aie l'impression de devenir folle à force de me répéter : Disparais ! Chaque fois, j'échoue.

« Peut-être que ça te ferait du bien d'en parler, suggère Keenan. Ou de manger un peu plus d'une ou deux bouchées. Ou de dormir plus de quelques heures.

— Je n'ai pas faim et je n'arrive pas à dormir. »

Son regard se pose sur mes doigts tremblants. « Cieux. Regarde-toi. » Il écarte la carte et me prend les mains. Sa chaleur remplit un vide en moi. Je soupire, je veux m'y réfugier – la laisser m'envelopper afin d'oublier tout ce qui nous attend, ne serait-ce que pendant quelques minutes.

Mais c'est égoïste. Et stupide, sachant que nous pouvons nous faire attraper par les soldats martiaux à chaque instant. Je veux retirer mes mains. Comme s'il lisait dans mes pensées, Keenan serre mes doigts contre son ventre chaud et nous drape dans sa cape. Sous le tissu épais de sa chemise, je sens ses muscles forts et doux. La tête baissée, il regarde nos mains, ses cheveux roux cachent ses yeux. Je déglutis et détourne le regard. Nous voyageons ensemble depuis des semaines, mais nous n'avons jamais été si proches.

« Parle-moi d'elle, chuchote-t-il. Raconte-moi quelque chose d'agréable.

— Je ne savais rien d'elle ». Ma voix se brise. Je m'éclaircis la gorge. « Je la connaissais depuis des semaines ? Des mois ? Et je ne lui ai jamais posé la moindre question sur sa famille ou sa jeunesse – ce qu'elle voulait ou espérait. Parce que je croyais disposer de plein de temps. »

Une larme coule sur ma joue. « Je ne veux pas en parler, dis-je. Nous devrions…

— Elle mérite mieux que tu fasses comme si elle n'avait jamais existé », dit Keenan. Je lève les yeux, choquée, m'attendant qu'il soit furieux. Or ses yeux sombres sont pleins d'empathie. C'est pire que tout. « Je sais que tu souffres. Je le comprends très bien. Mais ta douleur te montre que tu l'aimais.

— Elle adorait les histoires. Quand j'en racontais une, elle me fixait et se perdait dans ce que je racontais. Elle se représentait tout dans sa tête. Et parfois, des jours plus tard, elle me posait des questions comme si, dans l'intervalle, elle avait vécu dans ces autres mondes.

— Après notre départ de Serra, dit Keenan, nous avons marché, enfin plutôt couru pendant des heures. Lorsque nous nous sommes enfin arrêtés et glissés dans nos sacs de couchage pour la nuit, elle a levé les yeux et dit : “Les étoiles sont tellement différentes quand on est libre.” » Il secoue la tête. « Après avoir couru toute la journée, pratiquement rien mangé et en étant si fatiguée qu'elle pouvait à peine marcher, elle s'est endormie en souriant au ciel.

— Je préférerais ne pas me souvenir, je murmure. Je préférerais ne pas l'avoir aimée. »

Il inspire profondément, ses yeux toujours fixés sur nos mains. La cave n'est plus froide, réchauffée par la chaleur de nos corps et les rayons du soleil sur la porte.

« Je sais ce que c'est que perdre ceux qu'on aime. J'ai appris à ne rien ressentir. Depuis si longtemps que ce n'est que quand je t'ai rencontrée… » Il étreint mes mains, mais ne me regarde pas. Je n'arrive pas à le regarder non plus. Quelque chose s'enflamme entre nous, quelque chose qui brûle en silence depuis longtemps.

« Ne te ferme pas à ceux qui tiennent à toi parce que tu penses que tu vas leur faire du mal – ou qu'ils t'en feront. À quoi bon être humaine si c'est pour ne rien ressentir ? »

Ses mains lâchent les miennes et, telle une flamme lente, avancent jusqu'à ma taille. Très lentement, il m'attire à lui. Le vide, la culpabilité, l'échec et la douleur que j'éprouve, tout cela disparaît dans le désir logé au fond de mon corps qui me pousse vers l'avant. Alors que je glisse sur ses genoux, ses mains enserrent ma taille et un feu remonte le long de ma colonne vertébrale. Il plonge les mains dans mes cheveux et les épingles qui les retenaient s'éparpillent sur le sol. Son cœur bat contre ma poitrine, je sens sa respiration contre ma bouche, nos lèvres s'effleurent.

Je le regarde, hypnotisée. Pendant une brève seconde, une ombre traverse son visage, ce qui ne me surprend pas vraiment. Keenan a toujours eu une part sombre. Je me sens mal à l'aise. Tout est oublié l'instant suivant, quand ses yeux se ferment et qu'il m'embrasse.

Ses lèvres sont douces, ses mains un peu moins alors qu'elles se promènent sur mon dos. Mes mains désirent son corps et volent sur ses bras, ses épaules. Lorsque je referme les jambes autour de sa taille, sa bouche embrasse ma joue, ses dents éraflent mon cou. J'ai du mal à respirer lorsqu'il tire sur ma chemise et embrasse mon épaule nue.

« Keenan », dis-je dans un soupir. Le froid de la cave n'altère pas la chaleur du feu qui brûle entre nous. Je lui retire sa chemise, passe l'index sur les taches de rousseur qui parsèment ses épaules, sur son torse, sur son ventre… Il m'attrape le poignet et me scrute.

« Laia. » Mon prénom prend une toute nouvelle signification quand il le prononce avec cette voix – ce n'est plus un prénom, c'est un appel, une prière. « Si tu veux que j'arrête… »

Si tu préfères garder tes distances… Si tu veux te souvenir de ta douleur… Je fais taire la voix en moi et prends sa main. Toutes les autres pensées s'éloignent alors que s'installent en moi un calme et une paix intérieure que je n'ai pas ressentis depuis des mois. Sans le quitter des yeux, je pose les doigts sur les boutons de ma chemise que je défais l'un après l'autre.

« Non, je chuchote à son oreille, je ne veux pas que tu arrêtes. »

36
ELIAS

Les murmures et les râles de douleur provenant des cachots alentour se fraient un chemin dans ma tête tels des rongeurs. Après quelques minutes dans le bloc des cellules d'interrogatoire, je n'arrive plus à retirer mes mains plaquées sur mes oreilles que j'ai carrément envie d'arracher.

La lumière du couloir qui perce à travers trois fissures en haut de la porte me permet tout juste de voir qu'il n'y a rien sur les dalles en pierre de ma cellule que je puisse utiliser pour crocheter mes menottes. Je tire sur mes chaînes, mais elles sont en acier sérique.

Dix enfers. Mes crises reprendront dans une demi-journée, au mieux. Ma capacité à penser et à bouger sera alors sévèrement altérée.

Des bruits de torture s'élèvent de l'une des cellules voisines, suivis par les bredouillements d'un malheureux qui peut à peine articuler.

Au moins, je vais faire bon usage de la formation en interrogatoire de la Commandante. Je suis content de me dire que toute la souffrance qu'elle m'a fait endurer va m'être utile.

Soudain, j'entends le verrou de la porte. *Le directeur ?* Je me raidis. Ce n'est que le garçon érudit dont le directeur s'est servi pour faire pression sur moi. L'enfant a un gobelet d'eau dans une main, une écuelle de pain dur et de viande séchée pourrie dans l'autre. Une couverture rapiécée pend sur son épaule.

« Merci. » Je bois l'eau d'un trait. Le garçon fixe le sol pendant qu'il pose la nourriture et la couverture à portée de main. Il boite – ce que je n'avais pas remarqué avant.

« Attends. » Je l'appelle, mais il ne me regarde pas. « Le directeur t'a-t-il puni après... » *Qu'il t'a utilisé pour me maîtriser.*

L'Érudit pourrait aussi bien être une statue. Même si j'ai envie de lui demander son nom, je me force à ne pas parler. Je compte les secondes. Quinze. Trente. Une minute passe.

« Tu n'as pas pas peur, finit-il par murmurer. Pourquoi ?

— La peur lui donne du pouvoir. C'est comme remplir une lampe d'huile pour la faire briller. Ça le rend fort. »

Je me demande si Darin a eu peur avant sa mort. J'espère seulement qu'elle a été rapide.

« Il me fait mal. » Les jointures du garçon sont blanches alors qu'il serre ses poings. Je grimace. Je sais très bien combien le directeur fait souffrir les gens – et les Érudits en particuler. Ses expériences sur la douleur ne sont qu'une partie de la souffrance qu'il inflige. Dans la prison, les enfants érudits sont chargés des plus basses besognes : nettoyer les salles et les prisonniers après les séances de torture, enterrer les corps à mains nues, vider les seaux. Ici, la plupart des enfants sont des bêtes de somme aux yeux éteints espérant que la mort viendra les chercher avant l'âge de 10 ans.

Je n'imagine même pas ce que ce garçon a vécu. Et vu.

Un autre cri retentit dans la même cellule qu'auparavant. Le garçon et moi sursautons. Nos regards inquiets se croisent et j'ai l'impression qu'il va parler. À cet instant, la porte de la cellule s'ouvre et l'ombre répugnante du directeur s'abat sur lui. Le garçon se précipite dehors en trombe, et disparaît au milieu des torches vacillantes du bloc.

Le directeur ne m'accorde même pas un regard. Il a les mains vides. Du moins, à première vue. Je parie qu'il a un outil de torture caché quelque part.

Il ferme la porte et sort une fiole en céramique. De l'extrait de tellis.

« Ce n'est pas trop tôt. » J'ignore la fiole. « Je finissais par penser que je ne vous intéressais plus.

— Ah, Elias ! » Le directeur fait claquer sa langue. « Tu as servi ici. Tu connais mes méthodes. "La véritable souffrance réside dans l'attente de la douleur autant que dans la douleur elle-même."

— Qui a dit ça ? » Je glousse. « Vous ?

— Oprian Dominicus. » Il marche en long et en large, hors de ma portée. « Il était le directeur sous le règne de Taius le Quatrième. À mon époque, c'était une lecture obligatoire à Blackcliff. » Il lève l'extrait de tellis. « Et si nous commencions par ça ? » Il soupire devant mon silence. « Elias, pourquoi es-tu en possession de ceci ? »

Dites les vérités que vos interrogateurs veulent entendre, souffle la voix de la Commandante à mon oreille. *Mais avec parcimonie.*

« Une blessure s'est infectée. » Je tapote la cicatrice sur mon épaule. « C'est tout ce que j'ai trouvé pour la traiter.

— Ton index droit se contracte légèrement quand tu mens, m'informe le directeur. Vas-y, essaie de l'empêcher de bouger. Tu n'y arriveras pas. “Même si l'esprit ment, le corps, lui, ne ment pas.”

— Je dis la vérité. » Enfin, une version de la vérité.

Le directeur hausse les épaules et actionne un levier à côté de la porte. Un mécanisme grince derrière moi et les chaînes attachées à mes mains et mes pieds me tirent jusqu'à ce que je sois plaqué contre le mur, mon corps formant un X.

« Sais-tu, susurre le directeur, que l'on peut briser tous les os de la main avec une simple pince si la pression est appliquée correctement ? »

Il faut quatre heures, des ongles arrachés et seuls les Cieux savent combien d'os cassés pour que le directeur m'extirpe la vérité au sujet du tellis. Même si j'aurais pu tenir plus longtemps, je décide de lui lâcher l'information. Il vaut mieux qu'il me croie faible.

« C'est très étrange, dit-il quand je lui avoue que la Commandante m'a empoisonné. Mais, ah (son visage s'illumine) Keris ne voulait pas avoir la petite Pie dans les pattes afin de pouvoir murmurer ce qu'elle veut à qui elle veut sans interférence. Cependant, elle ne voulait pas non plus prendre le risque de te laisser en vie. Malin. Un peu trop risqué à mon goût, mais… » Il hausse les épaules.

Je grimace de douleur afin qu'il ne lise pas ma surprise. Cela fait des semaines que je me demande pourquoi la Commandante m'a empoisonné au lieu de me tuer tout de suite. J'en étais arrivé à la conclusion qu'elle voulait que je souffre.

Le directeur ouvre la porte de la cellule et baisse le levier pour desserrer mes chaînes. Je tombe par terre avec soulagement. Quelques instants plus tard, le garçon entre.

« Nettoie le prisonnier, dit le directeur à l'enfant, je ne veux aucune infection. » Le vieil homme incline la tête. « Cette fois, Elias, je t'ai laissé mener ton petit jeu. Je le trouve fascinant. Ce syndrôme d'invincibilité dont tu sembles atteint : combien de temps faudra-t-il pour le briser ? Et de quelle manière ? Faudra-t-il plus de douleur physique ou devrai-je plonger dans les faiblesses de ton esprit ? J'ai tant à découvrir. Je m'en réjouis à l'avance. »

Il disparaît et le garçon approche, chargé d'une cruche en argile et d'une caisse de bocaux qui s'entrechoquent. Il écarquille les yeux devant ma main. Il s'accroupit à côté de moi, ses doigts aussi légers que des papillons alors qu'il applique différentes pommades pour nettoyer les plaies.

« Alors c'est vrai ce qu'on dit, chuchote-t-il. Les Masks ne ressentent pas la douleur.

— Nous la ressentons. Nous sommes simplement entraînés à la supporter.

— Mais il… Il t'a gardé pendant des heures. » Il fronce les sourcils. Il m'évoque un étourneau perdu, seul dans le noir, cherchant quelque chose de familier, qui ait un sens. « Je pleure toujours. » Il plonge un morceau de tissu dans l'eau et essuie le sang sur mes mains. « Même si j'essaie de m'en empêcher. »

Maudis sois-tu, Sisellius. Je pense à Darin, torturé comme ce garçon, comme moi. Quelles horreurs le directeur a-t-il fait subir au frère de Laia avant qu'il meure ? Mes mains brûlent de tenir un sabre afin de séparer la tête d'insecte de ce vieil homme de son corps.

« Tu es jeune, dis-je d'un ton bourru. Je pleurais aussi quand j'avais ton âge. » Je lui tends ma main valide à serrer. « Au fait, je m'appelle Elias. »

Sa main est forte, même si elle est petite. Il la retire vite fait.

« Le directeur affirme que les noms ont un pouvoir. » Ses yeux croisent furtivement les miens. « Nous, les enfants, on nous appelle *Esclave*. Parce que nous sommes tous identiques. Même si mon amie Bee s'est donné un nom.

— Je ne t'appellerai pas *Esclave*. Veux... veux-tu ton propre nom ? Dans les Terres tribales, il arrive que les familles ne donnent pas de nom aux enfants avant plusieurs années. Ou peut-être en as-tu déjà un.

— Je n'en ai pas. »

Je m'appuie contre le mur et m'interdis de grimacer quand il me met une attelle. « Tu es intelligent. Rapide. Que penses-tu de *Tas* ? En sadhese, ça signifie *rapide*.

— Tas. » Il essaie son nom. Un petit sourire se dessine sur son visage. « Tas. » Il acquiesce. « Et toi, tu n'es pas seulement Elias. Tu es Elias *Veturius*. Les gardes parlent de toi quand ils croient que personne ne les écoute. Ils disent que tu étais un Mask.

— J'ai retiré mon masque. »

Tas s'apprête à poser une question quand des voix résonnent dans le couloir. Drusius entre.

L'enfant se lève aussitôt et rassemble ses affaires à la hâte.

« Dépêche-toi, saleté. » Drusius lui envoie un violent coup de pied dans le ventre. Tas crie. Drusius rit et remet ça.

Un hurlement remplit mon esprit telle de l'eau s'accumulant contre un barrage. Je pense aux centurions de Blackcliff, aux tabassages désinvoltes et quotidiens qu'on nous infligeait quand nous étions des Yearlings. Je pense aux Skulls qui nous terrifiaient, ne nous considéraient pas comme des êtres humains, seulement comme des victimes de leur sadisme.

Soudain, je bondis sur Drusius qui s'est trop approché. Je grogne comme un animal fou.

« C'est un *enfant.* » Je frappe le Mask à la mâchoire de ma main droite et il s'écroule. Ma rage se libère et je ne sens plus les chaînes alors que je fais pleuvoir les coups. *C'est un enfant que tu traites comme de la merde. Tu crois que ça ne l'affecte pas ? Et cela l'affectera jusqu'à sa mort, tout ça parce que tu es trop taré pour te rendre compte de ce que tu fais.*

Des mains m'arrachent à lui. Des bottes martèlent le sol et deux Masks font irruption dans la cellule. Un coup de poing à l'estomac me coupe la respiration et je sais que je vais perdre conscience.

« Ça suffit. » Le ton froid du directeur. Les Masks reculent immédiatement. Drusius se relève. Le cœur battant à tout rompre, le souffle laborieux, je fixe le directeur d'un regard plein de haine pour lui et pour l'Empire.

« Le pauvre petit garçon se vengeant de son enfance perdue. C'est pathétique, Elias. » Le directeur secoue la tête, déçu. « Te rends-tu compte à quel point ces pensées sont irrationnelles ? Inutiles ? Maintenant je vais devoir punir le garçon. Drusius, dit-il vivement, apporte-moi un parchemin et une plume. Je vais emmener le garçon à côté. Tu noteras les réactions de Veturius. »

Drusius essuie le sang de sa bouche, ses yeux de chacal brillent. « Avec plaisir, chef. »

Le directeur attrape l'enfant – Tas – recroquevillé dans un coin et le jette hors de la cellule. En tombant, le garçon produit un bruit sourd épouvantable.

« Vous êtes un monstre, je hurle au vieil homme.

— “La nature éradique les faibles.” Encore Dominicus. Un grand homme. C’est peut-être une bonne chose qu’il ne soit plus là pour voir que parfois on laisse la vie sauve aux faibles qui chancellent, pleurnichent et gémissent. Je ne suis pas un monstre, Elias. Je suis un auxiliaire de la Nature. Une sorte de jardinier. Et je suis très doué avec des cisailles. »

Je tire sur mes chaînes, même si je sais que c’est inutile. « Allez en enfer ! »

Mais le directeur est déjà parti. Drusius prend sa place et me dévisage méchamment. Il note toutes mes expressions pendant que, derrière la porte verrouillée, Tas hurle.

37
LAIA

Quand je me réveille dans la planque, sans être du regret, mon sentiment profond n'est pas non plus du bonheur. J'aimerais le comprendre. Je sais qu'il me rongera jusqu'à ce que j'y arrive mais, avec tant de kilomètres à parcourir, je ne peux pas me permettre de perdre mon but de vue.

Je ne pense pas que ce qui s'est passé entre nous soit une erreur.

Dès que Keenan a le dos tourné, j'avale la concoction d'herbes que Pop m'a appris à préparer – celle qui ralentit le cycle lunaire des filles afin qu'elles ne tombent pas enceintes.

Je regarde Keenan enfiler des vêtements plus chauds en vue de la prochaine partie de notre voyage. Il sent mon regard sur lui et s'approche alors que je lace mes chaussures. Il me caresse la joue avec une affection timide qui ne lui ressemble pas. Un sourire incertain illumine son visage.

Sommes-nous fous de vouloir trouver un peu de réconfort au milieu de toute cette folie ? Je n'arrive pas à prononcer les paroles à voix haute. Et il n'y a personne d'autre à qui poser la question.

J'ai soudain terriblement envie de parler à mon frère et je mords rageusement ma lèvre pour ne pas pleurer. Je suis certaine que Darin a eu des petites amies avant de débuter son apprentissage avec Spiro. Lui saurait me dire si ce malaise, cette confusion, sont normaux.

« Qu'y a-t-il ? » Keenan m'aide à me lever et ne me lâche pas les mains. « Tu ne regrettes pas que nous…

— Non, je réponds rapidement. C'est juste que… avec tout ce qui se passe… était-ce… mal ?

— De nous ménager une ou deux heures de bonheur en des temps si sombres ? Non, il n'y a rien de mal à ça. À quoi bon vivre si ce n'est pour ces rares moments de joie ? À quoi bon se battre ?

— Certes. Cela dit, je me sens si coupable. » Après des semaines à contenir mes émotions, elles explosent. « Toi et moi sommes ici, vivants. Izzi est morte, Darin est en prison, Elias est mourant… »

Keenan passe son bras autour de mes épaules et appuie ma tête contre son menton. Sa chaleur, son odeur bois fumé-citron m'apaise instantanément.

« Laisse-moi te décharger de ta culpabilité. Elle n'a pas lieu d'être. » Il s'écarte un peu et me regarde dans les yeux. « Et cesse de t'angoisser. »

Ce n'est pas si simple ! « Pas plus tard que ce matin, tu m'as demandé à quoi bon être humaine si je m'empêchais de ressentir quoi que ce soit.

— Je parlais d'attirance, de désir. » Ses joues rougissent un peu et il détourne le regard. « Pas de culpabilité ni de peur. Ce sont des sentiments que tu devrais t'efforcer d'oublier. Je pourrais t'y aider… » Il incline la tête et une onde de chaleur m'envahit. « Sauf que nous devons nous mettre en route. »

Je parviens à forcer un sourire et il me libère. Le temps de rattacher le sabre de Darin, je fronce à nouveau les sourcils. Je n'ai pas besoin de distraction. J'ai besoin de comprendre ce qui se passe dans ma tête.

Tes émotions montrent que tu es humaine, m'a dit Elias il y a des semaines dans les montagnes de Serra. *Même les émotions désagréables ont un rôle. Ne les étouffe pas. Si tu les ignores, elles gagnent en puissance.*

« Keenan. » Nous montons les marches de la cave et Keenan déverrouille le loquet. « Je ne regrette pas ce qui est arrivé, mais je n'arrive pas à ne pas me sentir coupable.

— Pourquoi ? » Il se tourne vers moi. « Écoute… »

Nous sursautons quand la porte de la cave s'ouvre tout à coup en grinçant. Keenan saisit son arc, encoche une flèche et vise dans un même mouvement.

C'est un jeune Érudit aux cheveux bouclés. Il jure quand sa lampe nous éclaire. « Je savais que j'avais vu quelqu'un par ici, dit-il. Il faut que vous partiez. Le Maître dit qu'une patrouille martiale se dirige par ici et que les soldats tuent tous les Érudits libres qui croisent leur route… »

Nous n'entendons pas le reste. Keenan me prend par la main et m'entraîne dans la nuit. Il désigne les arbres à l'est, au-delà des quartiers des esclaves. Je le suis en courant, mon cœur bat la chamade.

Nous traversons les bois, puis prenons vers le nord en coupant par des champs en jachère. Keenan repère une écurie et disparaît. Un chien aboie. Son aboiement s'interrompt brutalement. Quelques minutes plus tard, Keenan revient avec un cheval.

En voyant son visage fermé, je ne lui pose pas de question.

« Là-bas, il y a un chemin qui serpente à travers les bois, dit-il. Il n'a pas l'air d'être beaucoup emprunté et il neige assez pour que nos traces soient effacées en une heure ou deux. »

Il m'attire vers lui et soupire devant mes réticences.

« Je ne sais pas ce que j'ai, je murmure. J'ai l'impression que… que je ne parviens pas à trouver un équilibre.

— Tu portes un poids trop lourd depuis trop longtemps. Laia, pendant tout ce temps, tu as pris des décisions difficiles et peut-être n'étais-tu pas prête pour ça. Il n'y a aucune honte à cela et j'étriperai toute personne qui te dira le contraire. Tu as fait de ton mieux. Mais maintenant, tu dois laisser ça derrière toi. Laisse-moi porter ce poids à ta place. Laisse-moi t'aider. Aie confiance en moi. T'ai-je déjà induite en erreur ? »

Je fais non de la tête. Mon inquiétude revient. *Laia, tu devrais davantage croire en toi,* dit une voix en moi. *Toutes tes décisions n'ont pas été mauvaises.*

Néanmoins, les plus importantes – celles qui mettaient des vies en jeu – se sont toutes révélées mauvaises. Ce poids-là est écrasant.

« Ferme les yeux, dit Keenan. Détends-toi. Je vais nous mener jusqu'à Kauf. Nous allons libérer Darin. Et tout ira pour le mieux. »

* * *

Trois nuits plus tard, nous découvrons une fosse commune remplie d'Érudits à moitié ensevelis. Des hommes. Des femmes. Des enfants. Tous empilés comme des abats. Devant nous, les sommets enneigés des montagnes de Nevennes occultent la moitié du ciel. Comme cette beauté semble cruelle. Ces cimes ignorent-elles les horreurs qui ont eu lieu dans leur ombre ?

Keenan presse le pas et continue à marcher, même après le lever du soleil. Une fois loin du charnier, alors que nous parcourons une haute falaise boisée, j'aperçois quelque chose à l'est, dans les collines basses situées entre Antium et nous. Des tentes, des hommes et des feux de camp. Par centaines.

« Cieux ! Tu vois ça ? Ce sont les collines d'Argent, n'est-ce pas ? On dirait qu'il y a toute une armée là-bas.

— Viens », dit Keenan en m'entraînant. Son impatience due à l'inquiétude réveille la mienne par la même occasion. « Nous devons trouver un abri avant la tombée de la nuit. »

Mais la nuit apporte son nouveau lot d'horreurs. Quelques heures plus tard, nous tombons sur un groupe de soldats. Je lâche un petit cri, manquant de révéler notre position.

Keenan me tire en arrière en retenant son souffle. Les soldats surveillent quatre chariots fantômes – surnommés ainsi car une fois qu'on disparaît dedans, c'est comme si on était mort. Leurs parois hautes et noires m'empêchent de voir combien d'Érudits sont à l'intérieur. Des mains s'agrippent aux barreaux de l'ouverture à l'arrière : certaines sont grosses, d'autres plus petites. Je repense à la fosse commune. Je sais ce qui va arriver à ces gens. Keenan veut me faire avancer ; je suis paralysée.

« Laia !

— Nous ne pouvons pas les abandonner.

— Ces chariots sont gardés par des dizaines de soldats et quatre Masks. Nous nous ferions massacrer.

— Et si je disparaissais ? Comme dans le campement tribal. Je pourrais…

— Non, tu ne peux pas. Pas depuis… » Keenan me serre l'épaule dans un geste d'empathie. *Pas depuis la mort d'Izzi.*

J'entends un hurlement et je me retourne. Un garçon érudit griffe le visage d'un Mask qui le traîne par terre.

« Vous ne pouvez pas continuer à nous traiter comme ça ! hurle le garçon au Mask qui le jette dans le chariot. Nous ne sommes pas du bétail ! Un jour, nous rendrons coup pour coup !

— Avec quoi ? s'esclaffe le Mask. Avec des bâtons et des cailloux ?

— À présent, nous connaissons vos secrets. » Le garçon se colle aux barreaux. « Vous ne pourrez pas arrêter ce qui est en marche. L'un de vos forgerons s'est retourné contre vous et *nous* savons. »

Le rictus s'efface du visage du Mask et il prend un air presque gentil. « Ah oui, dit-il doucement. Le grand espoir des rats. L'Érudit qui a volé les secrets de l'acier sérique. Il est mort, petit. »

Keenan plaque sa main sur ma bouche et me rattrape quand je chancelle tout en me chuchotant que je ne dois pas faire de bruit, que nos vies en dépendent.

« Il est mort en prison, ajoute le Mask. Après qu'on a soutiré toutes les informations à son esprit faible. Vous *êtes* des animaux, petit. Moins que des animaux, même.

— Il ment, murmure Keenan tout en m'éloignant des arbres. Il dit ça pour faire du mal au garçon.

— Et s'il ne mentait pas ? Et si Darin était mort ? Tu as entendu les rumeurs qui courent à son sujet. Elles se répandent de plus en plus loin. Peut-être que l'Empire pense pouvoir mettre fin aux rumeurs en le tuant, peut-être…

— Peu importe. Tant qu'il y a la moindre chance qu'il soit en vie, nous devons continuer. Viens. Nous avons encore beaucoup de chemin à parcourir. »

* * *

Près d'une semaine après notre départ, Keenan revient d'un pas lourd au campement que nous avons installé sous les branches nues d'un chêne noueux. « La Commandante est allée jusqu'à Delphinium, dit-il. Elle a massacré tous les Érudits libres.

— Et les esclaves ? Et les prisonniers ?

— Les esclaves n'ont pas été inquiétés – leurs maîtres ont dû protester contre la perte de leurs propriétés. » Ce qui semble le rendre malade. « Elle a vidé la prison. Il y a eu une exécution de masse sur la place de la ville. »

Cieux. L'obscurité de la nuit me semble de plus en plus profonde, comme si la Faucheuse parcourait ces arbres et que chaque être vivant le savait sauf nous. « Bientôt, dis-je, il ne restera plus aucun Érudit.

— Laia. Kauf est sa prochaine destination. »

Je lève la tête. « Cieux. Et si Elias n'a pas réussi à faire évader Darin ?

— Elias est parti il y a six semaines. Et il avait l'air sacrément confiant. Peut-être a-t-il déjà libéré Darin. Ils nous attendent peut-être dans la grotte. »

Keenan sort de son sac une miche de pain encore chaude et un demi-poulet. Seuls les Cieux savent comment il a obtenu tout ça. Mais mon appétit s'est envolé.

« Te demandes-tu parfois ce qu'il advient de ces gens dans les chariots ? je chuchote.

— J'ai rejoint la Résistance, non ? Laia, je ne tiens pas à en parler. Ça ne sert à rien. »

C'est se souvenir, me dis-je, *qu'importe.*

Il y a une semaine, j'aurais prononcé les mots tout haut.

Depuis que Keenan a pris la direction des événements à ma place, je me sens plus faible. Diminuée.

Je devrais lui en être reconnaissante. Bien que la campagne grouille de Martiaux, il a su éviter toutes les patrouilles, tous les avant-postes, toutes les tours de guet.

« Tu dois être gelée. » Ses mots pleins de tendresse me tirent de mes pensées. Je baisse les yeux, surprise. Je porte toujours la cape noire épaisse qu'Elias m'a donnée à Serra il y a des lustres.

Je la serre autour de moi. « Ça va. »

Keenan fouille dans son sac et finit par en sortir une lourde cape d'hiver doublée de fourrure. Il se penche et, doucement, détache ma cape qui tombe par terre. Puis il place l'autre sur mes épaules et la ferme.

Cela part d'une bonne intention. Je le sais. Même si je me suis détournée de lui ces derniers jours, il me montre une égale sollicitude.

Mais une partie de moi veut retirer la cape et remettre celle d'Elias. Elle me rappelle celle que j'étais à ses côtés. Plus courageuse. Plus forte. Plus intrépide.

Cette Laia-là me manque. Cette version de moi qui brillait plus quand Elias Veturius était près d'elle.

La Laia qui commettait des erreurs. La Laia dont les erreurs causaient des morts inutiles.

Comment pourrais-je oublier ? Je remercie Keenan tout bas et mets l'ancienne cape dans mon sac. Puis je m'enveloppe de la nouvelle et je me dis qu'elle est plus chaude.

38
ELIAS

La nuit, le silence qui règne dans la prison de Kauf fait froid dans le dos. Ce n'est pas le silence du sommeil, mais celui de la mort, des hommes qui capitulent, qui laissent leur vie s'éteindre ou la douleur les submerger jusqu'à ce qu'ils s'évanouissent. À l'aube, les enfants de Kauf sortiront les corps de ceux qui n'ont pas survécu à la nuit.

Dans le calme, je me surprends à penser à Darin. Pour moi, il a toujours été une chimère, un être que nous nous efforçons de rejoindre depuis si longtemps que je me sens lié à lui, même si je ne l'ai jamais rencontré. Maintenant qu'il est mort, son absence est palpable, comme un membre fantôme. Dès que je me souviens qu'il n'est plus, le désespoir m'envahit.

Mes poignets saignent à cause des menottes et je ne sens plus mes épaules ; mes bras sont restés tendus toute la nuit. Même si j'ai connu pire, chaque crise qui m'envoie dans l'obscurité la plus totale est un soulagement.

Mais il est de courte durée car quand je me réveille dans le Lieu d'Attente, je suis saturé de murmures paniqués des esprits – ils sont des centaines, des milliers, trop nombreux.

L'Attrapeuse d'Âmes me tend la main pour m'aider à me relever. Ses traits sont tirés.

« Je t'avais prévenu de ce qui se produirait dans cet endroit. » Mes blessures ne sont pas visibles, mais elle grimace en me regardant, comme si elle les voyait. « Pourquoi ne m'as-tu pas écoutée ? Regarde dans quel état tu es.

— Je ne pensais pas me faire prendre. » Les esprits tournoient autour de nous tels des débris flottant à la surface de l'eau au milieu d'une tempête. « Shaeva, que se passe-t-il ?

— Tu ne devrais pas être ici. » Ses paroles ne sont pas aussi hostiles que quelques semaines plus tôt. Mais elles sont fermes. « Je ne pensais pas te revoir avant ta mort. Repars, Elias.

— Les esprits sont-ils agités ?

— Plus que d'habitude. » Elle s'affale. « Ils sont trop nombreux. Des Érudits, pour l'essentiel. »

Au bout d'un moment, je comprends ce que cela signifie et je réprime un haut-le-cœur. Les milliers de murmures que j'entends sont ceux des Érudits assassinés par les Martiaux.

« Beaucoup avancent sans mon aide. Certains, en revanche, sont terriblement angoissés. Leurs cris contrarient le djinn. » Shaeva porte la main à sa tête. « Je ne me suis jamais sentie aussi vieille, Elias. Aussi impuissante. Après mille ans en tant qu'Attrapeuse d'Âmes, je n'ai jamais vu la guerre. J'ai assisté à la chute des Érudits, à l'avènement des Martiaux. Pourtant, je n'ai jamais rien vu de tel. » Elle pointe le ciel visible à travers la canopée. « La constellation du Sagittaire disparaît. Celle du Bourreau et du Traître est en train de se dessiner. Les étoiles savent toujours, Elias. Ces derniers temps, elles ne parlent que des ténèbres imminentes. »

Les ombres se rassemblent, Elias, et leur rassemblement est inexorable. Cain me l'a dit – et pire encore – il y a quelques mois de cela à Blackcliff.

« Quelles ténèbres ?

— Le Semeur de Nuit », murmure Shaeva. Elle est envahie par la peur et la créature forte et apparemment insensible à laquelle je suis habitué s'efface, remplacée par une enfant effrayée.

Au loin, les arbres rougeoient. Le bosquet du djinn.

« Il cherche un moyen de libérer ses camarades. Il cherche les pièces éparpillées de l'arme qui les a enfermés ici il y a si longtemps. Chaque jour, il se rapproche. Je… Je le sens, mais je ne peux pas le voir. Je ne peux que percevoir sa méchanceté, telle l'ombre froide d'une tempête qui approche.

— Pourquoi avez-vous peur de lui ? N'êtes-vous pas tous les deux des djinns ?

— Son pouvoir est cent fois supérieur au mien. Certains djinns peuvent chevaucher les vents ou disparaître. D'autres peuvent manipuler l'esprit, le corps, le temps qu'il fait. Le Semeur de Nuit, lui, possède tous ces pouvoirs. Et plus encore. Il était notre professeur, notre père, notre chef, notre roi. Mais… » Elle détourne les yeux. « Je l'ai trahi. J'ai trahi notre peuple. Quand il l'a appris… Cieux, même après des centaines d'années de vie, je n'ai jamais éprouvé pareille frayeur.

— Que s'est-il passé ? je demande doucement. Comment avez-vous tra… »

Un grognement provenant du bosquet déchire l'air. « *Ssshhhaeva…* »

« Elias, dit-elle, angoissée, Je… »

« *Shaeva !* » Le grognement est un claquement de fouet et Shaeva sursaute. « Tu les as contrariés. Pars ! »

Je m'éloigne d'elle en reculant alors que les esprits se bousculent autour de moi. L'un d'eux porte un cache-œil.

« *Izzi ?* dis-je, effaré. Qu'est-ce…

— Va-t'en ! » Shaeva me repousse, me renvoie à ma douloureuse conscience.

Mes chaînes sont desserrées. Je suis roulé en boule par terre, je souffre et je suis transi de froid. Quelque chose me frôle le bras et de grands yeux sombres me fixent, écarquillés et inquiets. Le garçon érudit.

« Tas ?

— Le directeur a ordonné aux soldats de desserrer les chaînes afin que je nettoie tes plaies. Tu dois arrêter de te débattre. »

Je m'assois avec précaution. *Izzi.* C'était elle. J'en suis certain. Mais elle ne peut pas être morte ! Qu'est-il arrivé à la caravane ? À Laia ? À Afya ? Pour une fois, je veux avoir une nouvelle crise. Je veux des réponses.

« Des cauchemars, Elias ?

— Tout le temps.

— Moi aussi, je fais de mauvais rêves », dit Tas dont les yeux croisent brièvement les miens.

Je n'en doute pas. Je repense à la Commandante qui, voilà des mois, se tenait devant ma cellule avant ce qui devait être ma décapitation. Elle m'avait surpris au milieu d'un cauchemar. *J'en fais aussi*, avait-elle dit.

Et à présent, à des kilomètres et des mois de ce jour, je découvre qu'un enfant condamné à vivre dans la prison de Kauf n'est pas différent. Comme c'est perturbant de penser que nous sommes tous les trois liés par cette même expérience : des monstres se sont invités dans nos têtes. Toutes ces ténèbres, tout ce mal perpétré par d'autres, toutes les choses sur lesquelles nous n'avions aucun contrôle parce que nous étions trop jeunes – tout cela est resté en nous au fil des ans, a attendu que nous soyons au plus bas pour bondir sur nous telles des goules sur une victime agonisante.

La Commandante est consumée par les ténèbres, je le sais. Quels que soient ses cauchemars, elle est devenue mille fois pire qu'eux.

« Ne te laisse pas envahir par la peur, Tas. Tant que tu ne la laisses pas te contrôler, tu es aussi fort que n'importe quel Mask. Tant que tu te bats. »

J'entends ce cri familier provenant du couloir, le même que j'entends depuis que j'ai été jeté dans cette cellule. Il commence comme un gémissement et se termine en sanglots.

« Il est jeune. » Tas fait un signe de tête en direction du prisonnier tourmenté. « Le directeur passe des heures avec lui. »

Le pauvre. Pas étonnant qu'il ait l'air fou la moitié du temps.

Tas verse de l'alcool sur mes ongles blessés. J'étouffe un grognement.

« Les soldats, dit Tas. Ils lui ont donné un nom.

— Le Hurleur ? je marmonne entre mes dents serrées.

— L'Artiste. »

Je regarde Tas, toute douleur oubliée.

« Pourquoi ? je demande calmement.

— Je n'ai jamais rien vu de pareil. » Tas a l'air troublé. « Même avec du sang en guise d'encre, les dessins qu'il fait sur les murs… Ils sont si réels que j'ai cru qu'ils allaient prendre vie. »

Enfers sanglants. Enfers brûlants. Ce n'est pas possible. Le légionnaire du bloc d'isolement a dit qu'il était mort. Et je l'ai cru, idiot que je suis.

« Pourquoi me racontes-tu ça ? » Je suis soudain la proie d'un horrible doute. Tas est-il un espion ? « Le directeur le sait-il ? C'est lui qui t'a dit de m'en parler ? »

Tas secoue vigoureusement la tête. « Non. S'il te plaît, écoute. » Il jette un œil à mon poing qui, je m'en rends compte, est serré. L'idée que cet enfant puisse penser que je pourrais le frapper me rend malade et j'ouvre la main. « Même ici, les soldats parlent de la traque du plus grand traître de l'Empire. Et ils parlent aussi de la fille avec qui tu voyages : Laia de Serra. Et… Et l'Artiste… parfois, dans ses cauchemars, il parle aussi.

— Que dit-il ?

— Il prononce son nom, chuchote Tas. *Laia.* Il l'appelle, il lui hurle de fuir. »

39
HELENE

Les cris portés par le vent me remuent jusqu'aux entrailles. Même à trois kilomètres de là, Kauf signale sa présence par la douleur de ses détenus.

« Eh bien, ce n'est pas trop tôt. » Faris, qui nous attend à l'avant-poste à la sortie de la vallée, vient à notre rencontre, claquant des dents. « Pie, je suis là depuis trois jours.

— Il y avait une inondation dans les collines d'Argent. » Un trajet qui aurait dû durer sept jours nous en a pris plus du double. *Rathana* aura lieu dans un peu plus d'une semaine. *Dans peu de temps.* J'espère que je n'ai pas commis d'erreur en accordant ma confiance à Cuisinière.

« Les soldats de la garnison ont insisté pour que nous les contournions, j'explique à Faris. Dix satanés jours de retard. »

Faris prend les rênes de mon cheval alors que je mets pied à terre. « Étrange, dit-il. Les collines étaient aussi bloquées à l'est, mais on m'a parlé de torrents de boue.

— Causés par les inondations, certainement. Mangeons, faisons des réserves et partons à la recherche de Veturius. »

Nous entrons dans l'avant-poste où nous sommes accueillis par un souffle d'air chaud provenant de la cheminée. Je m'assois près du feu pendant que Faris s'adresse à voix basse aux quatre auxiliaires présents. Ils acquiescent comme un seul homme à ce qu'il dit, tout en lançant des coups d'œil nerveux dans ma direction. Deux disparaissent dans la cuisine et les deux autres vont s'occuper des chevaux.

« Que leur as-tu dit ?

— Que tu massacreras leurs familles s'ils soufflent mot à quiconque de notre présence. » Faris me sourit. « J'ai pensé que tu ne voulais pas que le directeur sache que tu es ici.

— Bien vu. » J'espère que nous n'aurons pas besoin de l'aide du directeur pour trouver Elias. Je frémis à l'idée de ce qu'il demanderait en échange.

« Nous devons ratisser la zone, dis-je. Si Elias est venu ici, il n'en est peut-être pas encore parti. »

La respiration de Faris s'arrête, puis reprend. Je le regarde et il semble soudain terriblement intéressé par son repas.

« Qu'y a-t-il ?

— Rien. » Faris répond bien trop vite et marmonne un juron quand il constate que je m'en suis rendu compte. Il pose son assiette. « Je déteste ça, dit-il. Et je me fiche que l'espion de la Commandante soit au courant. » Il foudroie Avitas du regard. « Je ne supporte pas que nous soyons des chiens de chasse et que Marcus nous cravache. Pendant les Épreuves, Elias m'a sauvé la vie. Et aussi celle de Dex. Il sait ce que l'on ressent après… » Faris me fixe d'un air accusateur. « Tu n'as jamais dit quoi que ce soit de la Troisième Épreuve. »

Avec Avitas épiant mes moindres gestes, il serait avisé de faire un discours sur la loyauté à l'Empire.

Mais je suis trop fatiguée. Et j'ai la mort dans l'âme.

« Moi aussi je déteste ça. » Je baisse les yeux sur mon assiette à moitié pleine, je n'ai plus d'appétit. « Cieux sanglants. Je déteste toute cette affaire. Toutefois, ça n'a rien à voir avec Marcus. Il s'agit de la survie de l'Empire. Si tu ne peux pas te résoudre à y participer, alors fais ton sac et retourne à Antium. Je peux t'assigner à une autre mission. »

Faris détourne le regard, la mâchoire serrée. « Je reste. »

Je soupire. « Dans ce cas, peux-tu me dire pourquoi tu t'es fermé comme une huître quand j'ai parlé de ratisser la zone à la recherche d'Elias. »

Faris grogne. « Bon sang, Hel.

— Lieutenant Candelan, vous étiez stationné à Kauf en même temps que lui, dit Avitas à Faris. Ce qui n'était pas votre cas, Pie. »

Exact. Quand nous étions des Cinquième année, Elias et moi avons atterri à Kauf à des moments différents.

« Allait-il quelque part quand la vie de la prison devenait trop pesante ? » Il se dégage une rare intensité d'Avitas. « Un… refuge ?

— Une grotte, dit Faris au bout d'un moment. Une fois, je l'ai suivi. Je pensais… Cieux, je ne sais pas ce que je pensais. Probablement quelque chose d'idiot : qu'il avait trouvé un stock de bière caché dans les bois, ou quelque chose dans le genre. Mais il s'est simplement assis à l'intérieur et a fixé les murs. Je crois… Je crois qu'il essayait d'oublier la prison. »

Un grand vide s'ouvre en moi. Je ne suis pas surprise qu'Elias ait trouvé un endroit comme celui-ci. Sans cela, il n'aurait pas pu supporter Kauf. Ça lui ressemble tellement que j'ai tout à la fois envie de rire et de briser quelque chose.

Pas maintenant. Pas quand nous sommes si proches.

« Emmène-nous là-bas. »

* * *

Sur le coup, je pense que la grotte est une fausse piste. Elle a l'air abandonnée depuis des années. Nous en fouillons tout de même chaque centimètre carré à l'aide de torches. Au moment où je m'apprête à donner l'ordre de quitter les lieux, j'aperçois quelque chose briller tout au fond d'une fissure dans la paroi. Je sors le contenu en manquant de le faire tomber.

« Dix enfers. » Faris me prend les fourreaux des mains. « Les sabres d'Elias.

— Il est venu ici. » J'ignore la terreur qui grandit dans mon ventre – *tu devras le tuer !* – et je fais comme s'il s'agissait d'une montée d'adrénaline provoquée par la traque. « Et récemment. Tout le reste est recouvert de toiles d'araignée. » Je brandis la torche, en quête de traces de la fille. Rien. « S'il est ici, alors Laia devrait y être aussi.

— Et, ajoute Avitas, s'il a laissé ça ici, il ne pensait pas partir longtemps.

— Fais le guet, dis-je à Faris. Souviens-toi que nous parlons de Veturius. Garde tes distances. Ne l'attaque pas. Il faut que j'aille à la prison. » Je me tourne vers Avitas. « Je suppose que vous allez insister pour venir avec moi.

— Je connais mieux le directeur que vous, dit-il. Ce n'est pas très judicieux d'entrer dans la prison. Il y a bien trop d'espions de la Commandante à l'intérieur. Si elle apprend que vous êtes ici, elle essaiera de saborder vos plans. »

Je hausse les sourcils. « Vous voulez dire qu'elle ne sait pas que je suis là ? Je pensais que vous le lui aviez dit. »

Avitas ne répond pas et, à mesure que le silence se prolonge, Faris se met à gigoter, gêné. Je vois le visage froid d'Harper imperceptiblement craquer.

« Je ne suis plus son espion, finit-il par dire. Si c'était le cas, vous seriez déjà morte. Vous êtes sur le point de capturer Elias et ses ordres étaient de vous tuer discrètement quand vous seriez aussi proche – de faire en sorte que ça ait l'air d'un accident. »

Faris saisit son sabre. « Espèce de traître… »

Je lève la main pour l'arrêter et indique à Avitas de continuer d'un signe de tête. Il sort une fine enveloppe de son uniforme. « De l'herbe de nuit. Interdite dans l'Empire. Seuls les Cieux savent où Keris se l'est procurée. À faible dose, elle tue lentement. À haute dose, le cœur cesse de battre. La Commandante avait prévu de déclarer que la pression de la mission était trop forte pour vous.

— Vous pensez qu'il est si facile de me tuer.

— Justement, non. » La lumière de la torche plonge le visage masqué d'Avitas dans l'ombre et, pendant une seconde, il me rappelle une personne que je n'arrive pas à identifier. « J'ai passé des semaines à chercher comment le faire sans que personne s'en rende compte.

— Et ?

— J'ai décidé d'y renoncer. À partir de ce moment-là, je lui ai envoyé de fausses informations.

— Pourquoi vous être ravisé ? Vous saviez ce que cette mission impliquait.

— J'ai demandé à y participer. » Il range l'enveloppe d'herbe de nuit. « Je lui ai dit que si elle voulait vous faire disparaître discrètement, elle avait besoin de quelqu'un auprès de vous. »

Faris ne rengaine pas son sabre. Il s'est rapproché, son corps immense semble occuper la moitié de la grotte. « Enfers sanglants, pourquoi avez-vous demandé à participer à *cette* mission ? Avez-vous quelque chose contre Elias ? »

Avitas secoue la tête. « Je cherchais… la réponse à une question. Vous accompagner était le meilleur moyen de l'obtenir. »

J'ouvre la bouche pour lui demander de quelle question il s'agit. Il fait non de la tête.

« La question n'a pas d'importance.

— Bien sûr que si, je m'énerve. Qu'est-ce qui a bien pu vous pousser à changer de camp ? Et comment puis-je être sûre que vous n'en changerez pas à nouveau ?

— J'ai été son espion, Pie de sang. » Nos regards se croisent et la brèche dans son visage s'élargit. « Mais je n'ai *jamais* été son allié. J'avais besoin d'elle. J'avais besoin de réponses. C'est tout ce que je vous dirai. Si vous ne le supportez pas, alors renvoyez-moi ou punissez-moi. » Il marque une pause. Est-ce de l'anxiété que je lis sur son visage ? « N'entrez pas dans Kauf pour parler au directeur. Envoyez-lui un message. Faites-le sortir de son domaine où il est le plus fort. Puis faites ce que vous voulez. »

Je savais que je ne pouvais pas faire confiance à Harper. Je ne lui ai *jamais* fait confiance. Cependant, il vient de tout avouer ici où, contrairement à moi, il n'a pas d'allié.

Je le foudroie du regard. Il ne respire plus.

« Si vous me doublez, dis-je, je vous arrache le cœur de mes mains. »

Avitas hoche la tête. « Je n'en attendrais pas moins de vous, Pie de sang.

— Bien. En ce qui concerne le directeur, je ne suis plus un Yearling qui fait encore pipi au lit, Harper. Je sais ce dont ce monstre est capable : il fait passer les secrets et la douleur pour de la science et de la raison. »

Mais il adore son petit royaume nauséabond. Il ne voudra pour qu'on le lui enlève. Je peux utiliser ça contre lui.

« Faites porter un message à ce vieil homme. Dites-lui que je lui fixe rendez-vous ce soir à minuit au hangar à bateaux. Il doit venir seul. »

Harper part immédiatement. Faris se tourne vers moi.

« Je t'en prie, ne me dis pas que tu crois qu'il est soudain de notre côté.

— Je n'ai pas le temps de le découvrir. » Je prends les affaires d'Elias et je les remets dans l'anfractuosité. « Si le directeur a la moindre information sur Elias, il ne la partagera pas gratuitement. Je dois déterminer ce que je lui donnerai. »

* * *

À minuit, Avitas et moi nous faufilons dans le hangar à bateaux de Kauf. Les larges poutres du toit luisent faiblement dans la lumière bleue des torches. On n'entend que le roulis irrégulier du fleuve contre les bateaux.

Même si Avitas a précisé au directeur de venir seul, je m'attends qu'il soit accompagné de gardes. Je scrute l'obscurité. Les coques des canoës s'entrechoquent et les bateaux de transport de prisonniers amarrés à la berge jettent une ombre sur les fenêtres. Un vent froid fait vibrer les vitres.

« Vous êtes sûr qu'il va venir ? »

L'Homme du Nord acquiesce. « Il a très envie de vous rencontrer, Pie. Mais…

— Enfin, lieutenant Harper, inutile de préparer notre Pie. Elle n'est pas une enfant. » Le directeur, aussi filiforme et pâle qu'une grande araignée des catacombes, sort subrepticement des ténèbres de l'autre côté du hangar. Depuis combien de temps rôde-t-il ici ? Je me force à ne pas saisir mon sabre.

« J'ai des questions, monsieur le directeur. » *Vous êtes un ver de terre. Un parasite tordu et pathétique.* Je veux qu'il entende l'indifférence dans ma voix. Je veux qu'il sache que je lui suis supérieure.

Il s'arrête à quelques pas de moi, les mains derrière le dos. « En quoi puis-je vous aider ?

— Des prisonniers se sont-ils évadés ces dernières semaines ? Avez-vous été victime de tentatives d'effraction ou de vols ?

— Rien de tout cela, Pie. » Je l'observe attentivement et ne détecte aucun signe de mensonge.

« Et des activités suspectes ? Des gardes vus à des endroits où ils ne devraient pas être ? L'arrivée de prisonniers imprévus ?

— Les frégates amènent sans cesse de nouveaux prisonniers. J'en ai admis un moi-même il n'y a pas longtemps. Par contre, son arrivée n'était pas imprévue. »

Ma peau me picote. Le directeur dit la vérité. Mais en même temps, il me cache quelque chose. Je le sens. À côté de moi, Avitas danse d'un pied sur l'autre ; lui aussi le perçoit.

« Pie de sang, reprend le directeur. Excusez-moi, pourquoi êtes-vous ici, à Kauf, à la recherche de ce genre d'information ? Je pensais que vous aviez une mission pressante, celle de retrouver Elias Veturius ? »

Je me redresse. « Posez-vous toujours des questions à vos supérieurs ?

— Ne prenez pas offense. Je me demandais simplement si quelque chose aurait amené Veturius ici. »

Je remarque la manière dont il scrute mon visage, à l'affût de la plus infime réaction et je me prépare à ce qu'il va dire.

« Parce que si vous vouliez bien me dire pourquoi vous pensez qu'il est ici, je pourrais peut-être partager avec vous une information… intéressante. »

Avitas me jette un rapide coup d'œil. Un avertissement. *La partie est engagée.*

« Par exemple, dit le directeur, la fille qui voyage avec lui… qui est-elle ?

— Son frère est enfermé dans votre prison. » Je lui lâche l'information histoire de prouver ma bonne foi. *Si vous m'aidez, je vous aide.* « Je crois que Veturius veut le libérer. »

L'éclair dans les yeux du directeur signifie que je lui ai offert quelque chose qu'il voulait. Pendant une seconde, je suis submergée par la culpabilité. Si le garçon est dans la prison, je viens de compliquer les affaires d'Elias.

« Qu'est-elle pour lui, Pie de sang ? Quelle emprise a-t-elle sur lui ? »

Je fais un pas vers le vieil homme afin qu'il voit la vérité dans mes yeux. « Je ne sais pas. »

Dehors, le vent redouble de violence, son mugissement semblable à un râle d'agonie. Le directeur penche la tête sur le côté sans ciller.

« Helene Aquilla. Prononcez son nom et je vous dirai quelque chose qui en vaudra la peine. »

J'échange un regard avec Avitas. Il secoue la tête. Je serre mon sabre. J'ai les mains moites. Quand j'étais une Cinquième année, je n'avais pas parlé au directeur plus de deux fois. Mais je savais, comme tous les Cinquième année, qu'il m'observait. Qu'a-t-il appris sur moi à cette époque ? J'étais une enfant, je n'avais que 12 ans.

« Laia. » Il n'y a aucune inflexion dans ma voix.

Le directeur penche la tête. « Jalousie et colère. Et… possessivité ? Un lien. Quelque chose de profondément irrationnel, je crois. Étrange… »

Un lien. La guérison – l'instinct de protection que je ressens. Cieux sanglants. Il a déduit tout cela d'un seul mot ?

Il sourit. « Ah, dit-il doucement. J'ai raison, je vois. Merci, Pie de sang. Vous m'avez beaucoup apporté. À présent, je dois m'en aller. Je n'aime pas m'éloigner trop longtemps de la prison. »

Comme si Kauf était une jeune mariée dont il se languissait. « Vous avez promis de me donner une information, vieil homme.

— Je vous ai déjà dit ce que vous aviez besoin de savoir, Pie de sang. Peut-être n'avez-vous pas écouté. Je vous aurais crue plus intelligente. »

Ses bottes résonnent dans le hangar alors qu'il s'éloigne. Quand je brandis mon sabre, décidée à le *faire* parler, Avitas m'attrape par le bras.

« Non, Pie, chuchote-t-il. Il ne dit jamais rien sans raison. Réfléchissez. Il a dû vous fournir un indice. »

Je n'ai pas besoin de fichus indices ! J'écarte la main d'Avitas et je me dirige vers le directeur à grands pas. C'est alors que je repense à une chose qu'il a dite et qui m'a donné la chair la poule. *J'en ai admis un moi-même il n'y a pas longtemps. Par contre, son arrivée n'était pas imprévue.*

« Veturius, dis-je. Il est dans votre prison. »

Le directeur s'arrête et j'entends son sourire dans sa voix. « Excellent, Pie de sang. Vous n'êtes pas si décevante, après tout. »

40
LAIA

Accroupis derrière un rondin, Keenan et moi observons la grotte.

« À moins d'un kilomètre du fleuve, entourée de tsugas, orientée à l'est, avec une crique au nord et un bloc de granite à cent mètres au sud. Ça ne peut être qu'elle. »

Il baisse sa capuche. La neige s'accumule sur ses épaules jusqu'à former un petit monticule. Le vent souffle autour de nous, projetant de minuscules éclats de glace dans nos yeux. Malgré les bottes doublées de mouton que Keenan a volées pour moi à Delphinium, je ne sens plus mes pieds. Mais au moins, la tempête a recouvert nos traces et les gémissements terrifiants en provenance de la prison.

« Il n'y a aucun mouvement. » Je serre ma cape autour de moi. « Et la tempête se renforce. Nous perdons du temps.

— Je sais que tu me trouves cinglé, dit Keenan. Il n'empêche que je ne voudrais pas que nous tombions dans un piège.

— Mais il n'y a personne ! Nous n'avons repéré aucune trace, aucun signe de quiconque dans ces bois, sauf nous. Et si Darin et Elias étaient à l'intérieur, blessés ou mourant de faim ? »

Keenan fixe la grotte une seconde de plus, puis se lève. « D'accord. Allons-y. »

Alors que nous nous approchons, je saisis ma dague, dépasse Keenan et pénètre à l'intérieur.

« Darin ? » Je chuchote dans l'obscurité. « Elias ? » La grotte paraît à l'abandon. Cependant, Elias veillerait sans doute à ce qu'elle n'ait pas l'air occupée.

Une lumière s'allume derrière moi – Keenan, une torche à la main, illumine les murs couverts de toiles d'araignée et le sol tapissé de feuilles. La grotte n'est pas très grande… et malheureusement vide.

« Keenan, je chuchote. On dirait que personne n'y est venu depuis des années. Elias n'est peut-être même pas arrivé jusqu'ici.

— Regarde. » Keenan passe la main dans une fissure et en extirpe un sac. Je lui prends la torche des mains avec un regain d'espoir. Il pose le sac, le fouille et en sort les sabres que je connais si bien.

« Elias est venu ici », dis-je.

Keenan sort également du sac un morceau de pain vieux d'une semaine et un fruit pourri. « Il n'est pas revenu récemment, sinon il aurait mangé ça. » Keenan me reprend la torche et éclaire le reste de la grotte. « Et il n'y a aucun signe de ton frère. *Rathana* a lieu dans une semaine. Elias aurait déjà dû faire sortir Darin. »

Le vent hurle tel un esprit furieux dans l'attente désespérée qu'on le libère. « Nous pouvons nous abriter ici pour l'instant. » Keenan laisse tomber son propre sac. « De toute façon, la tempête est trop violente pour chercher un autre abri.

— Mais nous devons faire quelque chose, dis-je. Nous ne savons pas si Elias est entré dans la prison, s'il a fait sortir Darin, si Darin est en vie… »

Keenan me prend par les épaules. « Laia, nous sommes arrivés jusqu'ici. Nous sommes arrivés à Kauf. Dès que la tempête se calmera, nous découvrirons ce qui s'est passé. Nous trouverons Elias et…

— Non. » Une voix retentit à l'entrée de la grotte. « Vous ne trouverez rien du tout. Parce qu'il n'est pas là. »

Mon cœur cesse de battre et j'empoigne ma dague. Lorsque je vois les trois silhouettes masquées sur le seuil, je sais que c'est inutile.

L'une d'elles s'avance. Elle mesure une demi-tête de plus que moi, son masque argenté brille sous sa cape doublée de fourrure.

« Laia de Serra », dit Helene Aquilla. Si la tempête qui fait rage au-dehors avait une voix, ce serait la sienne : glaciale, mortelle et totalement insensible.

41
ELIAS

Darin est vivant. Il est dans une cellule à quelques mètres de moi.

Et on le torture. Jusqu'à le rendre fou.

« Il faut que je trouve un moyen d'entrer dans cette cellule. » Je réfléchis tout haut. Ce qui signifie qu'il me faut le planning des gardiens et des interrogatoires. J'ai besoin des clés de mes menottes et de celle de la cellule de Darin. Drusius est chargé de cette partie du bloc – c'est lui qui a le trousseau de clés. Et il ne s'approche jamais suffisamment pour que je puisse les lui dérober.

Pas de clés. Alors des épingles pour crocheter les serrures.

« Je peux t'aider. » La petite voix de Tas interrompt ma réflexion. « Et, Elias, il y a d'autres personnes. Les Érudits de la fosse ont créé un mouvement rebelle – les Skirites – ils sont des dizaines. » Je mets quelque temps à assimiler ses paroles, puis je le fixe, horrifié.

« Le directeur t'écorcherait vif – ainsi que tous ceux qui t'auraient aidé. C'est hors de question. »

Devant ma véhémence, Tas se ratatine comme un animal blessé. « Tu… Tu as dit que ma peur lui donne du pouvoir. Si je t'aide… »

Dix enfers. J'ai déjà assez de sang sur les mains sans ajouter celui d'un enfant.

« Merci, dis-je en le regardant droit dans les yeux, de m'avoir parlé de l'Artiste. Cela étant, je n'ai pas besoin de ton aide. »

Tas rassemble ses affaires et se faufile vers la porte. Il s'arrête un instant et se tourne vers moi. « Elias...

— Tant de gens ont souffert à cause de moi. Il faut que ça cesse. S'il te plaît, va-t'en. Si les gardes nous entendent discuter, tu seras puni. »

Après son départ, je me lève en tremblant à cause de la douleur lancinante dans mes mains et mes pieds. Je me force à marcher. Ce mouvement qui, auparavant, m'était complètement naturel, est devenu presque impossible sans tellis.

Une dizaine d'idées me passent par la tête, toutes plus étranges les unes que les autres. Chacune nécessite l'aide d'au moins une personne.

Le garçon, me murmure une voix en moi. *Le garçon peut t'aider.*

Autant le tuer moi-même, alors, je réponds à cette voix. *Au moins, sa mort sera rapide.*

Je dois agir seul. J'ai simplement besoin de temps. Et du temps, je n'en ai pas. Une heure après le départ de Tas, je n'ai pas la moindre solution en vue, la tête me tourne et mon corps se met à trembler. *Bon sang, pas maintenant.* Mais tous les jurons ne servent à rien. Je tombe d'abord à genoux, puis droit dans le Lieu d'Attente.

* * *

« Je ferais mieux de construire une maison ici, je grommelle en me relevant du sol couvert de neige. Peut-être élever des poules. Planter un potager.

— Elias ? »

Cachée derrière un arbre, Izzi m'observe. Elle est l'ombre d'elle-même. Mon cœur se serre. « Je… J'espérais que tu reviendrais. »

Je cherche Shaeva du regard. Pourquoi n'a-t-elle pas aidé Izzi à avancer ? Je prends par la main mon amie qui baisse les yeux, surprise par ma chaleur.

« Tu es vivant, dit-elle d'un air morne. Un des autres esprits me l'a dit. Un Mask. Il m'a dit aussi que tu parcourais les mondes des vivants et des morts. Je ne l'ai pas cru. »

Tristas.

« Je ne suis pas encore mort, dis-je, mais cela ne saurait tarder. Comment es-tu… » Est-ce indélicat de demander à un fantôme comment il est mort ? Je suis sur le point de m'excuser quand Izzi hausse les épaules.

« Un raid martial. Un mois après ton départ. J'essayais de sauver Gibran. Je me suis retrouvée ici et cette femme se tenait devant moi… l'Attrapeuse d'Âmes. Elle m'a accueillie dans le royaume des fantômes.

— Et les autres ?

— Vivants. J'ignore pourquoi j'en ai la certitude.

— Je suis navré. Si j'avais été là, peut-être que j'aurais pu…

— Arrête. » Izzi me fusille du regard. « Elias, tu te crois toujours responsable de tout le monde. Ce n'est pas le cas. Nous sommes des êtres autonomes, en mesure de prendre nos décisions. » Sa voix tremble d'une colère qui ne lui ressemble pas. « Je ne suis pas morte à cause de toi. Je suis morte parce que j'ai tenté de sauver quelqu'un. Je te défends de me déposséder de mes motivations. »

Aussitôt qu'elle a parlé, sa colère se dissipe. Elle paraît stupéfaite.

« Je suis désolée, dit-elle d'une petite voix. Cet endroit... Il me rend un peu folle. Je ne me sens pas bien, Elias. Les autres fantômes... Tout ce qu'ils font, c'est pleurer et gémir et... » Ses yeux s'assombrissent.

« Ne t'excuse pas. » Quelque chose la retient, la pousse à rester ici, à souffrir. J'ai un besoin quasi incontrôlable de l'aider. « Tu... n'arrives pas à avancer ? »

Les branches qui bruissent dans le vent et les murmures des fantômes dans les arbres se taisent comme si eux aussi voulaient entendre la réponse d'Izzi.

« Je ne veux pas avancer, chuchote-t-elle. J'ai peur. »

Je prends sa main dans la mienne et je commence à marcher en lançant un regard noir aux arbres. Ce n'est pas parce que Izzi est morte que ses pensées doivent être écoutées par des inconnus.

« As-tu peur d'avoir mal ? »

Elle baisse les yeux sur ses bottes. « Elias, je n'ai pas de famille. Je n'avais que Cuisinière. Et elle n'est pas morte. Et si personne ne m'attendait ? Et si je me retrouvais seule ?

— Je ne crois pas que ce soit comme ça. » À travers les arbres, j'aperçois le soleil qui brille sur l'eau. « Je ne crois pas que les mots “seul” ou “ensemble” aient un sens de l'autre côté.

— Comment le sais-tu ?

— C'est une intuition. Les esprits ne peuvent pas avancer tant qu'ils n'ont pas réglé ce qui les retient dans le monde des vivants. L'amour ou la colère, la peur ou la famille. Peut-être que ces notions n'existent pas de l'autre côté. De toute façon, Izzi, ce sera mieux qu'ici. Cet endroit est hanté. Tu ne mérites pas d'y rester coincée. »

Je repère un sentier et me dirige instinctivement vers lui. Je pense à un colibri clair qui couvait dans la cour de

Quin ; il disparaissait en hiver et revenait au printemps, guidé par une boussole intérieure.

Elias, comment se fait-il que tu connaisses ce sentier alors que tu n'es jamais venu dans cette partie de la forêt ?

J'écarte la question. Ce n'est pas le moment.

Izzi s'appuie sur moi alors que nous suivons le sentier qui descend vers une berge tapissée de feuilles mortes. Le sentier s'arrête brusquement. Une rivière calme coule à nos pieds.

« Est-ce ici ? » Elle contemple l'eau claire. L'étrange soleil voilé du Lieu d'Attente scintille dans ses cheveux blonds, les rendant presque blancs. « Est-ce ici que je poursuis ma route ? »

J'acquiesce. C'est comme si j'avais toujours connu la réponse. « Je ne partirai pas tant que tu ne seras pas prête. »

Elle lève ses yeux noirs vers moi. Elle ressemble un peu plus à celle que j'ai connue. « Et qu'advient-il de toi, Elias ? »

Je hausse les épaules. « Je suis seul. » Je l'ai dit sans réfléchir. Je me sens idiot.

Izzi penche la tête sur le côté et pose sa main fantomatique contre ma joue. « Elias, parfois la solitude est un choix. » Ses contours s'effacent, des parties d'elle s'évanouissent comme des aigrettes de pissenlit. « Dis à Laia que je n'ai pas eu peur. Elle s'inquiétait. »

Elle lâche ma main et marche dans la rivière. Elle s'évapore en une seconde, je n'ai même pas le temps de lever la main pour lui dire adieu. Quelque chose s'illumine alors en moi, comme si une partie de ma culpabilité s'était évanouie.

Je sens une présence derrière moi. Des souvenirs dans l'air : le tintement des sabres lors de l'entraînement, les traces de pas dans les dunes, son rire lorsque nous le taquinions au sujet d'Aelia.

« Toi aussi, tu pourrais lâcher prise. » Je ne me retourne pas. « Comme elle, tu pourrais être libre. Je t'aiderai. Tu ne seras pas seul. »

J'attends. J'espère. Tristas ne répond que par le silence.

* * *

Les trois jours suivants sont les pires de ma vie. Si mes attaques me ramènent au Lieu d'Attente, je ne m'en rends pas compte. Je ne suis conscient que de la douleur et des yeux bleus du directeur qui me bombarde de questions. *Parle-moi de ta mère – quelle femme fascinante. Tu étais très ami avec la Pie de sang. Ressent-elle la douleur d'autrui aussi vivement que toi ?*

Tas, son petit visage inquiet, essaie de nettoyer mes blessures. *Elias, je peux t'aider. Les Skirites peuvent t'aider.*

Drusius m'attendrit comme de la viande chaque matin avant l'arrivée du directeur – *Je ne te laisserai plus jamais t'en prendre à moi, espèce de connard…*

Pendant mes rares moments de lucidité, je rassemble le maximum d'information. *Elias, n'abandonne pas. Ne tombe pas dans l'obscurité.* J'écoute les bruits de pas des gardes, le timbre de leur voix. J'apprends à les identifier par les ombres qui passent devant ma porte. Je calcule la durée de leurs rotations et identifie le schéma habituel des interrogatoires. J'attends.

Mais aucune occasion ne se présente. Seule la mort rôde tel un vautour patient. Je sens son ombre courbée s'approcher et rafraîchir l'air que je respire. *Pas tout de suite.*

Puis, un matin, des pas martèlent le sol de l'autre côté

de ma porte et des clés cliquettent. Drusius entre dans ma cellule pour me donner ma raclée quotidienne. Pile à l'heure. Me voyant la tête basse et la bouche ouverte, il ricane et approche. Il m'attrape par les cheveux et m'oblige à le regarder.

« Pathétique. » Il me crache au visage. *Porc.* « Tu es censé être fort. Le tout-puissant Elias Veturius. Tu n'es ri... »

Pauvre idiot, tu as oublié de serrer mes chaînes. Je lui donne un coup de genou dans les parties. Il crie et se plie en deux. Je lui assène ensuite un coup de tête. Ses yeux deviennent vitreux et il ne se rend compte que j'ai enroulé une de mes chaînes autour de son cou que quand il suffoque.

« Toi, je marmonne quand il s'évanouit, tu parles beaucoup trop. »

Je l'allonge par terre et le fouille à la recherche des clés. Une fois mes menottes détachées, je les lui passe aux poignets, puis je le bâillonne.

Je jette un œil dehors entre les lattes de la porte. L'autre Mask de garde ne va pas tarder. Je compte ses pas jusqu'à ce que je sois certain qu'il est loin. Puis je franchis discrètement la porte.

La lumière des torches me fait plisser les yeux. Ma cellule se trouve au bout d'un boyau qui donne sur le couloir principal du bloc. Cette partie ne compte que trois cellules et je suis sûr que celle qui se trouve à côté de la mienne est vide. Il n'en reste donc plus qu'une.

Après toutes les séances de torture, je ne peux plus utiliser mes doigts et je rage devant le temps que cela me prend pour essayer les clés du trousseau. *Elias, dépêche-toi.*

Je finis par trouver la bonne clé et, quelques instants plus tard, j'ouvre la porte dans un grincement furieux. Je me faufile à l'intérieur. Elle grince à nouveau quand je la ferme et je jure à voix basse.

Mes yeux mettent quelques secondes à s'adapter à l'obscurité. Sur le coup, je ne distingue pas les dessins. Quand je les vois, j'ai le souffle coupé. Tas avait raison. On a vraiment l'impression qu'ils vont prendre vie.

La cellule est plongée dans le silence. Darin doit dormir – ou être inconscient. Je m'avance vers son corps émacié. Puis j'entends un cliquetis de chaînes et un halètement. Un spectre fuse de l'obscurité, son visage à quelques centimètres du mien, ses doigts osseux autour de mon cou. Des touffes entières de ses cheveux clairs ont disparu de son crâne et son visage tuméfié est couturé de cicatrices. Il lui manque deux doigts et son torse est couvert de brûlures. *Dix enfers.*

« Cieux sanglants, qui es-tu ? », dit le spectre.

J'écarte sans mal ses mains de mon cou, incapable de parler. C'est lui. Je le sais immédiatement. Non parce qu'il ressemble à Laia – les yeux bleus et la peau pâle –, mais parce que je n'ai vu que dans les yeux d'une seule autre personne le feu qui brûle dans le sien.

« Darin de Serra, dis-je. Je suis un ami. »

Il répond par un gloussement amer. « Un ami martial ? Je ne crois pas, non. »

Je regarde derrière moi, en direction de la porte. Nous n'avons que peu de temps. « Je connais ta sœur, Laia. Je suis ici pour te faire évader, à sa demande. Nous devons partir tout de suite…

— Tu mens. »

L'écho de bruits de pas dehors, puis le silence. Nous n'avons vraiment pas le temps pour ça. « Je peux te le prouver, dis-je. Pose-moi des questions sur elle. Je peux te dire…

— … ce que j'ai raconté sur elle au directeur, c'est-à-dire *tout. Chaque pierre a été retournée.* » Darin me transperce de son regard plein de haine.

« Écoute-moi. » Je parle à voix basse, mais sur un ton suffisamment ferme pour qu'il n'ait plus aucun doute. « Je ne suis pas l'un d'entre eux, sinon je ne serais pas habillé comme ça et je n'aurais pas de telles blessures. » Je lui montre mes bras. « Je suis un prisonnier. Je me suis introduit ici pour te libérer, mais je me suis fait prendre. Maintenant, je dois nous faire sortir tous les deux.

— Que lui veut-il ? » Darin me défie du regard. « Dis-moi ce qu'il veut à ma sœur et peut-être que je te croirai.

— Je ne sais pas. Entrer dans ta tête, probablement. Te connaître en t'interrogeant sur elle. Si tu ne réponds pas à ses questions au sujet des armes…

— Il n'a posé *aucune* question sur ces fichues armes. » Darin passe la main sur son crâne. « Il ne me pose que des questions sur *elle*.

— Ça n'a aucun sens. Tu as été capturé à cause des armes. À cause de ce que Spiro t'a appris et de l'acier sérique. »

Darin se fige. « Comment sais-tu ça ?

— Je t'ai dit…

— Je ne leur ai jamais parlé de ça. Ils pensent que je suis un espion de la Résistance. Cieux, vous détenez aussi Spiro ?

— Attends. » Je lève la main, décontenancé. « Il ne t'a jamais posé de questions sur les armes. Seulement sur Laia ? »

Darin lève le menton et glousse. « Il doit vraiment tenir à ses infos ! Tu crois pouvoir me convaincre que tu es un ami de Laia ? Dis-lui autre chose à son sujet, de ma part. Laia ne demanderait *jamais* l'aide d'un Martial. »

Des bruits de pas dans le couloir principal. Nous devons fiche le camp d'ici.

« Lui as-tu dit que ta sœur dort avec la main sur le bracelet de votre mère ? Ou que de près, ses yeux sont dorés et marron, vert et argent ? Ou que depuis le jour où tu lui as dit de fuir, elle se sent coupable et n'a qu'une seule idée en tête, te retrouver ? Ou qu'il y a en elle un feu qui est un défi pour tout Mask si seulement elle veut bien s'y fier ? »

Darin reste bouche bée. « Qui es-tu ?

— Je te l'ai dit. Un ami. Pour l'instant, il faut que je trouve un moyen de nous faire sortir. Peux-tu tenir debout ? »

Darin hoche la tête et marche en boitant. Je passe son bras sur mes épaules. Nous traînons des pieds jusqu'à la porte. J'entends un garde approcher. À son allure, je sais que c'est un légionnaire – ils sont toujours plus bruyants que les Masks. J'attends impatiemment qu'il passe son chemin.

« Qu'est-ce que le directeur t'a demandé au sujet de ta sœur ?

— Il voulait tout savoir, dit Darin d'un ton sombre. Mais il tâtonnait. Il était énervé. C'était comme s'il ne savait pas trop quoi demander. Comme si les questions n'étaient pas les siennes. Au début, j'ai essayé de mentir, mais il le devinait toujours.

— Que lui as-tu dit ? » Le garde est maintenant loin. Je tire la porte très lentement en espérant qu'elle ne grince pas.

« N'importe quoi, pourvu que la douleur cesse. Des trucs idiots : qu'elle adore la fête de la Lune, qu'elle pourrait regarder voler les cerfs-volants pendant des heures, qu'elle aime le thé avec suffisamment de miel pour étouffer un ours. »

Ces mots me sont familiers. *Pourquoi ?* Je concentre toute mon attention sur Darin qui me regarde timidement.

« Je ne pensais pas que ça l'aiderait. Quoi que je lui dise, il n'avait jamais l'air satisfait. Il voulait toujours en savoir plus. »

C'est une coïncidence, me dis-je. Puis je me souviens de ce que Grand-père Quin disait : *Seuls les imbéciles croient aux coïncidences.* Les paroles de Darin tournent dans ma tête, créant des liens incongrus qui me déplaisent.

« As-tu dit au directeur que Laia adore le ragoût de lentilles en hiver ? Que ça la rassure ? Ou… Ou qu'elle ne veut pas mourir sans avoir vu la grande bibliothèque d'Adisa ?

— Je lui parlais tout le temps de la bibliothèque. Elle adorait mes récits. »

Les mots volent dans ma tête, des bribes de conversations entre Laia et Keenan entendues pendant notre voyage. *Je fais voler des cerfs-volants depuis que je suis enfant,* avait-il dit une fois. *Je peux les regarder pendant des heures… J'aimerais tellement voir la grande bibliothèque un jour.* Et Laia, la veille de mon départ, qui souriait en buvant le thé trop sucré que Keenan lui tendait. *Un bon thé est suffisamment sucré pour étouffer un ours*, avait-il dit.

Non, enfers sanglants, non. Pendant tout ce temps, il était caché parmi nous. Feignait de se soucier d'elle. S'employait à se faire apprécier d'Izzi. Se comportait comme un ami alors qu'il était en fait au service du directeur.

Et son visage au moment de mon départ. La dureté qu'il n'avait jamais montrée à Laia mais que je sentais depuis le début. *Je sais ce que c'est que faire certaines choses pour les gens qu'on aime. Bon sang, il a dû prévenir le directeur de mon arrivée, même si je ne comprends pas comment il a transmis le message au vieil homme sans passer par les tambours.*

« J'ai fait en sorte de ne rien lui dire d'important, poursuit Darin. Je pensais… »

Des voix approchent. Darin se tait. Je ferme la porte et nous reculons dans la cellule.

Soudain, la porte s'ouvre brutalement et quatre Masks entrent, matraque à la main.

Ce qui suit n'est pas une bagarre. Ils sont trop rapides et je suis blessé, empoisonné, affamé. Je m'écroule – je sais quand je suis dépassé – car je ne peux pas supporter d'autres blessures graves. Les Masks ont très envie de me réduire la tête en bouillie, mais ils s'abstiennent et me menottent avant de me relever.

Le directeur entre tranquillement, les mains derrière le dos. Lorsqu'il nous voit, Darin et moi, l'un à côté de l'autre, il n'a pas l'air surpris.

« Excellent, Elias, murmure-t-il. Toi et moi avons enfin un vrai sujet de conversation. »

42
HELENE

L'Érudit roux tend la main vers son sabre, s'arrête net en entendant les deux sifflements simultanés des lames sorties de leurs fourreaux. Dans un mouvement fluide, il se place devant Laia.

Elle le contourne, le regard redoutable. Elle n'est plus l'enfant effrayée que j'ai guérie dans les quartiers des esclaves de Blackcliff. Un étrange instinct de protection s'empare de moi, le même que celui que j'ai ressenti pour Elias à Nur. Je tends la main et effleure son visage. Elle tressaille et Avitas et Faris échangent un regard. Je m'éloigne immédiatement, non sans avoir constaté en la touchant qu'elle va bien. Je me sens soulagée – et en colère.

Je t'ai guérie, cela ne signifie rien pour toi ?

La chanson de cette fille était si étrange, d'une beauté féerique qui me donnait la chair de poule. Si différente de la chanson d'Elias. Mais pas incompatible. Livia et Hannah ont pris des cours de chant – comment appelleraient-elles cela ? *Une contre-mélodie.* Laia et Elias sont la contre-mélodie l'un de l'autre. Je suis la note dissonante.

« Je sais que tu es ici pour ton frère, dis-je. Darin de Serra, espion de la Résistance…

— Il n'est *pas* un… »

Je coupe court à ses protestations d'un geste de la main. « Je m'en fiche. Tu vas probablement y laisser ta peau.

— Je t'assure que non. » Ses yeux mordorés étincellent et sa mâchoire est serrée. « J'ai survécu jusqu'ici alors que vous nous traquez. » Elle fait un pas en avant mais je ne bouge pas. « J'ai survécu au génocide perpétré par la Commandante…

— Quelques patrouilles rassemblant des rebelles n'est pas…

— Des patrouilles ? » Elle grimace d'horreur. « Vous tuez les gens par *milliers*. Des femmes. Des enfants. Vous avez une armée entière stationnée dans les collines d'Argent…

— Ça suffit », dit le roux brutalement.

Je l'ignore, mon esprit fixé sur ce que Laia vient de dire.

… une armée entière…

… la Salope de Blackcliff prépare quelque chose… C'est énorme, petite…

Il faut que je sorte. Une intuition grandit dans ma tête et j'ai besoin d'y réfléchir.

« Je suis ici pour Veturius. Toute tentative de lui porter secours te mènera à la mort.

— Lui porter secours, dit Laia sur un ton morne, le sauver… de la prison.

— Oui, dis-je impatiemment. Je ne veux pas te tuer. Ne te mets pas en travers de ma route. »

Je m'éloigne à grandes enjambées dans la neige. Les idées se bousculent dans ma tête.

« Pie, dit Faris une fois que nous sommes presque arrivés à notre campement. Pardon, mais tu ne peux pas les laisser en vie alors qu'ils préparent une évasion.

— Toutes les garnisons des Terres tribales où nous

sommes allés manquaient de soldats. Même Antium n'avait pas assez d'hommes pour surveiller les remparts. À ton avis, comment ça se fait ? »

Faris hausse les épaules, perplexe. « Les hommes ont été envoyés dans les régions frontalières. Dex a entendu la même chose.

— Dans ses lettres, mon père dit que les garnisons des régions limitrophes ont besoin de renforts. Que la Commandante réclame aussi des soldats. Tout le monde a besoin d'hommes. Des dizaines de garnisons, des milliers de soldats. Une *armée.*

— Tu parles de ce que la fille a dit au sujet des collines d'Argent ? » Faris ricane. « C'est une Érudite, elle ne sait pas de quoi elle parle.

— Les collines se composent de dizaines de vallées suffisamment larges pour y cacher une armée. Or il n'y a qu'un seul col pour y entrer et un autre pour en sortir. Ces deux cols… »

Avitas jure. « Sont impraticables, dit-il. À cause du temps. Pourtant, ces cols ne sont jamais bloqués si tôt dans l'hiver.

— Nous étions si pressés que nous n'y avons pas prêté attention, dit Faris. S'il y a une armée, à quoi sert-elle ?

— Marcus prévoit peut-être d'attaquer les Terres tribales, dis-je. Ou Marinn. » Dans les deux cas, c'est un désastre. L'Empire a déjà beaucoup à faire sans ajouter une guerre totale. Une fois de retour au campement, je tends les rênes de son cheval à Faris. « Découvre ce qui se passe. Râtisse les collines. J'ai ordonné à Dex de retourner à Antium. Dis-lui de tenir la Garde noire prête. »

Faris fixe Avitas et incline la tête, l'air de me dire : *Tu lui fais confiance ?*

« Tout va bien, dis-je. Vas-y. »

Quelques instants après son départ, une ombre émerge des bois. Mon sabre à moitié sorti de son fourreau, je réalise que c'est un Cinquième année, tremblant et à moitié gelé. Il me tend un message sans prononcer un mot.

La Commandante arrive ce soir pour superviser la liquidation des prisonniers de Kauf. Elle et moi nous rencontrerons à minuit dans sa tente.

Avitas grimace en voyant ma tête. « Qu'y a-t-il ?
— Le directeur veut s'amuser. »

* * *

À minuit, je longe à pas de loup le haut mur extérieur de Kauf vers le campement de la Commandante. Avitas suit en couvrant nos traces.

Keris Veturia a planté ses tentes à l'ombre du mur sud-est. Ses hommes surveillent le périmètre, et sa tente, au milieu du campement, est entourée d'un espace dégagé de cinq mètres des trois côtés libres et adossée au mur glacé et glissant de Kauf. Pas de tas de bois, pas de carriole, même pas de fichu cheval pour se cacher.

Je m'arrête à l'orée du campement et fais un signe de tête à Avitas. Il prend le grappin et le lance au sommet d'un contrefort, à une dizaine de mètres au-dessus du sol. Le grappin s'accroche. Il me donne la corde et revient sur ses pas en silence.

Une fois à trois mètres de haut, j'entends un crissement de bottes dans la neige. Je me retourne, m'attendant à devoir rappeler à Avitas de ne pas faire trop de bruit. Au lieu de cela, un soldat sort d'un pas lourd d'une tente et déboutonne son pantalon pour se soulager.

Je saisis un couteau. Les doigts gourds, je le laisse tomber. Le soldat se retourne. Il écarquille les yeux et inspire pour hurler. *Bon sang !* Je m'apprête à sauter quand un bras attrape le soldat par le cou et l'étrangle. Avitas lève les yeux vers moi. « *Allez !* » articule-t-il en silence.

J'enroule la corde autour de ma jambe et monte rapidement. Parvenue en haut, je vise un autre sommet à dix mètres de là, directement au-dessus de la tente de la Commandante. Je lance le grappin. Une fois certaine qu'il est bien accroché, je ceins la corde autour de ma taille et inspire profondément pour me préparer à sauter.

Et je regarde en bas.

C'est le truc le plus idiot que tu puisses faire, Aquilla. Le vent glacial me fouette le visage, de la sueur coule dans mon dos. *Ne vomis pas. La Commandante ne serait pas très contente que tu salisses sa tente.* Je repense à la Deuxième Épreuve. Au sourire et aux yeux d'Elias alors qu'il m'attachait à lui. *Je ne te laisserai pas tomber. Je te le promets.*

Mais il n'est pas là. Je suis seule, perchée telle une araignée au-dessus d'un abîme. J'attrape la corde, la teste une dernière fois et saute.

Apesanteur. Terreur. Mon corps se fracasse contre le mur. Je me balance au bout de la corde – *tu es morte, Aquilla.* Puis je me stabilise en espérant que la Commandante n'a pas entendu mes pieds contre la paroi. Je descends en rappel et me glisse facilement dans l'espace sombre entre la tente et le mur de Kauf.

« … et moi servons le même maître, monsieur le directeur. Son heure est venue. Usez de votre influence.

— Si votre maître voulait mon aide, il l'aurait demandée. C'est votre plan, Keris, pas le sien. » Le ton du directeur, monocorde, cache une profonde inquiétude. Il n'était pas aussi prudent lors de notre conversation.

« Pauvre directeur, dit la Commandante. Si loyal et pourtant toujours le dernier au courant des plans de notre maître. Cela doit vraiment vous rester en travers de la gorge qu'il m'ait choisie comme instrument de sa volonté.

— Je serai bien plus agacé si votre plan met en péril tout ce pour quoi j'ai travaillé. Ne prenez pas ce risque, Keris. Il ne vous en remerciera pas.

— J'augmente la vitesse à laquelle nous accomplissons sa volonté.

— Vous n'accomplissez que la vôtre.

— Le Semeur de Nuit est parti depuis des mois. Peut-être veut-il que nous agissions au lieu d'attendre ses ordres comme des Cinquième année à leur première bataille. Le temps nous est compté, Sisellius. Après le spectacle donné par la Pie au Rocher de Cardium, Marcus n'a pas gagné le respect des Gens, mais il leur a fait peur.

— Vous voulez dire, après avoir déjoué votre complot visant à faire dissidence.

— Si vous m'aviez aidée, le complot aurait été un succès. Ne répétez pas la même erreur cette fois. Avec la Pie hors d'état de nuire (*Pas encore, vieille sorcière.*) Marcus est toujours vulnérable. Il vous suffirait…

— Les secrets ne sont pas des esclaves, Keris, destinés à être jetés après usage. Je les utiliserai avec patience et précision, ou je ne les utiliserai pas du tout. Je dois réfléchir à votre demande.

— Réfléchissez vite. » La voix de la Commandante s'adoucit. « Mes hommes marcheront sur Antium dans trois jours et arriveront ici à *Rathana*. Je dois partir demain matin. Je ne peux pas m'asseoir sur mon trône si je ne suis pas à la tête de ma propre armée. »

J'enfonce mon poing dans ma bouche pour m'empêcher de crier. *Mes hommes… Mon trône… Mon armée…*

Le puzzle prend forme. Les soldats envoyés ailleurs, les garnisons vides. Le manque d'hommes dans la campagne. La pénurie de troupes aux frontières assiégées de l'Empire. Tous les indices mènent à elle.

Cette armée dans les collines d'Argent n'appartient pas à Marcus. C'est celle de la Commandante. Et dans moins d'une semaine, elle va assassiner Marcus et s'autoproclamer impératrice.

43
LAIA

Quand la Pie de sang est hors de portée d'oreille, je me tourne vers Keenan. « Je n'abandonnerai pas Elias. Si Helene met la main sur lui, il sera immédiatement envoyé à Antium pour y être exécuté. »

Keenan grimace. « Laia. Il est peut-être trop tard. Rien ne l'empêchera de le placer en état d'arrestation. » Il parle à voix basse. « Nous devrions peut-être nous concentrer sur Darin.

— Je ne la laisserai jamais le tuer. Pas alors qu'il est venu à Kauf uniquement pour moi.

— Excuse-moi, mais, de toute façon, le poison l'emportera bientôt.

— Alors tu accepterais qu'on le torture et qu'on l'exécute en public ? » Je ne pensais pas que Keenan nourrissait une telle animosité à son égard.

La lumière de la lampe vacille et Keenan passe la main dans ses cheveux, les sourcils froncés. Il écarte quelques feuilles mortes du pied et me fait signe de m'asseoir.

« Nous pouvons aussi le libérer, dis-je. Nous devons agir vite et trouver un moyen de nous introduire dans Kauf. Je ne crois pas qu'Aquilla puisse simplement entrer dans la prison et l'emmener. Si c'était le cas, elle l'aurait déjà fait. Elle n'aurait même pas pris la peine de nous parler. » Je déroule la carte d'Elias, à présent couverte de poussière et à moitié effacée. « Cette grotte, là... Elle se trouve au nord de la prison, nous pourrions peut-être...

— Il nous faudrait de la poudre à canon, dit Keenan. Or nous n'en avons pas. »

C'est vrai. Je pointe un autre chemin au nord de la prison. Keenan secoue la tête. « Selon mes informations, qui datent de six mois, cette route est bloquée. Elias n'est pas venu ici depuis *six* ans. »

Nous fixons le parchemin et je désigne l'ouest de la prison où Elias a dessiné un chemin. « Et là ? Il y a les égouts et c'est exposé, mais je pourrais me rendre invisible... »

Keenan me lance un regard sévère. « Tu as recommencé à t'exercer alors que tu aurais dû te reposer ? » Je ne réponds pas. « Cieux, Laia, nous avons besoin de toute ta présence d'esprit pour nous en tirer. Tu t'épuises à essayer de maîtriser quelque chose que tu ne comprends pas – quelque chose qui n'est *pas fiable*...

— Pardon », je marmonne. Si mes essais avaient mené quelque part, je pourrais rétorquer que tout cet épuisement en valait la peine.

Nous mangeons en silence et, une fois notre repas terminé, Keenan se lève. Je me redresse d'un coup.

« Je vais explorer la prison, dit-il. J'en ai pour quelques heures.

— Je viens avec...

— Ce sera mieux seul, Laia. » En voyant mon énervement, il me prend la main et m'attire vers lui. « Fais-moi confiance, dit-il, la bouche contre mes cheveux. Et ne t'inquiète pas, je trouverai un moyen. Tâche de te reposer, nous aurons besoin de toutes nos forces pendant les prochains jours. »

Après son départ, je range nos maigres affaires, j'aiguise mes armes et je m'entraîne aux mouvements de sabre que Keenan m'a appris. Mais l'envie de découvrir mon pouvoir me titille. Les paroles de Keenan résonnent dans ma tête. *Pas fiable.*

Alors que je déroule mon sac de couchage, la poignée d'un des sabres d'Elias m'attire l'œil. Je sors avec précaution les armes de leur cachette. J'ai soudain la chair de poule. Tant d'âmes ont été supprimées de la surface de la terre par ces lames – certaines en mon nom.

Pourtant, ces sabres m'apportent un certain réconfort. Ils me rappellent Elias. Peut-être parce que j'ai l'habitude de les voir dépasser de son dos et former un V derrière sa tête. Depuis combien de temps ne l'ai-je pas vu les brandir à la moindre alerte ? Depuis combien de temps n'ai-je pas entendu sa voix de baryton m'encourager ou me faire rire ? Depuis six semaines seulement. Mais j'ai l'impression que cela fait bien plus.

Il me manque. Quand je pense à ce qui lui arrivera lorsque Helene mettra la main sur lui, je bous de rage. Si c'était moi qui mourais d'empoisonnement à l'herbe de nuit, moi qui étais enchaînée en prison, torturée et menacée de mort, Elias ne resterait pas les bras croisés.

Les sabres retournent dans leurs fourreaux, les fourreaux dans leur cachette. Je me glisse dans mon sac de couchage. *Encore une fois*, me dis-je. *Si ça ne marche pas, je laisserai tomber. Mais je dois au moins ça à Elias.*

Je ferme les yeux, j'essaie de m'oublier, de penser à Izzi. À la manière dont elle passait inaperçue dans la demeure de la Commandante, un vrai caméléon qu'on ne voit pas, qu'on n'entend pas, mais qui entend et voit tout.

Disparais. De la fumée dans l'air froid. Izzi, ses cheveux devant les yeux et un Mask avançant furtivement dans la nuit. Un esprit calme, un corps calme. Je prononce chaque mot, même lorsque mon esprit commence à fatiguer.

Et c'est alors que je sens un picotement au bout de mon doigt. *Inspire. Expire. Ne le lâche pas.* Le picotement se propage dans mes jambes, ma poitrine, mes bras, ma tête.

J'ouvre les yeux et retiens un cri de joie. Ça a marché. J'ai disparu.

Quand Keenan revient à la grotte plusieurs heures plus tard avec un paquet sous le bras, je bondis et il soupire. « J'imagine que tu ne t'es pas reposée. J'ai une bonne et une mauvaise nouvelle.

— La mauvaise d'abord.

— Je m'en doutais. » Il pose son paquet et l'ouvre. « La Commandante est arrivée. Les auxiliaires de Kauf creusent des tombes. D'après ce que j'ai entendu, aucun prisonnier érudit ne sera épargné. »

Ma joie d'avoir réussi à disparaître s'évapore. « Cieux, dis-je. Tous ces gens… » *Nous devrions essayer de les sauver.* C'est une idée tellement folle que je sais que ce n'est pas la peine de l'évoquer.

« Les exécutions commenceront demain soir. Au coucher du soleil.

— Darin…

— S'en sortira. Parce que nous allons le faire évader avant. Je sais comment entrer. *Et* j'ai volé ça. » Des uniformes de Kauf. « Je les ai dérobés dans un entrepôt. Nous ne duperons personne de près, mais ils nous seront utiles pour entrer.

— Comment saurons-nous où se trouve Darin ? La prison est immense. Et une fois à l'intérieur, comment ferons-nous pour nous déplacer ? »

Il me montre une autre pile de tissus, miteux ceux-là. J'entends le tintement de bracelets d'esclaves. « En nous changeant, dit-il.

— Mon visage est placardé dans tout l'Empire. Et si on me reconnaît ? Et si…

— Laia, dit Keenan patiemment. Fais-moi confiance.

— Peut-être… » J'hésite, je me demande s'il va se fâcher. *Ne sois pas idiote, Laia.* « Peut-être que nous n'avons pas besoin d'uniforme. J'ai à nouveau essayé de disparaître. Et j'ai réussi. » Je marque une pause pour voir sa réaction, mais il attend que je termine. « J'ai compris comment faire. Je peux disparaître à volonté. Et rester invisible.

— Montre-moi. »

Dix minutes plus tard, je rouvre les yeux, dépitée. Keenan soupire. « Je ne doute pas que ça marche parfois. » La gentillesse de son ton m'énerve. « Mais ce pouvoir n'est pas fiable. La vie de Darin ne peut pas en dépendre. Une fois ton frère libre, tu joueras autant que tu voudras avec. Dans l'immédiat, laisse tomber. Pense aux dernières semaines. » Keenan gigote dans tous les sens, mais ne me lâche pas du regard. Quoi qu'il s'apprête à dire, il s'est préparé. « Si nous nous étions séparés d'Elias et d'Izzi comme je l'avais proposé, la tribu d'Elias aurait été en sécurité. Et juste avant le raid sur le campement d'Afya, ce n'est pas que je ne voulais pas aider les Érudits. Je le voulais. Mais nous aurions dû réfléchir aux conséquences. Nous ne l'avons pas fait et Izzi est morte. »

Il dit *nous*. Je sais qu'en fait il veut dire *tu*. Comment ose-t-il me jeter mes échecs au visage comme si j'étais une écolière qu'on réprimande ?

Mais il n'a pas tort, n'est-ce pas ? Chaque fois que j'ai dû prendre une décision, je me suis trompée. Je pose ma main sur mon bracelet – il est froid, vide.

« Laia, cela fait longtemps que je n'ai pas tenu à quelqu'un. Contrairement à toi, je n'ai pas de famille. Je n'ai rien ni personne. » Il passe un doigt sur mon bracelet, les yeux tristes. « Tu es *tout* ce que j'ai. Je n'ai pas l'intention d'être cruel. Je ne veux simplement pas qu'il t'arrive quelque chose, à toi ou aux gens qui t'aiment. »

Il a *forcément* tort. Je peux disparaître, je le sens. Si seulement je trouvais ce qui me bloque…

Je m'oblige à hocher la tête.

« Comme tu veux. » Je regarde les uniformes, la détermination de son regard. « À l'aube ? »

Il acquiesce. « À l'aube. »

44
ELIAS

Le directeur entre dans ma cellule, la mine grave, les sourcils froncés, comme s'il se trouvait face à un problème qu'aucune de ses expériences ne peut résoudre.

Après avoir arpenté la pièce de long en large, il parle enfin. « Tu vas répondre à mes questions de façon complète et en détail. » Il lève ses yeux bleus vers moi. « Ou je te couperai les doigts l'un après l'autre. »

Ses menaces sont généralement bien moins directes – d'habitude, il joue avec les nerfs de ses prisonniers de façon plus perverse, c'est justement ce qui l'amuse. Quoi qu'il veuille de moi, il le veut vraiment.

« Je sais que la fameuse Laia de Serra, avec qui tu as voyagé après ton évasion de Blackcliff, et la jeune sœur de Darin ne sont qu'une seule et même personne. Dis-moi : pourquoi voyageais-tu avec elle ? Qui est-elle pour toi ? Pourquoi compte-t-elle pour toi ? »

Je n'exprime aucune émotion, toutefois les pensées se bousculent dans ma tête. *Pourquoi voulez-vous le savoir ?* J'ai envie de hurler. *Que lui voulez-vous ?*

Le directeur sort un couteau de son uniforme et plaque mes doigts écartés contre le mur.

« J'ai une proposition à vous faire », dis-je rapidement.

Il hausse les sourcils, le couteau à quelques millimètres de mon index. « Elias, te crois-tu en position de faire des propositions ?

— D'ici peu, je n'aurai plus besoin de doigts, d'orteils ou de quoi que ce soit. Je suis mourant. Par conséquent, voici mon offre : je répondrai honnêtement à vos questions si vous en faites autant. »

Le directeur a l'air perplexe. « Quelle information pourrais-tu utiliser au seuil de la mort, Elias ? » Il grimace. « Cieux, ne me le dis pas. Tu veux savoir qui est ton père.

— Je me fiche de savoir qui est mon père. De toute façon, je suis sûr que vous l'ignorez. »

Le directeur secoue la tête. « Tu as si peu confiance en moi. Très bien, Elias. Jouons à ton jeu. Juste un petit ajustement des règles : je pose toutes mes questions d'abord et si je suis satisfait de tes réponses, tu auras le droit de m'en poser une. »

C'est un très mauvais marché, néanmoins, je n'ai pas le choix. Si Keenan prévoit effectivement de trahir Laia pour le compte du directeur, je dois savoir pourquoi.

Le directeur se penche à l'extérieur de la cellule et hurle qu'on lui apporte une chaise. Une esclave érudite en apporte une en regardant furtivement autour d'elle avec curiosité. Je me demande si c'est Bee, l'amie de Tas.

Je raconte au directeur comment Laia m'a sauvé et je lui parle de ma promesse de l'aider. Quand il me demande des détails, je lui explique que je me suis attaché à elle après l'avoir vue à Blackcliff.

« Mais *pourquoi* ? Détient-elle une connaissance particulière ? Possède-t-elle un pouvoir qui dépasse l'entendement humain ? Pour quelle raison exacte l'apprécies-tu ? »

Les observations de Darin au sujet du directeur me reviennent en tête : *Il était énervé. C'était comme s'il ne savait pas trop quoi demander. Comme si ce n'étaient pas ses questions.*

« Elle est intelligente, courageuse… »

Le directeur soupire et agite une main dédaigneuse. « Je me fiche des âneries sentimentales. Pense de manière rationnelle, Elias. Y a-t-il quelque chose d'inhabituel en elle ?

— Elle a survécu alors qu'elle était au service de la Commandante. Pour une Érudite, c'est assez inhabituel. »

Le directeur se carre sur sa chaise en se caressant le menton, le regard lointain. « En effet. *Comment* a-t-elle survécu ? Marcus était censé l'avoir tuée. » Il me fixe de ses yeux bleus. La cellule déjà froide devient soudain glaciale. « Parle-moi de l'Épreuve. Que s'est-il exactement passé dans l'amphithéâtre ? »

Je m'exécute. Quand je lui décris la façon dont Marcus a attaqué Laia, il m'interrompt.

« Mais elle a survécu. Comment ? Des centaines de personnes l'ont vue mourir.

— Les Augures nous ont roulés. Une Augure a en fait pris le coup destiné à Laia. Cain a déclaré Marcus vainqueur. Au milieu du chaos, sa camarade a emmené Laia.

— Et après ? Raconte-moi tout, n'omets rien. »

J'hésite – j'ai le sentiment que quelque chose ne tourne pas rond. Le directeur se lève, ouvre brusquement la porte et appelle Tas. Des bruits de pas et une seconde plus tard, il saisit Tas par la peau du cou et place son couteau sous sa gorge.

« Tu as raison quand tu dis que tu vas bientôt mourir. Ce garçon, en revanche, est jeune et relativement en bonne santé. Si tu me mens, Elias, je te montrerai ses entrailles alors qu'il est encore en vie. Maintenant, je répète : raconte-moi tout ce qui s'est passé avec la fille après la Quatrième Épreuve. »

Laia, pardonne-moi si je révèle tes secrets. Je jure que ce n'est pas pour rien. Je regarde le directeur droit dans les yeux alors que je parle de la destruction de Blackcliff organisée par Laia, de notre évasion de Serra et de tout ce qui est arrivé après.

J'attends de voir s'il réagit lorsque je mentionne Keenan. Apparemment, il n'en sait pas plus sur le rebelle que ce que je lui en dis. *Alors, quoi ?* Peut-être que Keenan ne travaille pas pour lui. Malgré tout, d'après ce que m'a dit Darin, il est évident qu'ils communiquent d'une manière ou d'une autre. Font-ils tous les deux leur rapport à une tierce personne ?

Le vieil homme repousse Tas qui se recroqueville par terre. Sentant mon regard sur lui, il s'extrait de ses pensées.

« Tu avais une question, Elias ? »

Un interrogateur peut autant apprendre d'une réponse que d'une question. Les paroles de ma mère me viennent en aide au moment où je m'y attends le moins.

« Les questions que vous avez posées à Darin au sujet de Laia. Vous en ignorez l'objet. Quelqu'un vous manipule. » J'observe sa bouche car c'est là qu'il cache sa vérité, dans le tremblement de ses lèvres fines et sèches. « Qui est-ce, monsieur le directeur ? »

Il se lève si brutalement qu'il en renverse sa chaise. Tas la traîne rapidement hors de la cellule. Mes chaînes se desserrent lorsque le directeur baisse le levier dans le mur.

« J'ai répondu à toutes les questions que vous m'avez posées », dis-je. Dix enfers. À quoi bon essayer ? J'ai vraiment été idiot de croire qu'il tiendrait sa promesse. « Vous n'honorez pas votre part du marché. »

Le directeur s'arrête au seuil de la cellule, son visage à moitié tourné vers moi, sérieux. La lumière des torches du couloir creuse les rides sur ses joues.

« C'est parce que tu m'as demandé *qui*, Elias. Au lieu de *quoi.* »

45
LAIA

Comme tant de nuits avant celle-ci, impossible de me reposer. Keenan dort à côté de moi, un bras sur mon ventre, son front contre mon épaule. Sa respiration régulière me berce, mais chaque fois que je suis sur le point de sombrer dans le sommeil, je me réveille en sursaut et je recommence à m'inquiéter.

Darin est-il en vie ? Si oui, et si j'arrive à le sauver, comment irons-nous jusqu'à Marinn ? Spiro nous y attendra-t-il comme promis ? Darin *voudra*-t-il fabriquer des armes pour les Érudits ?

Et Elias ? Helene l'a peut-être arrêté. Ou peut-être a-t-il déjà succombé au poison. S'il est en vie, Keenan m'aidera-t-il à le sauver ?

Mais je *dois* le sauver. Et je ne peux pas non plus abandonner les autres Érudits. Je ne peux pas les laisser se faire exécuter dans le cadre de la purge orchestrée par la Commandante.

Les exécutions commenceront demain soir. Au coucher du soleil.

J'écarte le bras de Keenan et je me lève. J'enfile ma cape et mes bottes et je me faufile dans la nuit froide.

Une terreur abjecte s'empare de moi. Le plan de Keenan est aussi mystérieux que l'intérieur de Kauf.

« Laia ? » Keenan sort de la grotte, ses cheveux roux ébouriffés lui donnant l'air plus jeune. Il me tend la main et j'entrelace mes doigts aux siens – la chaleur de sa peau me réconforte. Il a tellement changé en quelques mois. Quand je l'ai rencontré à Serra, je n'aurais jamais imaginé un tel sourire sur son visage sombre.

Il fronce les sourcils.

« Anxieuse ? »

Je soupire. « Je ne peux pas abandonner Elias. » Cieux, j'espère ne pas avoir tort à nouveau. J'espère que mon insistance, mon acharnement ne mènera pas à une autre catastrophe. Une image de Keenan gisant mort me passe par la tête et je réprime un frisson. *Elias le ferait pour toi. Et entrer dans Kauf représente de toute façon un énorme risque.* « Je ne l'abandonnerai *pas.* »

Le rebelle incline la tête, les yeux baissés sur la neige. Je retiens mon souffle.

« Alors nous devons trouver un moyen de le faire sortir, dit-il. Même si ça prendra plus de temps…

— Merci. » Je me blottis contre lui. « Il faut le faire. Je le sais. »

Je sens le motif de mon bracelet contre ma paume et je réalise que, comme d'habitude, ma main s'est instinctivement dirigée vers lui pour y puiser du réconfort.

Keenan me fixe d'un regard étrange. Solitaire.

« Comment est-ce d'avoir quelque chose de sa famille ?

— Ça me rapproche d'eux. Ça me donne de la force. »

Il tend le bras vers le bracelet, puis retire la main. « C'est bien de se souvenir de ceux qui ont disparu. De s'appuyer sur eux dans les moments difficiles. » Sa voix est douce. « C'est bien de savoir qu'on a été… qu'on est… aimé. »

Ses yeux se remplissent de larmes. Keenan n'a jamais parlé de sa famille si ce n'est pour me dire qu'elle a disparu. Il n'a jamais eu rien ni personne.

Mes doigts se serrent autour de mon bracelet et, soudain, je le retire. J'ai l'impression qu'il ne veut pas se détacher de mon bras. D'un coup sec, je parviens à l'enlever.

« À présent, il sera ta famille », je murmure en ouvrant la main de Keenan et en y posant le bracelet. Je referme ses doigts dessus. « Peut-être pas une mère, un père, un frère ou une sœur, mais tout de même une famille. »

Il fixe le bijou, le souffle court. Je n'arrive pas à décrypter l'émotion dans ses yeux, mais je ne lui en veux pas de rester silencieux. Il le passe à son poignet dans un lent moment de recueillement.

Un gouffre s'ouvre en moi, comme si la dernière trace de ma famille avait disparu. La façon dont Keenan regarde le bracelet, comme si on ne lui avait jamais rien offert d'aussi précieux, me réconforte. Il se tourne vers moi, pose ses mains sur ma taille en fermant les yeux et appuie son front contre le mien.

« Pourquoi ? murmure-t-il. Pourquoi me l'as-tu donné ?

— Parce que tu es aimé. Tu n'es pas seul. Et tu mérites de le savoir.

— Regarde-moi », chuchote-t-il.

Je tressaille devant ses yeux tristes, angoissés – hantés – comme s'il voyait quelque chose qu'il ne peut pas accepter. Mais l'instant suivant, son expression change. Se durcit. Ses mains, douces il y a encore quelques secondes, se serrent et deviennent chaudes.

Trop chaudes.

Ses pupilles se dilatent. J'y vois mon reflet et j'ai la sensation de tomber dans un cauchemar. Un cri se fraie un chemin dans ma gorge quand je ne vois dans ses yeux que destruction, échec et mort : le corps mutilé de Darin ; Elias se détournant de moi, impassible alors qu'il disparaît dans une forêt ancienne ; la Commandante se tenant au-dessus de moi et me tranchant la gorge d'un coup de sabre.

« Keenan, dis-je d'une voix étranglée, qu'est-ce que… »

Sa voix suave devient amère, son sourire se transforme en une expression ignoble et méprisante : « Mon nom n'est pas Keenan », lance-t-il.

Il écarte brusquement les mains et sa tête est projetée en arrière comme si elle était saisie par une main venue d'un autre monde. Sa bouche s'ouvre sur un cri silencieux, les muscles de son bras et de son cou gonflent.

Un nuage de ténèbres s'abat sur nous et me fait basculer en arrière. « Keenan ! »

Je n'arrive pas à distinguer la blancheur de la neige ou les lumières ondulant dans le ciel. Je me bats aveuglément contre ce qui nous attaque. Je ne vois rien jusqu'à ce que l'obscurité se lève à la lisière de mon champ de vision et cède lentement la place à une silhouette à la capuche relevée, des soleils malfaisants à la place des yeux. Je m'appuie sur un tronc d'arbre et saisis ma dague.

Je connais cet homme. La dernière fois que je l'ai vu, il soufflait des ordres à la femme qui me fait le plus peur au monde.

Le Semeur de Nuit. Je tremble de tout mon corps – c'est comme si une main s'était glissée en moi et me broyait.

« Cieux sanglants, qu'avez-vous fait à Keenan, espèce de monstre ? » Je dois être folle pour lui parler ainsi.

Mais la créature se contente de rire. « Il n'y a jamais eu de Keenan, Laia de Serra, dit le Semeur de Nuit. Il n'y avait que moi.

— Mensonges. » Je brandis ma dague, dont la poignée est aussi brûlante que de l'acier sortant de la forge. Je la lâche en poussant un cri. « Keenan est dans la Résistance depuis des années.

— Que sont des années quand on vit depuis des millénaires ? » Devant ma stupéfaction, la chose – le djinn – laisse échapper un son étrange qui pourrrait être un soupir.

Puis il se tourne, murmure quelque chose dans l'air en se soulevant lentement, comme s'il allait décoller. *Non !* Je bondis et l'attrape, je veux à tout prix comprendre ce qui se passe.

Sous sa longue robe, le corps de la créature est brûlant, puissant. Sa musculature tordue est celle d'un démon et non d'un homme. Le Semeur de Nuit incline la tête. Il n'a pas de visage, seulement des yeux perçants. Pourtant, je sens son rictus.

« Ah, la petite sait se battre, on dirait. Tout comme sa garce de mère au cœur de pierre. »

Il essaie de se libérer en me secouant, mais je ne le lâche pas malgré mon dégoût. Une noirceur inconnue monte en moi, une part de moi-même dont j'ignorais l'existence.

Je sens que le Semeur de Nuit n'est plus du tout amusé. Il me secoue violemment. Je m'accroche.

Qu'avez-vous fait de Keenan – du Keenan que je connaissais ? Du Keenan que j'aimais ? je hurle dans ma tête. *Et pourquoi ?* La noirceur qui grandit en moi prend le dessus. Je sens le Semeur de Nuit à la fois inquiet et surpris. *Dites-moi ! Maintenant !* Soudain, je suis en état d'apesanteur alors que je vole dans le chaos de l'esprit du Semeur de Nuit. Dans ses souvenirs.

Au début, je ne vois rien. Je ne sens que… de la tristesse. Une douleur qu'il a enfouie sous des centaines d'années de vie. Elle imprègne chaque partie de lui et, même si je n'ai pas de corps, mon esprit manque de s'écrouler sous son poids.

Je me force à la traverser et me retrouve alors dans une ruelle froide du District des Érudits de Serra. Le vent transperce mes vêtements et j'entends un cri étouffé. Je me tourne et vois le Semeur de Nuit en train de muter en hurlant de douleur ; il utilise tout son pouvoir pour se transformer en un enfant roux de 5 ans. Il sort de la ruelle en titubant et s'écroule sur le perron d'une maison en ruine. Beaucoup essaient de l'aider, mais il ne parle à personne. Jusqu'à ce qu'un homme aux cheveux sombres que je connais bien s'agenouille à côté de lui.

Mon père.

Il prend l'enfant dans ses bras. Le souvenir change de lieu. Je suis maintenant dans un campement établi dans un canyon. Les combattants de la Résistance mangent, discutent, s'entraînent au maniement des armes. Deux personnes sont assises à une table et mon cœur s'arrête quand je les vois : ma mère et Lis. Elles accueillent mon père et l'enfant roux. Elles lui donnent une assiette de ragoût et pansent ses blessures. Lis lui offre un chat en bois que mon père a taillé pour elle et s'assoit à côté de lui pour qu'il n'ait pas peur.

Alors que le souvenir change à nouveau, je repense à un jour froid et pluvieux dans la cuisine de la Commandante, il y a quelques mois, quand Cuisinière nous a raconté à Izzi et à moi l'histoire du Semeur de Nuit. *Il a infiltré la*

Résistance. Il a pris une forme humaine et s'est fait passer pour un combattant. Il s'est rapproché de ta mère. Il l'a manipulée et s'est servi d'elle. Ton père a compris. Le Semeur de Nuit avait un complice. Un traître.

Le Semeur de Nuit n'avait pas de complice, et il ne s'est pas fait passer pour un combattant. Il était le traître et il s'est fait passer pour un enfant. Personne ne pouvait imaginer qu'un jeune orphelin affamé était un espion.

Un grognement résonne dans mon esprit et le Semeur de Nuit tente de m'expulser de ses pensées. Je me sens retourner dans mon corps, mais la noirceur en moi gronde et se bat. Je ne le lâche pas.

Non. Vous allez m'en montrer plus. J'ai besoin de comprendre.

De retour dans les souvenirs de la créature, je le vois devenir ami avec ma sœur. Leur amitié me met mal à l'aise – elle a l'air véritable. Comme s'il avait vraiment de l'affection pour elle. Il la flatte et elle lui donne des informations sur mes parents : où ils se trouvent, ce qu'ils font.

Il suit ma mère partout, son regard avide constamment fixé sur son bracelet. Il est comme un animal affamé. Il ne le veut pas. Il en a *besoin.* Il doit la persuader de le lui donner.

Mais un jour, ma mère arrive au campement de la Résistance sans le bracelet. Le Semeur de Nuit a échoué. Je sens sa fureur sous une couche de tristesse infinie. Il entre dans une baraque éclairée par des torches et parle à une femme au visage argenté. Keris Veturia.

Il dit à Keris où elle peut trouver mes parents. Il lui révèle ce qu'ils seront en train de faire.

Traître ! Vous les avez menés à leur mort ! J'enrage contre lui, je m'enfonce dans son esprit. *Pourquoi ? Pourquoi le bracelet ?*

Je vole avec lui dans le passé en me laissant porter par les vents jusqu'au fin fond de la forêt du Crépuscule. Je sens son désespoir et son inquiétude pour son peuple. Ce dernier fait face à un grand danger. Il est aux mains d'une assemblée d'Érudits déterminés à lui voler son pouvoir. Le Semeur de Nuit ne parvient pas à les rejoindre assez rapidement. *Trop tard !* hurle-t-il dans son souvenir. *J'arrive trop tard.* Il crie les noms de ses proches alors qu'une onde de choc se propage depuis le centre de la forêt, le précipitant dans les ténèbres.

Une explosion d'argent pur – une Étoile, une arme érudite – utilisée pour emprisonner le djinn. Je m'attends qu'elle se désintègre – je connais l'histoire. Or, elle se brise en une centaine d'éclats envoyés dans toute la région. Des éclats ramassés par des Mariners et des Érudits, des Martiaux et des hommes des tribus. Façonnés sous forme de colliers et de bracelets, de fers de lance et de lames de sabre.

La colère du Semeur de Nuit me coupe le souffle. Il ne peut pas récupérer ces morceaux. Chaque fois qu'il en trouve un, il doit s'assurer qu'on le lui donne par amour et dans un climat de confiance absolue. Car il est le seul à pouvoir reconstituer l'arme qui emprisonne son peuple et, ainsi, peut-être le libérer.

Je parcours ses souvenirs à toute vitesse. J'ai la nausée en le regardant se transformer en mari ou en amant, en fils ou en frère, en ami ou en confident – n'importe quoi pourvu qu'il récupère les morceaux perdus. Il *devient* la personne en laquelle il se transforme. Il ressent ce qu'un humain ressentirait. Notamment l'amour.

Puis je le regarde alors qu'il me découvre.

Je me vois à travers ses yeux : je ne suis personne, une fille naïve venue supplier la Résistance de l'aider.

Je le regarde alors qu'il comprend qui je suis et ce que je possède.

C'est une véritable torture de l'observer en train de me duper. De voir comment il a utilisé des informations volées à mon frère pour me convaincre, pour m'amener à lui faire confiance, à avoir des sentiments pour lui. À Serra, il avait presque réussi à me faire tomber amoureuse de lui. Mais j'avais finalement donné la liberté qu'il m'offrait à Izzi et j'avais disparu avec Elias. Et son plan soigneusement échafaudé s'était effondré.

Pendant tout ce temps, il était resté caché au sein de la Résistance afin de mener à bien un plan qu'il concoctait depuis des mois : persuader la Résistance de tuer l'empereur et de fomenter une révolution érudite.

Deux actions qui ont permis à la Commandante d'assassiner mon peuple. C'était en fait la vengeance du Semeur de Nuit pour ce que les Érudits avaient fait à sa famille il y a des siècles.

Cieux sanglants.

Une centaine de détails prennent soudain tout leur sens : sa froideur lors de notre première rencontre. Le fait qu'il semblait si bien me connaître alors que je ne lui avais rien dit de moi. La façon dont il a utilisé sa voix pour m'apaiser. Le temps inhabituel lorsque Elias et moi avons quitté Serra. L'arrêt inopiné des attaques de créatures surnaturelles après son arrivée avec Izzi.

Non, non, espèce de menteur, de monstre...

Je sens alors quelque chose au fond de lui qui sous-tend chaque souvenir et me remue au plus profond de moi : un océan de regrets qu'il s'efforce de cacher, exacerbé jusqu'à la folie comme par une grande tempête. Je vois mon propre visage, puis celui de Lis. Je vois une enfant avec des nattes brunes et un collier ancien en argent. Je vois un Mariner bossu et souriant avec une canne au pommeau d'argent.

Hanté. C'est le seul mot que je trouve pour décrire ce que je vois. Le Semeur de Nuit est hanté.

Alors que je prends vraiment conscience de ce qu'est cette créature, il m'expulse de son esprit et de son corps. Je suis projetée trois mètres plus loin, je heurte un arbre et atterris par terre, le souffle coupé.

Mon bracelet brille à son poignet sombre. L'argent – qui avait noirci – étincelle à présent comme s'il était fait d'une lumière d'étoile.

« Mais qu'es-tu ? », s'énerve-t-il. Cette phrase me rappelle l'éfrit à Serra qui m'avait posé la même question. *Tu me demandes ce que je suis, mais qu'es-tu, toi ?*

Un vent glacial souffle dans la clairière. Le Semeur de Nuit se lève, les yeux toujours fixés sur moi, hostiles et curieux. Puis le vent gagne en intensité et l'emporte.

Les bois sont silencieux. Le ciel est calme. Mon cœur bat aussi vit qu'un tambour de guerre martial. Je ferme les yeux, puis les rouvre en attendant de me réveiller de ce cauchemar. Je tends la main vers mon bracelet : j'ai besoin du réconfort qu'il m'apporte, d'un rappel de qui je suis, de ce que je suis.

Mais il a disparu. Je suis seule.

Quatrième partie
DÉFAITE

46
ELIAS

« Tu te rapproches, Elias. »

Je retombe dans le Lieu d'Attente. Shaeva me fixe. Il y a une sorte de netteté en elle – ainsi que dans les arbres et le ciel – qui me donne l'impression que ceci est ma réalité et que le monde des vivants n'est qu'un rêve.

Je regarde autour de moi avec curiosité – je me suis déjà réveillé au milieu de la forêt, mais cette fois je suis au sommet d'un promontoire rocheux qui surplombe les arbres. Le fleuve du Crépuscule déferle en bas, bleu et blanc sous le clair ciel d'hiver.

« Le poison a pratiquement atteint ton cœur », dit Shaeva.

Bientôt la mort. « Pas encore, dis-je de mes lèvres engourdies en retenant la peur qui me guette. Il faut que je vous demande quelque chose. Je vous en supplie, Shaeva, écoutez-moi. » *Reprends-toi, Elias. Fais-lui comprendre combien c'est important.* « Parce que si je meurs avant d'être prêt, je vais hanter ces fichus bois pour toujours. Vous ne vous débarrasserez jamais de moi. »

Une lueur d'inquiétude traverse son regard. « Très bien, dit-elle. Pose ta question. »

Je réfléchis à ce que le directeur m'a dit. *Qui. Pas quoi.* Aucun humain ne contrôle le directeur. Ce doit être une créature surnaturelle. Je n'imagine pas que ce soit un spectre ou un éfrit. Des créatures si faibles ne pourraient pas le surpasser en intelligence – et il méprise ceux qu'il considère comme moins intelligents que lui.

Mais toutes les créatures surnaturelles ne sont pas des spectres ou des éfrits.

« Pourquoi le Semeur de Nuit s'intéresserait-il à une jeune fille de 17 ans qui se rend à Kauf pour faire sortir son frère de prison ? »

L'Attrapeuse d'Âmes pâlit soudain. Sa main se met à trembler et elle essaie de se rattraper à un muret qui n'existe pas.

« Pourquoi me demandes-tu cela ?

— Répondez.

— Parce qu'elle a quelque chose qu'il veut, bredouille-t-elle. Cependant, il ne peut *pas* savoir qu'elle l'a. Ce qu'il veut est caché depuis des années. Est resté en sommeil.

— Pas autant que vous le voudriez. Il est de mèche avec ma mère, dis-je. Et avec le directeur. Le vieil homme transmet des informations sur Laia à un garçon qui voyage avec nous. Un rebelle érudit. »

Shaeva écarquille horriblement les yeux et s'avance en tendant les bras.

« Elias, prends mes mains et ferme les yeux. »

Malgré l'urgence de son ton, j'hésite. Devant ma méfiance, l'expression de l'Attrapeuse d'Âmes se durcit. J'écarte mes mains, mais ses réflexes sont plus rapides.

Une fois qu'elle me tient, la terre sous mes pieds tremble. Je vacille alors qu'un millier de portes s'ouvrent dans mon esprit : Laia me racontant son histoire au milieu du désert de Serra ; Darin parlant du directeur ; les étrangetés de Keenan, comme le fait qu'il m'ait pisté alors qu'il n'aurait pas dû en être capable ; jusqu'à la corde entre Laia et moi qui s'était rompue dans le désert…

L'Attrapeuse d'Âmes me fixe de ses yeux noirs et ouvre son esprit. Ses pensées se déversent dans ma tête comme un flot liquide. Une fois qu'elle a terminé, elle prend mes souvenirs et son savoir et dépose le fruit de cette union à mes pieds.

« Enfers sanglants et brûlants. » Je trébuche en arrière et m'appuie sur un rocher pour retrouver mon équilibre. Je viens de comprendre. *Le bracelet de Laia – l'Étoile.* « C'est lui… Keenan. Il est le Semeur de Nuit.

— Comprends-tu, Elias ? demande l'Attrapeuse d'Âmes. Vois-tu la toile qu'il a tissée afin d'assouvir sa vengeance ?

— Pourquoi tous ces jeux ? » Je me redresse et fais les cent pas. « Pourquoi ne pas simplement tuer Laia et prendre le bracelet ?

— L'Étoile est liée à des lois indestructibles. Le savoir qui a mené à sa création a été dispensé avec amour – en toute confiance. » Elle détourne le regard, honteuse. « C'est une magie ancienne destinée à limiter le mal que l'on pourrait faire en utilisant l'Étoile. » Elle soupire.

« Le djinn qui vit dans vos bosquets, dis-je. Il veut les libérer. »

Les yeux de Shaeva se troublent alors qu'elle regarde le fleuve. « Ils ne devraient pas être libérés, Elias. Il fut un temps où les djinns étaient des créatures de la lumière. Mais comme tout être vivant enfermé trop longtemps, ils sont devenus fous. J'ai essayé de le dire au Semeur de Nuit. De tous les djinns, lui et moi sommes les seuls à fouler encore cette terre. Mais il ne m'écoute pas.

— Nous devons faire quelque chose, dis-je. Quand il aura le bracelet, il tuera Laia…

— Il ne peut pas la tuer. Tous ceux qui ont été en contact avec ce qui a été donné par l'Étoile, ne serait-ce qu'un instant, sont protégés par son pouvoir. Il ne peut pas te tuer non plus.

— Mais je ne l'ai jamais… » *Touché*, allais-je dire jusqu'à ce que je réalise que je l'ai emprunté à Laia, il y a des mois de cela, dans les montagnes de Serra.

« Le Semeur de Nuit a dû ordonner au directeur de te tuer, dit Shaeva. Mais peut-être que ses esclaves humains ne sont pas aussi obéissants qu'il le voudrait.

— Le directeur se fichait de Laia. Il voulait en fait mieux comprendre le Semeur de Nuit.

— Mon roi ne se confie à personne. La Commandante et le directeur sont certainement ses seuls alliés – il ne fait pas confiance aux humains. Il ne leur a sûrement rien dit au sujet du bracelet ou de l'Étoile de peur qu'ils ne trouvent un moyen de retourner le savoir contre lui.

— Et si Laia était morte d'une autre façon ? Que serait-il advenu de son bracelet ?

— Ceux qui portent des morceaux de l'Étoile ne meurent pas facilement. Elle les protège et il le sait. Mais si elle était morte, le bracelet aurait disparu dans le néant. Le pouvoir de l'Étoile en aurait été affaibli. C'est déjà arrivé. » Elle prend sa tête dans ses mains. « Personne ne mesure sa haine des humains, Elias. S'il libère les nôtres, ces derniers vont partir à la chasse aux Érudits et les exterminer. Ils s'en prendront au reste de l'humanité. Leur soif de sang sera inextinguible.

— Alors, il faut l'arrêter. Il faut éloigner Laia avant qu'il lui dérobe le bracelet.

— Je ne peux pas l'arrêter. » La voix de Shaeva trahit son énervement. « Il ne me laissera pas faire. Je ne peux pas quitter mes terres…

— SHAEVA. »

La forêt est la proie d'une secousse. « Ils savent, souffle-t-elle. Ils vont me punir.

— Vous ne pouvez pas partir. Je dois découvrir si Laia va bien. Vous pourriez m'aider…

— Non ! crie Shaeva. Je ne peux absolument pas me mêler de ça. Ne vois-tu pas ? Il… » Elle porte la main à sa gorge et grimace. « Elias, la dernière fois que je l'ai mis en colère, il m'a tuée. Il m'a forcée à endurer la torture d'une mort lente et ensuite il m'a *fait revenir*. Il a libéré la pauvre créature qui avait dirigé la terre des morts avant moi et il m'a enchaînée à cet endroit pour me punir de ce que j'avais fait. Je vis, oui, mais je suis l'esclave du Lieu d'Attente. C'est *son* œuvre. Si je le contrarie à nouveau, seuls les Cieux savent ce qu'il m'infligera. Je suis désolée – plus que tu ne peux l'imaginer. Mais je n'ai aucun pouvoir sur lui. »

Je me précipite sur elle. J'ai tant besoin de son aide. Elle se dégage de mon emprise et descend le promontoire à toute allure et, en quelques secondes, elle disparaît dans les arbres.

« Bon sang, Shaeva ! » Je lui cours après, mais je jure en me rendant compte que c'est inutile.

« Tu n'es pas encore mort ? » Tristas émerge du couvert des arbres. « Combien de temps comptes-tu t'accrocher à ta misérable existence ? »

Je devrais te demander la même chose. Ses épaules s'abaissent, comme s'il portait un rocher invisible. Je me force à concentrer toute mon attention sur lui. Il a l'air épuisé et terriblement malheureux.

« Je serai bientôt là, dis-je. J'ai jusqu'à *Rathana*. Dans six jours.

— *Rathana*. » Le front de Tristas se plisse alors qu'il réfléchit. « Je me souviens de l'an dernier. Aelia m'a demandé en mariage cette nuit-là. J'ai chanté sur tout le chemin du retour et Hel et toi m'avez bâillonné pour que les centurions n'entendent rien. Faris et Leander se sont moqués de moi pendant des semaines.

— Ils étaient jaloux que tu aies rencontré une fille qui t'aime vraiment.

— Tu m'avais défendu », dit Tristas. Derrière lui, la forêt est silencieuse, comme si le Lieu d'Attente retenait son souffle. « Tu m'as toujours défendu. »

Je hausse les épaules et regarde ailleurs. « Ça n'efface pas le mal que j'ai fait.

— Je n'ai jamais dit ça. » Sa colère refait surface. « Mais tu n'es pas juge, n'est-ce pas ? C'est *ma* vie que tu as prise. C'est à *moi* de décider si je te pardonne ou pas. »

J'ouvre la bouche, prêt à lui dire qu'il ne devrait pas me pardonner. Puis je pense à la réprimande d'Izzi. *Tu te crois toujours responsable de tout le monde. Ce n'est pas le cas. Nous sommes des êtres autonomes en mesure de prendre nos décisions.*

« Tu as raison. » Enfers, comme c'est difficile à dire. Encore plus d'y croire. Mais à mesure que je parle, la colère s'efface des yeux de Tristas. « On t'a dépossédé de tous tes choix. Sauf de celui-ci. Je suis désolé. »

Tristas incline la tête. « C'était si difficile ? » Il marche jusqu'au bord du promontoire et baisse les yeux sur le fleuve. « Tu as dit que je n'étais pas obligé de le faire tout seul.

— Tu n'es *pas* obligé de le faire tout seul.

— Je pourrais te dire la même chose. » Tristas pose la main sur mon épaule. « Je te pardonne, Elias. Pardonne-toi aussi. Il te reste un peu de temps parmi les vivants. Ne le gâche pas. »

Il se tourne et plonge du promontoire. Son corps disparaît. Le seul signe de son passage est une légère ondulation à la surface de l'eau.

Je pourrais te dire la même chose. Ses paroles allument une flamme en moi et la première pensée qui avait été attisée par les paroles d'Izzi se transforme à présent en brasier.

Les paroles d'Afya résonnent dans ma tête : *Elias, tu ne devrais pas partir. Tu devrais demander à Laia ce qu'elle veut.* Les supplications furieuses de Laia : *Tu te renfermes. Tu m'écartes parce que tu ne veux pas que je m'attache. Que fais-tu de ce que je veux, moi ?*

Parfois, avait dit Izzi, *la solitude est un choix.* Le Lieu d'Attente s'estompe. Lorsque le froid pénètre mes os, je sais que je suis de retour à Kauf. Je sais aussi exactement comment faire sortir Darin de cet endroit maudit. Mais je ne peux pas le faire seul. Je réfléchis, j'échafaude des plans, et quand Tas entre dans cellule, je suis prêt.

Le garçon garde la tête baissée et s'avance vers moi telle une souris timide. Ses jambes maigres portent la marque de coups de fouet récents. Il a un bandage sale au poignet.

« Tas », je chuchote. Il lève ses yeux sombres. « Je vais sortir d'ici. Je vais emmener l'Artiste avec moi. Et toi aussi, si tu veux. Mais j'ai besoin d'aide. »

Tas se penche sur sa caisse de bandages et de pommades, ses mains tremblent alors qu'il change le cataplasme sur mon genou. Pour la première fois depuis que je l'ai rencontré, ses yeux brillent.

« Que veux-tu que je fasse, Elias Veturius ? »

47
HELENE

Je ne me souviens pas de m'être hissée sur le mur extérieur de Kauf ou de m'être dirigée vers le hangar à bateaux. Je sais juste que tout cela me prend plus de temps que ça ne devrait à cause de la colère et du doute qui troublent ma vision. Toujours sous le choc de ce que je viens d'apprendre sur la Commandante, j'arrive dans le hangar où m'attend le directeur.

Cette fois, il n'est pas seul. Je sens ses hommes tapis dans les coins. Les torches se reflètent ici et là sur leurs masques argentés – des Masks qui pointent leurs flèches sur moi.

Près de notre bateau, Avitas garde un œil inquiet sur le vieil homme. Il est crispé. Sa colère m'apaise – au moins, je ne suis pas la seule à être énervée. Avitas croise mon regard et hoche la tête. Le directeur l'a mis au parfum.

« Monsieur le directeur, n'aidez pas la Commandante, dis-je sans préambule. Ne lui donnez pas l'influence qu'elle réclame.

— Vous me surprenez, dit le directeur. Êtes-vous si loyale à Marcus que vous refuseriez que Keris Veturia soit impératrice ? C'est idiot. La transition ne se ferait pas sans heurts, mais au bout d'un moment la population l'accepterait. Après tout, elle a réprimé la révolution des Érudits.

— Si le destin de la Commandante était de devenir impératrice, les Augures l'auraient choisie plutôt que Marcus. Elle ne sait pas négocier, monsieur le directeur. À la seconde où elle prendra le pouvoir, elle punira toutes les Gens qui l'ont contrariée et l'Empire tombera dans une guerre civile comme ça a failli être le cas il y a peu. Par ailleurs, elle veut vous tuer. Elle l'a dit devant moi il y a quelques semaines.

— Je sais très bien que Keris Veturia ne m'apprécie pas. C'est irrationnel quand on considère que nous servons le même maître. Je crois qu'elle se sent menacée par ma présence. » Le directeur hausse les épaules. « Que je l'aide ou non, cela ne fera aucune différence. Elle fera quand même un coup d'État. Et il est très possible qu'il soit courronné de succès.

— Alors je dois l'arrêter. » Nous sommes arrivés au moment clé de notre conversation. J'abandonne toute subtilité. Si la Commandante s'apprête à faire un coup d'État, je n'ai pas le temps. « Monsieur le directeur, donnez-moi Elias Veturius. Je ne peux pas retourner à Antium sans lui.

— Ah oui. » Le directeur claque des doigts. « Ça risque de poser un problème, Pie.

— Que voulez-vous ? »

Le directeur m'invite à marcher avec lui le long d'un des quais, loin de ses hommes et d'Harper. L'Homme du Nord fait vigoureusement non de la tête en me voyant le suivre, mais je n'ai pas le choix. Lorsque nous sommes hors de portée de voix, le vieil homme se tourne vers moi.

« Pie de sang, j'ai entendu dire que vous avez une faculté… particulière. » Son regard avide me donne la chair de poule.

« Monsieur le directeur, je ne sais pas ce que vous avez entendu dire, mais…

— N'insultez pas mon intelligence. Titinius, le médecin de Blackcliff, est un vieil ami. Il m'a récemment raconté la plus incroyable histoire de guérison qu'il ait vécue à l'école. Elias Veturius était au seuil de la mort quand un cataplasme du Sud l'a sauvé. Mais Titinius a essayé ce même cataplasme sur un autre patient et il n'a pas fonctionné. Il suspecte que le rétablissement d'Elias soit dû à quelque chose d'autre.

— Que voulez-vous ? dis-je en posant la main sur mon arme.

— Je veux étudier votre pouvoir. Je veux le comprendre.

— Je n'ai pas le temps de me prêter à vos expériences. Donnez-moi Elias et nous en reparlerons.

— Si je vous donne Veturius, vous vous enfuirez avec lui. Vous devez rester ici. Quelques jours, pas plus, et ensuite je vous libérerai tous les deux.

— Monsieur le directeur. Un coup d'État se prépare et il va mettre l'Empire à genoux. Je *dois* retourner à Antium pour prévenir l'Empereur. Je ne peux pas repartir sans Elias. Donnez-le-moi et je jure sur mon sang et mes os que je reviendrai pour votre séance de… d'*observation* dès que la situation sera sous contrôle.

— Jolie promesse. Toutefois je sens que vos intentions ne sont pas exactement respectables. » Il se caresse le menton d'un air pensif, une lueur inquiétante dans les yeux. « Vous êtes face à un fascinant dilemme philosophique, Pie de sang. Rester, participer aux expériences et risquer qu'en votre absence l'Empire tombe aux mains de Keris Veturia. Ou repartir, déjouer le coup d'État et sauver l'Empire, mais risquer de perdre votre famille.

— Ce n'est pas un jeu. La vie de ma famille est en danger. *Enfers brûlants*, le sort de l'Empire est en jeu. Si vous vous en fichez, alors pensez à vous. Vous croyez vraiment que Keris vous laissera tranquillement ici une fois devenue impératrice ? Elle vous tuera à la première occasion.

— Oh, je crois que notre nouvelle impératrice trouvera ma connaissance des secrets de l'Empire... intéressante. »

Mon sang bouillonne de haine. Peut-être pourrais-je entrer dans Kauf par effraction ? Avitas connaît bien la prison. Il y a passé des années. Mais nous ne sommes que deux.

C'est alors que je me souviens de ce que Cain m'a dit quand tout a commencé, juste après que Marcus m'a ordonné de lui ramener Elias.

Tu vas traquer Elias. Tu vas le trouver. Car ce que tu apprendras pendant ce voyage – sur toi, sur ta terre, sur tes ennemis – ce savoir est essentiel à la survie de l'Empire. Et à ton destin. Voilà ce qu'il voulait dire. Je ne sais pas encore ce que j'ai appris sur moi-même, mais je comprends à présent ce qui se passe sur ma terre, dans l'Empire. Ce que mon ennemi prépare.

Pourquoi est-ce que je tiens à amener Elias à Marcus qui le fera exécuter ? Pour montrer la force de l'Empereur. Pour lui apporter une victoire. Or tuer Elias n'est pas le seul moyen. Écraser un coup d'État fomenté par l'un des soldats les plus craints de l'Empire ferait tout autant d'effet. Si Marcus et moi mettons fin aux agissements de la Commandante, les Gens illustriennes ne tenteront pas de le contrer. La guerre civile sera évitée. L'Empire sera sauvé.

En ce qui concerne Elias, mon cœur se serre à l'idée qu'il soit aux mains du directeur. Mais je ne peux pas m'inquiéter plus longtemps de son bien-être. Par ailleurs, je connais mon ami. Le directeur ne pourra pas le garder sous les verrous bien longtemps.

« L'Empire avant tout, dis-je. Vous pouvez garder Veturius et vos expériences. »

Le directeur me regarde d'un air inexpressif.

« "L'inexpérience est l'espoir de la jeunesse, murmure-t-il. Les jeunes sont des idiots. Ils ne savent rien." Un extrait des *Souvenirs* de Rajin de Serra – l'un des seuls Érudits qui vaille d'être cité. Je crois qu'il a écrit ça quelques instants avant que Taius Ier lui coupe la tête. Si vous ne voulez pas que votre Empereur connaisse le même destin, vous feriez bien de vous mettre en route. »

Il fait signe à ses hommes et, quelques instants plus tard, la porte du hangar à bateaux se ferme derrière eux. Avitas me rejoint en trottinant.

« Pas de Veturius et un coup d'État à déjouer, dit Avitas. Vous préférez m'expliquer votre raisonnement maintenant ou en cours de route ?

— En cours de route. » Je m'assois dans le canoë et prends une rame. « Nous sommes déjà en retard. »

48
LAIA

Keenan est le Semeur de Nuit. Un djinn. Un démon. J'ai beau me les répéter, mon cerveau refuse d'assimiler ces mots. Je suis frigorifiée et, quand je baisse les yeux, je découvre que je suis agenouillée dans la neige. *Lève-toi, Laia.* Je n'arrive pas à bouger.

Je le hais. Cieux, je le hais. *Mais je l'aimais.* Je tends la main vers mon bracelet, comme si le simple fait de toucher mon bras allait le faire apparaître. Je revois la transformation de Keenan – puis j'entends son rire moqueur.

Il est parti, me dis-je. *Tu es toujours en vie. Elias et Darin sont en prison. Tu dois les sauver. Lève-toi.*

Peut-être que la douleur est comme un combat. Quand elle nous prend en étau comme une escouade martiale, on s'endurcit. On se prépare à l'agonie d'un cœur déchiqueté. Et quand elle frappe, la souffrance n'est pas aussi intense que ce à quoi on s'attendait car on a mis sa faiblesse sous clé et ne restent plus que la colère et la force.

Une partie de moi veut réfléchir à chaque moment passé avec cette *créature.* Keenan s'est-il opposé à ma mission avec Mazen parce qu'il voulait que je sois seule et faible ?

A-t-il sauvé Izzi parce qu'il savait que sinon, je ne le lui pardonnerais jamais ?

Ne réfléchis pas. Action. Mouvement. Lève-toi.

Je me redresse. Même si je ne sais pas où je vais, je me force à m'éloigner de la grotte. Les congères m'arrivent aux genoux mais j'avance malgré tout en tremblant, jusqu'à ce que je trouve la piste qu'Helene Aquilla et ses hommes ont dû emprunter. Je la suis jusqu'à un ruisseau que je longe.

Je ne comprends où je me trouve que lorsqu'une silhouette sort des arbres et se plante devant moi. La vision du masque argenté me terrifie d'abord, puis je me ressaisis et brandis ma dague. Le Mask lève les mains en l'air.

« Paix, Laia de Serra. »

C'est l'un des Masks d'Aquilla. Pas celui aux cheveux blonds ni le beau. Celui-ci me fait penser à une hache qu'on vient d'aiguiser. C'est celui qui est passé devant Elias et moi à Nur.

« Il faut que je parle à la Pie de sang, dis-je. S'il vous plaît.

— Où est ton ami roux ?

— Parti. »

Le Mask cligne des yeux. Son manque de froideur me désarçonne. Ses yeux verts sont presque gentils. « Et ton frère ?

— Toujours à Kauf, dis-je, méfiante. Allez-vous m'emmener jusqu'à elle ? »

Il hoche la tête. « Nous levons le camp. Je cherchais les espions de la Commandante. »

Je m'arrête. « Vous… Vous avez Elias…

— Non. Elias est toujours en prison. Nous avons une urgence à gérer. »

Plus urgente qu'attraper le fugitif le plus recherché de l'Empire ? J'entrevois une lueur d'espoir. Je pensais devoir mentir à Helene Aquilla et lui dire que je ne me mêlerais pas de l'évasion d'Elias. Or si elle n'a pas l'intention de quitter Kauf avec lui…

« Laia de Serra, pourquoi avais-tu confiance en Elias ? » La question du Mask est trop inattendue pour que je puisse cacher ma surprise. « Pourquoi l'as-tu sauvé de l'exécution ? »

Dans un premier temps, j'envisage de mentir. Non. C'est un Mask. Il me percerait à jour.

« Il m'a si souvent sauvé la vie, dis-je. Il ressasse beaucoup et fait des choix discutables qui mettent sa vie en danger, mais c'est un homme bien. » Je jette un coup d'œil au Mask qui regarde stoïquement devant lui. « L'un… L'un des meilleurs qui soient.

— Mais il a tué ses amis pendant les Épreuves.

— Il ne le voulait pas. Il y pense tout le temps. Je crois qu'il ne se le pardonnera jamais. »

Le Mask est silencieux tandis que le vent porte les gémissements et les cris qui proviennent de Kauf jusqu'à nous. Je serre les dents. *Tu vas devoir entrer là-dedans. Alors tu ferais bien de t'y faire.*

« Mon père était comme Elias, finit par déclarer le Mask. Ma mère disait qu'il voyait toujours le bien chez les autres.

— Était-il… un Mask ?

— Oui. C'est une caractéristique étrange pour un Mask. L'Empire a essayé de le changer ; peut-être a-t-il échoué. Peut-être est-ce la raison pour laquelle il est mort.

— Pourquoi me racontez-vous ça ? »

Il ne répond pas. Lorsque le bâtiment noir et menaçant de Kauf se dresse au loin, il reprend : « J'ai vécu là-dedans pendant deux ans. » Il désigne la prison d'un mouvement du menton. « Passé la plupart de mon temps dans les cellules d'interrogatoire. Au début, j'ai détesté ça. Des gardes de douze heures, sept jours sur sept. Je suis devenu insensible à ce que j'entendais. Heureusement, je me suis attaché à quelqu'un.

— Pas au directeur. » Je m'écarte un peu de lui. « Elias m'a parlé de lui.

— Non, dit le Mask. Pas le directeur, ni aucun des soldats. Ce quelqu'un était une esclave érudite. Une petite fille qui se faisait appeler Bee. Elle avait une cicatrice sur la joue. »

Je le fixe, déroutée. Il ne me paraît guère être le genre d'homme à se lier d'amitié avec une enfant.

« Elle était si maigre… Je lui apportais de la nourriture en cachette. Au début, elle avait peur de moi. Quand elle a compris que je ne lui voulais pas de mal, elle a commencé à me parler. Après mon départ de Kauf, je me suis inquiété pour elle. Il y a quelques jours, on m'a envoyé porter le message de la Pie au directeur alors je l'ai cherchée. Et je l'ai trouvée.

— Et elle s'est souvenue de vous ?

— Oui. En fait, elle m'a conté une bien étrange histoire au sujet d'un Martial aux yeux clairs enfermé dans le bloc des cellules d'interrogatoire. Elle dit qu'il refuse d'avoir peur du directeur. Il est devenu ami avec l'un des compagnons de Bee, à qui il a donné un nom tribal : Tas. Les enfants parlent ensemble à voix basse de ce Martial – ils font bien sûr très attention à ce que le directeur ne les entende pas. Ils savent bien garder les secrets. Ils ont parlé de ce Martial au mouvement érudit à l'intérieur de la prison – à ces hommes et à ces femmes qui espèrent toujours s'échapper un jour. »

Cieux sanglants.

« Pourquoi me racontez-vous ça ? » Je regarde autour de moi, nerveuse. *Un piège ? Une ruse ?* Le Mask parle évidemment d'Elias. Mais dans quel but ?

« Je ne peux pas te le dire. » Il a presque l'air triste. « Cependant, si étrange que cela puisse paraître, je crois qu'un jour toi, plus que quiconque, tu le comprendras. » Il me regarde droit dans les yeux. « Sauve-le, Laia de Serra. D'après ce que la Pie de sang et toi m'avez dit, il en vaut la peine. »

J'acquiesce, ne comprenant pas très bien ce qui se passe, soulagée néanmoins que sa part humaine l'emporte sur le Mask. « Je ferai de mon mieux. »

Nous atteignons la clairière de la Pie de sang. Elle est en train de seller son cheval. En entendant des bruits de pas, elle se retourne et son visage argenté se tend. Le Mask se fait tout petit.

« Je sais que tu ne m'aimes pas, dis-je avant qu'elle puisse m'envoyer balader. Mais je suis ici pour deux raisons. D'abord, je dois te remercier de m'avoir sauvée. J'aurais dû le faire plus tôt.

— Pas de quoi, grogne-t-elle. Que veux-tu ?

— Ton aide.

— Cieux sanglants, pourquoi t'aiderais-je ?

— Parce que tu t'apprêtes à abandonner Elias. Tu ne veux pas qu'il meure, je le sais. Alors aide-moi à le sauver. »

La Pie de sang se tourne vers son cheval, sort une cape de l'une des sacoches et la met sur ses épaules. « Elias ne va pas mourir. Alors que nous parlons, il doit être en train d'essayer de faire évader ton frère.

— Non. Ça a mal tourné. » Je me rapproche d'elle. Son regard est aussi affûté qu'un sabre. « Tu ne me dois rien. Je le sais. Mais j'ai entendu ce qu'il t'a dit à Blackcliff.

Ne nous oublie pas. » Ce souvenir déclenche chez elle une tristesse infinie et la culpabilité me tord le ventre.

« Je ne l'abandonnerai pas. Écoute les cris qui viennent de cet endroit. » Helene Aquilla détourne le regard. « Il mérite mieux que mourir là-dedans. Que veux-tu savoir ?

— Quelques précisions concernant les lieux, la topographie, les réserves. »

Elle pouffe. « Comment comptes-tu entrer ? Tu ne peux pas passer pour une esclave. Les gardiens de Kauf connaissent les visages de leurs esclaves érudits et une fille comme toi ne s'oublie pas comme ça. Tu ne tiendras pas cinq minutes.

— J'ai un moyen d'entrer. Et je n'ai pas peur. »

Un violent coup de vent fait voler ses cheveux blonds autour de son visage comme des oiseaux. Je n'arrive pas à déchiffrer son expression alors qu'elle me toise. Que ressent-elle ? Elle est plus qu'un Mask – je l'ai appris la nuit où elle m'a ramenée des portes de la mort.

« Viens ici », dit-elle en soupirant. Elle s'agenouille et dessine dans la neige.

* * *

Je suis tentée de brûler les affaires de Keenan, mais la fumée attirerait l'attention. Au lieu de cela, je tiens son sac à bout de bras comme si c'était une maladie et me dirige vers un affluent du fleuve du Crépuscule. Le sac atterrit dans l'eau, suivi par ses armes. Des couteaux en plus me serviraient bien, cependant je ne veux rien qui lui ait appartenu.

De retour dans la grotte, je m'assois en tailleur et décide que je ne bougerai pas tant que je ne maîtriserai pas parfaitement mon invisibilité.

Je prends conscience que chaque fois que j'ai réussi, Keenan était loin de moi. Ce doute en mes capacités que je ressentais en sa présence, l'avait-il immiscé exprès pour étouffer mon pouvoir ?

Disparais ! Je me crie cet ordre dans ma tête, telle une reine dans un paysage désolé ordonnant à ses troupes épuisées de combattre une dernière fois. Elias, Darin et tous ceux que je dois sauver dépendent de ce pouvoir, de cette magie qui vit en moi.

Je sens une montée d'adrénaline, je me calme et lorsque j'ouvre les yeux, mes membres scintillent et sont translucides comme pendant le raid sur la caravane d'Afya.

Je crie de joie, me fais surprendre par l'écho dans la grotte et perds mon invisibilité. *Très bien. Travaille ça, Laia.*

Je m'entraîne toute la journée, d'abord dans la grotte, puis dans la neige. J'apprends quelles sont mes limites : quand je suis invisible, si je tiens un bâton à la main, il est également invisible. Mais ce qui est vivant ou relié à la terre est visible et, par conséquent, flotte dans l'air.

Je suis si absorbée dans mes pensées que je n'entends pas les bruits de pas. Quelqu'un parle. Je me rue sur une arme.

« Détends-toi, fillette. » Je reconnais son ton hautain avant même qu'elle baisse sa capuche. Afya Ara-Nur. « Cieux, ce que tu peux être nerveuse ! Enfin, avec ce vacarme, je ne te blâme pas. » Elle agite la main dans la direction de la prison. « Pas d'Elias, à ce que je vois. Pas de frère non plus. Et… pas de rouquin ? »

Elle hausse les sourcils en attendant une explication. Je me contente de la fixer en me demandant si elle est réelle. Ses vêtements sont sales et tachés, ses bottes trempées. Ses tresses sont coincées sous un foulard et elle a l'air de ne pas avoir dormi depuis plusieurs jours. Je suis si heureuse de la voir que je pourrais l'embrasser.

Elle souffle et lève les yeux au ciel. « J'ai fait une promesse, fillette, d'accord ? J'ai juré à Elias Veturius que j'irais jusqu'au bout. Une femme des tribus qui n'honorerait pas une promesse serait déjà ignoble. Mais ne pas l'honorer quand la vie d'une autre femme est en jeu serait impardonnable – comme mon petit frère n'a cessé de me le répéter pendant trois jours jusqu'à ce que j'accepte d'aller te retrouver.

— Où est-il ?

— Presque arrivé dans les Terres tribales. » Elle s'assoit sur un rocher et se masse les jambes. « En tout cas, il vaudrait mieux. La dernière chose qu'il m'a dite était que ton amie Izzi ne faisait pas confiance au rouquin. » Elle me regarde avec l'air d'attendre une réaction. « Avait-elle raison ?

— Cieux, dis-je. Par où commencer ? »

Le temps que je termine mon récit, la nuit est tombée. Je laisse de côté quelques détails, en particulier la nuit dans la cave de la planque.

« Je sais que j'ai échoué », dis-je. Nous sommes toutes les deux assises dans la grotte et partageons un repas composé de galettes et de fruits qu'elle a apportés. « J'ai pris des décisions idiotes…

— Quand j'avais 16 ans, m'interrompt Afya, j'ai quitté Nur pour réaliser ma première vente. J'étais l'aînée et mon père m'avait pourrie gâtée. Au lieu de me forcer à passer des heures interminables à apprendre la cuisine, le tissage et autres idioties, il m'a initiée aux affaires. La plupart des gens de la tribu pensaient que c'était pour me faire plaisir.

Moi je savais que je voulais devenir la *zaldara* de la tribu Nur comme lui. Je me fichais qu'aucune femme n'ait été chef de la tribu depuis plus de deux cents ans. Tout ce que je savais, c'était que j'étais l'héritière de mon père et que, si je n'étais pas choisie, la fonction de *zaldar* échoirait à l'un de mes oncles cupides ou à l'un de mes bons à rien de cousins. Ils me marieraient à un homme d'une autre tribu et voilà.

— Tu t'en es magnifiquement tirée, dis-je en souriant. Regarde où tu en es.

— Faux. La vente a été un désastre. Une humiliation aussi bien pour mon père que pour moi. Le Martial semblait honnête, jusqu'à ce qu'il me manipule et achète mes produits à un prix dérisoire. J'en suis revenue délestée de mille marks, la tête basse et la queue entre les jambes. J'étais persuadée que mon père me marierait dans les quinze jours. Mais non. Il m'a donné une tape derrière la tête et m'a hurlé de me tenir droite. "L'échec ne te définit pas. C'est ce que tu fais après avoir échoué qui détermine si tu un chef ou une rien du tout." » Afya me fixe de son regard intransigeant. « Tu as as pris quelques mauvaises décisions. Moi aussi. Elias aussi. Comme toute personne ayant essayé d'accomplir quelque chose de difficile. Ça ne veut pas dire que tu dois abandonner, espèce d'idiote. Tu comprends ? »

Je rumine ses paroles et repense aux derniers mois. En une seconde, la vie peut prendre un tour terrible. Si je veux tout arranger, il faut qu'un millier de choses se passent bien. Bien que la chance me paraisse très loin, je décide que je comblerai la distance qui me sépare d'elle jusqu'à ce que je gagne. Je n'échouerai pas.

Je hoche la tête en regardant Afya. Elle me tape sur l'épaule.

« Bien, dit-elle. Maintenant que ce point est réglé, quel est ton plan ?

— C'est… » Je cherche un mot afin que mon idée n'ait pas l'air complètement folle, puis je devine qu'Afya ne se laissera pas avoir. « Il est dingue, finis-je par dire. Tellement dingue que je ne sais pas si ça va marcher. »

Afya éclate d'un rire aigu qui résonne dans toute la grotte. Elle ne se moque pas de moi – elle est véritablement amusée et secoue la tête.

« Cieux, dit-elle. Tu m'as dit que tu aimais les histoires. As-tu jamais entendu l'histoire d'un aventurier avec un plan qui ne soit pas fou ?

— Euh… non.

— Et pourquoi, à ton avis ? »

Je suis perplexe. « Parce que… Euh… Parce que… »

Elle rit à nouveau. « Parce que les plans raisonnables ne fonctionnent jamais, fillette. »

49
ELIAS

Tas revient au bout d'une nuit et d'une journée. Il reste silencieux tout en regardant la porte de ma cellule avec insistance. Le vacillement de la torche du couloir varie un peu – l'un des Masks du directeur finit par partir. Je baisse la tête au cas où il déciderait de revenir et je chuchote.

« Tas, dis-moi que tu as des bonnes nouvelles.

— Les soldats ont transféré l'Artiste dans une autre cellule. » Tas jette un œil vers la porte de la cellule puis dessine rapidement dans la poussière du sol. « Mais je l'ai retrouvé. Le bloc est en forme de cercle, avec les quartiers du garde au milieu. Et l'Artiste est ici », dit-il en dessinant un X en haut du cercle. Puis il trace un autre X en bas. « Tu es là. L'escalier se trouve entre vous deux.

— Excellent, je murmure. Les uniformes ?

— Bee peut t'en procurer un. Elle a accès à la blanchisserie.

— Tu es sûr de pouvoir lui faire confiance ?

— Elle hait le directeur. » Tas frémit. « Elle le hait même plus que moi. Elle ne nous trahira pas. Mais Elias, je n'ai pas parlé au chef des Skirites, Araj. Et… » Tas a l'air désolé. « Bee m'a dit qu'il n'y avait pas de tellis dans la prison. »

Dix enfers brûlants.

« Et aussi que la liquidation des Érudits a commencé. Les Martiaux ont construit une sorte d'enclos dans la cour de la prison où ils sont rassemblés. Le froid en a tué beaucoup mais il s'est produit un événement extraordinaire.

— Tu as découvert un moyen de tuer le directeur simplement en le regardant ? »

Tas fait un large sourire. « Presque aussi bien que ça. J'ai un message, Elias. D'une fille aux yeux mordorés. »

Mon cœur manque de sortir de ma poitrine. Ce n'est pas possible. *Est-ce possible ?*

« Dis-moi tout. » Je jette un œil à la porte. Si Tas reste dans ma cellule plus de dix minutes, un Mask viendra vérifier ce qui se passe. Le garçon nettoie rapidement mes plaies et change mes pansements.

« Elle a d'abord trouvé Bee. Bee a pensé que c'était un fantôme parce que la voix venait de nulle part. La voix l'a menée jusqu'à une pièce dans une baraque vide et la fille est apparue. Elle a demandé à Bee si elle te connaissait. Bee est venue me chercher.

— Et elle… Elle était invisible ? » Tas acquiesce et je m'appuie contre le mur, sous le choc. Puis je repense aux fois où elle semblait disparaître. Quand cela a-t-il commencé ? *Après Serra.* Après que l'éfrit l'a touchée. La créature n'a posé ses mains sur Laia qu'une seconde, mais cela a peut-être suffi pour réveiller quelque chose en elle.

« Quel est son message ? »

Tas prend une profonde inspiration. « "J'ai trouvé tes sabres, récite-t-il. J'étais heureuse de les voir. J'ai un moyen d'entrer en restant hors de vue. Afya va voler des chevaux.

Et les Érudits ? Les exécutions ont commencé. Le garçon dit qu'il y a un chef érudit qui peut nous aider. Si tu vois mon frère, dis-lui que je suis là. Dis-lui que je l'aime." Elle a dit qu'elle viendrait chercher ta réponse à la tombée de la nuit.

— Très bien. Voici ce que je veux que tu lui dises. »

* * *

Pendant trois jours, Tas fait passer des messages entre Laia et moi. Lentement, méticuleusement, nous établissons un plan qui est en partie le fruit des réflexions de Laia, en partie le fruit des miennes et de celles de Tas, et en partie complètement fou. Il repose également sur Araj, le chef des Skirites que je n'ai jamais rencontré.

Le jour de *Rathana* se lève comme n'importe quel autre jour à Kauf : sans la moindre indication que c'est le matin si ce n'est l'appel des gardiens lors de la relève et la vague sensation que mon corps a commencé à se réveiller.

Tas pose le petit déjeuner devant moi avant de sortir à toute vitesse. Il est pâle, terrifié. Lorsque je croise son regard, il m'adresse cependant un léger hochement de tête.

Après son départ, je me force à me lever. Une fois debout, hors d'haleine, mes chaînes me semblent plus lourdes que la veille. J'ai mal partout et, en plus de la douleur, une fatigue intense m'accable. Ce n'est pas la fatigue due à un interrogatoire ou à un long voyage. C'est celle d'un corps qui va bientôt cesser de se battre.

Tiens la journée, me dis-je. *Après tu pourras mourir en paix.*

Les minutes suivantes sont presque aussi pénibles qu'un interrogatoire avec le directeur. Je déteste attendre. Mais bien vite, une odeur prometteuse flotte jusque dans ma cellule.

De la fumée.

Une seconde plus tard, j'entends des voix inquiètes. Un cri. La sonnerie de l'alarme. L'écho des tambours battant frénétiquement.

Bien joué, Tas. Des bottes martèlent le sol devant la porte et la lumière des torches devient plus forte. Les minutes s'égrènent et je tire sur mes chaînes qui s'entrechoquent. Le feu se propage rapidement. La fumée entre dans ma cellule.

Une ombre se profile devant ma porte et jette au passage un coup d'œil à l'intérieur pour s'assurer que je suis bien enchaîné. Quelques secondes plus tard, j'entends la clé dans la serrure et la petite silhouette de Tas apparaît.

« Elias, je n'ai trouvé que les clés de la cellule. » Tas me tend un petit couteau et une épingle courbe. « Tu peux crocheter les serrures avec ça ? »

Je laisse échapper un juron. Ma main gauche est encore malhabile à cause des dégâts causés par les pinces du directeur. La fumée devient plus épaisse, mes mains plus maladroites.

« Vite, Elias, me presse Tas. Nous devons faire sortir Darin. »

Mes menottes finissent par s'ouvrir et une minute plus tard les fers à mes pieds également. L'air est suffocant et Tas et moi devons nous baisser pour respirer. J'enfile l'uniforme de garde qu'il m'a apporté.

Nous nouons chacun un foulard humide sur notre visage et sortons de la cellule. J'essaie d'avancer vite, mais chaque pas est douloureux et je perds bientôt Tas de vue. Les couloirs de pierre, enfumés, ne sont pas encore envahis par les flammes, même si leurs poutres ne vont pas tarder à s'embraser. En revanche, les quartiers des soldats, remplis de meubles en bois et copieusement arrosés d'essence par Tas, se transforment rapidement en murs de feu. Des ombres évoluent dans la fumée et des cris résonnent. Je passe devant la cage d'escalier en titubant et, quelques instants plus tard, je vois un Mask chassant la fumée de la main tout en montant l'escalier pour sortir du bloc. *Excellent.* Comme je m'y attendais, les gardes déguerpissent.

« Elias ! » Tas émerge de la fumée. « Dépêche-toi ! J'ai entendu les Masks dire que le feu gagne l'étage au-dessus ! »

Toutes les fichues torches que le directeur utilise pour éclairer cet endroit vont enfin trouver un bon usage. « Es-tu sûr que nous sommes les seuls prisonniers ici ?

— J'ai vérifié deux fois ! » Peu après, nous arrivons devant la dernière cellule au nord du bloc. Tas ouvre la porte et nous entrons dans un nuage de fumée.

« C'est moi, Elias, dis-je à Darin d'une voix éraillée.

— Cieux sanglants, merci, dit Darin en se levant à grand-peine et en me tendant ses mains menottées. Je pensais que tu étais mort. Je ne savais pas si je devais croire Tas. »

Je me mets à crocheter les menottes. L'air devient plus chaud et plus toxique à chaque seconde, mais je travaille méthodiquement. *Allez, allez.* Finalement, j'entends un *déclic* et nous sortons de la cellule en courant. Nous sommes presque parvenus à l'escalier quand un visage argenté émerge de la fumée devant nous. *Drusius.*

« Espèce de bâtard sournois et fourbe. » Drusius attrape Tas par le cou. « Je *savais* que tu étais mêlé à ça. »

En suppliant les Cieux de me donner assez de force pour au moins le faire tomber, je fonce sur lui. Il s'écarte et me jette contre un mur. Il y a à peine un mois, j'aurais été capable de retourner sa force contre lui. Mais le poison et les interrogatoires m'ont ôté toute rapidité. Drusius entoure mon cou de ses mains et serre. J'aperçois une mèche de cheveux blonds sales. Darin se jette contre Drusius, qui trébuche.

Je tousse en essayant de reprendre mon souffle et plie un genou. Même quand la Commandante me fouettait ou pendant le terrible entraînement des centurions, je sentais qu'il me restait de la force tout au fond de moi. À cet instant, alors que je vois Drusius retourner Darin sur le dos et l'assommer d'un coup à la tempe, je n'en trouve pas.

« Elias ! » Tas me met un couteau dans les mains. Je rassemble mes forces et me jette sur Drusius. J'ai plus le sentiment de ramper que de sauter, toutefois mon instinct de combattant est assez affûté pour enfoncer et retourner le poignard dans le flanc du Mask. Il hurle et m'attrape par les cheveux. Je le larde de coups – à la jambe, au ventre – sans relâche.

« Elias, lève-toi. » Tas est dans tous ses états. « Le feu se propage trop vite !

— Peu… Peux pas.

— Tu le peux. Tu le dois ! » Tas me secoue, me tire en faisant levier de tout son poids. « Occupe-toi de Darin ! Drusius l'a assommé ! »

Mon corps est faible et lent, très lent. Il est épuisé par les attaques, les passages à tabac, les interrogatoires, le poison et les punitions sans fin des derniers mois.

« Debout, Elias Veturius. » Tas me gifle et je le regarde, surpris. Ses yeux ont une lueur farouche. « Tu m'as donné un nom, dit-il. Je veux vivre pour l'entendre prononcer par d'autres. *Debout !* »

Je me relève en grognant, je me traîne jusqu'à Darin, m'agenouille et le hisse sur mes épaules. Je vacille sous son poids, même si le régime de Kauf l'a rendu aussi léger qu'une plume.

Je gagne l'escalier en chancelant. Le bloc des cellules d'interrogatoire est à présent complètement englouti par une fumée si épaisse que je vois à peine mes pieds. Je monte les marches d'un pas hésitant, Tas à mes côtés.

Fais ce que tu peux. Qu'est-ce qui nous attend en haut de l'escalier ? L'ordre ou le chaos ? Dans un cas comme dans l'autre, je ne sais pas si je parviendrai à porter Darin jusqu'en dehors de la prison.

Le champ de bataille est mon temple. La pointe de la lame est mon prêtre. La danse de la mort est ma prière. Le coup fatal est ma délivrance. Je ne suis pas prêt à mourir. Pas encore. *Pas encore.*

Le corps de Darin devient plus lourd à chaque seconde. Bientôt, j'aperçois la porte de sortie. J'attrape la poignée et je tire.

La porte ne s'ouvre pas.

« Non ! » Tas se précipite et tire de toutes ses forces. *Ouvre-la, Elias.* Je pose Darin à terre et observe le mécanisme de verrouillage. Je récupère mes outils. Le premier que j'introduis dans la serrure se casse.

Il doit y avoir un autre moyen. Je me retourne et traîne Darin jusqu'au milieu des marches. Les poutres en bois sont en feu.

Je suis pris des tremblements avant-coureurs d'une crise. Je sens qu'approche l'inexorable obscurité qui va réduire à néant tout ce que j'ai enduré jusqu'à présent. Je tombe. Tas se penche sur moi en hurlant un nom que je n'entends pas.

Est-ce ce que mes amis ont ressenti au moment de mourir ? Étaient-ils eux aussi consumés par cette rage vaine ? Car, au fond, la Mort vient récupérer son dû et rien ne peut l'arrêter.

Elias, articule Tas, le visage couvert de suie et strié de traînées de larmes. *Elias !*

Son visage et sa voix s'estompent.

Silence. Obscurité. Puis une présence familière. Une voix douce.

« Elias. » Le monde redevient net. L'Attrapeuse d'Âmes est penchée sur moi. Les branches nues de la forêt du Crépuscule s'étendent au-dessus de moi comme des doigts.

« Bienvenue, Elias Veturius. » Sa voix est infiniment douce et gentille, comme si elle parlait à un enfant blessé, mais ses yeux sont toujours aussi noirs et vides. Elle me prend le bras comme le ferait une vieille amie. « Bienvenue dans le Lieu d'Attente, le royaume des fantômes. Je suis l'Attrapeuse d'Âmes et je suis ici pour t'aider à passer de l'autre côté. »

50
HELENE

Avitas et moi parvenons à Antium à l'aube. C'est le jour de *Rathana*. Alors que nos chevaux franchissent les portes de la ville, les étoiles scintillent toujours dans le ciel et les premiers rayons du soleil n'ont pas encore atteint les montagnes à l'est.

Avitas et moi avons inspecté les alentours de la capitale – aucun signe d'une armée. Mais la Commandante est intelligente. Elle a peut-être caché ses forces à plusieurs endroits. Ou peut-être attend-elle la tombée de la nuit pour passer à l'attaque.

Faris et Dex, qui nous ont vus arriver depuis l'une des tours de guet, nous rejoignent.

« Bonjour, Pie. » Dex me serre la main alors que son cheval avance au pas à côté du mien. On dirait qu'il n'a pas dormi depuis un an. « Les Masks de la Garde noire sont déployés et attendent tes ordres. Trois escouades assurent la sécurité de l'Empereur. Une autre est partie localiser l'armée. Les autres ont pris le contrôle des gardes de la ville.

— Merci, Dex. » Je suis soulagée qu'il ne me pose pas de question sur Elias. « Faris, dis-je. Ton rapport.

— La fille avait raison », déclare mon grand ami. À cette heure matinale, nous serpentons entre les carrioles, les hommes et les animaux entrant dans Antium. « Il y a bien une armée. Environ quatre mille hommes…

— C'est celle de la Commandante. Avitas vous expliquera. » Une fois sortie de la foule, je mets mon cheval au galop. « Remémore-toi bien ce que tu as vu, dis-je à Faris. Il faut que tu témoignes devant l'Empereur. »

Les rues se remplissent peu à peu de Mercators qui espèrent occuper les meilleures places pour les festivités de *Rathana*. Un vendeur de bière plébéien traverse lentement la ville pour livrer ses tonneaux aux tavernes. Des enfants accrochent des lanternes tribales, symbole de ce jour. Tout le monde a l'air normal. Heureux. Malgré tout, tous s'écartent devant quatre Gardes noirs chevauchant à bride abattue dans les rues. Une fois arrivée au palais, je saute de mon cheval en manquant de renverser le palefrenier venu prendre mes rênes.

« Où est l'Empereur ? je demande d'un ton sec au légionnaire de garde à la porte.

— Dans la salle du trône, Pie, avec le reste de la cour. » Comme je l'escomptais. Les chefs des Gens illustriennes se lèvent tôt, surtout quand ils veulent quelque chose. Ils ont dû commencer à faire la queue voilà des heures pour présenter leurs requêtes à l'Empereur. La salle du trône doit pulluler d'hommes puissants, d'hommes qui pourront témoigner que j'ai sauvé le trône des volontés hégémoniques de la Commandante.

J'ai préparé mon discours pendant des jours et je me le répète alors que nous nous dirigeons vers la salle du trône. Les deux légionnaires en faction devant les portes essaient de m'annoncer, mais Dex et Faris les écartent et m'ouvrent la voie. C'est comme si j'étais accompagnée de deux béliers.

Les soldats de la Garde noire sont alignés à intervalles réguliers entre les tapisseries monumentales représentant les anciens Empereurs. Tout en marchant vers le trône, je repère le lieutenant Sergius, l'ex-capitaine qui avait été suffisamment idiot pour m'appeler *mademoiselle Aquilla*. Il me salue respectueusement.

Tous les visages se tournent vers moi. Je reconnais les paters d'une dizaine de Gens mercatores et illustriennes. Par-delà l'immense plafond de verre, les dernières étoiles cèdent la place au soleil.

Marcus est assis sur le trône d'ébène richement sculpté, son rictus habituel remplacé par une expression de colère froide alors qu'il écoute le rapport d'un messager. Il porte sur la tête un bandeau de pointes aiguisées orné du diamant à quatre faces de Blackcliff.

« … repoussés derrière la frontière et attaquent les villages autour de Tiborum. Si nous n'envoyons pas d'hommes là-bas immédiatement, la ville sera bientôt envahie, Votre Majesté.

— Pie de sang. » Marcus me remarque et fait signe au messager de se retirer. « Je suis heureux de vous revoir. » Il me regarde de haut en bas puis grimace et pose un doigt contre sa tempe. Je suis soulagée qu'il détourne le regard.

« Pater Aquillus, dit-il entre ses dents serrées. Venez saluer votre fille. »

Mon père sort des rangs des courtisans, ma mère et mes sœurs sur ses talons. En me voyant, Hannah fronce le nez comme si elle avait senti une odeur nauséabonde. Ma mère me salue d'un hochement de tête, les jointures de ses mains serrées devant elle sont blanches. Elle a l'air d'avoir trop peur pour parler. Livvy parvient à me sourire, mais je vois bien qu'elle a pleuré.

« Bonjour, Pie de sang. » Le regard attristé de mon père se pose sur Avitas, Faris et Dex avant de revenir à moi. *Pas d'Elias*, semble-t-il dire. Je lui adresse un signe de tête rassurant tout en tâchant de communiquer avec mes yeux. *Père, n'aie aucune crainte.*

« Votre famille a eu la gentillesse de m'honorer de sa présence chaque jour depuis votre départ. » Un sourire se dessine sur la bouche de Marcus avant qu'il regarde ostensiblement derrière moi. « Vous êtes revenue les mains vide, Pie.

— Non, Empereur. Je reviens avec quelque chose de bien plus important qu'Elias Veturius. Alors que nous parlons, une armée menée par Keris Veturia marche sur Antium. Pendant des mois, elle a déplacé des soldats qui étaient stationnés dans les Terres tribales ou les régions frontalières pour créer sa perfide armée. C'est la raison pour laquelle vous recevez des rapports sur des Barbares attaquant nos villes périphériques. » Je désigne le messager d'un signe de tête. Il recule, ne voulant pas être mêlé à une conversation entre la Pie de sang et l'Empereur. « La Commandante prépare un coup d'État. »

Marcus incline la tête. « Et vous avez des preuves de l'existence de cette armée présumée.

— Je l'ai vue, Votre Majesté. » À côté de moi, Faris acquiesce en grognant. « Il y a moins de deux jours, dans les collines d'Argent. Je n'ai pas pu me rapprocher assez pour reconnaître les Gens représentées, mais il y avait au moins une vingtaine d'étendards. » L'Empire compte deux cent cinquante Gens illustriennes. Le fait que la Commandante parvienne à en rassembler autant fait tiquer de Marcus. Il serre le poing.

« Votre Majesté, dis-je. J'ai réparti la Garde noire. Elle contrôle les remparts d'Antium et quadrille les environs. La Commandante attaquera probablement ce soir, donc nous disposons d'une journée entière pour préparer la ville. Mais nous devons vous mettre en sécu…

— Donc vous ne m'avez pas amené Elias Veturius ? »

C'est parti. « Votre Majesté, soit je ramenais Veturius soit je vous informais du coup d'État. Il me semblait que la sécurité de l'Empire importait plus qu'un homme. »

Marcus me considère pendant un long moment avant que son regard se porte sur quelque chose derrière moi. J'entends une démarche familière et détestée, le tac-tac de bottes aux talons métalliques.

Impossible. Je suis partie avant elle. J'ai chevauché sans m'arrêter. Elle a peut-être atteint son armée avant nous, mais si elle se dirigeait vers Antium, nous l'aurions vue. Peu de routes relient Kauf à Antium.

Mon attention est attirée par une forme noire au fond de la salle : une capuche abritant des soleils brillants. Le bruissement d'une cape et il disparaît. *Le Semeur de Nuit. Le djinn. Il l'a transportée ici.*

« Je vous l'avais bien dit, Empereur. » La voix de la Commandante est aussi douce qu'un serpent en train de s'enrouler. « Son obsession pour Elias Veturius lui fait perdre la raison. Son incapacité – ou son refus – à le capturer l'a poussée à imaginer cette histoire ridicule et à déployer des soldats de la Garde noire d'une manière incohérente. C'est très présomptueux. Elle espérait sans aucun doute que ce mouvement de troupes appuierait ses dires. Elle doit nous prendre pour des idiots. »

La Commandante me contourne pour rejoindre Marcus. Son corps est calme, ses traits imperturbables, mais lorsqu'elle croise mon regard, ma gorge devient sèche devant sa fureur. Si j'étais à Blackcliff, je serais en train d'expirer, attachée au poteau des condamnés à la flagellation.

Mais que fait-elle ici ? Elle devrait être avec son armée. J'embrasse la salle du regard en m'attendant à voir ses hommes l'envahir d'un moment à l'autre. Mais les soldats de la Gens Veturia n'ont pas l'air de se préparer au combat.

« Pie de sang. D'après la Commandante, Elias Veturius est détenu à la prison de Kauf. Vous le saviez, n'est-ce pas ? dit Marcus.

— Oui, Votre Majesté. Toutefois…

— Et pourtant, vous ne l'avez pas emmené avec vous. Même s'il est probablement mort à l'heure qu'il est. N'est-ce pas, Keris ?

— En effet, Votre Majesté. Il a été empoisonné durant son voyage. D'après le rapport du directeur, il a souffert de crises pendant des semaines. Aux dernières nouvelles, Elias Veturius n'avait plus que quelques heures à vivre. »

Des crises ? Lorsque j'ai vu Elias à Nur, il avait l'air malade, mais je pensais que c'était à cause de la longue marche depuis Serra.

Puis je me souviens de ce qu'il m'avait dit. Si ses paroles n'avaient aucun sens à l'époque, maintenant elles me font l'effet d'un coup de poignard dans le ventre. *Nous savons tous les deux que mon temps dans ce bas monde est compté.*

Et le directeur, après lui avoir dit que je reverrais Elias. *L'inexpérience est l'espoir de la jeunesse.* Derrière moi, Avitas retient son souffle.

« Pie, l'herbe de nuit qu'elle m'a donnée, murmure-t-il. Elle devait en avoir assez pour l'utiliser contre lui.

— Vous… » Je me tourne vers la Commandante et je comprends tout. « C'est vous qui l'avez empoisonné. Et vous avez dû le faire il y a des semaines, quand j'ai repéré votre trace à Serra. Quand vous vous êtes battue contre lui. » Mon ami est-il bel et bien mort ? *Non. Ce n'est pas possible.* Mon esprit ne l'accepte pas. « Vous avez utilisé l'herbe de nuit parce que vous *saviez* qu'il mourrait à petit feu. Vous saviez que je le traquerais. Et tant que je n'étais pas sur votre chemin, je ne pouvais pas faire obstacle à votre coup d'État. » *Cieux sanglants.* Elle a tué son propre fils et elle joue avec moi depuis des mois.

« Comme chacun sait, l'herbe de nuit est illégale dans l'Empire. » La Commandante me regarde comme si j'étais couverte de fumier. « Écoutez-vous parler, Pie. Quand je pense que vous avez été formée dans mon école. J'ai dû être aveugle pour laisser une novice comme vous terminer sa formation. »

La salle du trône bruisse de murmures qui se taisent quand je m'avance vers elle. « Si je suis si idiote, alors expliquez-moi pourquoi chaque garnison de l'Empire est en sous-effectifs. Pourquoi vous n'avez jamais assez de soldats. Pourquoi il n'y en a pas assez aux frontières.

— J'avais besoin d'hommes pour réprimer la révolution, dit-elle. L'Empereur lui-même a donné les ordres de transfert.

— Mais vous en avez constamment demandé plus.

— Toute cette scène est si embarrassante. » La Commandante se tourne vers Marcus. « Votre Majesté, j'ai honte que Blackcliff ait produit une personne si faible d'esprit.

— Elle *ment* ! », crié-je à Marcus. Soudain, je prends conscience de l'image que je donne de moi – en train de vociférer devant la Commandante impassible. « Votre Majesté, vous devez me croire…

— Ça suffit ! s'exclame Marcus. Pie de sang, je vous ai

ordonné de ramener Elias Veturius, vivant, au plus tard à *Rathana*. Vous avez échoué. Tout le monde dans cette salle a entendu quelle serait la sentence en cas d'échec. » Il hoche la tête et la Commandante fait signe à ses troupes.

En quelques secondes, les hommes de la Gens Veturia s'avancent et empoignent mes parents et mes sœurs.

Mes mains et mes pieds sont paralysés. *Les choses ne sont pas censées se passer comme ça. Je suis fidèle à l'Empire.*

« J'ai promis une exécution aux paters de nos grandes familles, reprend Marcus. Et contrairement à vous, Pie de sang, je vais tenir ma promesse. »

51
LAIA

Le matin de Rathana

Alors qu'il fait toujours nuit dehors, Afya et moi quittons la chaleur de la grotte et nous dirigeons vers Kauf dans le matin froid. La fille des tribus porte le sabre de Darin et j'ai attaché les épées d'Elias sur mon dos. Les Cieux savent qu'il en aura besoin quand nous nous battrons pour le faire évader de la prison.

« Huit gardes, dis-je à Afya. Et ensuite tu dois *absolument* couler les bateaux restants. Compris ? Si tu…

— Cieux, tu veux bien la fermer ? » Afya agite la main d'un geste impatient. « On dirait un oiseau de Tibbi du Sud qui gazouille les mêmes mots encore et encore jusqu'à ce qu'on ait envie de l'étrangler. Huit gardes, dix barges à sécuriser et vingt bateaux à saborder. Je ne suis pas idiote, fillette. Je gère. Assure-toi que le feu se propage dans la prison. Plus nous ferons rôtir de Martiaux, moins il y en aura à nos trousses. »

Nous atteignons le fleuve du Crépuscule où nous devons nous séparer. Afya enfonce la pointe de sa botte dans la poussière.

« Fillette. » Elle ajuste son foulard et s'éclaircit la voix.

« Ton frère. Il… Il se peut qu'il ne soit plus celui qu'il était. Un de mes cousins a été envoyé à Kauf. À son retour, il n'était plus le même. Tu devrais te préparer. »

Elle s'approche de la rive et disparaît dans l'obscurité. *Ne meurs pas*, dis-je en pensée avant de focaliser mon attention sur le bâtiment monstrueux derrière moi.

Je ne suis toujours pas habituée à mon invisibilité – c'est comme une nouvelle cape pas tout à fait à ma taille. Même si je me suis entraînée pendant des jours, je ne comprends toujours pas comment cette magie fonctionne et l'Érudite en moi meurt d'envie d'en savoir plus, de trouver des livres sur le sujet, de parler à d'autres qui savent la contrôler. *Plus tard, Laia. Si tu survis.*

Une fois certaine de ne pas réapparaître au moindre signe de difficulté, je trouve un chemin menant à Kauf et marche avec précaution dans les empreintes de pas plus grandes que les miennes : mon invisibilité ne me rend pas silencieuse et ne cache pas les traces de mon passage.

La herse hérissée de pointes de Kauf est ouverte. Je ne vois aucune carriole entrer dans la prison – aussi tard dans la saison, les vendeurs ne viennent plus. Quand j'entends un fouet claquer, je comprends pourquoi les portes ne sont pas fermées. Un cri déchire le matin et je vois des silhouettes décharnées et courbées sortir en traînant les pieds sous l'œil impitoyable d'un Mask. Même si je sais que je ne peux rien faire, ma main se pose sur ma dague. Depuis la forêt, Afya et moi avions vu les fosses et les Martiaux les remplir d'Érudits morts.

Si je veux aider les autres Érudits de la prison à s'échapper, je ne dois pas révéler ma position. Toutefois, je me force à regarder. Pour être témoin. Pour me rappeler cette image afin que ces vies ne soient pas oubliées.

Lorsque les Érudits disparaissent au coin du mur est de Kauf, je me faufile par la porte. Elias et moi avons échangé des messages pendant plusicurs jours par l'intermédiaire de Tas ; chaque fois, je suis entrée par là. Malgré tout, je me raidis en passant devant huit légionnaires qui montent la garde. Je lève les yeux vers les remparts où des archers patrouillent.

Je traverse la cour puissamment éclairée en m'efforçant de ne pas regarder les deux enclos géants où les Martiaux ont rassemblé les prisonniers érudits.

Mais je ne peux pas m'en empêcher. Deux carrioles, à moitié remplies de cadavres, sont stationnées à côté de l'enclos le plus proche. Un groupe de jeunes Martiaux sans masques, des Cinquième année, chargent d'autres Érudits morts – ceux qui n'ont pas survécu au froid.

Bee et beaucoup d'autres peuvent leur procurer des armes, avait dit Tas. *Cachés dans des seaux de bouillie et des chiffons. Pas des couteaux ni des sabres, mais des fers de lance, des flèches cassées ou des fouets en cuivre.*

Même si les Martiaux ont déjà tué des centaines d'Érudits, un millier d'entre eux attendent la mort dans ces enclos. Ils sont malades, affamés, gelés. Si tout se passe comme prévu, je ne sais pas s'ils auront assez de force pour maîtriser les gardes le moment venu, surtout avec des armes aussi rudimentaires.

Mais nous n'avons pas d'autre choix.

Je descends le couloir, traverse la rotonde et passe devant l'escalier qui, d'après Helene Aquilla, mène aux quartiers des Masks et au bureau du directeur. *Ton temps viendra bien assez vite.* Dans l'un des murs de la rotonde se trouve une grande porte d'acier menaçante. Le bloc des cellules d'interrogatoire. *Darin est là. En ce moment même. À quelques mètres.*

Les tambours de Kauf tonnent pour la troisième fois : il est cinq heures et demie. Le couloir qui dessert les baraques des Martiaux, la cuisine et les réserves est bien plus animé que le reste de la prison. Des voix et des rires parviennent du mess. Je sens l'odeur des œufs, de la graisse et du pain grillé. Un légionnaire sort d'une pièce juste devant moi et j'étouffe un cri quand il me frôle. Il a dû m'entendre, car sa main se pose sur son sabre et il regarde autour de lui.

Je n'ose plus bouger tant qu'il n'est pas parti. *Trop près, Laia.*

Après la cuisine, m'a dit Helene Aquilla. *La réserve d'huile se trouve tout au bout du couloir. Les allumeurs de torches vont et viennent, donc tu devras agir rapidement.*

Lorsque je trouve la réserve, je dois attendre qu'un auxiliaire au visage renfrogné ait fini de se battre avec un tonneau de poix qu'il finit par faire rouler dans le couloir. Il laisse la porte entrouverte et je jette un œil à l'intérieur. En bas, des tonneaux de poix sont alignés tels des soldats corpulents. Au-dessus sont rangées des boîtes de conserve aussi grandes que mon bras et aussi larges que ma main. De l'huile de feu bleu, la substance jaune translucide que l'Empire importe de Marinn. Malgré sa forte odeur de feuilles pourries et de soufre, une fois répandue dans toute la prison elle sera plus difficile à repérer que la poix.

Il me faut presque une demi-heure pour vider une dizaine de boîtes dans les couloirs et la rotonde. Je replace les boîtes vides dans le local en espérant que personne ne remarquera rien avant que ce soit trop tard. Puis je fourre trois boîtes dans mon sac à présent bien rempli et j'entre dans la cuisine. Une Plébéienne règne sur les cuisinières et hurle des ordres à des enfants – des esclaves érudits. Ces derniers filent à toute allure, d'autant plus rapides qu'ils sont terrifiés. Ils ont vraisemblablement échappé au massacre. Le directeur a encore besoin de bêtes de somme pour les corvées.

Je repère Bee, ses bras frêles tremblant sous le poids d'un plateau de vaisselle sale. Je me faufile vers elle en m'arrêtant souvent pour éviter les personnes qui se hâtent autour de moi. Elle sursaute quand je lui parle à l'oreille, mais parvient à cacher sa surprise.

« Bee. Dans quinze minutes, allume le feu. »

Elle hoche imperceptiblement la tête et je sors de la cuisine pour me diriger vers la rotonde. Les tambours tonnent six fois. D'après Helene, le directeur se rendra dans les cellules d'interrogatoire dans un quart d'heure. *Pas le temps, Laia. Bouge.*

Je monte quatre à quatre l'étroit escalier de pierre partant de la rotonde. Il débouche sur un couloir soutenu par des poutres de bois et bordé de dizaines de portes. Les quartiers des Masks. Je me mets au travail alors que des monstres au visage argenté vont et viennent vers l'escalier. Chaque fois que l'un d'eux passe à côté de moi, mon estomac se retourne et je baisse les yeux pour vérifier que je suis toujours invisible.

« Tu sens ça ? » Un Mask, petit et barbu, descend le couloir à pas lourds avec un Mask plus élancé et s'arrête à quelques centimètres de moi. Il inspire profondément. L'autre Mask hausse les épaules, grogne et avance. Mais le barbu continue à regarder autour de lui en reniflant les murs comme un chien de chasse. Il s'arrête net devant une poutre où j'ai étalé de l'huile et ses yeux tombent sur la petite flaque brillante qui s'est formée par terre.

« Qu'est-ce que… » Pendant qu'il s'accroupit, je me glisse derrière lui et cours à l'autre bout du couloir. Au bruit de mes pas, il se tourne brusquement. Je sens mon invisibilité faiblir quand j'entends le crissement de son sabre sortant de son fourreau. J'attrape la torche au mur. Le Mask reste bouche bée. Je réalise trop tard que mon invisibilité se propage au bois et au goudron, mais pas à la flamme elle-même.

Il agite son sabre et, surprise, je recule. Je deviens totalement visible et une étrange ondulation me traverse de la tête aux pieds.

Le Mask écarquille les yeux et s'avance vers moi. « Sorcière ! »

Je me jette sur le côté en lançant la torche dans la flaque d'huile la plus proche. Elle s'enflamme dans un rugissement qui distrait le Mask et j'en profite pour m'enfuir.

Disparais, me dis-je. *Disparais !* Mais je vais trop vite, ça ne marche pas.

Il *faut* que ça marche, sinon je suis morte. *Maintenant*, je hurle dans ma tête. L'ondulation recommence à l'instant où une grande et mince silhouette émerge du couloir et fait pivoter sa tête triangulaire vers moi.

Même si je n'étais pas certaine de le reconnaître à partir de la description d'Helene, je sais immédiatement qui il est. Le directeur.

Il cligne des yeux – j'ignore s'il m'a vue disparaître. Je n'attends pas de le savoir. Je lance une boîte d'huile de feu bleu à ses pieds, arrache deux torches du mur et en jette une. Quand il saute en arrière en hurlant, je le contourne et dévale l'escalier en laissant tomber la dernière boîte dans ma course. Je balance la seconde torche par-dessus mon épaule et entends le souffle de la flamme alors que la rampe de l'escalier prend feu.

Je n'ai pas le temps de regarder derrière moi. Des soldats traversent la rotonde en courant et la fumée se répand depuis le couloir de la cuisine. *Bravo, Bee !* Je pivote et fais le tour de l'escalier jusqu'à l'endroit où Elias a dit qu'il me retrouverait.

Un lourd bruit de pas tonne dans l'escalier. Le directeur a sauté par-dessus le feu et se tient dans la rotonde. Il attrape un auxiliaire par le col et lui crie d'une voix rageuse : « Dis à la tour du tambour d'envoyer un message d'évacuation. Que les auxiliaires rassemblent les prisonniers dans la cour et forment un cordon de lanciers pour empêcher toute évasion. Doublez le périmètre de garde. Les autres, procédez à l'évacuation dans le calme. La prison est attaquée de l'intérieur. Notre ennemi cherche à semer le chaos. Empêchez-le d'agir. »

Il ouvre la porte du bloc des cellules d'interrogatoire au moment où trois Masks en sortent.

« C'est l'enfer en bas, monsieur le directeur, dit l'un d'eux.

— Et les prisonniers ?

— Il n'y en a que deux. Ils sont dans leurs cellules.

— Mon équipement médical ?

— Il semblerait que Drusius l'ait récupéré, monsieur, dit un autre Mask. Je suis certain que l'un de ces sales gosses érudits a mis le feu et qu'il est de mèche avec Veturius.

— Ces enfants sont des sous-hommes, dit le directeur. Je doute qu'ils soient capables de parler, encore moins d'établir un plan pour réduire la prison en cendres. Partez, assurez-vous de la coopération des prisonniers restants.

Je ne laisserai pas mon domaine tomber dans la folie à cause de quelques flammes.

— Et les prisonniers en bas, monsieur ? » Le premier Mask indique les marches menant aux cellules d'interrogatoire.

Le directeur secoue la tête alors que la fumée s'élève. « S'ils ne sont pas déjà morts, ils le seront dans quelques secondes. Et nous avons besoin de tous les hommes dans la cour pour maîtriser les prisonniers. Verrouillez la porte. Laissez-les brûler. »

Sur ce, il se fraie un chemin à travers le flot de soldats vêtus de noir et hurle des ordres de sa voix aiguë. Le Mask auquel il a parlé claque la porte, ferme le verrou et ajoute un cadenas. Je me faufile derrière lui – j'ai besoin des clés. Lorsque je tends la main vers le trousseau, il perçoit ma présence et me donne un coup de coude dans l'estomac. Je me plie en deux, le souffle coupé, en faisant de mon mieux pour rester invisible. Il regarde par-dessus son épaule, mais est emporté par le flot de soldats qui se ruent hors de la prison.

Bien. Force brutale. Je saisis l'un des sabres d'Elias et coupe le cadenas sans me soucier du vacarme. On le remarque à peine au milieu du souffle du feu. Des étincelles jaillissent du cadenas qui résiste. Je frappe avec le sabre d'Elias, encore et encore, en grondant d'impatience. Mon invisibilité vacille, mais je m'en fiche. Je dois ouvrir ce cadenas. Mon frère et Elias sont en train de brûler en bas.

Nous sommes arrivés jusqu'à la prison. Nous avons survécu à Blackcliff, à l'attaque de Serra, à la Commandante, au trajet jusqu'ici. Ça ne peut pas se terminer comme ça. Ce n'est pas un fichu cadenas brûlant qui m'arrêtera.

« Allez ! » Je vocifère. Le cadenas se casse et je mets toute ma rage dans le coup suivant. Des étincelles explosent dans tous les sens et la porte s'entrebâille. Je rengaine le sabre et la pousse. Je tombe à genoux presque immédiatement en toussant à cause du nuage de fumée qui s'échappe. Les yeux larmoyants, je ne vois qu'un mur de flammes.

52
ELIAS

Même si l'Attrapeuse d'Âmes ne m'avait pas accueilli dans le royaume de la mort, un vide s'est ouvert au plus profond de moi. Je me *sens* mort.

« Je suis mort en étouffant dans l'escalier d'une prison, à quelques marches du salut ? » *Bon sang !* « J'ai besoin de plus de temps, dis-je à l'Attrapeuse d'Âmes. De quelques heures.

— Je ne choisis pas le moment de ta mort, Elias. » Elle m'aide à me relever, son visage attristé, comme si elle était affectée par ma mort. Derrière elle, d'autres esprits se bousculent dans les arbres, attentifs.

« Shaeva, je ne suis pas prêt. Laia est là-bas, elle m'attend. Son frère est à côté de moi, mourant. À quoi bon nous être tant battus si c'est pour que ça se termine comme ça ?

— Peu de personnes sont prêtes pour la mort », soupire Shaeva. Elle a déjà tenu ce discours à d'autres. « Parfois, même les gens très âgés, qui ont vécu des vies riches, luttent contre son étreinte. Tu dois accepter…

— Non. » Je regarde autour de moi, à la recherche d'une sortie, d'une arme ou d'un outil que je puisse utiliser pour changer mon destin. *C'est stupide, Elias. Il n'y a pas de retour en arrière. La mort est la mort.*

Rien n'est impossible. Les mots de ma mère. Si elle était là, elle harcèlerait, menacerait ou manipulerait l'Attrapeuse d'Âmes afin d'obtenir le délai requis.

« Shaeva, dis-je. Vous régnez sur ces terres depuis mille ans. Vous savez tout de la mort. Il doit y avoir un moyen de repartir, juste pour quelque temps. »

Elle me tourne le dos. Je la contourne et me plante devant elle.

« Quand mes crises ont commencé, dis-je, vous m'avez dit que vous m'observiez depuis un moment. Pourquoi ?

— C'était une erreur, Elias. » Les cils de Shaeva luisent, humides. « Je t'ai vu comme je voyais tous les humains : petit, faible. Mais j'avais *tort*. Je… Je n'aurais jamais dû te faire venir ici. J'ai ouvert une porte qui aurait dû rester fermée.

— Mais *pourquoi* ? » Elle tourne autour de la vérité. « Pourquoi ai-je attiré votre attention ? Ce n'est pas comme si vous passiez votre temps les yeux fixés sur le monde des humains. Vous êtres trop occupée par les esprits. »

Je veux lui prendre les mains. À ma grande surprise, les miennes passent à travers les siennes. *Fantôme, Elias, tu te souviens ?*

« Après la Troisième Épreuve, dit-elle, tu as envoyé beaucoup de gens à la mort. Or ils n'étaient pas en colère contre toi. J'ai trouvé ça étrange, car le meurtre engendre habituellement des esprits tourmentés. Mis à part Tristas, ils sont tous rapidement passés à l'étape suivante. Je ne comprenais pas pourquoi et j'ai utilisé mon pouvoir pour regarder dans le monde des humains. » Elle se tord les doigts et me fixe. « Dans les catacombes de Serra, tu t'es retrouvé face à un éfrit des grottes. Il t'a traité d'assassin.

— *Si tes péchés étaient du sang, tu te noierais dans la rivière de tes méfaits.* Je m'en souviens.

— Ce qu'il a dit était moins important que ta réaction, Elias. Tu étais… » Elle fronce les sourcils en réfléchissant. « Horrifié. Les esprits que tu as envoyés à la mort étaient en paix parce que tu les *pleurais.* Tu apportes douleur et souffrance à ceux que tu aimes. Mais tu ne le souhaites pas. C'est comme si ton destin était de ne laisser que destruction derrière toi. Tu es comme moi. Ou plutôt, comme je l'étais. »

Le Lieu d'Attente me semble soudain plus froid. « Comme vous, dis-je simplement.

— Tu n'es pas la seule créature vivante à avoir erré dans mes bois, Elias. Parfois, des chamans viennent ici. Des guérisseurs aussi. Les lamentations sont insupportables, aussi bien pour les vivants que pour les morts. Et pourtant, elles ne t'ont pas dérangé. Il m'a fallu des dizaines d'années pour apprendre à communiquer avec les esprits. Toi, tu as su le faire après seulement quelques visites. »

Un sifflement déchire l'air et le rougeoiement du bosquet du djinn s'intensifie. Pour une fois, Shaeva l'ignore.

« J'ai essayé de t'éloigner de Laia, poursuit-elle. Je voulais que tu te sentes isolé. Je voulais que tu sois craintif pour pouvoir obtenir quelque chose de toi. Mais après t'avoir retardé pendant ton voyage jusqu'à Kauf, après que tu as prononcé mon nom, quelque chose s'est réveillé en moi. Un reste de ce qu'il y avait de meilleur en moi. J'ai compris combien j'avais tort de te demander quoi que ce soit. Pardonne-moi. J'en avais tellement assez de cet endroit. Je ne souhaitais qu'une seule chose, en partir. »

La lueur du bosquet devient de plus en plus forte. Les arbres semblent trembler.

« Je ne comprends pas.

— Je voulais que tu prennes ma place. Que tu deviennes l'Attrapeur d'Âmes.

— Est-ce la raison pour laquelle vous m'avez demandé d'aider Tristas à avancer ? »

Elle acquiesce. « Tu es humain. Par conséquent, tu as des limites que les djinns n'ont pas. Je devais voir si tu en étais capable. Pour être Attrapeur d'Âmes, il faut connaître la mort intimement, mais il ne faut pas la vénérer. Il faut avoir vécu une vie pendant laquelle on voulait protéger les autres mais où l'on a beaucoup détruit. Une telle vie entraîne des remords. Ces remords sont une porte par laquelle le pouvoir du Lieu d'Attente peut s'insinuer en toi. »

« *Shaaeeva…* »

Elle déglutit. Je suis certain qu'elle entend l'appel de ses proches. « Le Lieu d'Attente est doué de sensations, Elias. C'est la plus ancienne magie qui soit. Et… » Elle s'excuse en grimaçant. « Et le Lieu d'Attente t'apprécie, il a déjà commencé à te murmurer ses secrets. »

Je me raccroche à une chose qu'elle m'a dite. « Vous m'avez dit que quand vous êtes devenue l'Attrapeuse d'Âmes, le Semeur de Nuit vous a tuée, puis vous a ramenée et vous a enchaînée ici. Et maintenant, vous êtes vivante.

— Ce n'est pas la vie, Elias ! C'est la mort vivante. Je suis tout le temps entourée d'esprits. Je suis *liée* à cet endroit…

— Pas complètement. Vous avez quitté la forêt. Vous avez parcouru tout ce chemin pour venir me chercher.

— Seulement parce que tu étais près de mes terres. Partir plus de quelques jours est une torture. Plus je m'éloigne, plus je souffre. Et, Elias, le djinn… Tu n'imagines pas ce que c'est qu'avoir affaire à mes camarades enfermés. »

« *SHAEVA !* » À présent ils crient et elle se tourne vers eux.

Non ! Je hurle dans ma tête et le sol tremble sous mes pieds. Les djinns se taisent. Et soudain, je sais ce que je dois lui demander.

« Shaeva, faites de moi votre successeur. Ramenez-moi à la vie comme le Semeur de Nuit l'a fait avec vous.

— Tu es fou, murmure-t-elle, absolument pas surprise par ma requête. Elias, accepte la mort. Tu seras libéré de tout désir, de toute inquiétude, de toute douleur. Je vais t'aider à passer à l'étape suivante et tout sera calme et paisible. Si tu deviens Attrapeur d'Âmes, tu vivras une vie de repentir et de solitude car les vivants ne peuvent pas entrer dans la forêt. Les fantômes ne les supportent pas. »

Je croise les bras. « Peut-être êtes-vous trop gentille avec ces fichus fantômes.

— Tu ne saurais peut-être pas…

— Je saurais. J'ai aidé Izzi et Tristas à traverser. Faites-le pour moi, Shaeva. Je vivrai, je sauverai Darin, je finirai ce que j'ai commencé. Puis je m'occuperai des morts et j'aurai une chance de me racheter pour tout ce que j'ai fait. » Je m'avance vers elle. « Vous vous êtes repentie suffisamment longtemps. Laissez-moi prendre votre place.

— Il faudrait que je te donne des cours, dit-elle, comme on m'en a donné. » Une grande partie d'elle veut le faire, je le vois. Mais elle a peur.

« Avez-vous peur de la mort ?

— Non, chuchote-t-elle. Je crains que tu ne mesures pas le poids du fardeau que tu réclames.

— Depuis combien de temps attendez-vous de trouver quelqu'un comme moi ? » Je l'amadoue. Je *dois* repartir. Je *dois* faire sortir Darin de Kauf. « Mille ans, n'est-ce pas ? Voulez-vous vraiment traîner mille ans de plus ici, Shaeva ? Faites-moi ce cadeau et acceptez celui que je vous fais. »

Je vois le moment où elle se décide, le moment où la peur est remplacée par la résignation.

« Faites vite, dis-je. Seuls les Cieux savent combien de temps s'est écoulé à Kauf. Je ne veux pas retrouver mon corps au moment où il se fait griller.

— C'est une magie ancienne, Elias. Ce n'est pas celle des djinns, des hommes ou des éfrits, c'est celle de la Terre elle-même. Elle te ramènera au moment de la mort. Et tu vas souffrir. »

Elle me prend les mains : son toucher brûle plus qu'une forge de Serra. Elle serre la mâchoire et pousse un cri strident qui me secoue jusqu'au tréfonds de mon être. Son corps s'enflamme, rempli d'un feu qui la consume jusqu'à ce qu'elle ne soit plus Shaeva mais une créature faite d'une flamme noire ondulante. Elle lâche mes mains et tourne autour de moi si vite que c'est comme si j'étais enveloppé dans un nuage d'obscurité. Même si je suis un fantôme, je sens mon essence s'écouler. Je tombe à genoux, sa voix remplit ma tête. Une voix plus grave gronde également, une voix ancienne, le Lieu d'Attente lui-même prenant possession de son corps de djinn et parlant à travers celui-ci.

« Fils de l'ombre, héritier de la mort, écoute-moi : Gouverner le Lieu d'Attente, c'est éclairer le chemin du faible, de l'exténué, du déchu, de l'oublié dans les ténèbres qui suivent la mort. Tu seras lié à moi jusqu'à ce qu'un autre soit digne

de te libérer. Partir, c'est faillir à ton devoir – et, pour cela, je te punirai. Acceptes-tu de te soumettre ?

— Je me soumets. »

Une vibration dans l'air – le silence tendu de la terre avant une secousse sismique. Puis un bruit, comme si le ciel se déchirait en deux. Une douleur – *dix enfers, quelle douleur* –, l'agonie d'un millier de morts, une pique à travers mon âme. Chaque chagrin accablant, chaque occasion manquée, chaque vie fauchée, le tourment de ceux qui restent et qui pleurent me déchire sans fin. C'est au-delà de la douleur, c'est le cœur même de la douleur, une étoile morte explosant dans ma poitrine.

Une fois mon seuil de tolérance à la douleur totalement dépassé, la souffrance disparaît. Je suis abandonné tremblant sur le sol de la forêt, empli à la fois d'une grande droiture et d'une grande terreur, comme deux rivières jumelles, l'une de la lumière et l'autre des ténèbres, se rejoignant pour devenir quelque chose d'autre ensemble.

« C'est fait, Elias. »

Shaeva s'agenouille à côté de moi dans sa forme humaine. Son visage est strié de larmes.

« Pourquoi êtes-vous si triste, Shaeva ? » J'essuie ses larmes de mon pouce, leur vue me fait souffrir. « Vous n'êtes plus seule. Nous sommes des frères d'armes, à présent. Frère et sœur. »

Elle ne sourit pas. « Seulement jusqu'à ce que tu sois prêt. Va, frère. Retourne dans le monde des humains pour terminer ce que tu as commencé. Mais sache que tu n'as que peu de temps. Le Lieu d'Attente te rappellera. À présent, la magie est ta maîtresse et elle n'aime pas que ses serviteurs s'abstentent trop longtemps. »

Je ferme les yeux et lorsque je les rouvre, je vois le visage paniqué de Tas. Mon corps est libéré de la fatigue qui m'affligeait depuis des mois.

« Elias ! » Tas sanglote de soulagement. « Le feu s'est propagé partout ! Je n'arrive pas à porter Darin !

— Ce n'est pas nécessaire. » J'ai encore mal à cause des interrogatoires et des tabassages, mais maintenant que le poison est évacué de mon sang, je comprends, pour la première fois, combien il a volé ma vie morceau par morceau jusqu'à ce que j'aie eu l'impression d'avoir toujours été l'ombre de moi-même.

Le feu explose en haut de l'escalier et court le long des poutres, créant un mur de flammes devant et au-dessus de nous.

En haut, à travers le feu, je vois de la lumière. Des cris, des voix, et, pendant un bref instant, une silhouette familière derrière les flammes.

« Tas, la porte ! Elle est ouverte ! » Du moins, c'est ce qu'il me semble. Tas se lève en chancelant, ses yeux sombres remplis d'espoir. *Allez, Elias !* Je prends Darin sous un bras, l'enfant érudit sous l'autre et je monte les marches à travers le mur de flammes, jusqu'à la lumière.

53
HELENE

Les hommes de la Gens Veturia encerclent mes parents et mes sœurs. Les courtisans détournent le regard, gênés et effrayés devant les membres de ma famille les bras tordus derrière le dos, emmenés jusqu'au trône et forcés de s'agenouiller comme de vulgaires criminels.

Mère et Père se soumettent en silence et Livvy se contente de m'adresser un regard suppliant comme si je pouvais arranger la situation.

Hannah se débat – elle griffe les soldats, leur donne des coups de pied, sa coiffure se défaisant et ses cheveux blonds se répandant sur ses épaules. « Votre Majesté, ne me punissez pas pour sa trahison ! crie-t-elle. Elle n'est pas ma sœur, mon seigneur. *Elle n'est pas de ma famille.*

— Silence, lui hurle-t-il, ou je te tue la première. » Elle se tait. Les soldats installent ma famille face à moi. De part et d'autre, les courtisans vêtus de soie et de fourrure chuchotent et s'agitent, certains frappés d'horreur, d'autres retenant à peine leur jubilation. J'aperçois le nouveau pater de la Gens Rufia. Devant son sourire cruel, je me souviens du hurlement de son père lorsque Marcus l'a jeté du haut du Rocher de Cardium.

Marcus marche de long en large derrière ma famille. « Je pensais que les exécutions auraient lieu au Rocher de Cardium, dit-il. Mais puisque tant de Gens sont présentes, je ne vois pas pourquoi nous n'en finirions pas ici. »

La Commandante s'avance, les yeux fixés sur mon père. Il est allé à l'encontre de sa volonté et m'a soustraite à la torture. Il a calmé les Gens en colère alors que la Commandante s'employait à attiser les dissensions, et il m'a aidée lorsque ses négociations ont échoué. Elle est maintenant sur le point d'obtenir vengeance. Une soif animale et brutale brille dans ses yeux. Elle veut égorger mon père. Elle veut danser dans son sang.

« Votre Majesté, dit-elle d'une voix douce. Je serais heureuse de procéder à l'exécution…

— Inutile, mon commandant, dit Marcus posément. Vous en avez déjà assez fait. » Ses paroles sont étrangement ambiguës et la Commandante le regarde, soudain inquiète.

Je pensais qu'il ne vous arriverait rien, ai-je envie de dire à ma famille. *Les Augures m'ont dit…*

Puis je me rends compte que les Augures ne m'ont rien promis.

Je me force à croiser le regard de mon père. Je ne l'ai jamais vu aussi effondré.

À côté de lui, les cheveux argentés de Mère brillent comme s'ils étaient éclairés de l'intérieur, sa toge doublée de fourrure élégamment drapée, alors même qu'elle est agenouillée dans l'attente de la mort. Son visage pâle est fier. « Sois forte, ma fille », me chuchote-t-elle. À côté d'elle, la respiration de Livvy est saccadée, paniquée. Elle murmure quelque chose à Hannah qui tremble de tout son corps.

J'essaie d'empoigner le sabre à ma ceinture, mais je le sens à peine dans ma main.

« Votre Majesté, dis-je. Je vous en prie. La Commandante *fomente* un coup d'État. Vous avez entendu le lieutenant Faris. Vous devez m'écouter. »

Marcus lève ses yeux jaunes impassibles vers moi. Ils me glacent le sang. Lentement, il dégaine la dague à sa ceinture. Le diamant de Blackcliff est dessiné sur la poignée, sa lame fine est aussi coupante qu'un rasoir – sa récompense pour avoir gagné la Première Épreuve. C'était il y a si longtemps.

« Pie, ça peut être rapide, dit-il calmement. Ou je peux faire en sorte que ce soit long, très long. Parlez encore une fois sans permission et vous saurez quelle formule je choisis. Lieutenant Sergius », appelle-t-il.

Le Garde noir que j'ai intimidé par le chantage et la coercition voilà quelques semaines s'avance.

« Maîtrisez la Pie et ses alliés, dit Marcus. Nous ne voudrions pas qu'ils se laissent entraîner par leurs émotions. »

Sergius hésite une seconde avant de faire signe aux autres Gardes noirs.

Hannah pleure en silence, ses yeux suppliants tournés vers Marcus. « Je vous en prie, murmure-t-elle. Votre Majesté. Nous sommes fiancés… Je suis votre promise. »

Mais Marcus ne s'intéresse pas plus à elle qu'à un mendiant. Il se tourne vers les paters réunis dans la salle du trône. Il se sent tout-puissant. Il n'est plus l'Empereur en difficulté mais celui qui a survécu à une révolte érudite, à de multiples tentatives d'assassinat et à la trahison des familles les plus influentes du territoire.

Il fait tourner sa dague dans sa main ; sa lame argentée reflète la lumière du soleil qui se lève. L'aube éclaire la salle et sa beauté rend encore plus cruel ce qui est sur le point de se produire. Marcus va et vient derrière ma famille, tel un prédateur en train de décider qui il tuera le premier.

Ma mère chuchote quelque chose à mon père et à mes sœurs. « Je vous aime. »

« Hommes et femmes de l'Empire. » Marcus ralentit derrière Mère. Ses yeux plongés dans les miens, elle se redresse, les épaules très droites. Marcus brandit sa dague. « Regardez attentivement ce qui arrive lorsque l'on trahit son Empereur. »

Le silence se fait. J'entends la lame d'argent plonger dans la gorge de ma mère, le bruit de gargouillis lorsqu'elle tranche son cou et son artère. Mère chancelle et s'effondre sur le sol.

« Non ! » Hannah pousse un cri perçant qui donne voix au désespoir qui m'étreint. Ma bouche est pleine de sang – je me suis mordu la lèvre. Sous les yeux des courtisans, Hannah, écrasée de douleur, se lamente comme un animal blessé en se balançant près du corps de ma mère. Le visage de Livia est vide, son regard perdu dans la flaque de sang qui s'étend et finit par tremper sa robe bleu pâle.

Je ne sens plus ma lèvre. Ni mes pieds ni mes jambes. Ce n'est pas le sang de ma mère. Ce n'est pas son corps. Ce ne sont pas ses mains, blanches, sans vie. Non.

Le cri d'Hannah me fait brusquement sortir de mon hébétude. Marcus l'a attrapée par les cheveux. « Non, par pitié. » Ses yeux paniqués sur moi. « Aide-moi, aide-moi. »

Je me débats contre l'étreinte de Sergius en poussant un étrange grognement de douleur. J'entends à peine ses mots étouffés. Ma petite sœur. Quand nous étions enfants, elle avait des cheveux si doux. « Helly, je suis désolée… »

Marcus donne un rapide coup de couteau le long de sa gorge. Son visage est fermé, comme si cette tâche requérait toute sa concentration. Il la lâche et elle s'écroule dans un bruit sourd à côté de ma mère, ses cheveux blonds emmêlés.

Derrière moi, la porte de la salle du trône s'ouvre. Marcus lève les yeux, son regard plein de mépris.

« V… Votre Majesté. » Je ne vois pas le soldat qui entre, mais l'étranglement de sa voix suggère qu'il ne s'attendait pas à tomber au milieu d'un bain de sang. « Un message de Kauf…

— Je suis occupé. Keris, occupez-vous-en. »

La Commandante s'incline et ralentit en passant devant moi. Elle se penche et pose une main froide sur mon épaule. Je suis trop paralysée pour sursauter. Ses yeux gris n'expriment aucune pitié.

« Quel bonheur d'assister à ta défaite, Pie de sang, murmure-t-elle. De te voir brisée. »

Elle me jette les paroles de Cain au visage et tout mon corps se met à trembler. *D'abord, tu dois être défaite. D'abord, tu dois être brisée.* Cieux sanglants, je pensais qu'il parlait du moment où je tuerais Elias. Mais il savait. Alors que pendant tout ce temps je me tourmentais au sujet de mon ami, Cain et ses semblables *savaient* ce qui allait véritablement me briser.

Mais comment la Commandante peut-elle savoir ce que Cain m'a dit ? Elle me lâche et sort de la salle d'un pas nonchalant. Je n'ai plus le temps de me poser de questions car Marcus est face à moi.

« Pie, prenez un moment pour dire au revoir à votre père. Sergius, libérez-la. »

Je fais trois pas jusqu'à mon père et je m'écroule à genoux, incapable de détacher mon regard de ma mère et de ma sœur.

« Pie de sang, murmure mon père. Regarde-moi. »

Je veux le supplier de m'appeler par mon nom. *Je ne suis pas la Pie. Je suis Helene, ton Helene. Ta petite fille.*

« Regarde-moi, ma fille. » J'obéis, m'attendant à lire la défaite dans son regard. Au lieu de cela, il est mon père, calme et serein, même si ses murmures sont empreints de chagrin. « Et écoute. Tu ne peux pas me sauver. Tu n'as pas pu sauver ta mère, ta sœur ou Elias. Mais tu peux encore sauver l'Empire qui est bien plus en danger que ne l'imagine Marcus. Tiborum sera bientôt encerclée par des hordes de Barbares et j'ai entendu dire qu'une flotte a quitté Karkaus et se dirige au nord vers Navium. La Commandante est aveugle – elle est trop obnubilée par la destruction des Érudits et la conquête de son pouvoir.

— Père… » Je jette un œil à Marcus qui nous observe à quelques pas. « Maudit soit l'Empire…

— Écoute-moi. » Le soudain désespoir dans sa voix me terrifie. Mon père n'a peur de rien. « La Gens Aquilla doit rester forte. Nos alliances doivent rester fortes. Tu dois rester forte. Lorsque ce territoire sera en guerre contre des terres étrangères, ce qui se produira inévitablement, nous ne devrons pas fléchir. Combien de Martiaux compte cet Empire ?

« Des m… millions.

— Plus de six millions. Six millions d'hommes, de femmes et d'enfants dont l'avenir est entre tes mains. Six millions qui vont dépendre de ta force pour ne pas être les victimes des tourments de la guerre. Toi seule fais rempart aux ténèbres. Prends mon collier. »

Les mains tremblantes, je prends la chaîne que, enfant, j'aimais tant. L'un de mes premiers souvenirs est celui de Père penché sur moi, la chevalière des Aquilla pendue à la chaîne, le faucon en plein vol gravé dessus et qui brillait dans la lumière de la lampe.

« À présent, tu es la mater de la Gens Aquilla, chuchote Père. Tu es la Pie de sang de l'Empire. Et tu es ma fille. Ne me déçois pas. »

Marcus frappe à l'instant où mon père se redresse. Il met plus de temps à mourir que ma mère et ma sœur. Quand ses yeux s'assombrissent, je ne ressens aucune souffrance. Marcus m'a vidée de toute ma douleur. Puis mes yeux se posent sur ma plus jeune sœur. *Helene, espèce d'idiote. Quand on aime, on a toujours de la douleur en soi.*

« Hommes et femmes de l'Empire. » La voix de Marcus résonne dans la salle. *Enfers sanglants, que fait-il ?* « Je ne suis qu'un Plébéien à qui les Augures, nos estimés hommes sacrés, ont confié la charge d'être chef de cet Empire. » Il a l'air presque humble et je le regarde bouche bée alors qu'il embrasse du regard les représentants les plus importants de l'Empire. « Mais même un Plébéien sait qu'un Empereur doit parfois faire preuve de clémence. Le lien entre la Pie et l'Empereur est décrété par les Augures. » Il marche jusqu'à Livia et la fait se lever. Le regard de ma sœur va de Marcus à moi, la bouche ouverte, le corps tremblant. « C'est un lien qui doit résister aux plus fortes tempêtes. L'échec de ma Pie est l'une de ces tempêtes. Cependant, je ne suis pas étranger à la pitié. Et je ne souhaite pas débuter mon règne sur des promesses brisées. J'ai signé un accord de mariage avec la Gens Aquilla. » Il me regarde, imperturbable. « Et je vais donc l'honorer en épousant la plus jeune sœur de la mater Aquilla, Livia Aquilla, sur-le-champ. En alliant ma lignée à celle d'une des plus anciennes de cette terre, je construis ma dynastie et j'apporte encore une fois sa gloire à l'Empire. » Et il ajoute en jetant un regard écœuré aux cadavres sur le sol : « Nous devons mettre tout cela derrière nous. Si, bien sûr, Mater Aquilla accepte.

— Livia. » Je ne parviens qu'à articuler silencieusement le nom de ma sœur. Je m'éclaircis la voix. « Livia serait-elle épargnée ? » Marcus acquiesce. Je me lève en me forçant à regarder ma sœur parce que si elle préfère mourir je ne peux pas le lui refuser, quand bien même j'en perdrais définitivement la raison. Mais la réalité du moment la frappe. Je vois mon propre tourment dans ses yeux ; mais j'y vois aussi autre chose. La force de mes parents. Elle hoche la tête.

« Je… J'accepte, je murmure.

— Bien, dit Marcus. Nous nous marierons au coucher du soleil. Les autres, sortez ! crie-t-il aux courtisans qui observaient la scène avec une fascination horrifiée. Sergius. » Le Garde noir s'avance. « Emmenez ma… *future épouse* dans l'aile est du palais. Assurez-vous qu'elle soit bien installée. Et en sécurité. »

Sergius escorte Livia. Les courtisans s'éloignent en silence. Marcus s'approche de moi alors que je fixe la flaque de sang qui grandit à mes pieds.

Il se tient derrière moi et passe l'index le long de ma nuque. Je frissonne de dégoût. Une seconde plus tard, le corps de Marcus est projeté en avant.

« La ferme », souffle-t-il. Je lève les yeux et je comprends qu'il ne s'adresse pas à moi. Il regarde par-dessus son épaule. Il n'y a rien. *« Arrêtez ! »*

À la fois intriguée et détachée, je le regarde grogner et secouer les épaules comme s'il essayait d'échapper à l'étreinte de quelqu'un. L'instant d'après, il se tourne vers moi.

« Espèce d'idiote. » Sa voix est un sifflement doux. « Je te l'avais dit : ne présume jamais que tu en sais plus que moi. J'étais bien au courant du petit complot de Keris. Je t'ai prévenue de ne pas me défier en public et malgré tout tu as débarqué en criant au coup d'État, en me faisant passer pour un *faible*. Si tu l'avais fermée, ce ne serait pas arrivé. »

Cieux sanglants. « Tu... Tu savais...

— Je sais tout. » Il plonge les doigts dans mes cheveux et tire ma tête en arrière. « Je gagnerai *toujours*. Et maintenant, je possède le dernier membre vivant de ta famille. Si tu désobéis, si tu me trahis, si tu dis du mal de moi ou si tu me doubles, je jure devant les Cieux que je te ferai souffrir plus que tu ne peux l'imaginer. »

Il me lâche violemment. Ses bottes ne font aucun bruit lorsqu'il quitte la salle du trône.

Je reste seule, avec les fantômes.

54
LAIA

Je m'éloigne des flammes en trébuchant. *Non ! Cieux ! Non !*

Darin, Elias, le petit Tas – ils ne peuvent pas être morts dans cet enfer. Pas après tout ce que nous avons traversé. Je me rends compte que je suis en train de sangloter alors que je ne suis plus invisible. Je m'en fiche.

« Toi ! Érudite ! » Des bruits de bottes grondent dans ma direction et je glisse sur la pierre lisse de la rotonde pour tenter d'échapper à la main d'un légionnaire qui me prend pour une prisonnière en fuite. Il plisse les yeux, ses doigts serrent ma cape et la déchirent. Il la jette par terre comme je me mets à courir. Il part à ma poursuite.

« Oh ! » J'ai le souffle coupé au moment où il me plaque sur les marches de l'escalier. Il essaie de me retourner sur le ventre, d'attraper mes mains.

« Lâchez-moi !

— Tu t'es échappée de l'enclos, hein ? Aïe ! » Je lui donne un coup de genou dans les parties, enfonce ma dague dans sa cuisse. Il hurle et, une seconde plus tard, s'écroule de tout son poids et dévale l'escalier, mon arme toujours dans la jambe.

Une ombre remplit l'espace où il se tenait, familière et complètement différente en même temps. « E-Elias ?

— Je suis là. » Il est mince comme un fil et ses yeux brillent dans l'épaisse fumée. « Ton frère est là. Tas est là. Nous sommes vivants. Nous allons bien. Et je te félicite pour ce que tu viens de faire. » D'un mouvement de tête, il désigne le soldat qui a arraché la dague de sa cuisse et s'en va en rampant. « Il va boiter pendant des mois. »

Je me lève d'un bond et le serre dans mes bras en poussant un cri mêlé de sanglots. Nous sommes tous les deux blessés, épuisés et avons le cœur lourd, mais quand je sens ses bras autour de moi, quand je réalise qu'il est réel, qu'il est ici et vivant, je pense, pour la toute première fois, que nous avons une chance de survivre.

« Où est Darin ? » Je m'écarte de lui et regarde autour de moi, m'attendant à voir mon frère sortir de la fumée. Des soldats passent devant nous en courant, cherchant désespérément à échapper au feu qui engloutit la section martiale de la prison. « Tiens. Prends tes sabres. » Elias les enfile sur le dos. Toujours pas de Darin.

« Elias ? dis-je, à présent inquiète. Où… »

Elias s'agenouille et prend quelque chose par terre qu'il hisse son épaule. Sur le coup, je me dis que c'est un sac.

Puis je vois des mains. Les mains de Darin. Sa peau est lacérée de cicatrices et on lui a coupé le petit doigt et le majeur. Mais je reconnaîtrais ses mains entre mille.

« Cieux. » J'essaie de voir son visage, caché par des touffes de cheveux longs et sales. Mon frère n'a jamais été particulièrement épais, mais il semble soudain si petit – comme une version miniature et cauchemardesque de lui-même. *Il ne sera peut-être plus celui qu'il était,* m'a avertie Afya.

« Il est vivant, me rappelle Elias quand il voit mon expression. Il a reçu un coup à la tête, c'est tout. Il va s'en sortir. »

Une petite silhouette apparaît derrière Elias, tenant ma dague ensanglantée. L'enfant me la donne puis me prend la main. « Laia, il ne faut pas qu'on te voie. Cache-toi ! »

Tas m'entraîne dans le couloir et je laisse mon invisibilité reprendre possession de moi. Elias est surpris par ma disparition soudaine. Je lui serre les doigts pour qu'il sache que je suis toujours là. Devant nous, les portes de la prison sont béantes. Dehors, la cour grouille de soldats.

« Il faut que tu ouvres les enclos des Érudits, dit Elias. Je ne peux pas le faire en portant Darin. Les gardes me tomberaient dessus en une seconde. »

Cieux ! J'étais censée allumer plus de feux dans la cour afin de créer un désordre plus grand.

« Nous ferons sans la dose de confusion supplémentaire, dit Elias. Je vais feindre d'amener Darin dans l'enclos. Tas, reste avec Laia – surveille ses arrières. Je vous retrouverai.

— Elias, une chose. » Je ne veux pas l'inquiéter mais mieux vaut qu'il soit au courant. « Le directeur sait peut-être que je suis ici. Dans l'escalier, j'ai perdu mon invisibilité pendant un moment. Il m'a peut-être vue.

— Alors, ne t'approche pas de lui. Il est malin et vu la façon dont il nous a interrogés, Darin et moi, je suis sûr qu'il adorerait mettre la main sur toi. »

Quelques secondes plus tard, nous sortons de la prison et filons dans la cour. Après la chaleur étouffante de la prison, le froid est aussi coupant que des lames de rasoir.

Même si elle est bondée, la cour n'est pas plongée dans le chaos. Les prisonniers sortant de Kauf sont immédiatement escortés au loin. Les gardes, dont beaucoup toussent, le visage couvert de cendre ou brûlés, se mettent en rang et un autre soldat les examine pour évaluer leur état avant de leur assigner une tâche. L'un des légionnaires de service aperçoit Elias et l'appelle.

« Toi ! Toi, là !

— Laisse-moi déposer ce corps », râle Elias, dans une parfaite imitation d'auxiliaire renfrogné. Il s'éloigne furtivement alors qu'un autre groupe de soldats émerge de l'enfer de Kauf. « Allez, Laia, murmure-t-il. Vite ! »

Tas et moi fonçons vers l'enclos d'Érudits à notre gauche. Derrière nous résonnent les voix de milliers de prisonniers : Martiaux, hommes des tribus, Mariners – même des hommes sauvages et des Barbares.

Les Martiaux les ont réunis au centre d'un immense cercle entouré d'un double cordon de lanciers.

« Laia. Tiens. » Tas me glisse les clés qu'il a volées dans la main et indique la partie nord de l'enclos. « Je vais prévenir les Skirites ! »

Je repère la porte gardée par six légionnaires. Bien que le vacarme dans la cour de la prison soit tel qu'ils ne m'entendraient sans doute pas approcher, j'avance prudemment. Quand je suis à un mètre de la porte et à quelques centimètres du premier légionnaire, celui-ci se déplace et pose la main sur son sabre. Je me fige. Je sens le cuir de son armure, l'acier des pointes de ses flèches dans un carquois sur son dos. *Encore un pas, Laia. Il ne peut pas te voir. Il ne sait pas que tu es là.*

Je sors le trousseau de clés de ma poche en le tenant serré pour que les clés ne s'entrechoquent pas. J'attends que l'un des légionnaires se tourne pour dire quelque chose aux autres avant d'introduire la clé dans la serrure.

Elle est coincée.

Je fais jouer la clé, d'abord doucement puis un peu plus

fort. L'un des soldats tourne la tête vers la porte. Je le regarde droit dans les yeux, il hausse les épaules et se retourne.

Patience, Laia. J'inspire profondément et prends le cadenas dans mes mains. Puisqu'il est attaché à quelque chose relié à la terre, il ne disparaît pas. J'espère que personne ne regarde la porte – il ou elle verrait un cadenas flotter, et même l'auxiliaire le plus idiot comprendrait que ce n'est pas normal. Je tourne la clé. *Presque*…

C'est alors qu'une longue main s'enroule tel un tentacule autour de mon bras.

« Ah, Laia de Serra, me chuchote-t-on à l'oreille. Quelle fille talentueuse tu es. J'aimerais *beaucoup* étudier ton cas. »

Mon invisibilité faiblit et le cadenas heurte l'enclos dans un bruit sourd. Je lève les yeux et me retrouve face à un visage allongé aux grands yeux larmoyants.

Le directeur.

55
ELIAS

Shaeva m'avait prévenu que le Lieu d'Attente chercherait à me reprendre. En traversant la cour glaciale de la prison, je sens comme un crochet invisible tirer ma poitrine d'un coup sec.

J'arrive, je hurle dans ma tête. *Plus vous me harcèlerez, plus je prendrai mon temps, alors arrêtez.*

La sensation de traction diminue, comme si le Lieu d'Attente m'avait entendu. Je suis à quinze mètre de l'enclos… Treize… Dix.

Puis j'entends des bruits de pas. Le soldat à l'entrée de Kauf m'a rattrapé. À sa démarche prudente, je devine qu'il n'est pas dupe de mon uniforme et des sabres sur mon dos. *Dix enfers.* Bon. Le déguisement laissait de toute façon à désirer.

Il attaque. J'essaie de l'éviter, mais le corps de Darin me fait perdre l'équilibre. Le soldat me ceinture, me fait tomber et Darin roule par terre.

Ma capuche s'envole et le légionnaire écarquille les yeux. « Prisonnier en fuite, hurle-t-il. Pris… » J'arrache un couteau à sa ceinture et l'enfonce dans son flanc.

Trop tard. Les légionnaires à l'entrée de Kauf ont entendu

son cri. Quatre des lanciers gardant les prisonniers courent vers moi. Des auxiliaires.

Je souris. *Pas assez pour me faire plier.*

À l'approche du premier soldat, je brandis mes sabres. Je passe sous sa lance et lui coupe le poignet. Il hurle. Je l'assomme d'un coup à la tempe, puis je pivote et brise la lance du soldat suivant que je tue d'un coup de sabre dans le ventre.

Mon sang bout, mon instinct de guerrier a repris le dessus. Je saisis la lance du soldat et la plante dans l'épaule du troisième auxiliaire. Le quatrième hésite et je m'en débarrasse d'un coup d'épaule dans le ventre. Sa tête craque sur les pavés, puis il ne bouge plus.

Une lance siffle près de mon oreille et une douleur explose dans mon crâne. Ce n'est pas assez pour m'arrêter.

Une dizaine de lanciers quittent le cordon autour des prisonniers. Ils savent que je suis plus qu'un prisonnier en fuite.

« Fuyez ! » Je hurle aux prisonniers bouche bée en pointant du doigt la brèche dans le cordon. « Fuyez ! »

Deux Martiaux traversent le cordon en courant et foncent vers la herse de Kauf. Pendant un instant, c'est comme si toute la cour les regardait en retenant son souffle. Puis un garde crie et le charme est rompu : les prisonniers sortent alors comme un seul homme en se fichant de leurs semblables qui se font empaler sur des lances. Les Martiaux essaient en vain d'endiguer le flot – des milliers de prisonniers ont à présent senti le parfum de la liberté.

Les soldats en train de courir vers moi ralentissent en entendant les cris de leurs camarades. Je hisse Darin sur mon épaule et fonce vers les enclos des Érudits. Dix enfers, pourquoi ne sont-ils pas encore ouverts ? Il devrait y avoir une foule d'Érudits dans la cour.

« Elias ! » Tas se précipite vers moi. « Le cadenas est coincé. Et Laia... Le directeur... »

J'aperçois le directeur en train d'étrangler Laia. Elle lui donne des coups de pied désespérés, mais il l'a soulevée du sol et son visage devient bleu à force de manquer d'air. *Non ! Laia !* Mon instinct est de foncer vers elle, mais je serre les dents et me force à m'arrêter. Nous devons ouvrir les enclos si nous voulons libérer les Érudits et les embarquer sur les bateaux.

« Tas, détourne l'attention du directeur. Je m'occupe du cadenas. »

Tas court et je pose Darin près de l'enclos des Érudits. Les légionnaires gardant son entrée se sont rués vers Kauf pour essayer de mettre un terme à l'exode massif de prisonniers. Je me concentre sur le cadenas. Il est vraiment coincé et malgré tous mes efforts, il ne s'ouvre pas. À l'intérieur de l'enclos, un homme s'approche. Entre les lattes, seuls ses yeux sont visibles. Son visage est tellement sale que je n'arrive pas à voir s'il est jeune ou vieux.

« Elias Veturius ? », demande-t-il dans un murmure sérieux.

Alors que je dégaine mon sabre pour briser le cadenas, je me risque à faire une supposition. « Araj ? »

L'homme hoche la tête. « Pourquoi est-ce si long ? Nous... Derrière toi ! »

Son cri d'alarme me sauve d'un coup de lance dans le ventre et j'évite le suivant de justesse. Une dizaine de soldats m'encerclent, imperturbables malgré le chaos qui règne à la porte.

« Veturius, le cadenas ! Vite ! s'exclame Araj.

— Soit tu me donnes une minute, je rétorque en repoussant deux lances de mes sabres, soit tu te rends utile. »

Araj hurle un ordre aux Érudits à l'intérieur de l'enclos. Quelques secondes plus tard, une pluie de pierres vole par-dessus le mur et s'abat sur les lanciers. C'est comme si une horde de souris jetait des cailloux à une meute de chats noirs. Heureusement pour moi, ces souris savent viser. Deux des lanciers les plus proches tombent, ce qui me donne suffisamment de temps pour me retourner et briser le cadenas d'un coup de sabre.

La porte s'ouvre brusquement et, dans un cri, les Érudits se précipitent hors de l'enclos.

J'arrache la dague en acier sérique d'un des lanciers morts et je la tends à Araj. « Ouvre l'autre enclos ! je lui crie. Je dois retrouver Laia ! »

La cour est à présent envahie par un océan d'Érudits, mais la silhouette du directeur se détache au-dessus d'eux. Un petit groupe d'enfants érudits, parmi lesquels Tas, attaque le vieil homme. Il agite son sabre pour les maintenir à distance et ce faisant, il relâche son étreinte autour du cou de Laia qui le roue de coups pour se libérer.

« Monsieur le directeur ! » En entendant ma voix, il se tourne et Laia lui assène un coup de pied dans le tibia tout en lui mordant le bras. Le directeur brandit son sabre. L'un des enfants se faufile et lui écrase le genou avec une lourde poêle à frire. Le directeur hurle et Laia s'éloigne de lui en chancelant et en cherchant sa dague à sa ceinture.

Mais elle n'est pas là. Elle brille dans les mains de Tas. Son petit visage se tord de rage alors qu'il se jette sur le directeur. Ses amis grouillent autour du vieil homme, le mordent, le griffent, le font tomber, se vengent du monstre qui les a maltraités depuis le jour de leur naissance.

Tas enfonce la dague dans la gorge du directeur. Il a un mouvement de recul devant le geyser de sang qui en sort. Les autres enfants détalent et entourent Laia qui serre Tas contre sa poitrine. Quelques instants plus tard, je suis près d'eux.

« Elias », murmure Tas. Il ne peut pas détacher ses yeux du directeur. « Je…

— Tu as terrassé un démon, Tas du Nord. » Je m'agenouille à côté de lui. « Je suis fier de me battre à tes côtés. Fais sortir les autres enfants. Nous ne sommes pas encore libres. » Je lève les yeux vers la porte où des gardes se battent contre une horde de prisonniers enragés. « Retrouve-nous aux bateaux.

— Darin ! » Laia me regarde. « Où…

— Près des enclos, dis-je. J'ai hâte qu'il se réveille et de lui sonner les cloches. J'ai dû le porter dans toute cette fichue prison. »

Les tambours tonnent frénétiquement et, par-dessus le chaos, j'entends à peine les réponses des tambours d'une garnison au loin. « Même si nous parvenons à nous enfuir en bateau, dit Laia alors que nous courons vers les enclos, nous devrons prendre la tangente avant d'atteindre la forêt du Crépuscule. Et les Martiaux nous attendront, n'est-ce pas ?

— Oui, dis-je. Mais j'ai un plan. » Enfin, pas exactement un *plan*. Plus une intuition – et possiblement un espoir délirant consistant à penser que je peux utiliser mes nouvelles fonctions pour accomplir un acte assez fou. Un pari qui dépend du Lieu d'Attente, de Shaeva et de mon pouvoir de persuasion.

Darin toujours sur mon épaule, nous nous dirigeons vers la porte d'entrée de Kauf grouillante de prisonniers.

La foule est enragée – trop de gens tentent de sortir et trop de Martiaux s'efforcent de les garder à l'intérieur.

J'entends un grondement métallique. « Elias ! » Laia pointe la herse du doigt. Doucement, lourdement, la herse commence à descendre. Encouragés, les Martiaux repoussent les prisonniers avec plus de vigueur et Laia et moi sommes entraînés loin de la porte.

« Laia, des torches ! », je hurle. Elle en attrape deux sur le mur. Nous les brandissons comme des sabres. Les personnes autour de nous reculent instinctivement et nous nous frayons un chemin à travers la foule.

La herse est à présent pratiquement au niveau des yeux. Laia m'attrape le bras. « Un dernier de coup de collier. Ensemble. Maintenant ! »

Nous nous tenons par les bras et, les torches en avant, nous fendons la cohue. Je pousse Laia sous la herse, mais elle résiste et continue à agiter sa torche afin que je me glisse à sa suite.

Nous arrivons enfin au hangar à bateaux où je vois deux barges descendant le fleuve et deux autres quittant le quai avec des Érudits agglutinés dessus.

« Elle a réussi ! crie Laia. Afya a réussi !

— Des archers ! » Une rangée de soldats apparaît au sommet des remparts de Kauf. « Fuis ! »

Une pluie de flèches s'abat sur nous et la moitié des Érudits qui courent vers le hangar avec nous sont abattus. *On y est presque. Presque.*

« Elias ! Laia ! » J'aperçois les tresses noires et rouges d'Afya à la porte du hangar à bateaux. Elle nous fait signe d'entrer, les yeux fixés sur les archers. Son visage est lacéré de coupures, ses mains couvertes de sang. Elle nous mène rapidement jusqu'à un canoë.

« Même si j'adorerais faire une petite croisière avec ces gens qui n'ont pas vu un savon depuis un bon bout de temps, dit-elle, je crois que nous irons plus vite avec ça. Dépêchez-vous. »

J'allonge Darin entre deux bancs, attrape une rame et nous quittons le quai. Derrière nous, Araj a pris la direction de la dernière barge d'Érudits paniqués. Rapidement, le courant nous entraîne loin des ruines de Kauf et vers la forêt du Crépuscule.

« Tu as dit que tu avais un plan. » Laia indique l'horizon vert : les forêts au sud. Darin, toujours inconscient, est allongé entre nous, sa tête posée sur le sac de sa sœur. « C'est peut-être le bon moment pour nous l'exposer. »

Comment lui expliquer le marché que j'ai passé avec Shaeva ? Par quoi commencer ?

Par la vérité.

« Je vais t'en parler, dis-je suffisamment bas pour qu'elle soit la seule à entendre. Mais d'abord, je dois te dire comment j'ai survécu au poison et ce que je suis devenu. »

56
HELENE

Un mois plus tard

Après trois jours de blizzard, l'hiver s'est installé à Antium. La ville est tellement couverte de neige que les Érudits chargés du déneigement travaillent jour et nuit afin de garder les rues principales praticables. Dans toute la ville, des bougies du milieu d'hiver brûlent toutes les nuits aux fenêtres des plus riches demeures comme des taudis les plus misérables.

L'empereur Marcus va célébrer ce jour de fête au palais impérial avec les paters et les maters d'une dizaine de puissantes Gens. Mes espions me disent que de nombreux accords vont être conclus – des traités commerciaux et des postes gouvernementaux qui consolideront le pouvoir de Marcus.

Je sais que c'est la vérité puisque j'ai participé aux négociations.

Dans les baraquements de la Garde noire, je suis assise à mon bureau où je signe l'ordre d'envoyer un contingent de mes hommes à Tiborum. Nous avons repris le port après avoir affronté les Sauvages, mais ceux-ci n'ont pas abandonné. Maintenant qu'ils ont senti l'odeur du sang dans l'eau, ils vont revenir – avec plus d'hommes.

Je regarde la ville blanche par la fenêtre. Un souvenir me revient en mémoire, celui d'Hannah et moi enfants, faisant une bataille de boules de neige, il y a bien longtemps, quand Père nous avait emmenées à Antium. Je souris. Puis j'enferme ce souvenir dans un coin sombre – où je ne le verrai plus jamais – et je me remets au travail.

« Tu devrais apprendre à fermer ta fenêtre, petite. »

Je reconnais cette voix rauque instantanément, ce qui ne m'empêche pas de tressaillir. Les yeux de Cuisinière brillent sous une capuche qui cache ses cicatrices. Elle garde ses distances, prête à filer au moindre signe de danger.

« Vous pourriez passer par la porte de devant. » Je garde la main sur la dague dissimulée sous mon bureau. « Je m'assurerais que personne ne vous cause des ennuis.

— Alors maintenant nous sommes amies ? » Cuisinière incline son visage balafré et montre ses dents dans un sourire approximatif. « Comme c'est mignon.

— Votre blessure… A-t-elle complètement guéri ?

— Je suis toujours vivante. » Cuisinière jette un œil par la fenêtre. « J'ai appris pour ta famille, dit-elle d'un ton bourru. Je suis désolée. »

Je hausse les sourcils. « Vous vous êtes introduite ici pour me présenter vos condoléances ?

— Pour ça et pour te dire que quand tu seras prête à coincer la Salope de Blackcliff, je peux t'aider. Tu sais comment me trouver. »

Je baisse les yeux sur la lettre scellée de Marcus posée sur mon bureau. « Revenez demain, dis-je. Nous parlerons. »

Elle hoche la tête et, sans un bruit, disparaît. Poussée par la curiosité, je m'avance jusqu'à la fenêtre et scrute les murs abrupts à la recherche de crochets, de griffures, du moindre indice qui m'expliquerait comment elle a escaladé ce mur infranchissable. Rien. Il faudra que je lui demande comment elle réussit ce tour.

Je me concentre sur la lettre de Marcus :

Tiborum est sous contrôle et les Gens Serca et Aroman se sont ralliées. Il n'y a plus aucune excuse. Le temps est venu de nous occuper d'elle.

Il ne peut parler que d'une personne. Je poursuis ma lecture.

Sois discrète et prudente. Je ne veux pas d'assassinat rapide, Pie. Je veux une destruction totale. Je veux qu'elle le sente passer.

Ta sœur était merveilleuse au dîner avec l'ambassadeur de Marinn hier soir. Elle l'a rassuré quant au changement de pouvoir. Elle est très utile. Je prie pour qu'elle reste en bonne santé et serve l'Empire longtemps.

Empereur Marcus Farrar

Le Cinquième année qui sert de messager sursaute quand j'ouvre la porte du bureau. Après lui avoir assigné sa tâche, je relis la lettre de Marcus et j'attends, impatiente. Quelques instants plus tard, on frappe à la porte.

« Pie de sang, dit le capitaine Harper en entrant. Vous m'avez fait appeler ? »

Je lui tends la lettre. « Il nous faut un plan. Dès qu'elle a compris que j'allais parler du coup d'État à Marcus, elle a dissous son armée, ce qui ne veut pas dire qu'elle ne peut pas la reconstituer. Keris ne se laissera pas abattre facilement.

— Ou pas du tout, marmonne Harper. Ça va prendre des mois. Même si elle ne s'attend pas que Marcus l'attaque, elle s'attend que vous le fassiez. Elle sera prête.

— Je le sais. Raison pour laquelle j'ai besoin d'un plan qui marche. Il faut d'abord retrouver Quin Veturius.

— Personne n'a de nouvelles de lui depuis qu'il a fui Serra.

— Je sais où le trouver. Rassemblez une équipe. Assurez-vous que Dex en fasse partie. Nous partons dans deux jours. »

Harper hoche la tête et je me remets au travail. Mais il ne sort pas. Je hausse les sourcils. « Faut-il vous congédier, comme un Cinquième année ?

— Non, Pie. C'est juste... » Il n'a jamais eu l'air aussi mal à l'aise – il m'inquiète. Depuis l'exécution, Dex et lui m'ont été très précieux. Ils m'ont soutenue lorsque j'ai décidé de remanier la Garde noire – le lieutenant Sergius est maintenant en poste sur l'île du Sud – et aussi lorsque le reste de la Garde noire a tenté de se rebeller.

« Pie, si nous décidons de nous en prendre à la Commandante, alors je sais quelque chose qui peut être utile.

— Dites-moi.

— À Nur, la veille des émeutes, j'ai vu Elias. Mais je ne vous l'ai jamais dit. »

Je m'enfonce dans mon siège en sentant que je suis sur le point d'en savoir plus sur Avitas Harper que l'ancienne Pie de sang n'en a jamais su.

« Ce que je m'apprête à vous dire, poursuit Avitas, est la raison pour laquelle la Commandante a gardé un œil sur moi à Blackcliff et m'a fait entrer dans la Garde noire. C'est au sujet d'Elias. Et de notre père, ajoute-t-il après avoir pris une profonde inspiration.

Notre père.

Notre père. Le sien et celui d'Elias.

Je mets un moment à comprendre ce qu'il vient de dire. Puis je lui ordonne de s'asseoir et je me penche en avant.

« J'écoute. »

* * *

Après le départ d'Harper, je brave la neige fondue et la boue des rues pour me rendre au bureau du chef des coursiers où deux paquets sont arrivés de la villa Aquilla à Serra. Le premier est mon cadeau de milieu d'hiver pour Livia. Après avoir vérifié qu'il est intact, j'ouvre le deuxième.

Je retiens mon souffle devant le miroitement du masque d'Elias. Selon un coursier de Kauf, Elias et quelques centaines de fugitifs érudits ont disparu dans la forêt du Crépuscule peu après s'être échappés de prison. Une dizaine de soldats de l'Empire ont essayé de les suivre, mais leurs corps mutilés ont été retrouvés aux abords de la forêt le lendemain matin.

Depuis, personne n'a vu les fugitifs ni entendu parler d'eux.

Peut-être que l'herbe de nuit a tué mon ami, ou peut-être que la forêt s'en est chargée. Ou peut-être a-t-il trouvé un autre moyen d'éviter la mort. Comme son grand-père et sa mère, Elias a toujours eu la troublante capacité de survivre à ce qui tuerait n'importe qui.

Peu importe. Il est parti et, maintenant, la partie de mon cœur dans laquelle il vivait est morte. Je glisse le masque dans ma poche – je lui trouverai une place dans mes quartiers.

Le cadeau de Livvy sous le bras, je me dirige vers le palais en tournant et en retournant dans ma tête ce qu'Avitas m'a dit. *La Commandante a gardé un œil sur moi à Blackcliff parce que c'était la dernière volonté de mon père. Du moins, c'est ce que je présume. Elle ne l'a jamais formellement dit.*

J'ai demandé à la Commandante de me confier la mission de vous filer parce que je voulais connaître Elias par votre entremise. De notre père, je ne sais que ce que ma mère m'a dit. Il s'appelait Renatia et, d'après elle, il n'a jamais pu s'adapter au moule de Blackcliff. Toujours selon elle, il était gentil. Un homme bon. Pendant longtemps, j'ai cru qu'elle mentait. Je n'ai jamais été comme ça, donc ça ne pouvait pas être vrai. Mais peut-être n'ai-je pas hérité du caractère de mon père. Peut-être un autre fils en a-t-il hérité.

Je l'ai bien sûr réprimandé – il aurait dû m'en parler bien avant. Une fois ma colère et mon incrédulité retombées, j'ai pris l'information pour ce qu'elle est : une fissure dans l'armure de la Commandante. Une arme que je peux utiliser contre elle.

Les gardes du palais me laissent accéder à l'aile impériale en m'adressant des regards nerveux. Lorsque j'ai entrepris d'éradiquer les ennemis de l'Empire, j'ai commencé ici. En ce qui me concerne, Marcus peut rôtir en enfer, mais depuis que Livvy l'a épousé, elle est en danger. Ses ennemis à lui deviendront ses ennemis à elle et il est hors de question que je la perde.

Laia de Serra avait le même type d'amour pour son frère. Pour la première fois depuis que je l'ai rencontrée, je la comprends.

Je trouve ma sœur assise sur un balcon surplombant son jardin privé. Faris et un autre garde noir se tiennent dans l'ombre, à une dizaine de mètres d'elle. J'ai dit à mon ami qu'il n'était pas obligé d'assurer la sécurité d'une jeune femme de 18 ans. Cette position ne sied guère à un membre des forces de la Pie de sang.

Si je dois tuer, a-t-il rétorqué, *autant que ce soit pour protéger quelqu'un.*

Il me salue d'un signe de tête et ma sœur me regarde. « Pie de sang. » Elle se lève, mais ne me prend pas dans ses bras, ne m'embrasse pas comme elle l'aurait fait avant, même si je vois qu'elle en a envie. Je lui fais un bref signe de tête. *Je veux te parler seule à seule.*

Ma sœur se tourne vers les six filles assises près d'elle – trois d'entre elles ont la peau sombre et les yeux jaunes. Lorsqu'elle avait écrit à la mère de Marcus de lui envoyer trois filles de la famille de Marcus pour qu'elles soient ses demoiselles d'honneur, j'avais été sidérée, tout comme les familles illustriennes qui, elles, ont été ignorées. Par contre, les Plébéiens en parlent encore.

À la demande de Livia, les filles et leurs homologues illustriennes disparaissent. Faris et l'autre membre de la Garde noire s'apprêtent à nous suivre mais je leur fais signe de partir également. Ma sœur et moi entrons dans sa chambre. Je pose mon cadeau de milieu de l'hiver sur son lit et je la regarde l'ouvrir.

Elle pousse un cri de surprise en voyant la lumière se refléter sur le cadre en argent de mon vieux miroir.

« Mais il est à toi, dit Livia. Mère…

— … aurait souhaité que tu l'aies. Il n'a pas sa place dans les quartiers de la Pie de sang.

— Il est magnifique. Tu veux bien l'accrocher ? »

Je demande à un serviteur de m'apporter un marteau et des clous et, lorsqu'il revient, je décroche l'ancien miroir de Livvy et rebouche le judas qui se trouvait derrière. Marcus en fera installer un autre par ses espions. Dans l'immédiat, ma sœur et moi pouvons parler en toute intimité.

Elle s'assoit à sa coiffeuse, près de moi, pendant que je m'occupe du miroir. Je m'exprime à voix basse.

« Tu vas bien ?

— Si tu me parles de la même chose que ce qui semble t'obséder depuis mon mariage, alors oui, ça va. Il ne m'a plus touchée depuis la première fois. Et puis, c'est *moi* qui ai été entreprenante cette nuit-là. » Ma sœur lève le menton. « Je refuse qu'il pense que j'ai peur de lui. »

Je réprime un frisson. Vivre avec Marcus – être sa femme – voilà à présent la vie de Livvy. La haine que je nourris contre lui et le dégoût qu'il m'inspire ne feront qu'aggraver les choses. Elle ne m'a rien dit de sa nuit de noces et je ne lui ai pas posé de question.

« L'autre jour, je l'ai surpris en train de parler tout seul. » Livvy me regarde. « Ce n'était pas la première fois.

— Merveilleux. » J'enfonce un clou. « Un Empereur sadique qui *en plus* entend des voix.

— Il n'est pas fou. Il se contrôle sauf lorsqu'il parle de te faire du mal. Dans ces moments-là, il s'agite. Hel, je crois qu'il voit le fantôme de son frère. Je crois que c'est pour ça qu'il t'a épargnée.

— Eh bien, s'il est vraiment hanté par le fantôme de son frère, j'espère que Zak va rester dans les parages. Au moins jusqu'à ce que… »

Nous nous regardons droit dans les yeux. *Jusqu'à ce que nous soyons vengées.* Livia et moi n'avons jamais abordé le sujet. C'est entendu depuis l'instant où je l'ai vue après cet horrible jour dans la salle du trône.

Ma sœur écarte ses cheveux. « Tu n'as pas de nouvelles d'Elias ? »

Je hausse les épaules.

« Et Avitas ? Stella Galerius cherche à le rencontrer par tous les moyens.

— Tu devrais les présenter. »

Ma sœur fronce les sourcils. « Comment va Dex ? Tous les deux, vous êtes si…

— Dex est un soldat loyal et un excellent lieutenant. Il lui serait un peu plus difficile de se marier. La plupart de tes connaissances ne sont pas son type. Et ça suffit comme ça.

— Je ne veux pas que tu te sentes seule. Si Mère ou Père ou même Hannah étaient là, ce serait différent. Mais, Hel…

— Sauf votre respect, Impératrice, dis-je calmement. Mon nom est Pie de sang. »

Elle soupire et j'accroche le miroir. Je m'assure qu'il est bien droit. « Voilà. »

J'aperçois mon reflet. Je suis la même qu'il y a quelques mois, le soir de la fin de ma formation. Même corps. Même visage. Seuls mes yeux sont différents. Je plonge dans le regard pâle de la femme en face de moi. L'espace d'un instant, je vois Helene Aquilla. Celle qui avait de l'espoir. Celle qui pensait que le monde était juste.

Mais Helene Aquilla est brisée. Défaite. Helene Aquilla est morte.

La femme dans le miroir n'est pas Helene Aquilla. Elle est la Pie de sang. La Pie de sang n'est pas seule car l'Empire est sa mère et son père, son amant et son meilleur ami. Elle n'a besoin de rien d'autre. Elle n'a besoin de personne d'autre.

Elle est à part.

57
LAIA

Marinn s'étend au-delà de la forêt du Crépuscule, un vaste tapis neigeux parsemé de lacs gelés et de parcelles de forêt. Je n'ai jamais vu de ciel si clair et si bleu, jamais respiré un air qui semble m'emplir de vie à chaque inspiration.

Les Terres libres. Enfin.

J'aime déjà tout de cette terre. Elle m'est familière comme je crois que le seraient mes parents si je les revoyais après toutes ces années. Pour la première fois depuis des mois, je ne sens pas la poigne de l'Empire autour de mon cou.

Araj ordonne aux Érudits de lever le camp. Leur soulagement est palpable. Même si Elias nous a garanti qu'aucun esprit ne viendrait nous tourmenter, la forêt du Crépuscule devenait de plus en plus pesante. *Partez*, semblait-elle nous souffler. *Votre place n'est pas ici.*

Araj me trouve à côté d'une cabane abandonnée située à une centaine de mètres de la bordure de la forêt, dont j'ai pris possession pour Darin, Afya et moi.

« Es-tu certaine de ne pas vouloir venir avec nous ? J'ai entendu dire que les guérisseurs d'Adisa sont bien meilleurs que ceux de l'Empire.

— Un voyage d'un mois dans le froid l'achèverait. » Je désigne la cabane : l'intérieur est maintenant propre et réchauffé par un feu. « Il a besoin de repos et de chaleur. S'il ne va pas mieux dans quelques semaines, je trouverai un guérisseur. » Je ne révèle pas ma plus grande peur à Araj : que Darin ne se réveille jamais.

J'ai peur que mon frère soit parti pour toujours.

« Je te dois beaucoup, Laia de Serra. » Araj regarde les Érudits qui se dirigent par petits groupes vers une route à cinq cents mètres de là. Ils sont quatre cent douze. Si peu. « J'espère te voir bientôt à Adisa, avec ton frère à tes côtés. Ton peuple a besoin de quelqu'un comme toi. »

Il prend congé et appelle Tas qui est en train de faire ses adieux à Elias. Un mois de nourriture et de bains ainsi que des vêtements (même trop grands) ont opéré des miracles. Mais depuis qu'il a tué le directeur, je le trouve songeur. Je l'ai entendu gémir et pleurer dans son sommeil. Le vieil homme hante Tas.

Elias lui offre l'un des sabres en acier sérique qu'il a volé à un garde de Kauf.

Tas passe ses bras autour du cou d'Elias et lui murmure quelque chose qui le fait sourire avant de rejoindre les Érudits en courant.

Afya sort de la cabane alors que le dernier groupe se met en route. Elle est bien trop élégante pour voyager.

« J'ai déjà passé trop de temps loin de ma tribu, dit la *zaldara*. Seuls les Cieux savent ce que Gibran a fait en mon absence. Il a probablement mis une demi-douzaine de filles enceintes. Je vais devoir leur verser des pots-de-vin pour faire taire leurs parents furieux jusqu'à ce que je n'aie plus un sou.

— Mon petit doigt me dit que Gibran se porte comme un charme, dis-je en lui souriant. As-tu dit au revoir à Elias ? »

Elle acquiesce. « Il me cache quelque chose. » Je détourne le regard. Je sais très bien ce que cache Elias. Il n'a parlé de son accord avec l'Attrapeuse d'Âmes qu'à moi. Et si d'autres ont remarqué qu'il s'absente presque toute la nuit et pendant de longues heures la journée, personne n'en a parlé.

« Assure-toi qu'il ne te dissimule rien, continue Afya. Ce n'est pas une bonne base pour une relation.

— Cieux, Afya. » Je regarde derrière moi en espérant qu'Elias n'a rien entendu. Heureusement, il a de nouveau disparu dans la forêt. « Je n'ai pas de *relation* avec lui et je ne suis pas intéressée…

— Laisse tomber, rétorque Afya, levant les yeux au ciel. Franchement, ça devient gênant. » Elle me fixe pendant une seconde avant de me serrer dans ses bras – une embrassade rapide et étonnamment chaleureuse.

« Merci, Afya, je chuchote, le visage dans ses tresses. Merci pour tout. »

Elle me relâche. « Vante mon honneur à qui veut l'entendre, Laia de Serra. Tu me le dois. Et prends soin de ton frère. »

Je jette un œil à Darin à travers la fenêtre de la cabane. Ses cheveux blonds sont propres et coupés. Son visage est à nouveau beau et juvénile. Je me suis occupée de chacune de ses blessures.

Mais il ne s'est toujours pas réveillé. Peut-être ne se réveillera-t-il jamais.

Quelques heures après qu'Afya et les Érudits ont disparu au-delà de l'horizon, Elias sort de la forêt. Soudain, je me sens seule dans la cabane si silencieuse depuis le départ des autres.

Il frappe, faisant entrer une bourrasque d'air froid avec lui. La barbe à présent rasée, les cheveux coupés, et ayant repris un peu de poids, il a retrouvé son physique d'avant.

Sauf ses yeux. Ils sont différents. Peut-être plus attentionnés. Je suis encore stupéfaite par le poids de la charge qu'il a décidé d'assumer. Même s'il m'a expliqué plusieurs fois qu'il l'a acceptée de bon cœur, qu'il la souhaitait même, je suis en colère contre l'Attrapeuse d'Âmes. Il doit y avoir un *moyen* qu'il se délie de sa promesse. Un moyen pour qu'il vive une vie normale et qu'il se rende dans les Terres du Sud dont il a toujours parlé avec ferveur. Un moyen pour qu'il puisse rendre visite à sa tribu et retrouver Mamie Rila.

Pour l'instant, la forêt le retient. Il n'en sort que rarement et pour de courtes durées. Parfois, les fantômes l'accompagnent. Plus d'une fois, je l'ai entendu murmurer des paroles réconfortantes à une âme blessée. De temps à autre, il quitte la forêt les sourcils froncés, concentré sur un esprit troublé. Je sais qu'il a des difficultés avec un esprit en particulier. Je crois que c'est une fille, mais il n'en parle pas.

« Un poulet mort contre tes pensées ? »

Il brandit un animal inerte et je lui indique l'évier d'un signe de tête. « Seulement si tu le plumes. »

Alors qu'il s'exécute, je le rejoins. « Tas, Afya et Araj me manquent, dis-je. C'est tellement calme sans eux.

— Tas t'adore, dit Elias en souriant. Je crois même qu'il est amoureux.

— Uniquement parce que je l'ai nourri et que je lui ai raconté des histoires. Si tous les garçons étaient si faciles à conquérir ! » Je n'avais pas l'intention de faire un commentaire si lourd de sens et je m'en veux à peine l'ai-je prononcé. Elias hausse un sourcil et m'adresse un regard curieux avant de se concentrer à nouveau sur le poulet à moitié plumé.

« Tu sais qu'à Adisa tous les Érudits et Tas vont parler de toi. Tu es la fille qui a rasé Blackcliff et libéré Kauf. Laia de Serra. La braise qui attend de réduire l'Empire en cendres.

— Enfin, on m'a aidée. Ils vont aussi parler de toi. »

Elias fait non de la tête. « Pas de la même façon. Et même s'ils parlent de moi, je suis un étranger. Tu es la fille de la Lionne. Je crois que ton peuple va attendre beaucoup de toi, Laia. Souviens-toi simplement que tu n'es pas obligée de faire tout ce qu'il demande. »

Je grogne. « Si les gens savaient pour Kee… le Semeur de Nuit, ils changeraient d'avis à mon sujet.

— Laia, il nous a tous dupés. Un jour, il le paiera.

— Peut-être qu'il le paie déjà. » Je pense à l'océan de tristesse au plus profond du Semeur de Nuit, aux visages de ceux qu'il a aimés et détruits dans sa quête de reconstruction de l'Étoile.

« Je lui ai confié mon cœur, mon frère et mon… mon corps. » Je n'ai que peu abordé avec Elias ce qui s'est passé entre Keenan et moi. L'occasion ne s'est jamais présentée. Mais je veux le lui dire. « Elias, la part de lui qui ne me manipulait pas – qui ne se servait pas de la Résistance, ne planifiait pas la mort de l'Empereur ou n'aidait pas la Commandante à saboter les Épreuves –, cette part de lui m'aimait. Et je l'aimais aussi. Sa trahison aura un prix. Il doit le sentir. »

Par la fenêtre, Elias regarde le ciel qui s'assombrit. « C'est vrai. D'après ce que Shaeva m'a dit, il n'aurait pas pu obtenir le bracelet à moins qu'il ne t'aime vraiment. La magie n'est pas à sens unique.

— Donc un djinn est amoureux de moi. Je préfère largement un garçon de 10 ans. » Je pose ma main là où se trouvait mon bracelet. Des semaines après, je ressens encore la douleur de son absence. « Et maintenant ? Que va-t-il se passer ? Le Semeur de Nuit a le bracelet. De combien de morceaux d'Étoile a-t-il besoin ? Et s'il les trouvait et libérait les siens ? Et si… »

Elias pose un doigt sur mes lèvres. Le laissera-t-il là un peu plus longtemps que nécessaire ?

« Nous allons trouver une solution, un moyen de l'arrêter. Mais pas aujourd'hui. Aujourd'hui, nous allons manger du ragoût de poulet et raconter des histoires sur nos amis. Nous allons parler de ce que Darin et toi allez faire une fois qu'il sera réveillé et de la fureur de ma folle de mère quand elle apprendra qu'elle ne m'a pas tué. Nous allons rire, nous plaindre du froid et profiter de la chaleur de ce feu. Aujourd'hui, nous célébrons le fait que nous sommes en vie. »

* * *

Au milieu de la nuit, le plancher de la cabane craque. Je bondis de la chaise à côté du lit de Darin sur laquelle je me suis endormie, enveloppée dans la cape d'Elias. Mon frère dort, le visage impassible. Je soupire en me demandant pour la millième fois s'il se réveillera un jour.

« Excuse-moi, murmure Elias derrière moi. Je ne voulais pas te réveiller. J'étais aux abords de la forêt. J'ai vu que le feu s'est éteint et je t'ai apporté du bois. »

Je me frotte les yeux et bâille. « Cieux, quelle heure est-il ?

— Quelques heures avant l'aube. »

À travers la fenêtre près de mon lit, le ciel est sombre et clair. Une étoile filante le traverse. Deux autres la suivent.

« Nous pourrions sortir admirer le ciel, dit Elias. Ça ne va durer qu'une heure ou deux de plus. »

Je mets ma cape et le rejoins devant la porte de la cabane. Il se tient légèrement éloigné de moi, les mains dans les poches. J'ai le souffle coupé chaque fois qu'une étoile filante passe dans le ciel.

« Le phénomène se produit chaque année. On ne peut rien voir depuis Serra. Trop de poussière. »

Je frissonne et il regarde ma cape d'un œil critique. « Il t'en faudrait une nouvelle. Celle-ci n'est pas assez chaude.

— Tu me l'as donnée. C'est ma cape porte-bonheur. Je ne m'en séparerai jamais. » Je croise son regard.

Je repense aux taquineries d'Afya et je rougis. Mais je pensais ce que je lui ai dit. À présent, Elias est lié au Lieu d'Attente. Il n'a pas le temps pour quoi que ce soit d'autre. Et même si c'était le cas, j'aurais peur de provoquer le courroux de la forêt.

Du moins, c'est ce à quoi je me suis résignée jusqu'à cet instant. Elias penche la tête et, pendant une seconde, le désir que je lis dans ses yeux est palpable.

Je devrais dire quelque chose mais, Cieux, que dire alors que le rouge me monte aux joues ? Lui aussi a l'air incertain et la tension entre nous est aussi forte que celle d'un ciel d'orage.

Cette incertitude disparaît au profit d'un désir pur et sans entraves qui fait battre mon cœur. Il s'avance vers moi et je recule jusqu'à me retrouver le dos contre le mur de la cabane. Son souffle est aussi saccadé que le mien, sa main chaude se promène sur mon bras, mon cou, mes lèvres.

Il prend mon visage entre ses mains pour y lire ce que je veux, même si ses yeux pâles brûlent de désir.

Je saisis le col de sa chemise et je l'attire vers moi. Ses lèvres se posent sur les miennes. Je repense brièvement à notre baiser qui remonte à quelques mois – fiévreux, fruit du désespoir, du désir et de la confusion.

Celui-ci est différent – notre désir est plus fort, ses mains plus sûres et ses lèvres moins pressées. Je m'accroche à son cou et me colle contre son corps. Son odeur de pluie et d'épices me rend folle et il m'embrasse encore plus fougueusement. Lorsque je lui mordille la lèvre, un râle monte du fond de sa gorge.

Derrière nous, au fin fond de la forêt, quelque chose bouge. Il inspire et s'écarte en se frottant la tête.

Je me tourne vers la forêt. Même dans le noir, je vois bruisser les cimes des arbres. « Les esprits, dis-je doucement. Ils sont contre ?

— Pas du tout. Ils sont probablement jaloux. » Il force un sourire, mais ses yeux sont tristes.

Je soupire et effleure ses lèvres, son torse, sa main. Je l'entraîne vers la cabane. « Ne les contrarions pas. »

Nous entrons sur la pointe des pieds et nous asseyons devant le feu, enlacés. Au début, je suis certaine qu'il va s'en aller. Mais il reste et je me détends dans ses bras, mes paupières de plus en plus lourdes alors que le sommeil s'empare de moi. Je ferme les yeux et je rêve de cieux clairs, d'air pur, du sourire d'Izzi et du rire d'Elias.

« Laia ? », dit une voix derrière moi.

J'ouvre brusquement les yeux. *C'est un rêve, Laia. Tu es en train de rêver.* Cela fait des mois que je rêve d'entendre cette voix, depuis le jour où il m'a hurlé de fuir. J'ai entendu cette voix dans ma tête – elle m'a encouragée dans mes moments de faiblesse et m'a donné de la force lorsque j'étais au plus bas.

Elias se lève, la joie se lit sur son visage. Mes jambes sont comme paralysées et il me tire par les poignets pour m'aider à me lever.

Je me tourne et je vois les yeux de mon frère. Nous nous fixons pendant un interminable moment.

« C'est toi, petite sœur », murmure enfin Darin. Son sourire est semblable au soleil qui se lève après une longue nuit de ténèbres. « C'est bien toi. »

Ouvrage composé par
PCA – 44400 Rezé

Cet ouvrage a été imprimé
en Allemagne par

GGP Medra GmbH
à Pößneck

Dépôt légal : novembre 2016

FSC
www.fsc.org
MIXTE
Papier issu de
sources responsables
FSC® C003309

Pocket Jeunesse, une marque d'Univers Poche,
est un éditeur qui s'engage pour
la préservation de son environnement
et qui utilise du papier fabriqué à partir
de bois provenant de forêts gérées
de manière responsable.

PKJ. www.pocketjeunesse.fr
• POCKET JEUNESSE

12, avenue d'Italie - 75627 PARIS Cedex 13